KB118490

올리브 키터리지

OLIVE KITTERIDGE
by Elizabeth Strout

올리브 키터리지

엘리자베스 스트라우트 소설 │ 권상미 옮김

문학동네

삶을 마법으로 만들 줄 아는 분이자

내가 아는 최고의 이야기꾼인

어머니에게

Contents

약국

헨리 키터리지는 오랫동안 이웃 마을에서 약사로 일했다. 눈이 오나 비가 오나, 여름날 약국으로 이어지는 큰길로 들어서기 전 마지막 구간의 가시덤불에서 야생 라즈베리가 송알송알 알이 맺힐 때나, 매일 아침 하루도 빠짐없이 약국으로 차를 몰았다. 은퇴한 지금도 그는 여전히 일찍 일어나 예전에 그런 아침을 얼마나 좋아했던가 떠올렸다. 마치 세상이 혼자만의 비밀인 듯이, 발밑에서 타이어가 부드럽게 구르고 햇살이 이른 아침 안개를 가르고 모습을 드러내는 동안, 오른쪽으로는 만灣이, 그다음엔 키 크고 늘씬한 소나무들이 잠시 보였다. 코끝을 간질이던 솔숲 향기와 소금기 짙은 공기, 그리고 겨울이면 찬 공기에서 묻어나는 냄새를 그는 얼마나 좋아했던가. 그래서 그는 언제나 창문을 조금 열고 운전을 하곤 했다.

약국은 작은 2층 건물로, 철물점과 작은 슈퍼마켓이 입주해 있는 건물과 붙어 있었다. 아침이면 헨리는 건물 뒤쪽의 커다란 철제 쓰레기통 옆에 차를 대고, 약국 뒷문으로 들어가 불을 켠 다음 온도 조절 장치의 온도를 올리거나 여름인 경우에는 선풍기를 틀었다. 금고를 열고 금전등록기에 돈을 채워 넣은 다음, 약국 문을 열고 손을 씻은 후 흰 가운을 걸쳤다. 기분 좋은 아침 의식이었다. 붉은색 고무 온수통이나 관장 펌프는 물론 치약과 비타민, 화장품, 머리핀, 휴대용 반짇고리 따위와 각종 기념일 카드가 진열된 선반들과 마찬가지로, 오래된 약국은 그 자체로 꾸준하고 믿음직한 사람 같았다. 집에서 혹여 불쾌한 일이 있었 다 해도, 자다 말고 일어나 늦은 밤에 서성대던 아내에 대한 불편한 마음마저도 약국이라는 안전문 안으로 발걸음을 들여놓는 순간 썰물처럼 밀려나갔다. 약국 안쪽에서, 서랍과 줄줄이 늘어 선 알약들 틈에서 헨리는 전화가 오면 쾌활하게 받았고, 메리먼 부인이 혈압약을 사러 오거나 나이 든 클리프 모트가 강심제 때문에 찾아와도 쾌활했으며, 아기가 태어나던 날 밤 남편이 도망가버린 레이철 존스에게 발륨*을 건네줄 때도 쾌활했다. 남의 말

---

* 진정제.

을 경청하는 것은 헨리의 천성이었고, 그는 일주일에도 여러 번 "저런, 정말 안됐군요"라든가 "저런, 엄청난 일이네요" 하고 말하곤 했다.

어린 시절 평소에는 지극히 엄격하던 어머니의 신경 발작을 두 번이나 직접 보아서인지, 그는 내심 조용히 긴장하는 일이 많았다. 그래서 아주 가끔 손님이 가격에 대해 불만을 표하거나 '에이스' 일회용 반창고나 아이스팩의 품질에 대해 불평이라도 하면 헨리는 할 수 있는 한 성의를 다했다. 오랫동안 그를 도와 일한 그레인저 부인은 남편이 바닷가재를 잡는 어부였는데, 그녀는 찬 바닷바람을 품은 듯, 까다로운 손님의 비위를 맞추는 데 썩 적극적이지 않았다. 헨리는 처방약을 병에 담으면서도 귀를 반쯤 열어놓고 그레인저 부인이 금전등록기 앞에서 손님들의 불평을 무시하지는 않는지 살폈다. 크리스토퍼가 숙제나 다른 해야 할 일을 안 하고 있을 때 아내 올리브가 너무 심하게 몰아붙이는 걸 지켜볼 때와 같은 기분이 든 적도 몇 번 있었다. 주의력이 허공을 배회하는 느낌, 모두를 만족시켜야 한다는 의무감 같은 것이었다. 그레인저 부인의 목소리에 쌀쌀맞은 느낌이 묻어나면 헨리는 약국 안쪽의 자기 자리에서 중앙으로 나와 직접 손님을 응대했다. 그런 점만 빼면 그레인저 부인은 일을 잘했다. 헨리는 그녀가 수다스럽지 않고 재고를 잘 맞춰놓으며 아프다고 결근하는 적이 거의 없어 고맙게 생각했다. 그러던 어느 날 밤, 그레인저 부인이 자다가 갑자기 숨을 거두자 그는 경악했다. 늘 알약과 물약과 주사기를 끼고 사는 자신이 고쳐줄 수도 있었던 증상을 몇 년이나 같이 일하면서도 놓친 것만 같아 헨리는 일말의 책임을 느꼈다.

"생쥐 같아." 헨리가 새 여직원을 고용했을 때 아내가 말했다. "생긴 게 꼭 생쥐야."

데니즈 시보도의 뺨은 통통했고, 갈색 테 안경 너머 두 눈은 작았다. "하지만 착한 생쥐잖아." 헨리가 대꾸했다. "귀여운 생쥐."

"허리를 똑바로 세우고 서지도 못하는 게 뭐가 귀여워." 올리브가 투덜거렸다. 데니즈의 좁은 어깨가 뭔가 사과라도 하는 듯 앞으로 구부정한 건 사실이었다. 그녀는 스물두 살로, 버몬트 주립대학을 갓 졸업한 상태였다. 데니즈의 남편도 이름이 헨리였는데, 헨리 키터리지는 헨리 시보도를 처음 만났을 때 몸에 은근히 밴 그의 빼어난 됨됨이에 깊은 인상을 받았다. 이 젊은이는 활력이 넘치고, 강렬한 눈빛이 점잖고 평범한 얼굴을 빛나 보이게 하는 단단한 인상의 사내였다. 그는 배관공으로, 숙부 가게에서 일했다. 그와 데니즈는 결혼한 지 일 년 된 참이었다.

"별로 안 내켜." 헨리 키터리지가 젊은 시보도 부부를 저녁식사에 초대하자고 제안하자 올리브가 말했다. 헨리도 더는 고집

하지 않았다. 아직 사춘기의 신체적 특징이 나타나진 않았지만 아들이 별안간 눈에 띄게 퉁명스러워진 참이어서 아들의 기분이 독기운처럼 공기 중에 퍼지고, 올리브도 크리스토퍼만큼이나 변하고 또 변덕스러워 보이던 때였다. 모자는 순식간에 격렬히 싸우다가도, 그 분노는 이내 무언의 친밀감처럼 둘을 감싸버려 영문을 알 길 없는 헨리만 멍하니 따돌림을 받는 기분이 되었다.

하지만 어느 늦은 여름날 건물 뒤쪽 주차장에서 데니즈와 헨리 시보도와 같이 얘기하던 중 해가 전나무 뒤로 넘어가버리고, 오래전 대학 시절을 추억하던 자신을 수줍은 듯하면서도 열심히 응시하는 두 사람을 보자, 헨리 키터리지는 이 젊은 부부와 좀더 시간을 보내고 싶다는 생각이 간절해져 이들을 초대해버렸다. "그러니까 내 말은, 올리브하고 나하고 자네들을 곧 저녁식사에 초대하고 싶다는 거야."

그는 키 큰 소나무를 지나 얼핏 보이는 만을 지나쳐 집으로 운전해 가면서, 마을 외곽에 있는 트레일러홈*을 향해 반대편으로 차를 몰고 가는 시보도 부부에 대해 생각했다. 데니즈의 기질로 보아 아늑하고 깔끔하게 정돈되어 있을 트레일러에서 하루 일과를 이야기하는 그들이 그려졌다. 데니즈가 "그분은 좋은 상사

---

* 자동차나 픽업트럭에 연결하여 쓰는 이동 주택.

야"라고 말하면 헨리는 아마 이렇게 대답할 것이다. "나도 그분이 참 좋아."

헨리 키터리지는 자기집 진입로에 들어섰다. 사실 진입로라기보다는 언덕 꼭대기의 손바닥만 한 잔디밭이었는데, 정원에 있는 올리브가 보였다. "여보, 나 왔어." 그가 올리브에게 다가가며 말했다. 그녀의 어깨에 팔을 두르려다 보니, 갑자기 찾아와서 돌아가지 않는 손님처럼 어두운 기색이 그녀를 휘감고 있었다. 헨리는 시보도 부부가 저녁을 먹으러 오기로 했다고 말했다. "그래야 할 것 같아서."

올리브가 인중의 땀을 닦더니 잡초를 뽑으려 등을 돌렸다. "그럼 결정 났네요, 나리." 그녀가 비꼬았다. "분부대로 합지요."

금요일 밤, 시보도 부부가 그를 따라 집에 왔고, 젊은 헨리는 올리브와 악수했다. "집이 근사하네요." 그가 말했다. "바다도 내다보이고요. 키터리지 선생님께서 두 분이 직접 지은 집이라고 하시더군요."

"그럼, 그랬지."

크리스토퍼는 식탁에서 사춘기 특유의 버릇없는 태도로 비스듬히 눕듯이 앉아서, 학교에서 운동하는 거 있느냐는 헨리 시보도의 물음에 대꾸도 하지 않았다. 헨리 키터리지는 속에서 천불이 일 거라곤 예상치 못했다. 아들 녀석에게 소리라도 치고 싶었다. 이런 버르장머리 없는 태도를 보이다니, 키터리지 집안에서 볼 거라곤 예상치 못한 불쾌한 광경을 들켜버린 것만 같았다.

"약국에서 일하다보면," 올리브가 오븐에 조리한 콩 요리가 담긴 접시를 데니즈 앞에 놓으며 말했다. "마을 사람 전부의 비밀을 알게 되지." 올리브는 데니즈의 맞은편에 자리 잡고 앉은 다음 케첩병을 앞으로 밀었다. "입조심할 줄 알아야 해. 뭐 벌써 아는 것 같긴 하지만."

"데니즈는 벌써 다 알아." 헨리 키터리지가 말했다.

"아, 그럼요. 데니즈보다 더 믿을 만한 사람은 못 찾으실 겁니다." 데니즈의 남편이 거들었다.

"난 그 말을 믿어." 헨리가 젊은 사내에게 롤빵이 담긴 바구니를 건네며 말했다. "그리고 날 헨리라고 부르게. 세상에 이렇게 좋은 이름도 없거든." 헨리가 덧붙였다. 데니즈가 조용히 웃었다. 헨리는 데니즈가 자신을 좋아한다는 걸 알 수 있었다.

크리스토퍼는 몸을 의자에 더 깊숙이 파묻었다.

헨리 시보도의 부모님은 내륙의 농장에서 살았고, 그래서 두 헨리는 농작물에 대해, 덩굴제비콩에 대해, 그리고 올 여름에는 비가 적게 와서 옥수수가 별로 달지 않다는 것에 대해, 어떻게 해야 아스파라거스 모종을 잘할 수 있는지에 대해 얘기했다.

"이런, 세상에!" 올리브가 소리를 질렀다. 헨리 키터리지가 젊

은 사내에게 케첩을 건네주려다 병을 넘어뜨려 케첩이 진하디진
한 피처럼 떡갈나무 식탁 위로 쏟아진 것이다. 병을 집어올리려
다 오히려 병이 불안정하게 데구르르 구르면서 케첩이 그의 손
가락과 흰 셔츠에 묻었다.

"그냥 내버려둬!" 올리브가 벌떡 일어서며 명령했다. "그냥
좀 둬, 헨리. 제발!" 그러자 헨리 시보도가 날카로운 목소리로 제
이름이 거명되어 놀랐는지 머쓱한 얼굴로 의자 깊숙이 몸을 들
였다.

"이런, 엉망이 되었군." 헨리 키터리지의 말이었다.

이윽고 바닐라 아이스크림 한 덩이씩이 각자의 푸른 디저트
그릇 가운데로 미끄러져 내렸다. "바닐라 맛을 제일 좋아해요."
데니즈가 말했다.

"그래?" 올리브가 대꾸했다.

"나도야." 헨리 키터리지가 맞장구쳤다.

가을이 오자 아침 나절에도 어둑해서, 짧은 햇살 한 조각만 약
국에 비쳐들다가 이내 해가 건물 뒤쪽으로 넘어가면 약국은 일
찍부터 천장의 전등을 켜야 했다. 헨리가 약국 안쪽에 서서 작은
플라스틱 약병을 채우고 전화를 받는 동안 데니즈는 약국 앞쪽

계산대에서 일을 했다. 점심시간이면 그녀가 먼저 집에서 가져온 샌드위치를 꺼내 약품 창고가 있는 약국 안쪽에서 먹고 그다음에 헨리가 점심을 먹었는데, 약국에 손님이 없으면 그들은 옆건물 슈퍼마켓에서 사온 커피를 마시며 함께 시간을 보냈다. 데니즈는 천성이 조용한 여자였지만 갑자기 수다스러워질 때가 있었다. "저희 엄마는 오랫동안 MS*를 앓으셨거든요. 그래서 저희는 어릴 때부터 집안일을 도와야 했어요. 저희 오빠들은 셋이 서로 다 달라요. 형제끼리 아주 다른 거, 우습다고 생각지 않으세요?" 샴푸를 가지런히 정돈하면서 데니즈가 말하길, 아버지는 큰오빠를 제일 아꼈는데 큰오빠는 아버지가 맘에 안 들어하는 여자와 결혼해 눈 밖에 났다고 한다. 자신의 시어른들이 매우 좋다는 얘기도 했다. 헨리를 만나기 전에 개신교도 남자친구가 있었는데 그의 부모는 데니즈에게 별로 잘해주지 않았다고 했다. "그 사람하곤 어차피 잘 안 됐을 거예요." 귀 뒤로 머리칼을 넘기며 데니즈가 말했다.

"헨리야말로 훌륭한 남편이지." 헨리 키터리지가 대꾸했다.

그녀는 열세 살 난 소녀처럼 안경 너머로 빙그레 웃었다. 그는 다시 한번 그녀의 트레일러와 두 젊은 부부가 다 큰 강아지들처

---

* Multiple Sclerosis, 다발성경화증.

럼 서로 장난치는 모습을 그려보았다. 녹인 황금이 마음속으로 스며들기라도 한 것처럼, 그 광경이 왜 그렇게 흐뭇하게 그려지는지 헨리는 알지 못했다.

데니즈는 그레인저 부인만큼 유능했지만 더 느긋했다. "두번째 코너 비타민 바로 밑에요." 그녀는 손님에게 먼저 이렇게 설명했다. "여기요, 제가 보여드릴게요." 언젠가 그녀는 헨리에게 손님이 약국을 일단 죽 돌아보도록 한 다음에야 뭘 도와드릴지 묻는다고 말했다. "그렇게 하면 필요한 줄 모르고 있던 물건을 찾을 수도 있고, 그러면 매출이 늘잖아요." 겨울 햇살 한 토막이 유리로 된 화장품 선반 위로 펼쳐졌다. 기다란 마룻바닥 한 부분이 꿀처럼 반들거렸다.

헨리는 칭찬하듯 눈을 치켜떴다. "데니즈, 자네가 약국에 온 날이 내겐 행운의 날이었군그래." 그녀는 손등으로 안경을 밀어올린 다음 연고가 든 병들을 총채로 톡 털었다.

일주일에 한 번 혹은 필요하면 그보다 자주 포틀랜드에서 의약품을 배달하는 제리 매카시는 가끔 약국 안쪽에서 점심을 먹었다. 그는 고등학교를 갓 졸업한 열여덟 살 소년이었다. 덩치가 크고 뚱뚱하고 얼굴이 둥근 제리는 땀을 너무 많이 흘려서 웃옷이 군데군데 땀으로 젖곤 했는데, 때로 가슴까지 젖어 가련한 소년은 젖이 줄줄 새는 모양새가 되었다. 플라스틱 상자에 걸터앉

18

아 거의 귀를 그 커다란 무릎까지 처박고 샌드위치를 먹을 때면 빵에서 마요네즈 범벅인 계란이나 참치 샐러드가 삐져나와 셔츠에 떨어지곤 했다.

데니즈가 종이 타월을 갖다주는 걸 헨리가 본 것만도 여러 번이었다. "나도 잘 그래." 하루는 그녀가 소년에게 하는 말을 들었다. "간단한 햄 샌드위치면 모를까, 샌드위치 먹을 때마다 엉망이 돼." 그 말은 사실일 리 없었다. 데니즈는 다른 건 몰라도 더할 나위 없이 깔끔했다.

"안녕하세요?" 전화벨이 울리자 데니즈가 전화를 받으며 말했다. "빌리지 약국입니다. 오늘은 무얼 도와드릴까요?" 소꿉놀이하는 어린 소녀 같았다.

약국 안의 공기가 매섭도록 차가웠던 월요일 아침, 헨리는 약국 문을 열면서 물었다. "주말 잘 보냈어, 데니즈?" 전날, 올리브가 교회에 가지 않겠다고 고집을 부리자, 헨리는 평소와 달리 싫은 소리를 했다. "그게 그렇게 어려운 일이야?" 속옷 바람으로 바지를 다리다가 그가 저도 모르게 언성을 높였다. "아내가 남편따라 교회 가는 게?" 올리브 없이 교회에 가면 가정에 문제가 있다고 만천하에 공개하는 것처럼 보일 것이다.

"그래, 젠장, 엄청 어려운 일이야!" 올리브는 거의 침까지 뱉을 지경이었고, 분노의 문이 활짝 열렸다. "내가 얼마나 피곤한

지 당신이 알기나 해? 종일 애들 가르치지, 염병할 교장이라는 작자하고 멍청한 회의는 줄줄이지. 장 보고 요리하고 다림질하고 빨래하고. 크리스토퍼하고 같이 숙제하고! 그런데 당신은……" 그녀가 식탁 의자 등받이를 움켜잡자, 아직 간밤에 헝클어진 채 그대로인 머리카락이 흘러내려 눈을 덮었다. "고명하신 우리 헨리 키터리지 집사님, 당신은, 고작 다른 사람들 눈이 무서워서 날더러 일요일 아침을 포기하고 교회에 가서 궁뎅이 붙이고 앉아 있으라는 거잖아!" 그녀는 갑자기 의자에 털썩 주저앉았다. "그리고 나는 그게 지긋지긋하다는 거고." 그녀는 침착하게 말했다. "죽도록 지겨워."

짙은 어둠이 마음속으로 우르르 몰려들었다. 그의 영혼은 짙은 어둠 속에서 숨이 막혔다. 다음 날 아침, 올리브가 그에게 말을 걸었다. "지난주에 짐의 차에서 토한 냄새가 진동을 하더라구. 청소가 되어 있으면 좋을 텐데." 짐 오케이시는 올리브와 같은 학교의 동료 교사로, 벌써 몇 년째 올리브와 크리스토퍼의 등하굣길에 차를 태워주었다.

"그러게." 헨리의 대꾸로 두 사람의 싸움도 끝이었다.

"아, 저는 근사한 주말을 보냈어요." 얘기하는 데니즈의 두 눈이 안경 너머에서 너무도 어린아이처럼 맑아, 지켜보는 헨리는 가슴이 찡할 지경이었다. "시댁에 갔다가 밤에 감자를 캤어요.

헨리가 차의 전조등을 켜서 그걸 조명 삼아 감자를 캤거든요. 차가운 흙 속에서 감자를 찾는 게 꼭 부활절 달걀 사냥 같았어요!"

그는 페니실린 한 박스를 풀다 말고 내려와 그녀에게 다가갔다. 아직 손님은 없었고, 창문 아래 라디에이터가 쉭쉭 소리를 냈다. 그가 맞장구를 쳐주었다. "그랬군, 좋았겠어, 데니즈." 그녀가 곁에 있는 비타민 선반 꼭대기를 만지작대며 고개를 끄덕였다. 잠시 그녀의 얼굴에 두려운 표정이 스쳤다. "저는 추워서 곧 차에 들어가 앉았는데, 감자를 캐는 헨리를 지켜보니, '이렇게 좋을 순 없는데' 하는 생각이 들었어요."

아직 어린 그녀의 인생에서 무엇이 그녀로 하여금 행복을 믿지 못하게 만들었을까, 헨리는 생각했다. 아마 어머니의 병 때문에 그리 되었겠지. 그가 말했다. "즐겨야지, 데니즈. 앞으로도 행복할 날이 수십 년이나 남았는데." 아니면 천주교 신자라서 그런지도 모르지, 다시 페니실린 상자 쪽으로 돌아가면서 그가 생각했다. 천주교에서는 뭐든 내 탓이라고 가르치니까.

그리고 다음 해. 그해가 헨리 키터리지의 생에서 가장 행복했던 때였을까? 인생의 어떤 해가 되었든 그런 주장을 하는 것이 어리석은 일인 줄 알면서도 헨리는 그해가 그랬다고 생각한 적이 많았다. 그의 기억에 그해는 시작이나 끝이라는 개념이 없는 시간이라는 달콤한 느낌으로 남아 있다. 겨울날 아직 어둠이 가시지 않은 이른 아침에, 또는 봄이 되어 동틀 무렵에, 또는 한여름을 가르며 약국으로 운전해올 때 그를 소박한 충만함으로 채워준 것은 일에서 느끼는 작은 기쁨들이었다. 헨리 시보도가 자갈 깔린 주차장 안으로 차를 몰고 들어오면 헨리 키터리지는 데니즈를 위해 문을 잡아주며 외치곤 했다. "여어, 헨리!" 그러면 헨리 시보도는 입이 귀에 걸린 채 점잖고 유머러스한 밝은 얼굴로 열린 차창 밖으로 얼굴을 내밀고 대답했다. "예, 헨리!" 때로는 거수경례만 나누기도 했다.

"헨리!" 그러면 다른 헨리가 대답했다. "헨리!" 그들은 이런 순간을 즐겼고, 데니즈는 두 사람 사이에서 부드럽게 패스되는 풋볼 공처럼 가게 안으로 쏙 들어갔다.

손모아장갑을 벗은 그녀의 손은 아이의 손처럼 가냘팠지만 금전등록기의 단추를 누르거나 흰 봉지에 물건을 담을 때면 성숙한 여인의 우아한 손이 되었다. 남편을 애정으로 쓰다듬고, 언젠가 아기의 기저귀를 채우며 열이 나는 이마를 쓸어주고, 치아 요정의 선물을 베개 밑에 넣어줄, 은근한 권위를 자랑하는 여인의 손이라고 헨리는 생각했다.

재고 목록을 다시 읽다가 흘러내리는 안경을 콧잔등 위로 밀어 올리는 그녀를 지켜보며 헨리는 데니즈가 바람직한 미국 여인의 전형이라고 생각했다. 당시는 히피들이 득세하던 시기로, 〈뉴스위크〉에서 읽은 마리화나와 '자유연애' 기사로 불편했던 헨리의 마음은 데니즈만 한번 쳐다봐도 편안해졌다. "우리는 로마처럼 망해가고 있어." 올리브가 의기양양하게 말했다. "미국이라는 '빅 치즈'*가 썩어버렸다고." 그러나 헨리는 온건파가 우세하다는 점을 믿어 의심치 않았고, 언젠가 남편과 진정한 가정을 꾸리는 것만을 꿈꾸는 여자와 매일 약국에서 일했다. "저는 여성 해방 따윈 관심 없어요." 데니즈가 헨리에게 말했다. "저는 집을 갖고, 침대를 정돈하고 싶을 뿐이에요." 그렇지만 헨리 키터리지에게 딸이 있다면(그는 딸이 있으면 정말 좋겠다고 생각했다) 그는 이런 생각에 대해 주의를 주었을 것이다. 아마 이렇게 말했을 것이다. 좋아, 침대를 정돈하렴. 하지만 머리를 쓸 방법을 찾아야지. 하지만 데니즈는 그의 딸이 아니었으므로 그는 가사를 돌보는 것도 고귀한 일이라고 말했다. 그때만 해도, 그는 피붙이가 아닌 사람을 보살필 때 느끼는 자유로움이 어떤 것인지 미처 알지 못했다.

헨리는 그녀의 꾸밈없는 태도를 좋아하고 그 순수한 꿈이 좋

---

* '거물'을 뜻한다.

왔지만, 그렇다고 데니즈와 사랑에 빠진 것은 아니었다. 천성이 과묵한 데니즈의 성품 때문에 그는 오히려 올리브를 전에 없이 더욱 간절히 원하게 되었다. 올리브의 날카로운 의견과 탱탱한 가슴, 격렬한 감정 변화와 갑작스레 터져 나오는 큰 웃음은 그의 내면에 아프도록 격심한 욕정을 새로이 불러일으켰고, 때로 어둠 속에서 가쁜 숨을 몰아쉴 때 떠오르는 건 데니즈가 아니라 묘하게도 그녀의 젊고 건강한 남편—동물적인 소유욕에 무너지는 젊은 사내의 격정—이었다. 뭇 사내가 몸속 깊이 어둡고 이끼 낀 땅의 비밀을 간직한 여성들의 세계를 사랑하듯, 아내를 사랑하는 행위에서만은 헨리 키터리지도 다른 모든 사내와 다를 바가 없었다.

"세상에." 올리브는 헨리가 제 몸에서 내려올 때면 진땀을 빼며 말했다.

헨리 키터리지도 그랬지만 헨리 시보도 대학 때 풋볼을 했다. "재미있지 않았어요?" 어느 날, 젊은 헨리가 그에게 물었다. 평소보다 좀 일찍 데니즈를 데리러 온 헨리 시보도가 약국 안으로 들어왔다.

"사람들이 관중석에서 소리치고, 패스해준 공이 내 눈앞으로 날아오고 나는 그 공을 잡아내고 말이죠. 아, 저는 풋볼이 정말 좋았어요." 빙긋 웃는 그의 맑은 얼굴은 굴절된 불빛을 발하는 것 같았다. "정말 좋았죠."

"나는 자네만큼은 못했던 거 같은데." 헨리 키터리지가 대꾸했다. 그는 뛰고 피하는 건 잘했지만 공격적이지 않아 훌륭한 선수는 되지 못했다. 경기 때마다 두려워했던 기억이 떠올라 부끄러웠다. 성적이 떨어져 풋볼을 그만둬야 했을 땐 일말의 안도감마저 들었다.

"아, 저도 그렇게 잘하진 못했어요." 헨리 시보도가 큰 손으로 머리 위를 쓸며 말했다. "그냥 좀 좋아했을 뿐이죠."

"잘했어요." 데니즈가 외투를 입으며 말했다. "정말 잘했어요. 치어리더들이 헨리한테만 특별 응원을 보내기도 했는걸요." 데니즈는 수줍어하면서도 자랑스럽게 덧붙였다. "시보도, 시보도, 화이팅!"

문 쪽으로 가면서 헨리 시보도가 말했다. "저, 선생님과 사모님을 곧 저녁식사에 초대하려고요."

"아, 무슨. 그런 건 신경 쓰지 말게."

얼마 전 데니즈는 올리브에게 단정한 작은 글씨체로 초대해줘서 고마웠다는 인사를 써 보냈다. 올리브는 카드를 흘깃 보더니 식탁 건너편 헨리에게 툭 던졌다.

"글씨체도 주인만큼이나 조심스럽네." 올리브가 말했다. "내가 본 중에 제일 평범한 애야. 근데 걔는 피부색도 창백한데 왜 만날 회색하고 베이지색만 입는대?"

"그러게." 그가 같은 생각을 해본 적이 있는 것처럼 맞장구치며 말했다. 그런 생각을 해본 적은 없었지만.

"맹추." 올리브가 말했다.

하지만 데니즈는 맹추가 아니었다. 그녀는 셈이 빠르고 약국에서 파는 의약품에 대해 헨리가 이야기해준 것은 모조리 기억했다. 데니즈는 대학에서 축산학을 전공했고, 분자 구조에 정통했다. 때로 그녀는 쉬는 시간에 약국 안쪽 방에서 머크* 매뉴얼을 무릎에 놓고 들여다보았다. 그녀는 안경 때문에 진지해 보이는 아이 같은 얼굴로 매뉴얼을 뚫어져라 바라보았다. 무릎을 세우고 어깨는 앞으로 숙인 자세였다.

귀엽군. 지나치다 문 틈으로 흘끗 그녀를 볼 때마다 헨리는 생각하곤 했다. 그럴 때면 인사를 건넸다. "별일 없어, 데니즈?"

"아, 네. 별일 없어요."

그는 약병을 정리하고 타자로 라벨을 작성하면서 빙그레 웃었다. 데니즈의 천성은 아스피린이 COX-2 효소와 반응하듯이 헨

---

* 독일의 의약품 전문 회사.

리의 천성에 쉽게 융화되었다. 헨리의 나날은 순조로웠다. 라디에이터의 쉭쉭대는 속삭임도, 누가 가게 안으로 들어설 때 나는 작은 벨 소리도, 마룻바닥의 삐걱임도, 금전등록기가 '카칭' 하고 열리는 소리도. 당시 그는 가끔씩 약국이 조용하고 원활히 돌아가는 건강한 자율신경계 같다고 생각했다.

저녁이면 아드레날린이 샘솟으며 긴장감이 감돌았다. "나는 종일 요리하고 청소하고 식구들 뒤치다꺼리나 하고!" 올리브가 비프스튜 한 그릇을 헨리 앞에 탁 내려놓으며 소리쳤다. "다들 목을 빼고 내가 뭘 해주기만을 기다리잖아." 경계경보에 팔뚝의 살갗이 따끔거렸다.

"네가 집안일을 좀더 거들어야 할 것 같다." 헨리가 크리스토퍼에게 말했다.

"당신이 뭔데 애한테 이래라저래라야? 얘가 사회 시간에 어떤 일을 겪는지 알지도 못하면서!" 올리브가 이렇게 소리지르는 동안 크리스토퍼는 말없이 얼굴에 고소하다는 듯한 미소를 띠었다.

"원 참, 짐 오케이시가 당신보다 더 애를 안쓰러워해." 올리브가 말했다. 그녀는 식탁을 내리치듯 탕 치며 냅킨 한 장을 놓았다.

"짐은 같은 학교 선생이고, 당신하고 크리스를 매일 보니까 그렇지! 대체 사회 시간이 뭐가 문젠데?"

"빌어먹을 선생이 애를 들들 볶는 거지 뭐겠어. 짐 같으면 직
감으로도 알겠구만!" 올리브가 말했다. "당신은 애를 매일 보면
서 아무것도 몰라. '평범한 제인'하고 당신의 작은 세계에서 아
주 편안하거든."

"데니즈는 훌륭한 직원이야." 헨리가 대답했다. 하지만 아침
이면 올리브의 어두운 기분은 걷혀 있는 때가 많았고, 그러면 헨
리는 간밤에 사라진 것만 같던 희망을 다시 품고 일터로 차를 몰
았다. 약국에서는 남자들을 이렇게 구박하지 않는다. 데니즈는
제리 매카시에게 대학에 갈 계획이냐고 물었다. "몰라요. 안 갈
거 같은데." 소년의 얼굴은 홍조를 띠었다. 손목과 배가 통통하
고 아직 독립하지 않고 부모 집에 얹혀사는 그는 데니즈를 좋아
하거나, 그녀가 곁에 있으면 아이가 된 기분인지도 몰랐다.

"야간 수업을 들어." 데니즈가 밝게 말했다. "성탄절 지나자
마자 신청할 수 있어. 한 과목만 듣는 거야. 그게 좋아." 데니즈
가 고개를 끄덕이며 헨리를 쳐다보자 그도 고개를 끄덕였다.

"제리, 데니즈 말이 맞다." 소년에 대해 별반 관심을 기울인
적이 없던 헨리가 말했다. "관심 있는 게 뭐지?"

소년이 거대한 어깨를 으쓱했다.

"분명 관심 가는 게 있을 텐데."

"이런 거요." 소년은 최근에 자신이 뒷문으로 배달한 포장된 약 상자를 가리켰다.

그리하여 소년은 놀랍게도 과학을 수강 신청했고, 이듬해 봄에 그가 A학점을 받자 데니즈는 말했다. "꼼짝 말고 거기 있어." 그녀는 슈퍼마켓에서 작은 상자에 담긴 케이크를 사가지고 돌아왔다. "헨리, 전화벨만 울리지 않으면 우리 축하 파티 해요." 제리는 입안에 케이크를 밀어넣으며 시험 직전 일요일에 미사에 가서 시험을 잘 보게 해달라고 기도했다고 데니즈에게 말했다. 헨리는 천주교인들의 이런 점이 놀라웠다. 그래서 거의 이렇게 말할 뻔했다. 제리, 하느님이 너한테 A를 안겨준 게 아니야, 네가 한 거지. 그러나 데니즈는 이렇게 말했다. "주일마다 미사에 가니?"

손가락에 묻은 설탕을 빨던 소년은 부끄러운 듯 대답했다. "이제부터 그럴 거예요." 데니즈가 이 말에 소리 내어 웃자 제리도 분홍빛으로 물든 얼굴을 빛내며 웃었다.

지금은 11월, 십수 년이 지나 일요일 아침에 머리를 빗을 때면 헨리는 빗을 다시 주머니에 집어넣기 전에 검은 빗살에서 흰 머리칼을 몇 가닥씩 떼어내야 한다. 지금 그는 교회로 출발하기 전, 올리브를 위해 스토브 불을 켠다. "소문 좀 주워듣고 와." 올리브는 사과가 곤죽이 되어 끓고 있는 솥을 들여다보면서 스웨터 자락을 펴며 그에게 말한다. 끝물 사과로 소스를 만드는 중인데, 냄새가 잠시 그의 코끝에 와 닿는다. 트위드 재킷과 넥타이 차림으로 문밖으로 나서는데 달콤하고 친숙한 향이 오래된 어떤 열망을 불러일으킨다.

"노력해볼게." 그가 대꾸한다. 요즘은 정장 차림으로 교회에 가는 사람이 없는 듯하다.

실은 이젠 한 줌 남짓한 사람들만 꼬박꼬박 교회에 간다. 헨리는 이 사실이 슬프고 걱정스럽다. 지난 오 년 동안 목사가 두 번이나 바뀌었는데, 둘 다 교인들을 감화시키지 못했다. 턱수염을 기르고 가운을 입지 않는 현재의 목사는 오래가지 않을 거라고 헨리는 생각한다. 젊고 아이를 계속 낳고 있으니 오래 머물지 않을 것이다. 교인 수가 줄어드는 게 염려스러웠던 것은 헨리가 점점 부정하려 애쓰는 사실을 다른 이들 역시 느꼈는지도 모르기 때문이다. 매주 드리는 이 예배가 진정한 위안이 되지 않는다는 점. 그들이 고개를 조아리거나 찬송가를 부를 때 (헨리에게는) 더이상 실재하는 하느님이 그들을 축복한다는 느낌이 들지 않는다는 점이다. 올리브는 이제 공공연한 무신론자가 되었다. 헨리는 언제 이런 일이 일어났는지 모른다. 갓 결혼했을 때는 그렇지 않았다. 두 사람은 대학 생물 시간에 동물 해부에 대해 이야기하고, 호흡 하나만 보아도 그것이 얼마나 기적인지, 얼마나 찬란한 힘에 의한 창조인지에 대해 말하곤 했다.

이제 헨리는 비포장도로를 달리다가 시내로 이어지는 포장도로에 접어든다. 헐벗은 단풍나무 가지에는 짙붉은 잎새 몇 개만이 매달려 있다. 떡갈나무 잎사귀는 적갈색이고 비틀려 있다. 나무들 틈새로, 구름으로 뒤덮인 11월의 하늘 아래 무표정하고 쇳덩이 같은 잿빛 바다가 설핏 보인다.

약국이 있던 자리를 지나친다. 그 자리에는 이제 거대한 자동 유리문이 달린 대형 드러그스토어 체인점이 들어서 있다. 옛 약국과 슈퍼마켓이 있던 자리는 물론, 헨리와 데니즈가 하루 일과를 마치고 각자 집으로 돌아가기 전에 커다란 쓰레기통 곁에서 한담을 나누던 주차장 자리까지 전부 차지해버린 거대한 드러그스토어에는 약만 파는 게 아니고 종이 타월과 각종 쓰레기봉투까지, 없는 게 없다. 접시와 머그잔, 주걱, 고양이 사료까지 살 수 있다. 옆쪽에 있던 나무들은 모두 잘려나가고 그 자리는 주차장이 되었다. 사람은 익숙해지지 않으면서도 익숙해지기 마련이지, 그는 생각한다. 데니즈가 겨울 추위에 떨며 서 있다가 결국 차에 타던 것이 참으로 오래된 일 같기만 하다. 그녀는 얼마나 어렸던가! 그 어린 얼굴에 비친 당혹감을 기억하는 건 또 얼마나 고통스러운가. 그러나 헨리는 자신이 어떻게 그녀를 웃게 만들었는지 지금도 기억한다. 머나먼 텍사스에, 너무 멀어서 완전히 다른 나라인 것만 같은 텍사스에 있는 데니즈는 이제 그 옛날 헨리의 나이가 되었다. 어느 밤, 그녀가 붉은 손모아장갑 한 짝을 떨어뜨렸다. 헨리는 허리를 숙여 장갑을 주운 다음 장갑의 입구를 벌려주고 그녀의 작은 손이 쏙 들어가는 걸 지켜보았다.

하얀 교회당은 헐벗은 단풍나무들 근처에 웅크리고 있다. 왜 이렇게 유난히 데니즈 생각이 나는지 헨리는 알고 있다. 지난 이십 년 동안 그녀로부터 늘 제때 날아왔던 생일 카드가 지난주에는 오지 않았다. 데니즈는 카드에 짤막한 인사를 전했다. 고등학교 1학년인 폴이 비만아가 되었다는 작년의 내용처럼 때로 한두 줄 두드러지는 내용이 있었다. 그녀는 자신이나 남편이 아들의 비만에 대해 무슨 수를 쓸 것인지, 무슨 '수'를 쓸 수 있기나 한 것인지 언급하지 않았다. 폴보다 어린 쌍둥이 딸들은 둘 다 운동을 잘하고 남자아이들에게서 전화가 오기 시작했다며, "그래서 너무 겁이 나요"라고도 썼다. 데니즈는 카드 끝에 맺음말로 '사랑을 담아'라고 쓰는 법이 없고, 늘 그 작고 단아한 글씨체로 '데니즈'라고만 썼다.

교회 옆 자갈이 깔린 주차장에서 방금 차에서 내린 데이지 포스터가 짐짓 놀란 듯 반가운 표정으로 배시시 웃고 있다. 데이지의 반가움이 진심이라는 걸 헨리는 알고 있다. 데이지는 언제나 그를 보면 기뻐하니까. 데이지의 남편은 이 년 전에 죽었다. 퇴직한 경찰관으로 데이지보다 스물다섯 살이나 많았던 그는 실로 죽도록 담배를 피워댔다. 친절한 푸른 눈의 데이지는 여전히 언제나처럼 사랑스럽고 다정하다. 그녀가 앞으로 어떻게 될지 헨리는 알지 못한다. 늘 하던 대로 교회당 중간쯤의 좌석에 앉으며 헨리는 여자들이 남자들보다 훨씬 용감하다고 생각한다. 올리브가 죽고 혼자 남겨진다는 생각만 해도 참을 수가 없는데, 그 두려움을 어렴풋이 알 것 같다.

그리고 그의 마음은 이제 사라지고 없는 약국으로 다시 옮겨간다.

"헨리는 이번 주말에 사냥하러 가요." 11월 어느 아침 데니즈가 말했다. "헨리, 사냥하세요?" 금전등록기의 현금 서랍을 채우던 그녀는 헨리를 쳐다보지 않았다.

"옛날엔 했지." 헨리가 대답했다. "지금은 사냥하기엔 너무 늙었어." 젊었을 때 암사슴 한 마리를 쏜 적이 있는데, 그는 겁에

질린 여린 동물이 앞뒤로 머리를 들썩거리다가 가느다란 다리가
푹 꺾이며 숲 바닥에 고꾸라지는 걸 보고 몹시 충격받았다. "당
신은 너무 물러터졌다니까." 올리브가 말했다.

"토니 쿠지오랑 같이 간대요." 데니즈가 금전등록기의 서랍
을 탁 닫고는 입구 쪽 카운터에 가지런히 놓여 있던 입냄새 제거
사탕과 껌을 정돈했다. "다섯 살 때부터 헨리와 제일 친한 친구
예요."

"토니는 지금 뭐 하는데?"

"토니는 결혼해서 아이가 둘이에요. 미드코스트 파워 전력회
사에 다니고 아내랑 싸우죠." 데니즈가 헨리를 건너다봤다. "제
가 그러더라고 말하진 마시구요."

"안 할게."

"토니의 아내가 신경이 날카로워져서 소리 지를 때가 많아요.
휴, 저 같으면 그렇게 살고 싶지 않을 거 같아요."

"사는 게 아니겠지."

그때 전화벨이 울리고, 데니즈가 장난스레 발끝으로 움직이며
등을 돌리고 전화를 받으러 갔다. "빌리지 약국입니다. 무얼 도
와드릴까요?" 잠시 침묵. "아 네. 철분이 안 들어간 종합비타민
있어요…… 별말씀을요."

점심시간. 데니즈가 아기 얼굴을 한 뚱보 제리에게 말했다.

"우리가 데이트할 때 남편이 늘 토니에 대해서 얘기했거든. 둘이 어릴 때 무릎이 까진 얘기며 등등. 한번은 둘이 어디론가 가서 날이 저물도록 안 돌아왔는데 토니 어머니가 그러더래. '어찌나 걱정이 되는지 오기만 하면 죽여버릴 참이었다!'" 데니즈는 제회색 스웨터에서 보풀을 떼어내며 말했다. "난 늘 그 말이 참 우습다고 생각했어. 자식이 죽었을까봐 걱정하면서 죽여버리겠다고 말하다니."

"자네도 한번 기다려봐." 제리가 뒤쪽 창고에 가져다놓은 상자들을 피해 걸으며 헨리 키터리지가 말했다. "자식이 처음 열이 나는 날부터 시작해서 걱정이 끊일 날이 없지."

"정말 기다려져요." 데니즈가 이렇게 대답하자 그녀에게 아이가 생겨 약국을 그만둘지도 모른다는 생각이 처음으로 들었다. 제리가 갑자기 물었다. "그 사람 좋아해요? 토니? 누나하고 토니하고 잘 지내요?"

"응, 좋아해." 데니즈가 대답했다. "천만다행이지. 처음엔 토니를 만나기가 겁났어. 제리, 어릴 때부터 친한 친구가 있니?"

"있겠죠." 대답하는 제리의 통통하고 매끈한 두 뺨이 발그레해졌다. "하지만 우린 각자 제 갈 길을 갔다고 할까요."

"내 제일 친한 친구는," 데니즈가 말을 꺼냈다. "중학교 들어갈 때가 되니까 뭐랄까, 갑자기 너무 조숙해졌달까. 뭐 마실 거 하나 더 줄까?"

어느 토요일, 집에서 점심으로 치즈를 넣고 구운 게맛살 샌드위치를 먹을 때였다. 크리스토퍼가 샌드위치 하나를 입으로 가져가는데 전화벨이 울려 올리브가 전화를 받으러 갔다. 시키지도 않았는데 크리스토퍼는 샌드위치를 손에 들고 기다렸다. 헨리는 마음속으로 그 장면을 떠올려보았다. 거실에서 올리브의 목소리가 들려왔을 때 아들이 직감적으로 예를 갖췄던 모습이 떠올랐다. "이런 불쌍한 것," 전혀 그녀답지 않게 낙담했던 올리브의 그 목소리를 헨리는 그후 영원히 기억하게 된다. "이 불쌍한 걸 어째, 불쌍해서 어째."

그때 헨리가 일어나 전화를 받으러 거실로 갔지만 그다음에 기억나는 건 많지 않았다. 데니즈의 목소리가 작았다는 것과, 그녀의 시아버지와 잠시 이야기를 나눈 것 외에는.

장례식은 헨리 시보도의 고향에서 세 시간 거리에 있는 성모 성당에서 치러졌다. 성당은 컸고, 거대한 스테인드글라스 창문으로 막혀 있어 어두웠다. 장례미사를 집전하는 신부는 흰 사제복과 띠 따위를 겹쳐 입고 향을 앞뒤로 흔들었다. 올리브와 헨리가 도착했을 때 데니즈는 이미 친정 부모, 자매들과 함께 앞좌석에 앉아 있었다. 관은 닫혀 있었다. 전날 조문 때도 그랬다. 성당은 거의 꽉 찼다. 뒤쪽 벤치에 올리브와 같이 앉은 헨리는 아는 사람이 아무도 없었는데, 거대한 형체가 눈에 들어와 쳐다보니 제리 매카시였다. 헨리와 올리브는 안쪽으로 들어앉아 제리가 앉을 자리를 만들어주었다.

제리가 속삭였다. "신문에서 부고를 봤어요." 헨리는 소년의 뚱뚱한 무릎에 잠시 한 손을 올렸다.

미사는 길었다. 성경을 봉독하고 또 봉독하더니, 성찬식을 준비하는 복잡한 절차가 이어졌다. 신부가 제대보를 집어 제대 위에 펼치자, 사람들이 한 줄씩 자리에서 일어나더니 앞에 나가 무릎을 꿇고 성체를 받아 입에 넣은 다음, 돌아가며 커다란 은잔에 담긴 포도주를 한 모금씩 마셨다. 헨리와 올리브는 제자리를 지켰다. 죽음이 믿기지 않는 와중에도 헨리는 사람들이 같은 잔을 돌아가며 쓰는 데 놀라고, 모두 한 모금씩 마신 후에는 코가 눈에 띄게 큰 신부가 머리를 뒤로 젖히고 남은 포도주를 몽땅 마셔버리는 데 또 한번 깜짝 놀랐다.

여섯 남자가 중앙 복도를 따라 관을 내갔다. 올리브가 팔꿈치로 헨리를 툭 치자 헨리는 고개를 끄덕였다. 운구하는 사내 중 한 사람—제일 뒤쪽에 있던 사람이었다—은 얼굴이 너무 하얗게 질려 있어서 헨리는 그가 관을 떨어뜨릴까 걱정되었다. 토니 쿠지오였다. 바로 며칠 전, 아직 어두운 새벽 어스름에 헨리 시보도를 사슴으로 오인해 라이플의 방아쇠를 당겨 절친한 친구를 죽인 그였다.

누가 데니즈를 도울 수 있을까? 그녀의 아버지는 버몬트에서도 한참 북쪽에 살았고, 어머니는 장애인이었으며, 오빠와 올케들은 몇 시간이나 떨어진 곳에 살았고, 시댁은 자식을 잃은 슬픔에 마음을 가누지 못하고 있었다. 이 주 동안 시부모님과 같이 있다가 다시 출근한 데니즈가 헨리에게 더는 시댁에 머물 수 없다고 말했다. 좋은 분들이지만 시어머니가 밤새 흐느끼는 소릴 듣고 있노라면 소름이 끼친다고 했다. 자기도 울 수 있도록 혼자 있고 싶다고 했다.

"물론 그렇겠지, 데니즈."

"하지만 트레일러로 돌아갈 순 없어요."

"그렇지."

그날 밤, 헨리는 두 손에 턱을 괴고 침대에 걸터앉았다. "올리브, 데니즈가 도무지 의지할 사람이 없어. 글쎄, 운전도 할 줄 모르고, 수표를 쓸 줄도 몰라."

"어떻게 그럴 수가 있어?" 올리브가 물었다. "버몬트에서 자랐는데 운전을 못한단 말야?"

"그러게 말야." 헨리가 맞장구를 쳤다. "운전을 못하는 줄은 나도 전혀 몰랐어."

"하, 헨리가 왜 개하고 결혼했는지 알겠군. 처음엔 모르겠더라구. 하지만 장례식에서 헨리 어머니를 한번 보니까 딱 알겠더라. 불쌍한 사람 같으니. 사람이 매가리가 하나도 없더라구."

"슬퍼서 제정신이 아니니까."

"그건 나도 알아." 올리브가 꾹 참아가며 말했다. "내 말은 헨리가 자기 어머니랑 똑같은 여자랑 결혼했다는 거야. 남자들은 그러거든." 그녀가 잠시 말을 멈추었다가 말했다. "당신만 빼고."

"운전을 배워야 할 텐데." 헨리는 걱정스러웠다. "그게 급선무야. 그리고 살 집이 필요하고."

"운전학원에 등록시켜."

그는 운전학원 대신 데니즈를 제 차에 태우고 차가 드문 비포장도로로 나갔다. 어느새 눈이 왔지만 물가로 이어지는 도로는 어부들의 픽업트럭이 드나든 덕에 눈이 많이 쌓이지 않았다. "그렇지. 천천히 클러치를 밟는 거야." 차가 야생마처럼 꿈틀대자 헨리는 손으로 계기판을 짚었다.

"아, 죄송해요." 데니즈가 기어들어가는 소리로 말했다.

"아냐, 아냐. 잘하고 있어."

"너무 겁이 나서요. 아휴."

"처음이라서 그래. 하지만 바보들도 운전하고 다닌다는 것만
명심하면 돼."

그를 쳐다보던 데니즈가 갑자기 소리 내어 웃자 헨리도 웃었
다. 계속 웃던 데니즈는 저도 모르게 눈물이 그렁그렁 맺히자,
차를 세우고 헨리가 내미는 흰 손수건을 받아야 했다. 데니즈는
안경을 벗었고, 그녀가 눈물을 훔치는 동안 헨리는 창밖으로 눈
을 돌렸다. 눈 때문에 길가의 숲이 흑백사진 같았다. 검은 줄기
위로 굵은 가지를 뻗은 상록수마저 어두워 보였다.

"됐어요." 데니즈가 말했다. 그녀가 다시 시동을 걸자 헨리의
몸이 다시 앞으로 쏠렸다. 데니즈가 클러치를 망가뜨리기라도
하면 올리브는 몹시 역정을 낼 것이다.

"아, 괜찮아, 괜찮아." 그가 데니즈에게 말했다. "연습을 해야
잘하지, 그게 전부야."

몇 주 후, 그는 운전면허 시험을 위해 데니즈를 오거스타로 데
려갔고, 그다음엔 그녀가 차를 살 때 같이 갔다. 차를 살 돈은 있
었다. 알고 보니 헨리 시보도는 괜찮은 생명보험을 들어두었다.
데니즈에겐 적어도 그거라도 있었다. 헨리 키터리지는 데니즈가
자동차보험에 들도록 도와주고, 보험료 납입 방법을 설명해주
었다. 그에 앞서 데니즈를 은행에 데려가, 그녀가 평생 처음으로

수표 계좌를 열게 해줬다. 수표를 쓰는 법도 일러주었다.

어느 날 일을 하다가, 헨리를 위해 매주 초를 켜고 매달 미사를 집전하도록 그녀가 성모 성당에 보낸 수표의 액수를 듣고 헨리 키터리지는 입을 다물지 못했다. 그는 그냥 한마디만 했다. "아, 그건 좋은 일이지." 그녀는 살이 빠졌고, 하루가 끝날 무렵 헨리는 어두운 주차장에서, 건물 옆 가로등 가운데 하나 아래에 서 있다가 그녀의 불안한 얼굴이 운전대 너머를 바라보는 모습을 보고 깜짝 놀랐다. 헨리는 제 차에 올라탔지만, 그 슬픈 마음을 밤새 떨쳐버리지 못했다.

"대체 뭐 때문에 그렇게 괴로워하는 거야?" 올리브가 따졌다.

"데니즈 말야. 의지할 데가 없어." 그가 대꾸했다.

"사람들은 당신이 생각하는 만큼 그렇게 무력하지 않아." 올리브가 말했다.

스토브 위의 냄비에 뚜껑을 덮으며 그녀가 덧붙였다. "내 참, 이럴 줄 알았다니까."

"이럴 줄 알다니?"

"이런 망할, 어서 개나 좀 내다놔!" 올리브가 말했다. "그리고 저녁 먹게 좀 앉지."

마을 외곽에 새로 지은 단지에 데니즈가 살 아파트도 구했다. 데니즈의 시아버지와 헨리가 얼마 안 되는 이삿짐을 옮기는 걸

도왔다. 아파트는 1층이었는데 해가 잘 들지 않았다. "뭐 깨끗하네." 헨리가 냉장고 문을 열고 텅 빈 새 냉장고 안을 들여다보는 데니즈의 눈길을 지켜보며 말했다. 그녀는 냉장고 문을 닫으며 고개만 주억거렸다. 그리고 조용히 말했다. "한 번도 혼자 살아본 적이 없어요."

약국에서 헨리는 그녀가 멍하니 어슬렁거리는 모습을 지켜보았다. 예상치 못했건만 그 자신의 삶도 참을 수 없을 지경이 되었다. 갑자기 그렇게 되다니 이해할 수 없었다. 그러나 경계해야만 했다. 실수를 할 수도 있었다. 우선, 클리프 모트에게 이제 강심제에 이뇨제를 추가 복용하기 시작했으니 칼륨 섭취를 위해 바나나를 먹으라고 말하는 걸 잊었다. 티벳 집안 여자들은 에리트로마이신 때문에 잠을 설친 적이 있었다. 음식과 함께 복용하라고 말하는 걸 그가 잊었던가? 일도 느려졌다. 알약을 병에 담기 전에 두세 번씩 세면서 자신이 타자로 친 처방 내용을 조심스레 확인하는 날도 많았다. 집에서는 올리브가 말을 하면 집중하고 있다는 걸 보여주려고 눈을 크게 뜨고 바라봤다. 그러나 사실은 마음이 딴 데 가 있었다. 올리브가 무섭도록 낯설었다. 아들은 종종 그를 비웃는 것처럼 느껴졌다. "쓰레기 좀 내다 버려!"

어느 밤 싱크대 아래 문을 열다가 달걀 껍데기와 개털, 제모에 쓰고 버린 종이가 말린 채 담겨 있는 쓰레기봉투를 보고 헨리가 소리쳤다. "우리가 너한테 하라는 게 이것뿐인데 그거 하나 못 해!"

"소리 좀 그만 질러!" 올리브가 말했다. "소리 질러야 사내다운 줄 알아? 딱하긴."

봄이 왔다. 낮이 길어지고 남은 눈이 녹아 도로가 질척했다. 개나리가 활짝 피어 쌀쌀한 공기에 노란 구름을 보태고, 진달래가 세상에 진홍빛 고개를 내밀었다. 헨리는 모든 것을 데니즈의 눈을 통해 그려보았고, 그녀에게는 아름다움이 폭력이리라 생각했다. 콜드웰 씨네 농장을 지나가다 '아기 고양이를 그냥 드립니다'라고 쓴 안내문을 본 헨리는 다음 날 작은 고양이 배변함과 고양이 사료, 그리고 발이 얼마나 하얀지 휘핑크림 그릇 속을 지나온 것 같은 작고 검은 아기 고양이 한 마리와 함께 약국에 들어섰다.

"오, 헨리." 데니즈가 그에게서 아기 고양이를 받아 가슴에 품으며 외쳤다.

헨리는 크나큰 기쁨을 느꼈다.

아기 고양이 슬리퍼스는 아직 너무 어려서, 낮 시간에는 약국에서 지냈다. 제리 매카시는 고양이를 안아보라는 강권에 못 이

겨 뚱뚱한 손으로 슬리퍼스를 들어 땀으로 얼룩진 셔츠에 대고 보듬으며 말했다. "아, 정말. 진짜 귀여워요. 좋은데요." 데니즈는 그제야 제리에게서 털북숭이 부담 덩어리를 받아 안고, 자기 얼굴을 고양이 얼굴에 비벼댔다. 제리가 번들거리는 두터운 입술을 헤 벌리고 데니즈와 고양이를 바라보았다. 제리는 대학에서 두 과목을 더 수강하고 두 과목 모두에서 또 A학점을 받았다. 헨리와 데니즈는 심란한 부모 같은 태도로 축하해주었다. 이번엔 케이크는 없었다.

그녀는 수다의 마법에라도 걸린 듯 재잘대다가도 며칠 동안 침묵을 지키곤 했다. 때로는 약국 뒷문으로 빠져나갔다가 퉁퉁 부은 눈으로 돌아왔다. "일찍 퇴근해도 돼." 그가 말했다. 하지만 그녀는 당황하며 헨리를 바라보았다. "아니에요. 아이 참, 아니에요. 전 여기 있고 싶어요."

그해 여름은 더웠다. 그는 창가 선풍기 옆에 서서 등 뒤로 가느다란 머리카락을 날리며 시선은 안경 너머 창턱에 고정한 채 멍하니 있던 데니즈를 기억한다. 데니즈는 한번에 몇 분씩 그렇게 서 있곤 했다. 그러고는 일주일 동안 오빠 집에 다녀왔다. 또 일주일 동안 부모님 댁에 다녀왔다. "여기가 제가 있고 싶은 곳이에요." 돌아오면 그렇게 말했다.

"이 작은 마을에서 새 신랑을 어떻게 구하겠어?" 올리브가 물었다.

"모르겠어. 나도 그런 생각을 해봤지." 헨리도 인정했다.

"다른 사람이라면 벌써 외인부대에라도 입대해서 새 생활을 시작했을 텐데, 데니즈는 그럴 타입이 아니야."

"아니지."

가을이 오자, 헨리 키터리지는 그날이 다가오는 게 두려웠다. 헨리 시보도의 기일에 데니즈는 시부모와 같이 미사에 참석했다. 그날이 지나고 일주일, 또 일주일이 지나자, 아직 추수감사절이 남았지만 그는 안심이 되었다. 그리고 불안했다. 마치 내려놓을 수 없는 무언가를 들고 있는 것처럼. 어느 밤, 저녁식사 중에 전화벨이 울리자, 그는 불길한 느낌으로 전화를 받았다. 데니즈가 작은 소리로 비명을 지르고 있었다. 그녀가 안 보는 새 슬리퍼스가 집 밖으로 나갔고, 데니즈는 방금 슈퍼마켓에 가려다가 자기 고양이를 차로 치고 말았다.

"가보시지." 올리브가 말했다. "기가 막혀. 가서 당신 애인이나 위로해주라구."

"그만해, 올리브." 헨리가 말했다. "그럴 필요는 없잖아. 데니즈는 어린 나이에 남편을 잃고 지금 자기 고양이까지 치었어. 당신은 동정심도 없어?" 그는 부들부들 떨고 있었다.

"당신이 고양이를 갖다주지 않았으면 빌어먹을 고양이도 안

치었을 거잖아!"

그는 발륨을 챙겨서 나갔다. 그날 밤, 헨리는 데니즈의 소파에 앉아 그녀가 흐느끼는 동안 손을 놓고 앉아 있었다. 그녀의 작은 어깨를 감싸 안고 싶은 마음은 굴뚝같았지만, 그저 무릎에 두 손을 가지런히 모으고 있을 뿐이었다. 식탁에 놓인 작은 등이 빛났다. 그녀는 헨리의 흰 손수건에 코를 풀고 말했다. "오, 헨리. 헨리." 어떤 헨리를 뜻하는지는 알 수 없었다. 그를 올려다보는 데니즈의 작은 눈은 퉁퉁 부어서 거의 감은 듯했다. 그녀는 안경을 벗고 손수건으로 눈가를 눌렀다. "늘 머릿속으로 당신에게 말해요." 그녀가 말했다. 그리고 다시 안경을 썼다. "죄송해요." 그녀가 속삭였다.

"뭐가?"

"늘 머릿속으로 당신에게 말해서요."

"아니, 아니야."

헨리는 데니즈를 아이처럼 재웠다. 그녀는 고분고분 화장실에서 잠옷으로 갈아입고 와서는 이불을 턱까지 당겨 덮고 누웠다. 그는 침대 모서리에 앉아 진정제가 듣기 시작할 때까지 그녀의 머리를 쓰다듬었다. 눈꺼풀이 끔벅거리더니 그녀가 머리를 옆으로 돌리며 알아들을 수 없는 말을 웅얼거렸다. 좁은 도로를 따라 천천히 집으로 돌아오는데, 차창을 짓누르는 어둠이 으스스하게 살아 있는 듯했다. 그는 먼 북쪽으로 가 작은 집에서 데니즈와 사는 자신의 모습을 그려보았다. 북쪽 어디라도 일자리는 구할 수 있을 터이다. 그녀가 아이를 가질 수도 있겠지. 아빠를 좋아할 어린 딸아이를. 여자아이들은 아빠를 좋아하니까.

"그래, 좀 들어보자. '과부 위로꾼'아, 미망인은 어떠시던?" 어둠 속에서 올리브가 침대에서 물었다.

"힘들어하지." 그가 대답했다.

"안 힘든 사람이 어딨어."

다음 날 그와 데니즈는 친밀한 침묵 속에서 일했다. 그녀는 계산대에, 그는 안쪽 조제실에 있었지만, 보이지 않는 데니즈가 그에게 기대고 있는 느낌이 들었다. 마치 그녀가 슬리퍼스가 된 듯, 또는 그가 고양이가 된 듯 두 사람의 내면은 서로에게 부비대고 있었다. 하루 일과가 끝날 때 그가 말했다. "내가 자네를 돌봐줄게." 그의 목소리는 일렁이는 감정으로 충만했다.

데니즈는 그의 앞에 서서 고개를 끄덕였다. 헨리는 그녀의 외투를 여며주었다.

그때 자신이 무슨 생각을 하고 있었는지 그는 알 수 없었다. 아니, 기억나는 게 별로 없었다. 토니 쿠지오가 그녀를 몇 번 찾아갔다는 것. 그녀가 토니에게 이혼하지 말라고, 이혼하면 다시는 성당에서 결혼할 수 없을 거라고 말했다는 것. 밤늦게 데니즈의 작은 아파트에 앉아 그녀에게 용서를 비는 토니를 생각하자 가슴을 찌르던 질투와 분노. 자신을 둘러싸고 미로처럼 뻗어나가던 끈적끈적한 거미줄 속에서 익사하는 듯하던 느낌. 데니즈가 계속 자신을 사랑해주길 바라던 마음. 그리고 데니즈는 그를 계속 사랑했다. 헨리가 빨간 손모아장갑을 집어 데니즈가 손을 집어넣도록 잡아주었을 때 그녀의 눈빛에서 알 수 있었다. 늘 머릿속으로 당신에게 말해요. 쓰라리고 격렬하고 참을 수 없는 고통이었다.

"데니즈," 어느 날 저녁 약국을 닫으며 그가 불렀다. "자네한테도 친구가 필요해."

그녀의 얼굴이 새빨개졌다. 데니즈는 전에 없이 거친 동작으로 외투를 입었다. "저, 친구 있어요." 그녀가 숨을 가쁘게 몰아쉬며 말했다.

"물론 있겠지. 하지만 동네 친구 말이야." 약국 안쪽에서 그녀가 핸드백을 가져올 때까지 그는 입구에서 기다렸다. "커뮤니티 센터에 스퀘어댄스를 배우러 가면 어때? 올리브하고 나하고 전에 다녔거든. 좋은 사람들이 많아."

젖은 얼굴로 헨리를 지나치는 데니즈의 머리 꼭대기가 그의 눈높이에 닿았다. "어쩌면 스퀘어댄스는 구식이라고 생각할 수도 있겠군." 그가 주차장에서 서툴게 농을 했다.

"제가 구식인걸요." 그녀가 들릴 듯 말 듯 중얼거렸다.

"그렇지," 그도 그녀만큼이나 조용히 말했다. "나도야." 어두운 밤을 달려 집으로 가면서 헨리는 커뮤니티 센터에 데니즈를 데려가는 자신의 모습을 그려보았다. "파트너를 빙글 돌려주세요, 그다음에 하나 둘……" 얼굴에 흐드러지듯 미소가 번지고, 발로 박자를 맞추고, 작은 손을 허리에 얹은 데니즈. 아니, 그건 견딜 수 없었다. 헨리는 자신이 한 말에 데니즈가 갑작스레 화난 모습을 보이자 덜컥 겁이 났다. 그녀를 위해 해줄 수 있는 게 없었다. 그녀를 안을 수도, 젖은 이마에 키스할 수도, 슬리퍼스가 죽던 밤처럼 소녀 같은 플란넬 파자마를 입은 그녀 곁에서 잠들 수도 없었다. 올리브를 떠난다는 건 제 다리 한쪽을 톱으로 썰어내는 것만큼이나 상상할 수 없는 일이었다. 데니즈 역시 이혼한 개신교 남자는 원치 않을 테고, 그 역시 그녀의 천주교를 받아들일 수 없을 터였다.

두 사람은 날이 갈수록 서로에게 말을 아꼈다. 이제 그녀는 힐난조의 냉담한 태도만을 보였다. 헨리는 그녀로 하여금 무엇을 기대하게 만들었던가? 그러나 데니즈가 토니 쿠지오의 방문을 언급하거나 포틀랜드에서 영화를 봤다는 소식을 노골적으로 전할 땐 헨리도 싸늘한 태도로 대답을 대신했다. 이런 말이 튀어나오지 않도록 이를 악물어야 했다. "이제 보니 스퀘어댄스는 너무 재미가 없었던가보군?" 사랑싸움이라는 말이 머리를 스치자 그는 진저리를 쳤다.

그런가 하면 데니즈는 갑자기 입을 열기도 했다. 그 무렵 새로운 태도로 접근하며 그녀의 말을 경청하던 거대한 제리 매카시에게 하는 말이 분명했지만 기실은 헨리더러 들으라고 하는 말이었다. 헨리를 쳐다보며 두 손을 긴장한 듯 마주 잡는 그녀를 보면 알 수 있었다. "우리 어머니는 내가 아주 어릴 때, 아프시기 전에, 크리스마스마다 특별한 쿠키를 구워주셨어. 프로스팅을 입히고 스프링클을 뿌려서 쿠키를 장식했지. 가끔은 그때가 제일 재미있던 때가 아닌가 하는 생각이 들어." 안경 너머 눈을 깜빡이는 그녀의 목소리가 떨렸다. 그리고 그때, 남편의 죽음으로 데니즈가 소녀성少女性의 죽음까지 절감하게 되었다는 걸 헨리는 알 수 있었다. 데니즈는 이제 그녀가 알던 유일한 자기 자신의 모습을 잃고, 상실을 애도하고 있었다. 데니즈라는 소녀는 사라지고 이제는 혼란스러운 젊은 미망인만 남았다. 그럴 때면 그녀와 눈을 마주친 그의 눈길이 부드러워졌다.

이런 주기가 반복되었다. 그는 약사가 된 후 처음으로 스스로에게 수면제를 허용하고, 매일 바지 주머니에 수면제를 한 알씩

챙겨 넣었다. "준비 다 됐어, 데니즈?" 가게를 닫을 시간이면 그는 데니즈에게 물었다.

그러면 그녀는 조용히 외투를 가져오거나 부드러운 눈길로 그를 바라보며 말했다. "준비 다 됐어요, 헨리. 하루가 또 갔네요."

찬송가를 부르려고 일어선 데이지 포스터가 고개를 돌리고 그를 보며 생긋 웃는다. 그도 고개를 끄덕이며 찬송가집을 펼친다. "내 주는 강한 성이요 방패와 병기 되시니." 가사가, 찬송가를 부르는 몇 안 되는 교인의 목소리가 희망을 주기도 하고 몹시 슬프게도 만든다. "누군가를 사랑하는 법은 배우는 거야." 그해 봄, 데니즈가 약국 안쪽 조제실로 찾아왔을 때 그가 말했다. 찬송가집을 다시 제자리에 놓고 좌석에 앉으면서 헨리는 데니즈를 마지막으로 봤던 때를 생각한다. 그들은 제리의 부모를 만나러 올라오면서 아기였던 폴을 데리고 헨리의 집에 들렀다. 헨리의 기억에 남겨진 것은 이랬다. 데니즈는 매일 밤마다 소파에서 잠들어 그렇게 밤을 지새우는 적도 있다며 제리가 냉소 섞인 말을 했다. 그때 고개를 돌리고 창밖으로 바다를 내다보던 데니즈는 어깨를 옹송그리고 있어 얇은 터틀넥 스웨터에 작은 가슴이 간신히 표시가 날까 말까 한 자세였지만 배는 불룩했다. 마치 농구

공을 반으로 잘라 삼킨 듯했다. 그녀는 예전의 소녀가 아니라—소녀로 머무는 소녀는 없다—어머니였고, 고단했다. 둥글던 뺨은 배가 부풀면서 동시에 꺼져버려 그녀를 짓누르는 삶의 중력이 벌써 두드러지기 시작했다. 바로 그때 제리가 날카롭게 말했다. "데니즈, 똑바로 서. 어깨 좀 펴라구." 그는 헨리를 바라보며 고개를 저었다. "대체 몇 번이나 말을 해야 해?"

"차우더* 좀 들게." 헨리가 권했다. "올리브가 간밤에 만들었어." 하지만 그들은 길을 재촉해야 했다. 그들이 떠나자 헨리는 이들의 방문에 대해 아무 말도 하지 않았고, 놀랍게도 올리브 역시 아무 말이 없었다. (데니즈의 손길 덕에) 제리가 그런 사내로, 큰 체격에 깔끔한 남자로 자라리라고는 생각지 못했다. 그는 더이상 그다지 뚱뚱하지도 않고, 그저 연봉이 상당하며 때로 올리브가 헨리에게 말하듯 아내에게 호령하는 덩치 큰 사내가 되어 있었다. 헨리는 그후 데니즈를 다시는 보지 못했다. 분명 이 근방에 왔을 텐데. 헨리에게 보내는 생일 카드에서 데니즈는 어머니가 돌아가셨고, 몇 년 후에는 아버지가 돌아가셨다고 알렸다. 데니즈는 물론 장례식에 참석하기 위해 올라왔을 터였다. 그녀가 그를 생각했을까? 그녀와 제리는 헨리 시보도의 무덤에 찾아

---

*되직하게 끓인 수프 종류로 미국의 대표적인 가정 요리의 하나.

갔을까?

"데이지처럼 상큼해 보이는데." 그가 교회 밖 주차장에서 데이지 포스터에게 말한다. 그건 두 사람 사이의 농담이다. 헨리는 데이지에게 벌써 몇 년이나 그렇게 말해왔다.

"올리브는 어때요?" 데이지의 푸른 눈은 여전히 크고 사랑스럽고, 얼굴에서는 미소가 떠나지 않는다.

"올리브는 잘 있지. 스토브 불 안 꺼지게 집에서 잘 지키고 있어. 데이지는 어때? 새로운 소식이라도?"

"애인이 생겼어요." 그녀가 한 손을 입에 가져가며 나지막이 대답한다.

"그래? 데이지, 잘됐군."

"히스위크에서 보험 영업을 하는 사람인데, 금요일 밤이면 저하고 춤을 추러 가요."

"오, 정말 잘됐어." 헨리가 다시 말했다. "애인하고 우리집에 저녁 들러 한번 와야겠군."

"아버진 왜 다들 결혼을 못 시켜서 안달이에요?" 헨리가 아들의 인생에 대해 다그쳐 묻자 크리스토퍼가 화가 나서 응수했다. "왜 사람들을 혼자 내버려두질 못해요?"

헨리는 사람들이 혼자 있는 걸 원치 않았다.

집에 오니 올리브가 턱짓으로 식탁을 가리킨다. 아프리카제 비꽃 옆에 데니즈에게서 온 카드가 있다. "어제 왔어." 올리브가 말한다. "내가 잊어버렸네." 헨리가 털썩 주저앉아 펜으로 봉투를 뜯고 안경을 찾아 쓴 다음 카드를 바라본다. 평소보다 소식이 길다. 여름 끝 무렵에 크게 놀란 일이 있었다고 쓰여 있다. 심막삼출이라고 했는데 알고 보니 아무것도 아니었다고. "그 일이 저를 많이 변하게 했어요." 데니즈가 썼다. "경험이란 그런 거죠. 삶의 우선순위가 한꺼번에 정리되고, 그후론 제 가족에게 깊이 고마워하는 마음으로 매일을 살고 있어요. 가족과 친구보다 더 중요한 건 없으니까요." 그녀는 단정하고 작은 글씨체로 그렇게 썼다. "그리고 제겐 둘 다 있으니 얼마나 축복이에요." 그리고 카드의 끝을 처음으로 이렇게 맺었다. "사랑을 담아."

"잘 지낸대?" 올리브가 개수대에 물을 흘려보내며 묻는다. 그는 창밖으로 만을, 곳을 따라 늘어선 앙상한 가문비나무들을 건너다본다. 그 광경이 아름답다. 해안선의 고요한 위엄과, 잔물결이 이는 바닷물에서 하느님의 위대함을 본다.

"잘 지낸대." 그가 대답한다. 지금은 아니지만 그는 곧 올리브에게 다가가 그녀의 팔을 다정히 잡을 것이다. 올리브 역시 그녀만의 슬픔을 견디며 살아왔다. 오래전에, 그러니까 짐 오케이시의 차가 도로를 벗어난 후에, 그리고 올리브가 몇 주 동안이나 저녁만 먹고 나면 바로 침실로 들어가 베개에 얼굴을 묻고 통곡한 후에야 헨리는 올리브가 짐 오케이시를 사랑했으며, 어쩌면 짐도 그녀를 사랑했을지 모른다는 것을 알게 되었다. 그러나 헨리는 한 번도 올리브에게 묻지 않았고, 그녀도 헨리에게 말하지 않았다. 데니즈를 향한 아프도록 절실한 감정에 대해 그가 한 번도 말하지 않은 것처럼. 그리고 어느 날, 데니즈가 다가와 제리의 청혼에 대해 알렸고 그는 말했다. "가."

그는 카드를 창턱에 놓는다. '친애하는 헨리'라고 쓰는 그녀의 마음이 어땠을까 생각해본다. 그후로 다른 헨리를 알게 되었을까? 알 도리가 없었다. 토니 쿠지오가 어떻게 되었는지도, 성당에서는 아직도 헨리 시보도를 위해 촛불을 켜는지도 알지 못했다.

자리에서 일어나는데 불현듯 데이지 포스터가 춤추러 가는 이야기를 할 때 내비치던 미소가 생각난다. 방금 데니즈의 카드에 대해, 데니즈가 자신의 인생을 행복해한다는 사실에 대해 느낀 안도감이 갑자기, 묘하게도 뭔가 소중한 것을 잃은 듯한 상실감으로 변한다. "올리브." 그가 불러본다.

그녀는 수돗물 소리 때문에 부르는 소리를 듣지 못한 게 틀림없다. 그녀는 전처럼 키가 크지도, 어깨가 넓지도 않다. 물소리가 그친다. "올리브." 그가 부르고, 그녀가 돌아본다. "당신, 날 떠나지 않을 거지, 그렇지?"

"아, 또 무슨 소리야, 헨리. 사람 참 지겹게 만드는 재주 있다니까." 그녀는 얼른 수건에 손을 닦는다.

헨리는 고개를 끄덕인다. 올리브에게 어떻게 말할 수 있을까 (평생 말하지 못할 것이다). 데니즈 때문에 죄책감을 느꼈던 그 오랜 세월 동안, 데니즈에 대한 작은 미련 한 톨을 마음 한구석에 간직하고 있었다는 걸. 아니지, 그런 생각은 감히 품을 수도 없어 그는 곧 아니라며 이 생각을 떨쳐버릴 것이다. 누가 스스로를 남의 행복에 배 아파하는 좀스러운 사람이라 생각하겠는가. 말도 안 된다.

"데이지한테 남자가 있대." 그가 입을 열었다. "곧 두 사람을 초대해야겠어."

밀물

만海에서는 하얀 포말이 부서지고 파도가 밀려들어 조그만 돌
멩이들이 바닷물에 쓸려가며 달그락거렸다. 정박해 있는 요트들
의 돛대를 때리는 케이블 소리도 띠잉떵 울려왔다. 소년이 고등
어를 손질하며 대가리와 꼬리, 반짝이는 내장을 발라내 선창에
서 집어던지면 갈매기 몇 마리가 그것들을 잡아채려고 내려오면
서 끼룩끼룩 울어댔다. 케빈은 차 안에 앉아 창문을 반쯤 열어놓
고 이런 광경을 물끄러미 바라보았다. 차는 마리나*에서 멀지 않
은 풀밭에 대놓았다. 좀더 먼 선창 곁 자갈길 진입로에는 트럭
두 대가 주차돼 있었다.

---

* Marina. 레저용 요트 정박지.

케빈은 시간이 얼마나 흘렀는지 몰랐다.

그러는 동안 카페의 방충문이 끼익 열렸다가 쾅 닫히고, 짙은 색 고무장화를 신은 사내가 느릿느릿 걸으며 둥글게 말아놓은 굵은 밧줄을 트럭 뒤에 싣는 걸 보았다. 남자가 케빈의 존재를 눈여겨봤는지도 모르지만, 트럭을 후진하며 케빈의 방향으로 고개를 돌릴 때도 남자는 알아본 표시는 내지 않았다. 그들이 서로를 알아볼 이유는 없었다. 어린 시절, 열세 살 때 아버지와 동생과 같이 이사를 간 이후로 이 마을에 온 적이 없었다. 지금은 여느 관광객과 다름없는 이방인이었지만, 햇살에 조각난 듯한 바닷물을 다시 바라보니 무척 친숙하게 느껴졌다. 예상치 못한 일이었다. 짠 내가 코를 찌르고 야생 해당화 덤불의 활짝 핀 흰 꽃이 어쩐지 혼란스럽게 다가왔다. 구슬픈 무지無知가 악의 없는 하얀 꽃잎 속에 숨겨져 있는 듯했다.

패티 하우는 하얀 머그잔 두 개에 커피를 채운 다음, 카운터에 올려놓으며 조용히 말했다. "천만에요." 그러고는 방금 주방 배식구에서 나온 옥수수 머핀을 정돈하려고 다시 뒤로 갔다. 그녀는 차 안에 앉은 남자를 봤지만—그는 한 시간이 훨씬 넘도록 그 자리에 있었다—사람들은 가끔 그러기도 했다. 바다를 보러 일

부러 차를 몰고 여기까지 나오기도 하지 않는가. 그래도 남자는 어쩐지 마음을 불편하게 하는 데가 있었다. "머핀이 완벽해요." 패티가 주방장에게 말했다. 머핀 윗부분의 가장자리는 바삭했고 떠오르는 태양처럼 황금빛이었다. 지난 이 년 동안처럼 갓 구운 머핀 냄새에 헛구역질이 일어나지 않는다는 사실이 슬펐다. 서서히 참담한 기분이 들었다. 의사가 석 달 동안은 생각도 하지 말라고 했다.

방충문이 열렸다가 쾅 닫혔다. 커다란 창밖으로 차에 앉은 남자가 아직도 바다를 바라보는 게 눈에 들어왔다. 천천히 부스석에 자리를 잡고 앉은 노부부에게 커피를 따라주며 인사를 건네다가 패티는 불현듯 그가 누구인지 깨달았다. 해를 가로지르는 그림자 같은 무엇이 가슴을 스쳤다. "여기 있습니다." 노부부에게 커피를 따라준 그녀는 이번에는 창밖을 내다보지 않았다.

"음, 그러지 말고 케빈이 이리로 오면 어떨까?" 패티의 키가 너무 작아 부엌 싱크대까지밖에 오지 않았을 때, 케빈의 집으로 가기 싫다고 패티가 싫어, 싫어, 싫어, 고개를 내저을 때 패티의 어머니가 제안했다. 패티는 케빈을 무서워했다. 유치원에서 케빈은 제 손목을 너무 심하게 빨아서 손목엔 언제나 동그란 멍 자국이 선명했다. 그리고 키가 크고 짙은 머리에 목소리가 가라앉은 케빈의 어머니도 무서웠다. 지금 패티는 머핀을 접시에 담으며 친정어머니의 반응이 우아하고 아주 훌륭했다고 생각했다. 대신 케빈이 패티의 집으로 왔다. 패티가 줄을 넘고 또 넘는 동안 소년은 한쪽 끝을 나무에 묶어놓은 줄넘기 줄을 끈기 있게 돌렸다. 오늘 퇴근하고 집에 가는 길에 패티는 어머니 댁에 들러 말할 것이다. 엄마, 오늘 내가 누굴 봤는지 알면 깜짝 놀라실 거야.

선창의 소년이 한 손에는 노란 양동이를, 다른 손에는 칼을 들고 일어섰다. 갈매기 한 마리가 잽싸게 날아오자 소년은 칼을 쥔 손을 휘저었다. 소년이 돌아서서 경사로를 올라가는 걸 케빈이 지켜보는데, 한 사내가 슬슬 부두로 내려왔다. "아들, 칼은 양동이에 집어넣어!" 사내가 외치자 소년이 조심스럽게 그 말을 따른 다음, 난간을 잡고 아버지를 만나러 경사로를 올라갔다. 아이는 아직 아버지의 손을 기꺼이 잡을 만큼 어리다. 두 사람은 함께 양동이 안을 들여다보더니, 트럭에 올라탄 다음 사라졌다. 차에서 이 광경을 지켜보던 케빈은 생각했다. 좋군. 이 말은 이 광경을, 아버지와 아들을 보고 마음이 동요하지 않았다는 뜻이었다.

"가족이 없는 사람도 많지." 골드스타인 박사가 자신의 희끗한 턱수염을 긁으며 말하더니, 가슴에 떨어진 비듬을 뻔뻔하게 털어냈다. "하지만 그 사람들도 집은 있어." 거대한 배 위에 두 손을 가지런히 모으며 골드스타인이 말했다.

마리나로 운전해 오는 길에 케빈은 어린 시절에 살던 집을 지나왔다. 도로는 아직 비포장이었고 타이어 자국이 깊이 팬 것도 여전했지만 숲 안쪽으로는 새 집이 몇 채 있었다. 나무들은 굵기가 두 배는 되어 있어야 하는데(어쩌면 두 배가 되어 있는 건지도 모르지만) 숲은 그가 기억하는 그대로였다. 나무들이 빽빽하고 서로 복잡하게 엉켜 있었고, 예전에 살던 집이 있던 언덕 위쪽으로 방향을 틀었을 땐 가장자리가 비쭉배쭉한 하늘이 한 뼘 보였다. 엉뚱한 곳으로 들어선 게 아니라고 확신한 것은 집 옆의 짙붉은 헛간과 바로 옆의 화강암 바위 때문이었다. 그 바위는 하도 커서 케빈은 어릴 때 작은 운동화를 신고 그 바위를 기어오르면서 그게 산이라고 생각했다. 바위는 아직 그대로였다. 집도 여전했지만 대대적으로 보수를 해서 집 앞에는 난간을 죽 두른 현관을 만들었고 옛 부엌은 없어졌다. 부엌은 당연히 없애고 싶었을 테지. 갑자기 불쾌한 기분이 들었다가 사라졌다. 속도를 줄이며 아이들의 흔적이 있는지 조심스레 살폈다. 자전거도, 그네도, 나무 위에 지은 놀이 집도, 농구 골대도 없었다. 봉선화 화분 하나만이 현관문 옆에 높이 매달려 있었다.

갈비뼈 속에서 감각이 느껴지면서 낮은 파도에 물 끝자락이

찰싹대듯 편안한 정적이, 안도감이 찾아왔다. 뒷좌석에는 담요
가 하나 있는데, 그는 집 안에 아이들이 없다 해도 담요를 사용
할 생각이었다. 지금 담요에는 라이플이 싸여 있지만, 다시 돌
아올 때(곧, 여기까지 오랫동안 차를 타고 오면서 느꼈던 내면
의 공허함이 아직 안도감으로 남아 있는 동안 돌아올 터였다) 그
는 솔잎 위에 누워 담요를 덮을 것이다. 만일 그 집의 남자가 자
신을 발견한다면? 아무려면 어떤가. 봉선화 화분을 매달아놓은
여자가 발견한다면? 여자는 오랫동안 바라보지는 않을 것이다.
하지만 아이가 있다면. 안 된다. 케빈은 어린아이가 자신이 어
릴 적 발견했던 광경을 보게 되는 건 참을 수 없었다. 당신의 생
명을 집어삼켜야만 했던 소망이 너무도 간절하고 급박했기에 어
머니는 부엌 싱크대 벽면 전체에 육신의 잔해를 흩뿌리고 말았
다. 상관없어. 계속 차를 몰아가는 동안 케빈은 마음속으로 조용
히 말했다. 상관없어. 숲은 그 자리에 있었고, 그가 원하는 건 그
게 다였다. 솔잎 위에 눕는 것, 벗겨지고 있는 얇은 삼나무 껍질
을 만져보는 것, 낙엽송의 바늘 같은 잎을 머리 위에, 그리고 계
곡 나리꽃의 푸르고 활짝 핀 잎을 곁에 두는 것. 숨어 있는 하얀
취란화, 야생 제비꽃. 어머니가 이 모든 것을 그에게 가르쳐주었
는데.

　요트의 돛대가 철그렁거리는 소리에 케빈은 바람이 거세졌음

을 알았다. 생선의 내장이 사라지니 갈매기도 더는 끼룩대지 않았다. 멀지 않은 경사로의 난간에 앉아 있던 뚱뚱한 갈매기가 날아올랐다. 날개를 겨우 두 번 펄럭였을 뿐인데 산들바람이 이내 새를 실어 갔다. 뼈가 비었지. 케빈은 어릴 때 퍼커브러시 섬에서 갈매기 뼈를 본 적이 있었다. 남동생이 집에 가져간다며 뼈를 한 줌 집자 케빈은 소리 질렀다. 있던 자리에 두고 와! 케빈은 그렇게 외쳤다.

"상태와 특성의 차이지." 골드스타인 박사가 말했다. "특성은 변하지 않아. 정신의 상태는 변하지만."

차 두 대가 들어와 마리나 가까이에 주차했다. 주중에 이렇게 사람이 많으리라고는 생각지 않았지만 지금은 거의 7월이니 사람들이 요트를 탈 철이다. 케빈보다 그리 나이가 많은 것 같지 않은 커플이 큰 바구니를 들고 경사로를 내려가는 게 보였다. 밀물 때라 경사로는 그다지 가파르지 않았다. 그때 카페의 방충문이 열리고, 한 여자가 나왔다. 무릎 한참 밑까지 내려오는 치마를 입고 길고 흰 앞치마까지 두르고 있어, 19세기에서 튀어나온 것만 같았다. 케빈은 손에 철제 양동이를 들고 부두로 걸어가는 여자의 어깨와 긴 허리, 마른 엉덩이를 지켜보았다. 사랑스러웠다. 오후 햇살에 비친 가냘픈 묘목처럼. 마음속에서 어떤 열망이 일었다. 성적인 욕망이 아니라 그녀의 소박한 모습에 다가가고 싶은 열망이었다. 케빈은 고개를 돌리다 조수석 창 너머로 차 안을 들여다보는 여인의 모습에 소스라치게 놀라 몸을 움찔했다. 여자는 얼굴을 가까이 대고 그를 똑바로 쳐다보았다.

키터리지 선생님! 이런 젠장. 그녀는 7학년 교실에서 봤던 것처럼 똑같이 광대뼈가 두드러지고 거침없는 얼굴이었다. 머리칼은 아직 검었다. 케빈은 그녀를 좋아했지만, 다른 아이들도 다 그랬던 것은 아니었다. 지금도 손짓으로 그녀를 물리치거나 차의 시동을 켤 수도 있었지만 선생님을 존중했던 예전의 기억 때문에 그러지 못했다. 그녀가 손으로 차 유리를 톡톡 두드리자, 케빈은 잠시 머뭇거리다가 몸을 조수석으로 쑥 빼고 반쯤 열린 창문을 완전히 내렸다.

"케빈 코울슨. 잘 지냈는가?"

그가 고개를 끄덕였다.

"차에 타라고 안 권할 거야?"

케빈은 무릎 위에서 주먹을 그러쥐었다. 그는 이미 고개를 젓기 시작했다. "아뇨, 저는 그냥……"

하지만 그녀는 이미 차에 들어와 있었다. 체구가 큰 이 여인은 조수석 한 자리를 다 차지했고, 무릎은 계기판에 가까이 닿았다. 그녀는 커다란 검정 핸드백을 무릎에 끌어다 놓았다. "여긴 웬일인가?" 그녀가 물었다.

케빈은 창밖으로 바다를 내다보았다. 젊은 여인이 선착장에서 다시 올라오고 있었다. 갈매기들이 그녀 뒤에서 격렬하게 소리를 지르고, 커다란 날개를 퍼덕이며 쏜살같이 하강했다. 여인이 대합 껍질 따위를 갖다 버린 모양이다.

"다니러 왔나?" 키터리지 선생이 물었다. "뉴욕에서? 거기 산다지?"

"허, 거참." 케빈이 나지막이 중얼거렸다. "이곳 사람들은 모르는 게 없군요?"

"아 그럼." 그녀가 흔쾌히 대답했다. "달리 할 일이 뭐가 있겠어?"

올리브가 그를 향해 고개를 돌렸지만 케빈은 그녀와 눈을 마주치고 싶지 않았다. 만에는 바람이 더욱 거세졌다. 그는 주먹마디를 빨지 않으려고 두 손을 주머니에 집어넣었다.

"요즘은 관광객이 많이 오지. 이맘때면 아주 버글버글해." 키터리지 선생이 말했다.

그는 목구멍에서 간신히 작은 소리를 냈다. 관광객에 대한 올리브의 언급을 인정해서가 아니라—그게 무슨 상관이란 말인가?—그녀의 말에 대한 대꾸의 뜻이었다. 그리고 양동이를 든 날씬한 젊은 여자가 고개를 숙이고 다시 안으로 들어가며 방충문을 조심스레 닫는 모습을 지켜보았다. "패티 하우야." 키터리지 선생이 말했다. "기억나? 패티 크레인. 하우네 형제 중에 형과 결혼했어. 착한 아이지. 근데 자꾸 유산을 해서 슬퍼해."

올리브 키터리지가 한숨을 내쉬고 다리 위치를 바꾸며 (놀랍게도) 좀더 편안히 앉기 위해 레버를 당겨 좌석을 뒤로 밀었다. "조만간 병원에서 뭔가 조치를 해주겠지. 그러면 세쌍둥이를 갖게 될지 누가 알아."

케빈은 주머니에서 손을 꺼내 주먹 마디를 빨았다. "패티는 착했죠." 그가 말했다. "패티에 대해 잊고 있었어요."

"아직도 착해. 내가 말했잖아. 뉴욕에서는 뭘 하지?"

"아." 그는 손을 들어 붉은 반점이 생긴 부분을 보곤 팔짱을 꼈다. "전공의 과정 중이에요. 사 년 전에 의대를 졸업했고요."

"여어, 대단하군. 무슨 전공인데?"

계기판을 흘끗 쳐다본 케빈은 그렇게 더러운 줄 모르고 있었다는 게 믿기지 않았다. 햇살 아래 자욱한 먼지는 올리브에게 자신이 게으르고 한심한, 일말의 품위도 없는 놈이라고 말하는 것만 같았다.

"정신과요."

그녀가 "아하" 하고 말할 거라 생각했는데 아무 말이 없자, 케빈은 그녀를 흘끗 바라보았다. 그녀는 그저 사무적으로 고개를 주억거릴 뿐이었다.

"여긴 참 아름답군요." 그가 말하며 다시 눈을 가늘게 뜨고 만을 바라보았다. 그 말에는 사려 깊은 침묵으로 보였던 그녀의 반응에 대한 감사가 들어 있었고, 바다에 관한 한 진심이었다. 자동차 앞 유리보다 더 큰 판유리 너머로 바다를 건너다보는 기분이었다. 쇠줄이 튕기는 소리며 흔들리는 요트, 포말이 이는 바다, 야생 해당화, 모두가 정말로 아름답게 빛났다. 이곳에서 어부가 되어 이 아름다운 풍경 속에서 하루를 보내는 일은 얼마나 근사할까. 케빈은 오래전에 유심히 살펴봤던 PET* 스캔 사진을 생각했다. 그는 언제나 어머니의 존재를 찾아 헤매며, 손을 주머니에 넣고 방사선과 의사의 말—'편도체 확장' '백질 병변의 악화' '아교 세포 수의 격감' '양극성 장애인의 뇌' 등등—에 고개를 끄덕였다. 때로는 눈가에 눈물을 반짝이며.

"하지만 정신과 전문의가 되진 않을 거예요." 그가 말했다.

이제 바람이 더 거세져, 경사로의 부표가 위아래로 요동쳤다.

"그 동네에는 별 이상한 사람이 다 많겠다." 키터리지 선생이 자동차 바닥의 모래알을 밟으며 자세를 고쳐 앉을 때 바닥을 긁는 소리가 났다.

"좀 있죠."

---

* 양전자방출 단층촬영.

처음 의대를 갈 때는 어머니처럼 소아과 의사가 되려 했지만 정신과에 끌렸다. 정신과 의사가 된 사람들은 불운한 어린 시절 때문에 프로이트나 호나이, 라이히의 책 속에서 왜 자신이 편집증에 나르키소스처럼 자기 생각에만 빠져 있는 괴물인지에 대한 해답을 찾고 또 찾는다는 점을 인정하면서도 정신과에 끌렸다. 물론 이들은 동시에 이 점을 부정하기도 했다. 동료와 교수 들 가운데서 그는 얼마나 말도 안 되는 일들을 목격했던가! 그의 관심사는 고문 피해자들로 좁혀졌지만, 이 역시 그를 절망으로 몰고 갔다. 그가 결국 철학박사이자 의학박사인 머리 골드스타인의 지도를 받게 되고, 헤이그에 가서 산 채로 발이 톱질에 잘리고 몸과 마음 모두에 파괴적인 병을 얻은 사람들과 일하겠다고 했을 때 골드스타인 박사는 말했다. "자네 뭐야, 미쳤나?"

그랬다. 그는 광기에 끌렸다. 클라라, 그 이름도 유명한 클라라 필킹턴은 그가 지금까지 만났던 사람 가운데 제일 정신 나간 사람이었다. 대단하지 않은가? 목에 이런 간판이라도 걸고 다녀야 했다. 완전히 미친 클라라.

"왜 그런 옛말 있잖니." 키터리지 선생이 말했다. "정신과 의사들은 정신병자요, 심장 전문의들은 심장이 굳었고……"

케빈이 고개를 돌려 그녀를 바라보았다. "소아과 의사들은요?"

"폭군이지." 키터리지 선생이 인정했다. 그녀는 어깨를 한번 으쓱했다.

케빈은 고개를 끄덕였다. "그렇죠." 그가 나지막이 대꾸했다.

잠시 후, 키터리지 선생이 말했다. "그게, 네 어머니는…… 어쩔 수 없었는지도 몰라."

그는 놀랐다. 주먹 마디를 빨고 싶은 충동이 스멀스멀 기어올라와, 그는 두 손을 무릎 위에서 이리저리 문지르다 청바지에 구멍이 난 걸 발견했다. "제 생각에 어머니는 양극성 장애였던 거 같아요." 그가 입을 열었다. "한 번도 진단되지는 않았지만."

"그렇구나." 키터리지 선생이 고개를 주억거렸다. "요즘이라면 도움을 받을 수도 있었을 텐데. 우리 아버지는 양극성 장애는 아니었어. 우울증이었지. 말이 없었고. 어쩌면 아버지도 요즘이라면 도움을 받을 수 있었을지도 모르지."

케빈은 말이 없었다. 어쩌면 도움을 받을 수 없었을지도 모르죠, 그는 생각했다.

"우리 아들 말야. 우울증이야."

케빈이 그녀를 바라보았다. 그녀의 눈 밑에 작은 물방울이 맺혀 있었다. 지금 보니 키터리지 선생님은 훨씬 더 늙어 보였다. 물론 예전처럼 아이들이 무서워했던 7학년 수학 선생님처럼 보이지는 않겠지만. 그 역시 그녀를 좋아하면서도 무서워했다.

"지금 뭐 하는데요?" 케빈이 물었다.

"족부의학 전문의."

어떤 슬픔 한 가닥이 선생님에게서 건너오는 기분이 들었다. 이제 바람은 사방에서 몰아치고 있었고, 파도가 한쪽에서 일어났다가 다시 다른 쪽에서 일면서 만은 파란색과 흰색 프로스팅을 마구 섞어 얹은 케이크처럼 보였다. 마리나 옆의 포플러 나뭇잎들이 위로 펄럭이고 나뭇가지들은 온통 한쪽으로 기울어졌다.

"네 생각을 했었다, 케빈 코울슨." 그녀가 말했다. "네 생각을 했어."

그가 눈을 감았다. 곁에 앉은 그녀가 체중을 옮겨 고쳐 앉는 소리, 그녀가 발을 옮길 때 고무 매트의 자갈이 쓸리는 소리가 들렸다. '선생님이 제 생각 안 하셨으면 좋겠는데요'라고 케빈이 말하려던 순간 그녀가 입을 열었다.

"나는 네 어머니를 좋아했어."

그가 눈을 떴다. 패티 하우가 다시 카페 밖으로 나왔다. 그녀가 마리나 앞 오솔길 쪽으로 걸어가자 어쩐지 긴장감이 느껴졌다. 케빈의 기억이 맞는다면 그 앞은 가파른 암벽으로, 깎아지른 낭떠러지다. 하지만 그거야 그녀도 잘 알겠지.

"알아요." 케빈이 키터리지 선생의 크고 지적인 얼굴을 바라보며 말했다. "엄마도 선생님을 좋아하셨어요."

올리브 키터리지는 고개를 끄덕였다. "똑똑했어. 똑똑한 분이었지."

그는 이런 대화가 얼마나 지속될까 생각했다. 하지만 그녀가 어머니를 알았다는 점은 그에게도 의미 있는 일이었다. 뉴욕에서는 아무도 몰랐다.

"네가 아는지 모르겠지만 우리 아버지도 그랬어."

"뭐가요?" 그가 인상을 쓰며 검지의 주먹 마디를 잠시 입에 갖다 댔다.

"자살."

케빈은 그녀가 그만 가줬으면 했다. 떠나줄 때도 됐다.

"결혼은 했니?"

케빈이 고개를 저었다.

"우리 아들도 아직 안 했어. 그래서 가련한 우리 남편이 아주 미친다. 헨리는 모두들 결혼을 못 시켜서 안달이야. 모두가 행복해야만 하고. 그럼 난 그러지. 이 양반아, 애한테 시간을 좀 줘. 이 동네에선 선택의 여지가 별로 없잖아. 뉴욕에 내려가면야, 너 같은 경우는……"

"저, 뉴욕에 있지 않아요."

"뭐라고?"

"저는 뉴욕에…… 저, 이제 뉴욕에 안 살아요."

그녀가 뭔가 다시 물으려 한다는 걸 알 수 있었다. 뒷좌석을 돌아보고 싶어하는, 차 안에 무엇이 있는지 둘러보고 싶어하는 그녀의 마음까지 거의 느껴졌다. 그렇다면 이번에는 그녀에게 나가달라고 말해야 하리라. 곁눈질로 보니, 그녀는 그저 앞만 물끄러미 바라보고 있었다.

패티 하우가 손에 가위를 들고 있는 게 눈에 띄었다. 치맛자락이 아무렇게나 휘적휘적 날리는 가운데, 패티는 해당화 틈에 서서 흐드러지게 핀 하얀 꽃대를 가위로 잘랐다. "어떻게…… 하셨는데요?" 케빈이 한 손을 허벅지에 문지르며 물었다.

"우리 아버지? 총으로."

묶인 요트들은 이제 뱃머리가 높이 들썩이더니 성난 수중 동물이 홱 잡아챈 것처럼 털썩 주저앉았다. 야생 해당화의 꽃대가 누웠다가 일어섰다가 다시 누웠고, 털이 부숭부숭한 잎들마저 대양처럼 일렁였다. 패티 하우가 뒤로 물러나 가시에라도 찔린 듯 손을 털었다.

"유서도 없었고." 키터리지 선생이 말했다. "그래서 우리 어머니는 더 힘들어하셨지. 적어도 쪽지 한 장은 남길 수 있지 않았느냐고 하셨어. 우리 아버지는 가게에 갈 때도 꼭 쪽지를 남기셨거든. '어딜 가도 쪽지 한 장 남기는 배려는 언제나 잊지 않던 사람이……'라고 하셨지. 사실 아무 데도 안 가셨는데 말야. 그냥 부엌에 계시기만 하고. 불쌍한 양반."

"배들이 풀려나기도 하나요?" 케빈은 어린 시절 자기집 부엌을 그려보았다. 22구경 총탄이 1마일을 날아가고 평범한 9인치 두께의 합판을 관통한다는 건 알았다. 하지만 입천장과 지붕을 통과한 다음엔, 그다음엔 얼마나 멀리 갈까?

"음, 가끔 그런 일이 있지. 생각만큼 흔치는 않지만 아주 매서운 돌풍이 몰아치기도 하니까. 그런 일이 일어날 때면 아주 야단법석이 벌어져. 배를 찾으러 가야 하지. 배가 바위에 부딪히지 않았기를 바라면서."

"그러면 마리나가 고소를 당하나요?" 그녀의 주의를 딴 데로 끌기 위해 한 말이었다.

"모르겠다." 키터리지 선생이 말했다. "그런 일을 어떻게 처리하는지는 모르지만 보험에서 보장하는 게 각각 다르지 않겠어. 부주의였는지 불가항력이었는지에 따라서."

그 순간, 불현듯 그녀의 목소리가 듣기 좋다는 생각이 들자 아드레날린이 솟구쳤다. 친숙하고 엄청난 강렬함이, 강력한 불굴의 힘이 용솟음쳤다. 눈에 힘을 주고 바다로 눈길을 돌렸다. 엄청난 잿빛 구름이 몰려드는 중에도 태양은 겨루기라도 하듯 구름 밑으로 노란 햇살을 비추어, 물결 일부가 열광적으로 명랑하게 반짝였다.

"여자가 총을 쓰는 건 흔치 않은데." 키터리지 선생이 생각에 잠겨 말했다. 케빈이 그녀를 바라보았지만 그녀는 눈을 맞추지 않고 소용돌이치는 밀물만 건너다보았다. "어머니는 별난 분이었으니까요." 케빈이 어두운 얼굴로 말했다.

"그래." 키터리지 선생이 말했다. "남다른 사람이었어."

일을 마친 패티 하우는 앞치마를 벗어 카페 안쪽에 걸어놓고 먼지 쌓인 창문 너머로 바깥쪽 작은 풀밭에 핀 노란 옥잠화를 바라보았다. 그리고 침대 옆에 꽂아놓은 그 꽃을 머릿속에 그려보았다. "나도 실망했지만," 두번째 유산했을 때 남편이 말했다. "당신 마음 알아. 당신한테만 이런 일이 일어나는 듯한 기분일 거라는 거." 이 말이 생각나 그녀의 눈이 촉촉해졌다. 애틋한 마음에 가슴이 벅찼다. 나리꽃을 좀 꺾어도 상관없을 터였다. 마리나 저편으로는 아무도 가지 않았다. 마리나 바로 앞의 오솔길이 너무 좁아서이기도 했고, 절벽이 너무 가팔라서이기도 했다. 마리나에서는 보험 때문에 최근에 '접근 금지' 간판을 내걸기도 했고, 어른이 보지 못하는 사이에 어린아이가 벼랑 쪽의 덤불 속으로 들어가지 않도록 울타리를 세우자는 말도 나왔다. 서랍에서 가위를 찾아 꽃다발을 만들러 나서던 그녀는 키터리지 선생님이 케빈 코울슨과 함께 차에 있는 걸 보고 안심했다. 이유는 몰랐지만 깊이 생각하지는 않았다. 바람이 놀랍도록 거세졌다. 얼른 서둘러 꽃을 꺾은 다음 젖은 종이 타월에 싸서 집으로 가는 길에 어머니 댁에 들를 것이다. 처음에는 노란색과 흰색이 얼마나 근사한 조화를 이룰까 생각하며 해당화 덤불 옆에 몸을 숙였는데 바람 때문에 살아 휘청대는 해당화에 손이 찔렸다. 나리꽃부터 꺾기로 하고 그쪽으로 방향을 돌렸다.

"저 그럼, 선생님. 뵈어서 반가웠습니다." 그는 작별 인사로 고개를 한번 주억거리며 올리브 키터리지를 바라보았다. 그녀가 케빈을 만난 것은 불운이었지만 그가 책임질 수 있는 일은 아니었다. 케빈은 진심으로 애정을 갖게 된 골드스타인 박사에 대해서는 책임감을 느꼈지만 그마저도 고속도로를 타고 올라오면서 잦아들었다. 올리브 키터리지는 커다란 검은 핸드백에서 화장지를 꺼내고 있었다. 머리카락이 가지런히 난 선을 따라 화장지를 이마에 꼭 눌러댈 뿐, 그녀는 케빈과 눈을 마주치지 않았다. 그녀가 말했다.

"내가 그런 유전자를 아이한테 물려주지 않았더라면 좋았을 텐데."

케빈이 살짝 눈을 부라렸다. 유전자, DNA, RNA, 6번 염색체,

도파민, 세로토닌 따위. 그런 데는 흥미를 잃었다. 아니, 유전이라니, 배신을 당한 것처럼 분노가 치밀었다.

"정신이 분자 차원에서 실제로 어떻게 작용하는지 우리는 그 본질을 막 이해하게 되었습니다." 한 저명한 학자가 작년에 한 강연에서 말했다. 새 시대의 여명.

새 시대의 여명은 언제나 있었다.

"그렇다고 아이가 아버지한테는 이상한 유전자를 물려받지 않았다는 건 아니지만, 누가 알겠어. 그 사람 어머니는 완전히 정신병자였어. 징글징글했지."

"누구 어머니요?"

"헨리 말야. 내 남편." 키터리지 선생이 선글라스를 꺼내 썼다. "요즘엔 '정신병자'라고 하면 안 되지, 아마?" 그녀가 케빈을 바라보았다. 그는 손목을 빨려다가 손을 무릎에 도로 내려놓았다.

제발 가세요, 그가 생각했다.

"하지만 그 사람 어머니는 세 번이나 정신병 발작을 일으켜 충격요법을 받았어. 그러면 정신병 자격이 충분한 거 아냐?"

그가 어깨를 으쓱했다.

"괴이하게 흥분했달까. 그 정도로야 말해도 되겠지."

면도날로 제 몸을 죽죽 긋는 것이 정신병자다. 허벅지와 팔을.

완전히 미친 클라라처럼. 그게 정신병자다. 처음으로 밤을 같이 보내던 날, 케빈은 어둠 속에서 칼자국을 만져보았다. "아, 넘어져서." 그녀가 속삭였다. 그는 클라라와 같이 사는 자신의 모습을 그려보았다. 벽에 그림을 걸어놓고, 침실 창밖으로 불빛이 새어나오는. 추수감사절이면 친구들을 초대하고, 클라라가 원할 테니 크리스마스트리도 장식하고.

"골칫덩이로군." 골드스타인 박사는 클라라에 대해 이렇게 말했다.

골드스타인 박사는 그렇게 말할 입장이 아니었다. 하지만 그녀는 골칫덩이였다. 잠시 사랑스럽고 다정했다가도 다음 순간 분노가 폭발했다. 자신의 몸을 칼로 긋는 클라라의 행동은 케빈을 미치게 만들었다. 광기는 광기를 불러온다. 그리고 그녀는 떠났다. 그게 클라라였다. 그녀는 늘 사람들과 모든 것을 떠났다. 집착을 품고 새로운 곳으로 떠나갔다. 그녀는 도끼로 선술집들을 부순 다음 그 도끼를 팔았던 최초의 여성 금주운동가, 저 유명한 정신병자 캐리 A. 네이션에 미쳐 있었다. "그게 네가 지금까지 들은 것 가운데 제일 멋진 얘기야?" 클라라는 두유를 홀짝이며 말했다. 그런 식이었다. 이랬다저랬다, 기분이 제멋대로 춤을 추었다.

"누구나 한 번쯤은 힘든 사랑을 겪는 법이지." 골드스타인 박사가 말했다. 그것은 사실이 아니었다. 케빈은 힘든 사랑을 겪지 않은 사람들을 알았다. 많지는 않을지 몰라도 몇 명 있었다. 올리브 키터리지 선생이 코를 풀었다.

"선생님 아드님은," 케빈이 갑자기 물었다. "아직도 의사로 일할 수 있나요?"

"무슨 뜻이야?"

"우울증이라면서요? 그래도 매일 출근해요?"

"아, 그럼." 키터리지 선생이 선글라스를 벗고 잠시 그를 물끄러미 바라보았다.

"키터리지 어르신은요. 잘 계시나요?"

"응, 잘 있지. 조기 퇴직할 모양이야. 약국이 팔려서 새 체인점에서 일해야 하는데 멍청한 규정이 그렇게 많다는구나. 세상이 참 슬프게 돌아가지."

세상은 언제나 슬프게 돌아간다. 그리고 새 시대의 여명은 언제나 있다.

"네 동생은?" 키터리지 선생이 물었다.

케빈은 이제 지쳤다. 차라리 그게 잘된 일인지도 모른다. "마지막으로 소식을 들었을 때는 버클리 길거리에서 살고 있었어요. 마약중독이에요." 케빈은 형제가 있다고 생각해본 적이 거의 없었다.

"여기서 이사해서는 어디로 갔지? 텍사스? 내 기억이 맞나? 아버지가 거기서 직장을 얻으셨지?"

케빈이 고개를 끄덕였다.

"아버진 여기서 가능한 한 먼 곳으로 가고 싶었던 거 같아요. 사람들이 그러잖아요. 시간과 공간적으로 먼 곳으로 가라고. 그게 맞는 건지는 모르겠지만."

케빈은 대화를 마무리 지으려고 무덤덤하게 말을 꺼냈다. "아버진 작년에 간암으로 돌아가셨어요. 재혼은 안 하셨고, 제가 집을 떠난 다음에는 거의 뵙지 못했어요."

케빈이 학위를 받을 동안, 연구비며 장학금을 받아 대학을 다닐 동안 아버지는 전혀 모습을 드러내지 않았다. 하지만 새로운 곳에 갈 때마다 그곳엔 희망이 있어 보였다. 모든 곳이 처음에는 이렇게 말하는 것 같았다. 좋았어. 여기라면 살 수 있을 거야. 여기서라면 쉴 수 있을 거야. 어울릴 수 있을 거야. 남서부의 거대한 하늘, 사막의 산 위에 걸쳐진 그림자, 끝이 붉은 선인장, 노란 꽃이 피는 선인장, 혹은 끝이 민숭민숭한 선인장까지, 처음에 투손으로 이사했을 때는 이 모든 것이 마음을 가볍게 해주었다. 그는 혼자서, 그다음엔 대학 친구들과 같이 하이킹을 했다. 광막한 먼지투성이와 거친 해안선 사이의 강렬한 대조 가운데 선택을 해야만 했다면 아마 그는 투손을 골랐을 것이다.

하지만 어디나 그랬듯, 변화는 언제나 똑같이 희망을 주었지만—댈러스의 흰 고층 유리 건물들도, 삼차선 길이 독특했던 하이드 파크나, 아파트 뒤쪽의 나무 계단이 특히 맘에 들었던 시카고도, 아름다운 집과 완벽한 잔디밭이 그림책 같던 웨스트 하트퍼드의 주택가도—새로운 곳들은 모두 언젠가는 케빈에게 이렇게 저렇게, 사실은 그가 그곳에 어울리지 않는다는 확신만을 안겨주었다.

시카고에서 의대를 졸업했을 때, 그가 참석하지 않는다면 슬플 거라던 자상한 여교수 때문에 졸업식에 참석해 땡볕 아래서 총장의 마지막 격려사를 들었다. "인생에서 가장 중요한 일은 사랑하고 사랑받는 것입니다." 그 말을 듣고 내면의 공포가 증폭된 나머지, 케빈은 영혼이 조여오는 기분을 느꼈다. 점잖은 가운을 입었던 백발이 성성한 총장은 자신의 말이 케빈의 내면에 잠복해 있던 공포를 악화시켰다는 걸 전혀 몰랐으리라. 프로이트마저 말하지 않았던가. "인간은 사랑하지 않으면 병이 난다"고. 사람들이 그에게 이렇게 말하고 있었다. 간판에서, 영화에서, 잡지 표지와 텔레비전 광고에서 모두가 간단명료하게 내뱉고 있었다. 우리는 가정과 사랑의 세계에 속해 있고 너는 그렇지 않아.

가장 최근에 머물렀던 뉴욕에 어느 때보다 희망을 많이 걸었다. 지하철은 여러 가지 칙칙한 빛깔로, 신경이 날카로워 보이는 사람들로 가득했다. 다양한 옷차림, 쇼핑백, 뭔가 읽거나 이어폰을 꽂고 음악의 장단에 머리를 끄덕이는 사람들. 마음이 편했다. 잠시였지만 병원의 북적임도 마찬가지였다. 그러나 클라라와의 만남, 그리고 그 끝이 그를 다시 움찔하게 만들었다. 거리는 이제 복잡하고 고단해 보였고 골드스타인 박사는 여전히 좋았지만 그뿐, 다른 사람은 모두 성가셨다. 그는 뉴요커들이 얼마나 우물 안 개구리인지, 그러면서도 자신이 그렇다는 걸 모르는지에 대해 점점 더 많이 생각하게 됐다.

어렸을 때 살던 집에 가보고 싶어졌다. 지금 차 안에 앉아 생각해봐도 그 집에서는 한 번도 행복한 적이 없었다. 하지만 묘하게도 그 집에 대한 불행함의 기억은 추억으로 남은 옛 사랑의 달콤함(오랫동안 질질 끌었던 클라라와의 지저분한 과거사와는 너무도 다른)처럼 느껴졌다. 어떤 사랑도 그곳에 대한 내면의 욕구, 그 갈망을 따라잡을 수 없었다. 그 집에서는 두꺼운 운동복과 모직 외투가 젖은 소금과 흙내 나는 나무처럼 고약한 냄새를 풍겼다. (아버지가 벽난로에 불을 피우고 딴 데 정신을 팔며 장작불을 쿡쿡 쑤실 때처럼 케빈은 그 집의 고약한 냄새에 구토가 일곤 했다.) 케빈은 이 나라에서 장작불이 타는 냄새를 싫어하는 사람은 자신밖에 없을 거라고 생각했다. 하지만 집과 담쟁이가 한껏 엉킨 나무들, 솔가리 더미 가운데 동그마니 놓인 여성용

슬리퍼 한 짝을 봤을 때의 놀라움과, 계곡 야생 나리꽃의 벌어진 잎사귀들은 그리웠다.

어머니가 그리웠다.

이런 끔찍한 순례를 하다니…… 그 꼴을 더 보려고 오다니…… 그는 자주 그랬듯 시인 존 베리먼을 더 일찍 알았더라면, 하고 생각했다.

"내가 어렸을 때," 키터리지 선생이 손에 선글라스를 들고 말을 꺼냈다. "꽤 어릴 때 말이지. 우리 아버지가 집에 돌아오실 때면 나는 나무 상자 안에 숨곤 했어. 그러면 아버지는 나무 상자 위에 앉아서 그러는 거야. '올리브 어디 있지? 우리 올리브가 어디 있을까?' 아버지는 계속 그러다가 내가 상자 옆면을 톡톡 두드릴 때면 깜짝 놀란 척을 하셨어. '올리브, 거기 있는 줄 까맣게 몰랐네!' 하시며 껄껄 웃으셨지, 껄껄 웃으셨어."

케빈이 그녀를 바라보았다. 그녀가 선글라스를 끼고 말을 이었다. "언제까지 그랬는지는 모르겠지만 아마 내가 상자에 들어가지 못할 만큼 자랄 때까지 계속 그랬던 거 같아."

케빈은 뭐라고 대꾸해야 할지 몰랐다. 운전대를 내려다보며 가능한 한 표시 나지 않게 두 손을 꽉 움켜쥐었다. 그녀의 존재가 크게 느껴지며, 잠깐 동안 거대한 코끼리가 곁에 앉아 있는 듯한 느낌을 받았다. 인간 왕국의 일원이 되고 싶은 순진하고 순

한 코끼리, 앞다리를 무릎에 포개고 기다란 코를 살며시 움직이는 코끼리.

"근사한 이야기네요." 케빈이 말했다.

그는 생선을 손질하던 소년을, 아이에게 손을 내밀던 아버지를 생각했다. 다시 한번 존 베리먼을 생각했다. 총과 아버지의 자살로부터 우리를 구해주오…… 자비!…… 방아쇠를 당기지 마오, 그리하면 나는 평생 당신의 분노로 고통받으리니…… 수학 교사인 키터리지 선생님이 시를 잘 알까, 케빈은 잠시 생각했다.

"저 바람 세진 것 좀 봐." 그녀가 말했다. "바람은 사람을 흥분시키는 데가 있지. 선교船橋가 떠내려갈 걱정만 없으면 말야. 우리 선교는 가끔 떠내려갔거든. 헨리는 저 아래 파도치는 바위께까지 내려가곤 했어. 그럴 때마다 얼마나 난리법석이었는지."

다시 한번, 케빈은 그녀의 목소리가 듣기 좋다고 생각했다. 창유리로 내다보이는 파도는 이제 더욱 높아져, 마리나 정면의 툭 튀어나온 바위를 세게 때리며 멀리 공기 중으로 물보라를 흩뿌렸고, 물보라는 힘없이 떨어지다 여전히 검은 구름 사이로 비집고 들어오던 햇살에 부서져내렸다. 눈앞의 파도처럼 머릿속이 변덕스러웠다. 가지 마세요, 키터리지 선생님. 가지 마세요.

그러나 마음속의 이런 소용돌이는 고문이었다. 어제 아침, 뉴욕에서 차가 있는 곳으로 걸어갔는데 순간 차가 보이지 않았던 일을 생각했다. 격렬한 두려움이 가슴을 찔렀다. 모든 것을 계획하고 준비해두었는데, 차가 어디 있는 거지? 그러나 차는, 그의 스바루 왜건은 바로 그 자리에 있었다. 그 순간 케빈은 방금 전 그 느낌은 희망이었다는 걸 깨달았다. 희망은 마음의 암이었다. 그는 희망을 원치 않았다. 원치 않았다. 이 연약한 초록빛 희망의 싹이 가슴속에서 움트는 걸 더는 참을 수 없었다. 다리에서 뛰어내렸다가 죽지 못하고 살아난 남자의 끔찍한 이야기가 생각났다. 남자는 누군가 금문교 위에서 한 시간 동안 울며 서성대던 그를 막고 왜 우느냐고 물었더라면 뛰어내리지 않았을 거라고 말했다.

"선생님, 이제 그만……"

그러나 그녀는 몸을 앞으로 기울이며 눈을 가늘게 뜨고 앞 유리 너머를 살폈다.

"잠깐, 대체 저게 무슨……" 그리고 올리브 키터리지는 상상을 초월하는 빠른 동작으로 차에서 뛰쳐나가 차 문을 열어둔 채, 검은 핸드백을 풀밭에 떨어뜨린 채, 마리나 앞쪽으로 뛰어갔다. 그녀는 잠시 사라졌다가 팔을 흔들고 소리를 지르며 나타났지만 말을 알아들을 수가 없었다.

차에서 내린 케빈은 셔츠를 뚫고 채찍질하는 듯한 바람의 세기에 놀랐다. 키터리지 선생이 외쳤다. "빨리, 얼른 와봐!" 그녀는 거대한 갈매기처럼 팔을 휘저었다. 그는 그녀가 있는 곳까지 뛰어가 바닷물을 들여다보았다. 파도는 생각보다 훨씬 더 높았다. 키터리지 선생은 연신 팔을 휘저으며 한 방향을 가리켰고, 그곳엔 파랑이 이는 물결 위로 바다표범이 고개를 쳐들듯, 머리가 흠뻑 젖어 색깔이 짙어진 패티 하우가 잠시 떠올랐다가 다시 사라졌다. 밧줄처럼 소용돌이치는 검은 해초와 함께 패티의 치마가 회오리쳤다. 케빈은 몸을 돌렸고, 가파른 암벽을 타고 내려가면서 암벽을 끌어안으려는 듯 팔을 활짝 벌렸지만 벽면에 가슴이 긁히고 옷과 피부와 뺨에 생채기만 날 뿐 끌어안을 것이라곤 아무것도 없었다. 차가운 바닷물이 케빈이 있는 절벽 위쪽까지 올라왔다. 물이 얼마나 차던지 정신이 번쩍 들었다. 마치 피부를 좀먹는 해로운 화학약품이 든 거대한 시험관 속으로 떨어진 것만 같았다.

일렁이는 거대한 물결 속, 움직이지 않는 뭔가에 발이 닿았다. 고개를 돌리자 자신을 향해 손을 뻗는 패티가 보였다. 그녀는 눈을 뜨고 있었고, 치마가 허리께에서 소용돌이쳤다. 그녀의 손가락이 그를 향해 뻗었다가 그를 놓치곤 다시 뻗었을 때 케빈이 그녀를 붙잡았다. 물결이 잠시 잠잠해지더니 파도가 다시 그들을 뒤덮었다. 케빈은 그녀를 세게 끌어당겼고 패티는 그 가느다란 팔로 가능할까 싶을 정도로 강하게 그를 붙들었다.

물이 다시 차오르고, 두 사람은 크게 숨을 들이쉬었다. 둘이 다시 물속에 가라앉았을 때 그의 다리에 뭔가가 걸렸다. 오래된 파이프였고, 단단히 고정되어 있었다.

다음번 파도가 다시 몰려올 때 두 사람은 모두 머리를 한껏 높이 쳐들고 한번 더 크게 숨을 쉬었다. 키터리지 선생님이 위에서 무어라 외치는 소리가 들렸다. 말은 알아들을 수 없었지만 도와줄 사람이 오고 있다는 건 알 수 있었다. 패티가 떠내려가지 않게만 하면 되었다. 소용돌이치며 두 사람을 집어삼키는 바닷물 속에 다시 잠겼을 때 그는 패티에게 메시지를 전하기 위해 그녀의 팔을 꼭 붙잡았다. 널 놓지 않을게. 파도가 칠 때마다 햇살이 반짝이는 짠 바닷물의 소용돌이 속에서도 케빈은 그녀의 눈을 바라보며 생각했다. 이 순간이 영원했으면 좋겠다고. 그 옛날 여왕처럼 줄넘기를 하던 소녀, 지금은 바다에 빠진 젖은 머리의 여인이 두 사람의 구조만을 바라며 바다의 힘만큼이나 격렬하게 그를 붙잡고 있는 이 순간이 영원했으면 좋겠다고. 오, 미친, 이 우스운, 알 수 없는 세상이여! 보라. 그녀가 얼마나 살고 싶어하는지, 그녀가 얼마나 붙잡고 싶어하는지.

피아노 연주자

앤절라 오미라는 일주일에 네 번, 밤에 '웨어하우스 바&그릴'
의 칵테일 라운지에서 피아노를 쳤다. 소파와 푹신한 가죽 의
자, 낮은 탁자 들을 널찍하고 편안한 실내에 갖다둔 칵테일 라
운지는 오래된 이 음식점의 무거운 문을 밀고 들어가자마자 바
로 보였다. 식당은 바다가 내다보이는 안쪽에 있었다. 라운지는
주초에는 조금 한산했지만 수요일 밤부터 토요일까지는 계속
사람들로 북적였다. 길에서 두꺼운 떡갈나무 문을 열고 들어서
면서부터 우아한 피아노 선율이 끊이지 않고 들려왔다. 소파에
늘어져 있거나, 의자에서 몸을 앞으로 쑥 빼고 있거나, 바 안쪽
으로 몸을 기대고 앉은 사람들의 말소리는 마치 피아노 선율에
맞춘 듯해서, 피아노 소리는 '배경' 음악이라기보다 어엿한 등

장인물 같았다. 달리 말하면, 메인 주 크로스비의 주민들은 수십 년 동안 칵테일 음악과 앤지 오미라를 삶의 일부로 받아들이고 있었다.

젊은 시절 앤지는 곱슬거리는 붉은 머리칼과 완벽한 피부를 자랑하는 사랑스러운 여인이었고, 그 점은 여러 면에서 아직도 마찬가지였다. 하지만 그녀는 이제 오십 줄에 접어들어, 머리 뒤에서 느슨하게 빗으로 꽂아 고정시킨 머리칼은 너무 붉은 감이 있었고, 아직 우아하지만 허리께가 굵은 듯 두드러지는 것은 전체적으로 상당히 마른 몸매인 때문이었다. 하지만 그녀는 허리가 길고, 전성기는 지난 듯했지만 피아노 의자에 앉는 동작은 발레리나처럼 사뿐했다. 그녀의 턱 선은 부드럽지만 다소 울퉁불퉁해졌고, 눈가의 잔주름은 꽤 두드러졌지만 부드러운 주름이어서, 이 얼굴에는 혹독한 일이란 일어난 적이 없는 듯했다. 뭔가 다른 게 있다면, 그녀의 얼굴은 그 나이의 여인에게 더이상 어울리지 않는 소박한 기대감을 너무 선명하게 드러냈다. 그녀가 고개를 숙일 때면 밝은 색 머리칼이 좀 단정치 못하기도 하고, 푸른 눈에는 다른 상황이었다면 사람들을 불편하게 만들 만한 눈빛이 담겨 있었다. 가령, 쿡스 코너의 쇼핑몰에서 그녀와 마주치는 외지인들은 한두 번쯤 그녀를 더 훔쳐보고 싶어했다. 하지만 이 마을 사람들에게 그녀는 익숙한 인물이었다. 그녀는 그저 피아노 연주자 앤지 오미라였고, 웨어하우스에서 오랫동안 피아노를 쳐온 사람이었다. 그녀는 마을 최초의 행정의원 맬컴 무디와 오랫동안 연인이었다. 이 사실을 아는 사람도 있고, 모르는 사람도 있었다.

크리스마스를 일주일 앞둔 금요일 밤, 소형 그랜드피아노에서 멀지 않은 자리에 식당 종업원들이 요란하게 장식한 전나무가 놓여 있었다. 바깥문이 열릴 때마다 기다란 은색 술 장식이 살며시 흔들리고, 밑으로 살짝 처진 나뭇가지들을 장식한 동그란 공들과 팝콘과 크랜베리를 엮은 줄 사이에서 달걀 크기만 한 색색의 꼬마전등이 반짝였다.

앤지는 검은 치마와, 쇄골께에서 V 자로 갈라진 다소 요란한 분홍색 나일론 상의를 입었는데, 목에 건 조그만 진주 목걸이, 분홍 상의, 그리고 전구 불빛과 함께 반짝이는 듯한 머리칼의 밝은 빨강은 어딘지 특별해서, 그녀 자신이 연말 분위기의 연장인 듯했다. 앤지는 언제나처럼 정확히 여섯시에, 박하사탕을 입에 문 아이 같은 모호한 미소를 지으며 도착한 다음, 바텐더 조와 여종업원 베티에게 인사를 건네며 핸드백과 외투를 바의 끝쪽에 쑤셔 넣었다. 오랫동안 바텐더 일을 해온 땅딸막한 조는 훌륭한 바텐더라면 누구나 그렇듯 주의 깊은 눈을 지녔고, 이렇게 결론을 내렸다. 앤지 오미라는 매일 저녁 겁에 질려 출근한다고.

어쩌다가 그녀 근처에 가게 되면 박하 향 숨결에서 술 냄새가 묻어나는 이유도, 그녀가 결코 이십 분의 휴식을 취하지 않는 것도—음악인 노조에 따르면 그녀는 휴식을 취할 권리가 있었고 사장도 그러라고 독려했다—필시 그 때문이리라. "다시 발동을 걸기가 싫어서 말이지." 어느 날 밤, 그녀는 조에게 말했고, 그 말로 조는 앤지에게 무대공포증이 있는 게 틀림없다는 결론을 내렸다.

다른 증상으로 고통을 받는다면 아무도 상관할 바가 아니었다. 사람들은 앤지에 대해 아는 게 거의 없으면서도 다른 이들은 그녀를 꽤 잘 알 거라고 생각했다. 그녀는 우드 스트리트에 방을 얻어 살았고 차는 없었다. 식료품점도, '웨어하우스 바 & 그릴'도 걸어갈 수 있는 거리에 있었다. 그녀의 아주 굽이 높은 검은 구두로 십오 분 걸리는 거리였다. 겨울이면 그녀는 아주 굽이 높은 검은 부츠를 신고 하얀 인조 모피 코트를 입었으며 파란 핸드백을 손에 들고 다녔다. 그리고 눈 쌓인 인도를 따라 조심스레 발을 내디디며 우체국 옆의 커다란 주차장을 가로질러 만으로 이어지는 작은 산책로를 따라 내려가 흰 클랩보드로 지은 납작한 건물, 웨어하우스에 닿았다.

앤지의 무대공포증에 대한 조의 생각은 맞았다. 그녀는 수년 전부터 다섯시 십오분이면 보드카를 들이켜기 시작했고, 반 시간 뒤 자신의 방을 나설 때면 계단을 내려오면서 벽을 짚어야 했다. 그러나 걷다보면 머리가 맑아지면서 피아노 앞까지 걸어가 건반 뚜껑을 열고 의자에 앉아 연주를 할 자신감이 생겼다. 가장 무서운 순간은 사람들이 정말로 귀를 기울이는 처음 몇 소절이었다. 피아노 선율로 실내의 분위기를 바꾸는 것이다. 그런 책임감 때문에 두려웠다. 쉬지 않고 세 시간을 내리 연주하는 것도 그 때문이었다. 연주를 멈췄을 때 실내에 침묵이 내려앉는 걸 피하기 위해, 그녀가 연주하려고 앉았을 때 사람들이 다시 빙그레 웃는 모습을 대면하는 걸 피하기 위해서였다. 그녀는 남들의 주의를 끄는 걸 전혀 좋아하지 않았다. 그녀가 좋아하는 건 피아노를 치는 일뿐이었다. 첫 곡의 두 소절을 연주하고 나면 앤지는 언제나 행복해졌다. 그녀에게 그것은 음악 속으로 미끄러져 들어가는 일과 같았다. 우리는 하나요, 앤지. 맬컴 무디는 그렇게 말하곤 했다. 우리 하나가 됩시다, 앤지…… 어떻소?

사람들은 잘 믿지 않았지만 앤지는 한 번도 피아노 교습을 받은 적이 없었다. 그래서 그녀는 이미 오래전부터 더는 사람들에게 그 얘기를 하지 않았다. 그녀는 네 살 때 교회에서 피아노 앞에 앉아 처음 피아노를 쳤고, 그 일은 그때나 지금이나 앤지에게는 별로 놀라운 일이 아니었다. "손이 배가 고파요." 그녀는 어릴 때 어머니에게 이렇게 말했고, 실제로도 그랬다. 배고픔이었다. 그러자 교회에서 그녀의 어머니에게 열쇠를 주었고, 앤지는 요즘도 아무 때나 교회에 가서 피아노를 연주할 수 있었다.

등 뒤에서 문이 열리는 소리가 들리며 순간 한기가 느껴지고, 전나무의 은색 술 장식이 흔들리더니 올리브 키터리지의 목소리가 왁자하게 들렸다.

"그래, 엄청 싫어. 나는 추운 게 좋아."

키터리지 부부가 함께 웨어하우스에 올 때는 대개 이른 시간이었는데, 그들은 라운지에 먼저 앉지 않고 곧바로 식당으로 들어갔다. 그래도 헨리는 언제나 지나가면서 인사를 건넸다. "잘 있었어요, 앤지?" 헨리는 늘 활짝 웃어 보였고, 올리브는 머리 위로 손을 들어올리는 것으로 인사를 대신했다. 헨리가 제일 좋아하는 곡은 〈Good Night, Irene〉이었고, 앤지는 키터리지 부부가 돌아갈 때면 꼭 이 곡을 연주했다. 많은 사람이 저마다 좋아하는 곡이 있었고, 앤지는 가끔 그런 곡들을 연주했지만 늘 그러는 것은 아니었다. 하지만 헨리 키터리지는 달랐다. 앤지가 늘 헨리의 애창곡을 연주했던 것은 헨리를 볼 때면 늘 따스한 공기 속으로 걸어 들어가는 느낌 때문이었다.

오늘밤 앤지는 몹시 떨렸다. 요즘은 보드카가 지난 몇 년 동안처럼 듣지 않는 날들이 있어, 보드카를 마셔도 전처럼 기분이 좋아지거나 모든 것이 어느 정도 쾌적한 거리를 두고 있는 듯 느껴지지 않았다.

오늘밤은 요즘 가끔 그렇듯 머리가 어질어질하고 기운이 없었다. 그녀는 얼굴에 미소를 잃지 않으려고 애쓰면서, 바 끝 쪽에 앉은 월터 돌턴만 쳐다보았다. 그가 손으로 키스를 보냈다. 그녀는 윙크를 했다. 아주 작은 동작이어서 한쪽 눈만 썼다는 걸 빼면, 그저 눈을 깜빡이는 것처럼 보였을 것이다.

그녀가 눈을 이렇게 깜빡이는 걸 맬컴 무디가 한창 좋아하던 때가 있었다. "끄응, 당신은 나를 미치게 해." 그는 우드 스트리트에 있는 그녀의 방에 오던 오후면 그렇게 말하곤 했다. 맬컴은 월터 돌턴을 좋아하지 않았고 그를 호모라 불렀는데, 맞는 말이었다. 월터는 알코올중독이기도 해서 학교에서도 쫓겨났고, 지금은 쿰스 아일랜드의 집에 살고 있었다. 월터는 때로 그녀에게 선물을 들고 오기도 했다. 한번은 실크 스카프를 가져오기도 하고, 옆에 작은 단추가 달린 가죽 장갑 한 켤레를 주기도 했다. 그는 언제나 바텐더 조에게 자동차 열쇠를 넘겨주었다. 가게가 문을 닫은 후에는 조가 집까지 그의 차를 운전해주는 일이 많았는데, 그럴 때면 조는 돌아올 때를 고려해 남자 종업원 하나에게 자신의 차를 몰고 따라오게 했다.

"저렇게 한심한 인생이 있나." 맬컴이 월터에 대해 앤지에게 말했다. "매일 밤 저기 죽치고 앉아 술에 떡이 되기나 하고."

앤지는 사람들이 한심하다는 소릴 듣는 걸 좋아하지 않았지만 아무 말도 하지 않았다. 가끔, 자주는 아니지만 앤지는 사람들이 맬컴 때문에 그녀의 인생을 한심하다고 말할지도 모른다고 생각했다. 볕 좋은 인도를 걸을 때나 밤에 잠에서 깼을 때 그런 생각을 하곤 했다. 그럴 때면 심장이 방망이질을 했고, 앤지는 수년 동안 그가 자신에게 했던 말들을 되새겼다. 처음에 그는 말했다. "나는 언제나 당신 생각뿐이야." 그는 지금도 말한다. "사랑해." 때로는 이렇게 말한다. "당신이 없으면 나는 어쩌지, 앤지?" 그는 앤지에게 선물을 사주는 법이 없었고, 그녀도 바란 적이 없었다.

문이 열렸다가 닫히는 소리가 들리고, 그녀는 잠시 차가운 바깥 공기를 느꼈다. 곁눈질로 짙은 색 외투를 입은 남자가 안쪽 구석의 의자에 털썩 주저앉는 것을 보았는데, 남자가 몸을 숙이고 움직이는 모습이 무언가 생각나게 했다. 오늘밤 그녀는 몹시 떨렸다.

"자기야." 그녀가 유리잔을 얹은 쟁반을 들고 지나가던 베티에게 속삭였다. "조한테 아이리시 커피 한 잔 달라고 말해주겠어?"

"네." 베티가 말했다. 어린아이처럼 체구가 작고 착한 베티. "그럴게요."

그녀는 한 손으로 아이리시 커피를 마시며 다른 손으로〈Have

a Holly Jolly Christmas〉를 친 다음 조에게 윙크했다. 조는 근엄하게 고개를 끄덕였다. 일과를 마치고 나면 앤지는 조 그리고 월터와 술을 한잔 하면서 오늘 요양원에 있는 어머니를 찾아갔었다고 말할 것이다. 어머니 팔에 든 멍에 대해서는 말을 할 수도, 안 할 수도 있다.

"앤지, 신청곡이요." 베티가 지나가며 칵테일 냅킨을 건네주었다. 높이 들어올린 베티의 한 손바닥 위에는 술이 든 쟁반이 들려 있었는데, 의자 주위로 움직일 때 등이 휘청하는 모습으로 보아 엄청나게 무거운 모양이었다. "저 남자분이 신청했어요." 그녀가 구석을 향해 고개를 돌리며 덧붙였다.

냅킨에는 〈Bridge Over Troubled Water〉라고 쓰여 있었지만 앤지는 미소를 잃지 않고 계속 크리스마스캐럴을 연주했다. 그녀는 구석에 앉은 남자를 쳐다보지 않았다. 생각나는 캐럴을 모조리 연주했지만 아직 음악에 몰입하지 못했다. 한 잔 더 마시면 도움이 될 것 같았지만 구석의 남자가 지켜보고 있었고, 남자는 베티가 가져온 잔 속에 커피만 들어 있는 게 아니라는 걸 알 것이다. 남자의 이름은 사이먼이었다. 그도 피아노 연주자였던 적이 있었다.

무릎을 꿇고 천사의 음성을 들으라…… 하지만 앤지는 마치 조난을 당해 해초를 뚫고 헤엄쳐 나와야 하는 기분이었다. 남자의 짙은 색 외투가 그녀의 머리를 짓누르는 듯했고, 어머니가 은근히 걱정되었다. 이제 몰입해야지, 음악에 빠져들어야지, 그녀는 생각했다. 하지만 몹시 떨렸다. 앤지는 마침내 속도를 늦추고 〈The First Noel〉을 아주 가볍게 연주했다. 이제 눈 덮인 넓은 들판과, 수평선을 따라 은은한 빛이 한 줄기 비쳐드는 게 보였다.

연주를 마쳤을 때, 앤지는 스스로도 깜짝 놀랄 만한 일을 저질렀다. 나중에 그녀는 자신도 모르는 새 얼마나 오랫동안 이 일을 계획했던가 생각했다. 맬컴이 "나는 항상 당신 생각뿐이야"라는 말을 언제부터 하지 않게 되었는지 결코 돌이켜보지 않았던 것처럼.

연주를 멈추고 휴식을 취한 것이다.

그녀는 조심스럽게 칵테일 냅킨을 입술에 대고 피아노 앞에서 빠져나와 공중전화가 있는 화장실 쪽으로 걸어갔다. 지갑을 꺼내달라며 조를 귀찮게 하고 싶진 않았다.

"자기," 그녀는 월터에게 조그맣게 말했다. "잔돈 좀 있어?"

그는 한 다리를 죽 뻗고 주머니에 손을 집어넣더니 동전을 꺼내 주었다. "당신은 정말 사랑스러운 분이에요, 앤지." 월터가 웅얼거리며 말했다.

그의 손은 축축했다. 동전마저도 축축하게 느껴졌다. "고마워, 월터." 그녀가 말했다.

그녀는 공중전화로 가서 맬컴의 번호를 돌렸다. 번호는 오래 전부터 기억하고 있었지만 이십이 년 동안 단 한 번도 그의 집에 전화를 건 적은 없었다. 이십이 년이면, 그녀는 신호음을 들으며 생각했다. 사람들은 대부분 아주 오랜 시간이라고 생각할걸. 그러나 앤지에게 시간은 하늘만큼이나 크고 둥글었고, 시간을 이해하려는 시도는 바로 음악과 신을, 왜 바다가 깊은지를 이해하려는 것과 같았다. 다른 사람들은 이런 일들을 이해하려 애썼지만 앤지는 오래전부터 그러지 않는 방법을 알았다.

맬컴이 전화를 받았다. 그런데 흥미로운 일이 일어났다. 그의 목소리가 마음에 들지 않았던 것이다. "맬컴," 그녀가 나지막이 입을 열었다. "난 더이상 당신을 만날 수 없어요. 정말 미안하지만 더는 못 하겠어요." 침묵. 아내가 바로 곁에 있는 것 같았다. "그럼 안녕." 그녀가 말했다.

월터 곁을 지나오면서 앤지가 말했다. "자기야, 고마워." 그러자 그가 대꾸했다. "당신을 위해서라면 뭐든지요, 앤지." 월터의 목소리는 취기가 완연했고, 얼굴은 번들거렸다.

그녀는 그제야 사이먼이 신청한 〈Bridge Over Troubled Water〉를 연주했지만 곡이 거의 끝나갈 즈음에야 고개를 돌려 사이먼을 쳐다보았다. 사이먼이 자신의 미소에 화답하지 않자 얼굴이 달아올랐다.

그녀는 크리스마스트리를 보고 빙그레 웃었다. 색색의 전구들이 몹시도 밝았다. 잠시 그녀는 사람들이 나무에 이런 짓을 한다는 게, 나무를 그렇게 번쩍거리도록 장식한다는 게 당혹스러웠다. 사람들은 이런 장식을 일 년 내내 기다린다. 그리고 몇 주만 지나면 나무는 장식이 모두 벗겨진 채 버려져 은색 술을 매달고 길가에 굴러다닐 거라 생각하자 다시 얼굴이 훅, 붉어졌다. 눈 더미 위에 아무렇게나 내던져지고 쓰러진 채, 잘려진 줄기가 어색한 각도로 공중을 찌른 모양새일 나무가 얼마나 안쓰러울지 상상할 수 있었다.

〈We Shall Overcome〉을 연주하기 시작하자 바에 앉은 누군가가 외쳤다. "이봐, 좀 심각한데, 앤지!" 그래서 그녀는 좀더 밝게 웃어준 다음 대신에 래그타임*을 연주했다. 멍청하게 그걸 연주하다니, 〈We Shall Overcome〉을 치다니. 사이먼은 멍청하다고 생각하겠지. 지금에야 깨달았다.

"당신은 너무 감상적이야." 사이먼은 말했었다.

하지만 그는 다른 말도 했다. 앤지와 그녀의 어머니를 처음 점심식사에 초대했을 때 사이먼은 말했다. "당신은 아름다운 동화 속 이야기에 나오는 사람 같아." 옥외 테라스의 식탁 너머로

---

* 20세기 초에 유행했던 강렬한 비트의 흑인 음악.

햇살이 비쳐들었다.

"당신은 완벽한 딸이야." 그녀의 어머니는 바위께에서 손을 흔들고, 그는 만에서 조각배를 노 저으며 말했다. "당신의 얼굴은 천사 같아." 배에서 내려 퍼커브러시 섬에 발을 들여놓았던 날 그가 말했다. 사이먼은 나중에 그녀에게 흰 장미를 한 송이 보냈다.

그때, 아아, 그녀는 어린 소녀였다. 어느 여름밤, 앤지는 친구들과 함께 바로 이 바에 왔었고, 그는 〈Fly Me to the Moon〉을 연주하고 있었다. 마치 그의 주변에서 작은 불빛들이 반짝이는 듯했다. 그러나 사이먼은 긴장을 많이 하는 편이어서 줄에 매인 꼭두각시처럼 온몸을 부들부들 떨었다. 연주에 힘이 많이 들어갔고, 감정이 없었다. 그녀는 그의 연주에 감정이 없다는 걸 그 옛날에도 마음 한구석으로는 알았다. "〈Feeling〉 좀 쳐봐." 사람들이 가끔 신청하기도 했지만 그는 한 번도 수락하지 않았다. 너무 유치해, 그가 말했다. 너무 감상적이야.

그는 여름만 보낼 생각으로 보스턴에서 왔다가 이 년을 머물렀다. 앤지와 헤어질 때 사이먼은 말했다. "난 너하고 네 엄마 두 사람하고 데이트하는 거 같아. 소름이 끼친다구." 그는 나중에 그녀에게 이렇게 썼다. "넌 신경과민이야. 상처가 있어."

앤지는 페달을 밟을 수가 없었다. 검정 스커트 밑으로 다리가 떨렸다. 어머니가 남자들한테 돈을 받는다는 이야기는 사이먼한 테만 털어놓았다.

바에서 웃음소리가 터져 나와 앤지가 돌아보았지만 그냥 어부 몇이 조와 대화를 나누는 것이었다. 월터 돌턴이 그녀에게 상냥 한 미소를 보내며 어부들을 향해 눈을 부라렸다.

앤지의 어머니는 어느 크리스마스에 그들 세 사람이 입을 똑 같은 파란 스웨터를 떠서 선물했다. 어머니가 자리를 뜨자 사이 먼이 말했다. "우리가 이걸 동시에 입을 일은 절대 없을걸." 어 머니는 그에게 베토벤 레코드를 잔뜩 사주었다. 사이먼이 떠나 자, 어머니는 그에게 레코드를 돌려달라고 편지를 썼지만 그는 레코드를 돌려보내지 않았다. 어머니는 아직 파란 스웨터를 입 을 수 있다고 했고, 자신이 파란 스웨터를 입을 때는 앤지도 똑 같이 입게 했다. 어느 날 어머니는 앤지에게 말했다. "사이먼은 음대에 지원했다가 떨어졌다는구나. 보스턴에서 부동산 변호사 를 한대. 밥 비니가 보스턴에서 우연히 만났단다."

"그렇군요." 앤지의 대답이었다.

그때 앤지는 사이먼을 다시는 못 볼 거라고 생각했다. 앤지가 열다섯 살 때 시카고에서 온 한 남자가 결혼식에서 그녀의 연주 를 듣고 말을 건넸던 이야기를 했을 때(그녀는 사이먼에게 하지 않은 말이 없었다. 판잣집에서 어머니와 보낸 어린 시절까지도!)

그의 얼굴에 스치던 질투의 그림자를 보았기 때문이다. 시카고에서 온 남자는 음악학교를 운영했고 어머니를 설득하려고 이틀 동안이나 애썼다. 앤지는 음악학교에 가야 할 재원이며, 장학금과 기숙사가 제공될 거라고 했다. 아니요, 앤지의 어머니는 말했다. 쟤는 엄마 없인 못 살아요. 하지만 앤지는 그후 몇 년 동안 음악학교를 머릿속에 그렸다. 젊은이들이 종일 피아노를 치는, 넓은 공간에 퍼져 있는 하얀 건물. 그리고 친절한 남녀 선생님에게 피아노를 배울 것이다. 악보 보는 법도 배우겠지. 방마다 난방이 될 테고, 어머니 방에서 들려오던 소리, 밤이면 앤지의 귀를 틀어막게 만들고 집을 뛰쳐나가 교회로 가서 피아노를 치게 만들던 소리도 없을 것이다. 아니요, 어머니는 확고했다. 쟤는 엄마 없인 못 살아요.

그녀가 다시 사이먼을 건너다보았다. 그는 의자에 기댄 채 그녀를 지켜보고 있었다. 헨리 키터리지가 들어설 때 풍기던, 또는 지금 월터가 앉아 있는 자리에서 느껴지는 따스한 기운은 없었다.

그는 무얼 보러 온 것일까? 그녀는 일찍 법률사무소를 나와 해안을 따라 이곳까지 어둠을 뚫고 차를 몰아온 그의 모습을 그려보았다. 그는 어쩌면 이혼했을지도 모른다. 오십대 후반의 남자들이 흔히 겪는 위기를 겪는 중인지도 모른다. 자신의 삶을 돌이켜보고 왜 일이 이렇게 된 것일까 생각하면서. 그런데 그는 앤지를 생각했을 수도, 생각하지 않았을 수도 있는 그 몇 십 년이 지난 지금, 메인 주 크로스비까지 어떤 이유로 차를 몰고 왔다. 그녀가 여기서 일한다는 걸 알았을까?

그가 일어서는 게 힐끗 보인다 싶더니, 사이먼은 이내 소형 그랜드피아노에 기대 그녀를 똑바로 쳐다보고 있다. 머리숱은 거의 다 사라지고 없었다.

"안녕, 사이먼." 앤지가 말했다. 지금 그녀는 자신이 만든 곡을 연주하느라 건반 위로 손가락이 바빴다.

"안녕, 앤지." 이제 그는 한 번 더 돌아보고 싶은 남자가 아니었다. 옛날에도 두 번 돌아보고 싶은 남자가 아니었는지도 모르지만 그건 사람들이 생각하는 것처럼 그다지 중요하지 않았다. 언젠가 그가 흉한 갈색 가죽 재킷을 입고서 스스로 멋지다고 생각했던 그런 일은 중요하지 않았다. 다른 사람들이 어떻게 생각하든 자신의 어떤 감정이 사라지게 만들 수는 없었다. 그저 기다리는 수밖에 없었다. 다른 감정이 찾아오면서 그 감정은 결국 사라졌다. 아니, 사라지지는 않더라도 조그맣게 찌그러들어 크리스마스트리의 은색 술 장식처럼 마음 한구석에 매달려 있었다. 그녀는 이제 음악 속으로 미끄러져 들어가고 있었다.

"잘 지내요, 사이먼?" 그녀가 미소를 띠고 말했다.

"아주 잘 지내. 고맙군." 그가 고개를 살짝 끄덕였다. "굉장히 잘 지내지." 그 순간, 그녀는 따끔한 위험을 느꼈다. 그의 눈빛은 따스하지 않았다. 전에는 따스한 눈빛이었는데. "붉은 머리는 여전하군." 그가 말했다.

"요즘은 염색을 해줘야 해요, 안타깝게도."

사이먼은 그녀를 바라보기만 했다. 외투는 헐렁했다. 그의 옷은 언제나 헐렁했다.

"아직 변호사예요, 사이먼? 변호사가 됐다고 들었어요."

그가 고개를 끄덕였다. "사실 말이지, 앤지, 난 그 일을 잘해. 뭔가를 잘한다는 건 좋은 일이지."

"그렇죠, 물론이에요. 무슨 변호사예요?"

"부동산." 그가 눈을 내리깔았다가 금세 다시 턱을 치켜들었다.

"재미있어. 퍼즐 같지."

"오, 잘됐네요." 그녀가 왼손을 오른손 위로 가져가 건반을 가볍게 훑었다.

"결혼했나, 앤지?"

"아뇨. 안 했어요. 당신은요?" 그녀는 벌써 결혼반지를 보았다. 굵은 가락지였다. 그가 그런 굵은 반지를 낄 사람이라고는 생각해본 적이 없었다.

"했지. 아이가 셋이야. 아들 둘에 딸 하나, 다 컸지 이젠." 그가 여전히 피아노에 기댄 채 발의 위치를 바꾸었다.

"아, 좋겠어요. 사이먼. 셋이라니 근사해요." 그녀는 곡조를 잊어버렸으면서도 〈O Come All Ye Faithful〉을 연주하기 시작했다. 손가락이 곡에 깊이 가 닿는 듯했다. 때로 그녀는 연주를 하다보면 자신이 조각가가 된 것 같다고 생각했다. 사랑스럽고 두꺼운 찰흙을 만지작거리는 것 같았다.

그가 시계를 내려다보았다. "아홉시에 끝나나?"

"네, 맞아요. 그런데 아쉽지만 바로 가봐야 해요. 미안해요." 그녀는 더이상 얼굴이 붉어지지 않았다. 피부는 이제 차가워졌다. 머리가 심하게 아팠다.

"알았어, 앤지." 그가 똑바로 섰다. "나도 가봐야겠어. 오랜만에 만나니 반갑군."

"그래요, 사이먼. 반가워요."

베티는 다른 쪽에 커피 한 잔을 내려놓았다. "월터가 보냈어요." 베티가 얼른 지나가면서 말했다.

앤지는 고개를 돌리고 눈을 살짝 찡긋하며 월터에게 윙크를 보냈다. 그녀를 지켜보는 월터의 눈빛이 흐릿했다.

사이먼이 걸어 나가고, 키터리지 부부가 떠나는데 헨리 키터리지가 손을 흔들었다. 그녀는 〈Good Night, Irene〉을 연주했다.

사이먼이 뒤를 돌아보았다. 그가 휘청휘청 걸어오더니 앤지의 얼굴 곁에 얼굴을 바짝 붙이고 섰다. "그거 알아? 당신 엄마가 보스턴에 날 만나러 왔었어."

앤지의 얼굴이 화끈 달아올랐다.

"그레이하운드를 탔더군." 사이먼이 그녀의 귀에 대고 말했다. "그런 다음엔 내 아파트까지 택시를 타고 왔지. 내가 안으로 들이니까 술을 한잔 달라더니 옷을 벗기 시작했어. 목까지 채운 단추를 천천히 풀더군."

앤지의 입안이 바짝 말랐다.

"그러고 나니 내내 당신한테 굉장히 미안하더라구, 앤지."

그녀는 정면을 보며 빙그레 웃었다. "잘 가요, 사이먼." 그녀가 말했다.

그녀는 한 손으로 아이리시 커피를 다 마셔버렸다. 그런 다음 온갖 곡을 연주했다. 무엇을 연주했는지 알지 못했다. 말하라 해도 그럴 수 없었겠지만 그녀는 음악에 몰입해 있었다. 크리스마스트리의 불빛은 밝고 멀게 보였다. 지금처럼 음악에 취해 있을 때면 그녀는 많은 것을 이해했다. 이 나이에 수십 년 동안 그녀를 동정해왔노라 꼭 말을 해야 했다면 낙심한 인생이라는 걸 그녀는 이해했다. 보스턴을 향해, 함께 아이 셋을 낳아 기른 아내를 향해 해안을 따라 운전해 내려가면서, 오늘 그녀를 지켜본 그가 어떤 만족감을 느끼리라는 걸 앤지는 알았고, 다른 많은 사람들 역시 이런 위안을 필요로 하리라는 걸 알았다. 맬컴이 월터 돌턴을 한심한 호모라고 부르면서 그랬던 것처럼. 하지만 그것은, 이런 자양분은 묽은 우유와 같다. 그런다고 해서 연주회의 피아니스트가 되고 싶었던 사람이 부동산 변호사가 된 사실이나, 결혼하여 삼십 년을 함께 산 여자가 잠자리에서 당신을 전혀 사랑스럽게 생각하지 않는다는 사실이 변하지는 않는다. 라운지는 이제 거의 텅 비었다. 문이 계속 열리지 않으니 더 따뜻했다. 그녀는 〈We Shall Overcome〉을 연주했다. 천천히, 두 번이나 웅장하게 연주하고, 월터가 그녀를 향해 미소 짓던 바를 건너다보았다. 그가 주먹을 쥐고 허공에 올려 보였다.

"차 태워줘요, 앤지?" 조가 피아노 뚜껑을 닫고 외투와 지갑을 챙기는 앤지를 보고 물었다.

"아니, 괜찮아." 그녀는 월터의 도움을 받아 하얀 인조 모피 코트를 입으며 말했다. "걷는 게 좋을 거 같아."

파란색 작은 핸드백을 꼭 쥐고, 그녀는 인도 옆에 쌓인 눈 더미를 넘어 조심스럽게 발을 디디며 우체국 주차장을 가로질렀다. 은행 옆의 녹색 숫자는 영하 3도를 가리켰지만 그녀는 춥지 않았다. 하지만 마스카라는 얼어붙었다. 어머니는 이렇게 추울 때는 속눈썹을 건드리지 말라며, 안 그러면 부러진다는 걸 가르쳐주었다.

어둠과 추위 속에서 가로등이 창백히 불을 밝힌 우드 스트리트로 접어들다 그녀는 "헉!" 소리를 낼 만큼 놀랐다. 여러 가지가 한꺼번에 그녀를 당혹스럽게 만들었다. 이런 일은 오늘밤처럼 음악에 빠져 있다가 나온 후에 자주 일어났다.

　그녀는 굽 높은 부츠를 신고 휘청거리다가 바깥 현관의 난간을 붙잡았다.

　"쌍년."

　그녀는 집 옆에, 처마 밑 그늘에 서 있던 그를 미처 보지 못했다.

　"개 같은 년." 그가 앤지를 향해 걸어 나왔다.

　"맬컴," 그녀가 작은 소리로 말했다. "그만해요."

　"집에 전화를 걸다니. 네 년이 대체 뭔데?"

　"흠." 그녀가 말했다. 그녀는 입술을 꼭 다물고 한 손가락을 입에 댔다. "글쎄요, 한번 생각해보죠." 그의 집에 전화하는 것도 앤지의 방식이 아니었지만 그녀가 이십이 년 동안 한 번도 그런 적이 없다는 걸 그에게 환기시키는 것은 더더욱 그녀의 방식이 아니었다.

　"넌 완전 미친년이야." 맬컴이 말했다. "게다가 술주정뱅이고." 그가 가버렸다. 다음 블록에 그의 트럭이 주차되어 있는 것이 보였다. "술 깨면 사무실로 전화해!" 그가 어깨 너머로 말했다. 그다음엔 좀더 작은 소리로 덧붙였다. "그리고 이 따위 개수 작 다시는 하지 마."

취하긴 했어도 그녀는 술이 깬 다음에 자기가 그에게 전화하지 않으리란 걸 알았다. 앤지는 집 안으로 들어가 계단에 주저앉았다. 앤절라 오미라.

천사 같은 얼굴. 술주정뱅이. 남자들에게 몸을 파는 어머니.

한 번도 결혼을 안 했나, 앤절라?

그러나 계단에 앉아서 그녀는 자신이, 맬컴의 아내를 포함하여 그 누구보다도 더, 또는 덜 한심하지 않다고 혼잣말을 했다. 그리고 사람들은 친절했다. 월터도, 조도, 헨리 키터리지도. 오, 그렇고말고. 세상에는 친절한 사람들이 있었다. 그녀는 내일 일찍 웨어하우스에 나가 조에게 어머니와 멍에 대해 말할 것이다. "상상을 해봐." 그녀는 조에게 말할 것이다. "마비된 할머니를 누가 그렇게 꼬집는다고 생각을 해봐."

앤지는 이제 머리를 복도 벽에 기대고 손가락으로 자신의 검정 치마를 만지작거리며 자신이 뭔가를 너무 늦게 깨달았다고, 그리고 그것이, 너무 늦었을 때에야 뭔가를 깨닫는 것이 인생일 거라고 생각했다. 내일 그녀는 교회에 가서 피아노를 칠 것이다. 어머니 팔뚝의 멍은 더이상 생각하지 않을 것이다. 그 부드럽고 헐거운 피부를, 손가락으로 꼭 눌러도 무슨 느낌이 있을

거라 상상하기 힘든, 살갗이 뼈에서 너무도 축 늘어지던 가느다
란 팔뚝을.

작은 기쁨

세 시간 전, 햇살이 나무와 뒷마당 잔디에 비스듬히 비치는 동안, 크로스비 지역의 족부의학 전문의인 중년의 크리스토퍼 키터리지는 수잔이라는 외지인 여성과 결혼했다. 두 사람 다 초혼이었다. 플루트를 연주하고 집 안팎을 노란 스위트하트 장미로 장식한 결혼식은 조촐하고 유쾌했다. 아직까지는 하객들의 점잖고 명랑한 분위기가 잦아들 기미가 보이지 않았지만 피크닉 테이블 옆에 선 올리브 키터리지는 이제 손님들이 갈 때도 되었다고 생각했다.

오후 내내, 올리브는 물속에서 힘겹게 걷는 듯한 느낌에 맞서 싸웠다. 그녀는 평생 수영을 배우지 못했기에 그건 몹시 당혹스럽고 참담한 기분이었다. 종이 냅킨을 피크닉 테이블의 나무

판 사이에 끼우면서 올리브는 생각했다. 아, 할 만큼 했어. 그녀는 또다른 시시껄렁한 수다에 걸려들어 빠져나오지 못할까봐 시선을 돌리고 집 옆쪽 모퉁이를 돈 다음, 아들의 침실로 이어지는 문 안으로 들어섰다. 햇살에 반짝이는 소나무 마룻바닥을 가로질러 크리스토퍼(와 수잔)의 퀸 사이즈 침대에 드러누웠다.

올리브의 드레스는—신랑의 어머니이니 당연히 드레스가 중요했다—붉은빛이 도는 커다란 분홍색 제라늄이 전체적으로 나염된 얇게 비치는 녹색 모슬린으로 만든 거라, 그녀는 옷에 주름이 많이 가지 않도록, 그리고 누군가 들어오기라도 하면 점잖게 보이도록 옷매무새를 조심스레 가다듬었다. 올리브는 체구가 컸다. 자신도 그렇다는 걸 잘 알았지만 언제나 덩치가 컸던 건 아니어서 아직도 완전히 익숙해지지 않은 감이 있다. 키는 언제나 커서 행동이 투박하게 느껴진 적이 많았지만, 체구가 커진 건 나이가 들면서 생긴 일이었다. 발목이 부풀더니 목 뒤로 어깨 살이 붙고 손목과 두 손은 남자처럼 커졌다. 올리브는 그게 싫었다. 당연히 싫었다. 때로는 속으로 몹시 혐오하기까지 했다. 하지만 이 나이에 음식이 주는 위안을 내던질 생각은 없었다. 올리브는 지금 이 순간 자신이 뚱보처럼, 거즈로 둘둘 말아놓은 바다표범이 졸고 있는 것처럼 보이리라는 걸 알고 있다. 하지만 드레스는 잘 나왔어. 그녀는 등 뒤로 기대며 눈을 감고 생각했다. 이

화창한 6월에 결혼식이 아니라 장례식에 초대받은 사람들처럼 신부 측 번스타인 가족이 입은 짙은 색 칙칙한 드레스보다는 훨씬 낫지.

아들의 침실 안쪽 문이 약간 열려 있어 아직 피로연이 열리고 있는 집 앞쪽으로부터 사람들의 목소리와 다른 소리들이 올라왔다. 그리고 하이힐이 복도를 또각또각 걸어오는 소리, 화장실 문을 세게 닫는 소리. (아, 진짜, 올리브는 생각했다. 왜 문을 얌전히 안 닫는 거야?) 거실의 의자 하나가 마루 위를 긁으며 옮겨지고, 작게 들리는 웃음소리와 말소리에는 커피 향이, 그리고 오븐에서 구워낸 온갖 달콤한 먹을거리의 냄새가 진하게 배어 있다. 지금은 문을 닫은 니슨 빵 공장 근처의 길에 들어서면 늘 이런 냄새가 났다. 향수 냄새도 여럿 섞여 있었는데, 개중에는 해충 퇴치 스프레이 '오프!' 같은 냄새가 나는 것도 있었다. 이런 모든 냄새가 복도를 넘어 침실까지 흘러들었다.

담배 연기도 올라왔다. 올리브가 눈을 떴다. 뒷마당에서 누가 담배를 피우고 있다. 열린 창문으로 기침 소리와 라이터의 찰칵 소리가 들린다. 집이 정말 미어터지는구먼. 무거운 발이 글라디올러스 화단을 짓밟는 광경이 그려지더니 복도 저쪽에서 변기물 내리는 소리가 들리고 잠시 집이 무너지는 모습이 상상된다. 배관이 뚝 부러지고 마루청이 꺼지고 벽이 쓰러진다. 그녀는 조금 일어나 앉아 매무새를 가다듬고는, 침대 헤드보드에 베개를 하나 더 겹쳐놓는다.

이곳은 그녀가 손수 지은 집이다. 말하자면 거의 그렇다는 얘기다. 크리스가 전공의 과정을 마치고 돌아오면 괜찮은 집에서 살 수 있도록 올리브와 헨리가 수년 전에 직접 설계하고 시공업자와 긴밀히 일하면서 지은 것이다. 스스로 집을 지을 때는 느낌이 아주 남다른 법이다. 올리브는 옷이며 정원, 집 등, 만드는 걸 좋아해서 이런 감정에 익숙하다. (바구니에 든 이 노란 장미들도 오늘 아침, 해가 뜨기 전에 그녀가 직접 꽃꽂이한 것이다.) 길 아래로 몇 킬로미터 떨어진 그녀의 집도 올리브와 헨리가 수십 년 전에 직접 지었다. 올리브는 최근에 집을 청소하러 오는 젊은 여자를 해고했다. 바보 같은 여자가 진공청소기를 벽과 계단에 쿵쿵 부딪히면서 끌고 다니는 게 아닌가.

적어도 크리스토퍼는 이 집에 대해 고마워했다. 지난 몇 년 동안 세 사람은, 올리브와 헨리와 크리스토퍼는 이 집을 함께 관리했다. 나무를 더 없애고 라일락과 진달래를 심고, 울타리 말뚝을 박을 구멍을 팠다. 이제는 수잔(올리브는 마음속으로 그녀를 '닥터 수'라고 불렀다)이 그 일을 넘겨받을 테고, 잘사는 친정을 보건대 그녀는 정원사는 물론 가정부까지 고용할 것이다. ("금련화를 참 예쁘게 가꾸셨네요." 닥터 수는 몇 주 전에 피튜니아를 가리키며 올리브에게 말했다.) 하지만 뭐 상관없어, 올리브는 생각한다. 새사람을 위해 자리를 내줘야지.

올리브는 감은 눈 사이로 창 너머로 비스듬히 들어오는 붉은 빛을 본다. 햇살이 종아리와 발목을 따스하게 덮는 게 느껴지고, 손바닥 밑으로 햇살이 드레스의 부드러운 표면을 따사로이 감싸는 게 느껴진다. 참으로 잘 나온 드레스를. 커다란 가죽 핸드백에 챙겨 넣은 블루베리 케이크 한 조각을 생각하니(곧 집에 가서 마음 편히 먹을 생각을 하니) 기분이 좋다. 좋다. 이 불편한 것들을 벗어던지고, 모든 것이 정상으로 돌아간다고 생각하니 좋다.

방 안에 누가 들어온 것 같아 눈을 뜬다. 어린 여자아이 하나가 문간에서 빤히 쳐다본다. 시카고에서 온 신부의 어린 조카 중 하나다. 식전에 장미 꽃잎을 뿌려야 했으나 마지막에 하기 싫다며 샐쭉해서 뒤로 빼던 바로 그 아이다. 그때 닥터 수는 웃는 얼굴을 잃지 않고 아이에게 괜찮다고 말하며 안심시킨 다음 소녀의 머리를 손으로 어루만졌다. 수잔은 결국 사람 좋은 표정으로 나무 곁에 서 있던 여자에게 말했다. "아, 그냥 시작하세요." 여자는 플루트를 연주하기 시작했다. 그러자 수잔은 냇물에 떠다니는 부목처럼 웃지도 않고 뻣뻣하게 서 있던 크리스토퍼에게 다가섰고, 두 사람은 그 자리에 서서, 잔디밭에서 결혼했다.

하지만 그 제스처, 소녀의 머리를 부드럽게 만져주던 모습, 수잔의 손이 사뿐한 동작으로 아이의 가느다란 머리칼과 가냘픈 목을 쓰다듬던 모습은 올리브의 뇌리에 남았다. 배에서 다이빙하여 선창까지 수월하게 헤엄쳐 가는 여인을 지켜보는 것만 같았다. 어떤 이들은 하지 못하는 일을 다른 이들은 할 수 있다는 걸 상기시켜주듯이.

"안녕." 올리브가 어린 소녀에게 말을 건넸지만 아이는 대답이 없다. 잠시 후 올리브는 말했다. "몇 살이니?" 그녀는 더이상 어린아이들에 익숙하지 않지만 이 아이는 네댓 살쯤 돼 보였다. 보아하니 번스타인 집안에는 키 큰 사람이 하나도 없는 것 같다.

그래도 아이는 말이 없다. "이제 가보렴." 올리브가 말해도 소녀는 문설주에 기댄 채 몸을 살짝 흔들면서 올리브에게서 눈을 떼지 않고 있다. "사람을 빤히 보는 건 나쁜 버릇이야." 올리브가 말했다. "아무도 안 가르쳐주던?"

어린 소녀는 여전히 몸을 흔들며 조용히 말한다. "할머니, 죽은 사람 같아."

올리브가 고개를 든다. "요즘은 그렇게 말하라고 가르친다니?" 하지만 다시 기대는데 몸의 반응이 느껴진다. 잠시 은근한 통증이 몸속으로 돈 날개처럼 흉골께를 때린다. 저 계집애는 비누로 입을 좀 씻어야겠어.

어쨌든 하루가 거의 다 끝났다. 올리브는 침대 위 하늘을 보며 그 하루를 살아냈다며 스스로를 위로한다. 그녀는 아들의 결혼식 날 또다시 심장발작을 일으키는 자신의 모습을 상상하곤 했다. 모두의 눈앞에서, 잔디밭 위의 접이식 의자에 앉아 아들이 결혼 서약을 한 다음에 조용히, 어색한 자세로 죽어 얼굴은 잔디에 처박고, 제라늄이 나염된 얇은 드레스를 공중에 하늘거리며, 커다란 엉덩이를 드러내며 엎어지는 것이다. 그러면 사람들은 며칠이고 그날에 대해 수군댈 것이다.

"할머니 얼굴에 그게 뭐야?"

올리브가 문 쪽으로 고개를 돌린다. "아직 거기 있는 거냐? 난 간 줄 알았지."

"할머니 얼굴에 붙은 그거에 털이 달렸어." 아이는 이제 대담해져서 방 안으로 걸음을 한 발짝 옮긴다. "할머니 턱에."

올리브가 시선을 천장으로 돌리며 잠자코 그 말을 듣는다. 이번엔 가슴에서 날개가 퍼덕이는 느낌이 없다. 요즘 아이들은 어찌나 맹랑한지. 천창을 내다니, 아주 똑똑한 생각이었다. 크리스는 겨울에 침대에 누워 눈 내리는 걸 쳐다보기도 한다고 말했다. 아이는 언제나 그랬다. 남다른 데가 있고 무척 섬세했다. 크리스가 유화를 잘 그리는 것도 그 덕이지만, 그런 것이 족부의학 전문의에게 기대되는 능력은 아니다. 그는, 그녀의 아들은 복잡하고 흥미로운 남자다. 아이 때도 워낙 감성적이어서, 한번은 『알프스 소녀 하이디』를 읽다가 그림을 그려놓기도 했다. 알프스 산 등성이에 핀 야생화였다.

"할머니 턱에 그게 뭐냐구!"

올리브가 보니 여자아이는 원피스의 리본을 질겅질겅 씹고 있다. "부스러기." 올리브가 대꾸한다. "너처럼 어린 계집애들을 잡아먹고 흘린 부스러기지. 이제 얼른 나가, 너도 잡아먹기 전에." 아이가 눈을 동그랗게 뜬다.

소녀가 문설주를 잡으며 살며시 뒷걸음친다. "거짓말." 아이는 결국 말문을 열었지만 사라지고 만다.

"이제야 달아나고." 올리브가 중얼거린다.

이제 복도 저쪽에서 또각대는 구두 굽 소리가 들린다. "여자아이용 화장실을 찾아요." 여자의 목소리. 수잔의 어머니 재니스 번스타인의 목소리라는 걸 올리브는 알아들었다. 헨리의 목소리가 대답한다. "아, 바로 거기예요, 바로 거깁니다."

올리브는 헨리가 침실 안을 들여다볼 때까지 기다리고, 잠시 후 헨리가 고개를 들이민다. 그의 커다란 얼굴은 많은 사람들과 어울릴 때 나타나는 상냥함으로 빛난다. "올리, 당신 괜찮아?"

"쉿, 조용히 해. 내가 여기 있다는 거 사방팔방에 알리고 싶진 않단 말이야."

헨리가 방 안으로 들어선다. "당신 괜찮아?" 그가 속삭인다.

"난 집에 갔으면 좋겠어. 당신은 물론 마지막까지 있고 싶겠지만. 근데 다 큰 여자가 '여자아이용 화장실'이라니. 그 여자 취했어?"

"어, 아니. 아닌 거 같은데, 올리."

"저 사람들 밖에서 담배 피우고 있어." 올리브가 창 쪽으로 턱을 내밀었다. "집에 불내는 거 아닌가 몰라."

"안 그래, 걱정 마." 그리고 잠시 후 헨리가 말한다. "모두 순조로웠던 거 같아."

"그럼. 그러니까 가서 인사하고 와, 집에 가게."

"녀석이 좋은 여자를 아내로 맞았어." 헨리가 침대 발치에서 머뭇거리며 말한다.

"응, 그런 거 같아." 그들은 잠시 말이 없다. 누가 뭐래도 충격이었다. 그들의 아들이, 외아들이 이제 결혼을 했다. 그는 서른여덟이고, 부부는 아들에게 익숙해져 있었다.

아들이 병원의 여직원과 결혼할 거라 생각했던 적이 있지만 둘은 오래가지 않았다. 그다음에는 터틀백 섬에 사는 교사와 결혼할 것처럼 보였지만 그녀와도 오래가지 않았다.

그러다가 갑자기 일어난 일이었다. 의학박사이자 철학박사인 수잔 번스타인이 갑자기 학회 참석차 마을에 왔다가 새 구두를 신고 일주일 내내 종종거리며 뛰어다녔다. 발톱이 살로 파고들어 염증이 생겼고 발바닥에 커다란 구슬만 한 물집이 잡혔다. 수잔은 오늘 종일 이 이야기를 했다. "업소 전화번호부를 찾아봤는데, 내가 그 사람 진료실에 도착했을 때는 발이 엉망진창이었어요. 그 사람이 드릴로 발톱을 뚫어야 했다니까요. 사람이 만나는 방법도 참 가지가지죠!"

올리브는 어처구니없는 이야기라고 생각했다. 돈도 많은 아가씨가 왜 발에 맞는 새 신발을 사지 않았담? 어쨌든 둘은 그렇게 만났다. 그리고 그후로는 수잔이 종일 말하던 대로 '역사'가 이루어졌다. 고작 육 주를 역사라고 부를 수 있다면. 그 부분 역시 놀랍기는 마찬가지다. 벼락 치는 속도로 결혼을 했지 않은가.

"시간 끌 필요가 뭐가 있어요?" 수잔과 크리스토퍼가 약혼반지를 보여주러 들렀던 날 수잔이 한 말이었다. 올리브는 기분 좋게 말했다. "그럴 필요 없지."

"그래도 그렇지, 헨리." 올리브가 입을 연다. "왜 하필 위장병 전문의냐고. 배를 쿡쿡 찌르지 않아도 되는 다른 전공도 많은데. 생각하기도 싫잖아."

헨리가 그녀를 멍하니 바라본다. "알아." 그가 말한다.

햇살이 벽에서 흔들리고, 하얀 커튼이 살며시 나부낀다.

담배 연기가 들어온다. 헨리와 올리브는 말없이 침대 발치를 물끄러미 바라보고, 마침내 올리브가 입을 연다. "수잔이 아주 긍정적인 사람이긴 해."

"크리스토퍼한테 딱인 아이야." 헨리의 말이다.

둘은 거의 속삭이다 복도의 발소리에 갑자기 쾌활하고 명랑한 표정을 지으며 반쯤 열린 문으로 고개를 돌린다. 수잔의 어머니가 발길을 멈추지 않고 지나갔다. 짙은 감색 정장 차림의 그녀는 작은 슈트케이스처럼 생긴 손지갑을 들고 지나쳐 간다.

"당신은 나가보는 게 낫겠어." 올리브가 말한다. "나도 잠깐만 있다가 인사하러 나갈게. 일 초만 쉬었다가."

"그래. 좀 쉬어, 올리."

"우리 던킨 도너츠에 좀 들렀다 가." 그녀가 말한다. 그들은 창가 부스석에 앉기를 좋아했고, 그곳엔 두 사람을 아는 여종업원이 있다. 종업원은 인사만 건네곤 두 사람을 내버려둘 것이다.

"그러지 뭐." 헨리가 문간에서 대답한다.

베개에 기대고 누워서 올리브는 아들이 결혼식 도중에 얼마나 핼쑥해 보였는지를 생각한다. 크리스토퍼는 고유의 조심스러운 눈빛으로, 마르고 가슴이 작은, 그를 올려다보는 신부를 바라보았다. 신부의 어머니는 울었다. 대단한 광경이었다. 재니스 번스타인은 분명 눈물을 하염없이 흘렸다. 그리고 나중에 올리브에게 물었다.

"결혼식에서 원래 안 우세요?"

"울 이유가 없는걸요." 올리브가 대꾸했다.

울음은 올리브의 감정과 거리가 멀었다. 접이식 의자에 앉아
있던 그녀의 감정은 두려움이었다. 예전에 한 번 그랬듯이, 뒤에
서 주먹으로 한 대 맞기라도 한 듯 심장이 다시 콱 닫히고 멈춰
버릴 것만 같았다. 그리고 신부가 크리스토퍼를 바라보며 정말
그를 안다는 듯이 방긋 웃을 때도 두려움을 느꼈다. 초등학교 1학
년 때 램플리 선생님 시간에 크리스토퍼가 코피를 흘렸을 때 아
이가 어떤 몰골이었는지 그녀가 아는가? 창백하고 다소 땅딸막
한 아이였을 때 철자 시험을 보기가 겁나서 피부에 두드러기가
났던 그를 본 적이 있는가? 아니란 말이다. 수잔이 누군가를 안
다고 착각하는 것은 두어 주 동안 그 사람과의 섹스가 어땠는지
아는 것일 뿐이다. 물론 수잔에게 그런 말을 할 수는 없을 것이
다. 올리브가 그녀에게 그 꽃들은 금련화가 아니고 피튜니아라
고 말했다면(물론 올리브는 그러지 않았다) 닥터 수는 이렇게 말
했을 것이다. "글쎄요, 저는 꼭 저렇게 생긴 금련화를 본 적 있
거든요." 하지만 그렇다 해도 결혼식 동안 수잔이 크리스토퍼를

바라보던 눈길은 당황스러웠다. "난 당신을 알아요. 그럼요, 당신을 알아요. 알고말고요."

방충문이 쾅 닫힌다. 그리고 담배를 찾는 한 남자의 목소리. 라이터를 찰칵 켜는 소리, 남자들이 낮게 웅얼대는 목소리. "배가 너무 불러……"

올리브는 크리스가 왜 굳이 친구를 많이 사귀려 들지 않았는지 이해할 수 있다. 크리스는 그런 면에서 올리브를 닮았다. 말이 많은 걸 견디지 못한다. 사람들은 내가 등만 돌리면 바로 수군거릴 것이다. "사람을 절대 믿지 마라." 수십 년 전에, 누가 마른 소똥 한 바구니를 현관 문 앞에 갖다 놓은 후로 올리브의 어머니가 그녀에게 말했다. 헨리는 그런 사고방식에 짜증을 냈지만 헨리 자신부터가 짜증나는 사람이기도 했다. 인생이 시어스 백화점 카탈로그에서 말하는 것처럼 모두가 미소 짓고 있는 광경인 듯, 남편은 언제나 순진하기만 했다.

하지만 올리브는 크리스토퍼가 외로울까 걱정이 되었다. 특히 지난겨울에는, 헨리와 자신이 죽고 난 후에 아들이 늙도록 아무도 없는 컴컴한 집으로 퇴근하게 되지나 않을까 하는 생각에 잠을 못 이루었다. 그러니 수잔이 있어 정말 기쁜 마음이긴 했다. 갑작스러운 결혼이었고 익숙해지려면 시간이 걸리겠지만 모든 것을 생각해볼 때 닥터 수는 잘해낼 것이다. 게다가 그녀는 올리

브에게 매우 싹싹했다. ("집의 청사진을 직접 그리시다니 놀라워
요!" 수잔은 금빛 눈썹을 하늘까지 높이 추어올리며 말했다.) 게
다가 솔직히 크리스토퍼는 수잔에게 홀딱 빠져 있었다. 물론 그
렇겠지, 지금이야 성생활이 대단히 흥미진진할 테고, 둘은 그게
지속되리라 생각할 테니까, 신혼부부들이 다 그렇듯.

여기에 생각이 미치자, 올리브는 침대에 누우며 천천히 고개
를 끄덕였다. 그녀는 외로움이 사람을 죽일 수 있다는 걸, 여러
가지 방식으로 사람을 죽게 만들 수 있다는 걸 알았다. 올리브는
생이 그녀가 '큰 기쁨'과 '작은 기쁨'이라고 생각하는 것들에 달
려 있다고 생각했다. 큰 기쁨은 결혼이나 아이처럼 인생이라는
바다에서 삶을 지탱하게 해주는 일이지만 여기에는 위험하고 눈
에 보이지 않는 해류가 있다. 바로 그 때문에 작은 기쁨도 필요
한 것이다. 브래들리스의 친절한 점원이나, 내 커피 취향을 알고
있는 던킨 도너츠의 여종업원처럼. 정말 어려운 게 삶이다.

"수잔의 집이 위치가 좋네요." 창밖의 낮은 음성 중 하나가 말
한다. 아주 또렷하게 들린다. 지금은 자리를 옮겨 집을 정면에서
바라보고 있는 게 틀림없다.

"좋은 자리지." 다른 목소리가 말한다. "어릴 때 이리로 올라
왔다가 스페클드 에그인가 하는 항구에 묵었던 기억이 나요." 담
배 피우는 예의 바른 사내들이라. 제발 글라디올러스만 밟지 말

아줘, 올리브는 생각한다. 그리고 울타리 태워먹지 말고. 졸음이 오는데 그 기분이 나쁘지 않다. 이십 분만 준다면 잠시 낮잠을 잘 텐데. 그다음에 차분하고 맑은 정신으로 내려가서 작별 인사를 하고. 올리브는 재니스 번스타인의 손을 잠시 잡아줄 것이다. 그러면 올리브는 머리가 희끗희끗한, 기분 좋게 덩치가 큰, 부드러운 붉은 꽃무늬 드레스를 입은 우아한 여성이 되는 것이다. 방충문이 쿵 닫힌다. "단체로 폐기종 생기겠어요." 수잔의 밝은 목소리, 그녀가 손뼉 치는 소리가 들린다.

올리브의 눈이 반짝 떠진다. 그녀는 마치 자신이 숲 속에서 담배를 피우다 들킨 것처럼 화들짝 놀란다.

"담배가 사람 죽이는 거 알죠?"

"아이구, 그런 말은 처음 들었는데요?" 남자가 경쾌하게 대꾸한다. "수잔, 그런 말은 난생처음 들어봤다구요."

방충문이 다시 열렸다가 닫힌다. 누군가가 안으로 들어갔다.

올리브가 일어나 앉는다. 낮잠은 망쳤다.

이제 창문으로 나지막한 목소리가 들려온다. 둘둘 말아놓은 해초 같은 드레스를 입은 수잔의 빼빼 마른 친구일 거라고 올리브는 짐작한다. "괜찮아?"

"어." 수잔이 가까스로 대답한다. 관심을 즐기는군, 올리브의 생각이다.

"그래 수잔, 시부모님은 어떤 거 같아?"

침대 가장자리에 걸터앉는 올리브의 심장이 쿵쾅댄다.

"흥미롭지." 수잔이 목소리를 낮추고 진지하게 말한다. 닥터 수, 곧 장내 기생충에 관한 논문을 발표할 의학박사님이시다. 그녀의 목소리가 작아져 올리브는 알아들을 수가 없다.

"내가 보기에도 그래." 이러쿵저러쿵. "시아버지……"

"아, 헨리는 아주 좋은 분이야."

올리브가 일어서서 아주 천천히, 열린 창가로 다가간다. 여자들이 웅얼거리는 소리를 알아들으려고 올리브가 목을 앞으로 빼는데, 늦은 오후 햇살 한 줄기가 옆얼굴에 떨어진다.

"어 그럼, 그럼." 수잔이 말하는데, 조용한 그녀의 말이 갑자기 또렷하다. "나도 믿을 수가 없었어. 그걸 정말로 입을 줄이야." 내 드레스 말이군, 올리브가 생각한다. 그녀가 다시 벽에 기댄다.

"글쎄, 이 지방에서는 사람들이 옷을 좀 다르게 입는 거 같아."

하, 당연하지, 올리브가 생각한다. 하지만 그녀는 드러나지 않는 고유의 방식으로 충격을 받았다.

해초 친구가 다시 웅얼거렸다. 그녀의 목소리는 알아듣기가 힘들었지만 한마디는 귀에 들어온다. "크리스는……"

"아주 특별하지." 수잔이 진지하게 대답한다. 올리브는 마치 자신이 탁류 속으로 가라앉는 가운데 두 여자가 머리 위의 조각배에 앉아 대화를 나누는 것 같은 기분이 든다. "그이는 힘든 시간을 겪었어. 그리고 외동아들인 게 그이한테는 정말 죽음이었지."

해초가 웅얼거리고 수잔의 노가 다시 물살을 갈랐다. "기대치라는 게 있잖아."

올리브가 고개를 돌려 방 안을 찬찬히 둘러본다. 아들의 방. 그녀가 이 집을 지었고, 이 방에도 친숙한 것들이 있다. 책상도, 그녀가 오래전에 만든 깔개도. 하지만 무언가 할 말을 잃은, 육중하고 검은 것이 그녀를 뚫고 지나간다.

그이는 힘든 시간을 겪었어.

거의 웅크리듯, 올리브는 천천히 침대 위로 기어올라가 조심스럽게 걸터앉았다. 수잔한테 무슨 말을 한 거지? 힘든 시간이라니. 혀 밑으로, 어금니 옆께에 침이 고였다. 그녀는 다시 한번 수잔의 손이 얼마나 쉽게 어린 소녀의 머리를 어루만졌던가를 잠시 생각했다. 크리스토퍼가 뭐라고 말을 했을까? 크리스토퍼가 무엇을 기억했던 걸까? 사람은 앞으로만 움직일 수 있어, 그녀는 생각했다. 사람은 앞으로만 움직여야 해.

그리고 창피함이 가슴을 찔렀다. 그녀는 이 드레스가 너무나 마음에 들었다. '소 프로'에서 이 얇은 모슬린을 보았을 때 마음이 활짝 열렸다. 다가오는 결혼식에 대한 불안한 마음에 한 줄기 햇살이 비쳤다. 그녀의 재봉틀 방 탁자 위에 널려 있던 꽃문양. 그녀가 오늘 종일 뿌듯하게 여겼던 이 드레스로 변신한 그 꽃들.

수잔이 자신의 하객들에 대해 무어라 말하는 소리가 들리고 방충문이 다시 쾅 닫히더니 정원은 조용해졌다. 누가 자기를 이 방에서 발견하기 전에 거실로 내려가야 한다. 몸을 숙이고 저 신부의 뺨에 입 맞춰야 할 것이다. 그러면 담뿍 미소를 담고 뭐든지 다 아는 그 얼굴로 주위를 빙 둘러볼 그 뺨에.

아, 그 생각을 하니 아프다. 침대에 내려앉는 올리브의 입에서 신음이 새어 나온다. 몇 달 전만 해도 거의 죽어가던, 완전히 포기할 뻔했던, 이따금 너무나 아픈 심장에 대해 수잔은 무얼 알까? 그녀가 운동을 안 하는 것도, 콜레스테롤 수치가 하늘을 찌를 듯한 것도 모두 사실이다. 하지만 이 모든 것은 핑계일 뿐이다. 실로 사위어가는 것은 그녀의 영혼임을 숨기는 핑계일 뿐이다.

작년 크리스마스에, 어떤 닥터 수도 아직 등장하지 않았을 때 아들이 찾아와 그녀에게 이따금 무슨 생각을 하는지 말했다. 가끔, 모든 걸 끝내버리는 생각을 해요……

그리고 삼십구 년 전, 아버지의 그 일, 그 섬뜩한 유사성. 당시에는 신혼이었던 (당시에 그녀 자신이 느끼던 실망감 때문이기도 했고, 그때는 아직 몰랐지만 임신 중이었던) 그녀가 가볍게 받아들였다는 점만이 달랐다. "아이 참, 아버지, 우린 누구나 가끔 우울할 때가 있잖아요." 올리브는 그렇게 말했지만 그것은 옳지 않은 반응이었던 것으로 드러났다.

올리브는 침대 가장자리에 앉아서 두 손에 얼굴을 묻었다. 크리스토퍼가 열 살이 될 때까지는 거의 기억이 나지 않고, 남아 있는 기억마저도 원치 않는데 남아 있을 뿐이었다. 올리브는 아들에게 피아노를 가르치려 애썼지만 아이는 악보를 제대로 연주하지 않았다. 그녀를 괴팍하게 만든 것은 아이가 그녀를 너무나 무서워한다는 점이었다. 하지만 그녀는 아이를 사랑했다! 이 점을 수잔에게 말하고 싶었다. 이렇게 말하고 싶었다. 이봐, 닥터 수, 내 가슴속 깊은 곳에서 그것이 오징어 대가리처럼 부풀어 올라 먹물을 쏘아서 나를 관통하거든. 나도 이렇게 되고 싶은 건 아니었어. 그러니까 날 도와줘. 난 아들을 사랑했다고.

사실이었다. 그녀는 아들을 사랑했다. 그래서 지난 크리스마스에 헨리를 집에 두고 의사에게 그를 데려가고 아들이(이 장성한 남자가, 이 아들이) 가벼운 마음으로 처방전을 가지고 나올 때까지 심장이 펌프질하는 가운데 대기실에 앉아 기다렸던 것이다. 집으로 오는 길에 아들은 세로토닌 수치와 유전적 성향에 대해 내내 이야기했다. 아들이 그렇게 말을 많이 한 것은 그때가 처음이었다. 그녀의 아버지처럼, 아들도 말이 없었다.

복도에서 갑자기 크리스털 잔을 부딪는 소리가 들려온다. "두 사람의 행복을 위하여 건배!" 남자의 목소리가 외친다.

올리브가 일어서서 햇살에 따뜻해진 책상을 손으로 훑는다. 크리스토퍼가 자라면서 썼던 책상이다. 휘발성 냄새가 진한 빅스 연고의 얼룩이 아직 남아 있다. 그 곁에는 이제 닥터 수의 글씨가 적힌 서류철 한 더미, 그리고 검은 매직 세 개가 있다. 천천히, 올리브가 책상 맨 위 서랍을 연다. 소년의 양말과 티셔츠가 들어 있던 서랍은 이제 며느리의 속옷으로 가득 차 있다. 매끄럽고 레이스가 많이 달린 요란한 색깔의 속옷이 온통 뒤엉켜 있다. 올리브가 끈을 집으니, 컵이 작고 섬세하며 번쩍이는 하늘색 브래지어가 올라온다. 그녀는 두터운 손으로 그것을 뒤집어 천천히 말아서 커다란 핸드백 안에 집어넣는다. 다리가 부은 것 같다. 안 좋다.

그리고 책상 위, 수잔의 서류철 곁에 놓인 매직을 바라본다. 미스 똑똑이, 올리브가 매직 하나를 집어 뚜껑을 열고 매직에서 나는 교실 냄새를 맡았다. 신부가 가져온 연한 색 침대보에 매직을 긋고 싶었다. 침범당한 침실 주변을 둘러보자, 지난 한 달 동안 이 방에 들여온 모든 물건에 낙서를 하고 싶다. 올리브는 벽장으로 다가가 문을 연다. 그러자 그 안의 드레스들이 그녀를 격하게 만든다. 나무 옷걸이에 잘난 척하며 걸려 있는 값비싼 짙은 색의 작은 드레스들을 팽개치고 싶다. 그리고 스웨터들. 갈색과 녹색 계열의 여러 색깔이 접이식 선반에 가지런히 개어져 있다. 아니, 맨 아래쪽에 있는 스웨터는 베이지색이다. 맙소사, 색깔 좀 넣으면 어디가 덧나나? 화가 나서, 그리고 지금 당장이라도 누가 복도를 걸어와 열린 문틈으로 고개를 디밀 것만 같아서 손가락이 부들부들 떨린다.

베이지색 스웨터는 두꺼우니 잘되었다. 며느리는 가을까지 이 옷을 입지 않을 테니. 올리브는 얼른 옷을 펼쳐서 한쪽 소매 밑에 매직을 찍 긋는다. 그런 다음 매직을 입에 물고 급히 스웨터를 다시 개놓는다. 처음처럼 단정하게 되도록, 개고 또 갰다. 결국 어찌어찌 처음과 비슷하게 되었다. 이 문을 열어도 모든 것이 너무도 단정해 누가 이곳을 헤집어놓았다는 걸 아무도 알아채지 못할 것이다.

신발을 제외하면. 벽장 바닥에는 온통 신발들이 이리저리 흩어져 있다. 올리브는 자주 신은 듯 뒤축이 닳은 짙은 색 로퍼를 고른다. 실은 올리브도 수잔이 이 로퍼를 신은 걸 종종 보았다. 이제 남편도 생겼겠다, 낡은 신발을 딱딱 끌고 다녀도 되겠지, 올리브는 생각한다. 허리를 굽히다 일어나지 못할까 잠시 겁이 났지만 얼른 신발 한 짝을 핸드백 안에 구겨 넣는다. 그런 다음 일어서는데 숨은 좀 가빴지만 일어날 수는 있다. 그다음에 신발이 가려지도록 은박지에 싼 블루베리 케이크를 잘 매만진다.

"준비 다 됐어?"

문간에 선 헨리는 이제 한 바퀴 돌고 온 터라 얼굴이 환히 빛나고 기쁜 표정이다. 그는 사람들이 좋아하는, 사람 좋은 인형 같은 남자였으니까. 방금 들은 것을 다 말하고 싶지만, 자신이 한 짓을 혼자만 알고 있는 부담을 덜고 싶지만, 그녀는 말하지 않을 것이다.

"집에 가는 길에 던킨 도너츠에 들르고 싶다고?" 태양을 닮은 큰 눈으로 올리브를 바라보며 헨리가 묻는다. 그는 순진한 사람이다. 그것이 그가 배운, 삶을 사는 방식이다.

"오." 올리브가 말한다. "도넛이 필요한지 모르겠어, 헨리."

"괜찮아. 난 그냥, 당신이 아까……"

"알았어. 좋아. 들르지 뭐."

올리브는 커다란 팔 아래 핸드백을 끼고 문 쪽으로 걸어가며 핸드백을 꼭 눌렀다. 수잔이 자기 자신에 대해 잠시나마 의구심을 가지게 될 걸 생각하니, 많이는 아니지만 조금은 기분이 나아졌다. 그녀는 물을 것이다. "크리스토퍼, 내 신발 정말 못 봤어?" 세탁실과 속옷 서랍을 뒤지는 동안 불안감이 속에서 활개를 칠 것이다. "내가 정신이 어떻게 됐나봐, 아무것도 기억이 안 나. 게

다가, 내 스웨터는 어떻게 된 거지?" 그러나 그녀는 결코 알지 못할 것이다. 그렇지 않은가? 누가 스웨터에 매직을 긋고 브래지어를 훔치고 신발 한 짝을 가져가겠는가?

스웨터는 망가지고, 신발은 브래지어와 같이 던킨 도너츠 화장실 쓰레기통 속으로 던져져 쓰고 버린 화장지와 오래된 생리대 더미에 덮여 있다가 다음 날 대형 쓰레기통 안으로 구겨져 들어갈 것이다. 사실 닥터 수가 올리브 가까이에서 살 거라면, 수잔이 스스로에 대해 계속 의구심을 갖도록 올리브가 이것 조금, 저것 조금을 가져가지 못할 이유는 없다. 올리브가 스스로에게 작은 기쁨을 선사하는 것이다. 크리스토퍼는 자기가 뭐든 다 안다고 생각하는 여자와 살 필요는 없다. 뭐든 다 아는 사람은 아무도 없으니까. 사람은 자기가 뭐든 다 안다고 생각해서는 안 되니까.

"가." 올리브가 마침내 입을 열고는 겨드랑이 아래로 핸드백을 챙기면서 거실을 가로지르는 여정을 준비한다. 머릿속으로 꽃무늬 드레스 밑에서 두근대는 자신의 심장을, 그 커다란 붉은 근육을 그리면서.

굶주림

일요일 아침, 하먼은 마리나의 카페에서 한 젊은 남녀에게 자꾸 눈길이 가는 걸 참느라 애써야 했다. 마을에서 그들이 메인 스트리트를 걸어다니는 걸 본 적이 있었다. 두 사람이 말을 아끼며 허락도 없이 편안하게 계단 옆 난간에 기대 가게 유리창 안을 마음 놓고 들여다보는 동안, 여자의 가냘픈 손은—데님 재킷 소매 끝 손목에는 인조 모피로 수갑이 채워진 듯했다—남자의 손을 계속 살짝 잡고 있었다. 제재소에서 일한다는 남자는 캐슬린 버넘의 친척으로 저 위쪽 뉴햄프셔 주에서 왔다는데, 나이가 사춘기에 접어든 사탕단풍나무 정도 돼 보였다. 하지만 검은 테 안경 너머로 보이는 눈은 순했고, 사람도 순해 보였다. 결혼반지는 안 끼었군. 하먼은 그 점에 주목하곤 바람 한 점 없는 날 동전 한

늪처럼 평평하고 아침 햇살에 반짝이는 바다 물결로 눈길을 돌렸다.

"나 빅토리아 때문에 열받았어." 여자의 말이 하먼의 귀에까지 들렸다. 목소리 톤이 높아서 시끄럽게 들렸다. 안으로 들어가려고 기다리는 사람이 몇 명—하먼과 어부 두 사람—있긴 했지만 여자는 모두가 제 말을 들을 수 있다는 것에 아랑곳하지 않는 듯했다. 최근에 마리나의 카페는 일요일 아침 브런치의 명소가 되었다. 테이블이 날 때까지 손님들이 기다리는 일이 드물지 않았다. 하먼의 아내 보니는 기다리는 걸 싫어했다. "난 사람들이 기다리면 불안해져요." 보니는 말하곤 했다.

"왜?" 젊은 남자가 물었다. 그의 목소리는 더 작았지만 꽤 가까이 있던 하먼에게는 다 들렸다. 젊은 남자가 고개를 돌리고 눈을 가늘게 뜬 채 오랫동안 하먼과 어부들을 쳐다보았다.

"글쎄." 젊은 여자는 이 점에 대해 생각하는지 입을 삐죽였다. 흠잡을 데 없는 여자의 피부는 연한 계피색을 띠었다. 머리카락도 피부색에 맞춰 염색을 했다. 아니, 하먼은 그렇게 생각했다. 요즘 여자들은 머리칼을 가지고 대단한 일들을 하지. 하먼의 조카는 포틀랜드의 미용실에서 일했는데 지난 수년 동안 머리카락 염색의 판도가 완전히 달라졌다고 보니에게 말했다. 어떤 색으로든 염색을 할 수 있으며, 머릿결에도 좋다고 했다. 보니는 그래도 자기는 관심 없다면서 하느님이 주신 머리칼을 고수하겠다고 말했다. 하먼은 조카에게 미안한 마음이 들었다.

"요즘 좀 재수 없게 굴더라구." 여자가 말했다. 목소리는 힘이 넘쳤지만, 생각에 잠긴 듯했다. 남자가 고개를 주억거렸다.

카페의 문이 열리고 어부 둘이 나오자 두 사람이 안으로 들어갔다. 젊은 남자는 나무로 된 긴 의자에 앉고, 여자는 남자 곁에 앉는 대신 남자가 의자라도 되는 양 그의 무릎 위에 앉았다. "여기 앉으세요." 여자가 하먼에게 남은 공간을 턱짓으로 가리켰다.

하먼은 괜찮다는 뜻으로 한 손을 들어올렸지만 여자의 표정이 너무도 순진하고 무심해서 그냥 곁에 앉았다.

"냄새 좀 맡지 마." 여자가 창밖 바다를 내다보며 말했다. 후드 안쪽에 인조 모피가 달린 데님 재킷 때문에 여자는 고개를 쑥 내밀고 있어야 했다. "지금 나한테 냄새 나는지 킁킁대고 있잖아. 다 알아." 남자를 살짝 때리려고 했는지 여자는 몸을 까딱 움직였다. 좀 전까지만 해도 곁눈질로 보고 있던 하먼은 이제 두 사람을 노골적으로 빤히 바라보았다. 그 잠깐 사이에 바람이 거세진 듯했다. 만은 하나의 기다란 파문波紋이었다. 쿰스 집안의 아들이 선착장 기둥에서 밧줄을 풀어내면서 작은 배 안에 노를 던져 넣는 소리가 들렸다. 저 아이는 아버지의 가게를 넘겨받고 싶어하지 않으며, 해안경비대에 들어가고 싶어한다고 들었다.

주차장으로 들어오는 자동차가 있어 하먼이 고개를 돌려보니, 젊은 여자는 입고 있는 데님 재킷의 어깨에 코를 대고 킁킁 거리고 있었다. "나도 알아." 여자가 말했다. "나한테 마리화나 냄새가 진동한다는 거."

"마약쟁이들." 보니는 이렇게 말하며 손사래를 칠 것이다. 여자가 남자 무릎에 앉은 꼴도 못마땅해할 것이다. 하지만 하먼은 요즘 젊은이들이 그들이 60년대에 그랬던 만큼이나 너 나 할 것 없이 모두 대마초를 피운다는 느낌을 받았다. 그의 아들들도 그랬을 것이고, 케빈은 지금도 피울 테지만 아내가 곁에 있을 때는 안 피울 것이다. 케빈의 아내는 두유를 마시고 그래놀라* 따위로 건강 간식을 직접 만들며, 요가를 하러 다녔다. 하먼과 보니는 이런 일이라면 눈을 부라릴 테지만. 그래도 하먼은 그 뒤에 숨은 활력에 감탄했다. 지금 곁에 있는 남녀에게 감탄하듯이. 그들에게 세상은 창창한 바다였다. 그들의 여유로운 태도, 여자의 맑은 피부, 여자의 높고 힘찬 목소리에서 알 수 있었다. 어릴 때 폭우가 온 다음 비포장도로를 걷다가 빗물이 고인 곳에서 동전을 주우면 그런 기분이 들곤 했다. 그렇게 주운 25센트 백동화는 엄청나게 커 보였고 마법의 동전 같았다. 이 커플도 하먼에게 그런

---

* 납작 귀리에 건포도나 누런 설탕을 섞은 건강식품.

흥분을 자아냈다. 그런 풍요로움이 그의 곁에 앉아 있었다.

"우리 낮잠 자면 되겠다." 여자가 말했다. "오늘 오후에 말야. 그러면 밤 새울 수 있을 거야. 밤샘하고 싶지 않겠어? 다들 올 텐데."

"낮잠 자도 되지." 남자가 대답했다.

카운터석에는 신문을 읽을 공간이 없어 하먼은 창가 쪽 테이블에 앉아 젊은 남녀를 보며 계란과 옥수수 머핀을 먹었다. 여자는 하먼이 생각했던 것보다 더 말랐다. 테이블 위로 몸을 숙이는데, 상반신이 데님 재킷을 입었는데도 꼭 빨래판 같았다. 그러다가 여자는 테이블 위로 팔을 포개고 머리를 뉘었다. 다시 일어나 앉자 남자가 여자의 머리칼 끝을 손가락으로 문지르며 만지작거렸다.

하먼은 도넛 두 개를 더 사서 각각 따로 봉지에 넣은 다음 떠났다. 이른 9월이었고 단풍나무 꼭대기가 붉었다. 밝은 빨간색 나뭇잎 몇 장이 비포장도로 위로 떨어졌다. 완벽한, 별 모양의 낙엽이었다. 오래전, 아들들이 어릴 때는 하먼이 낙엽을 가리키면 아이들이 가서 열심히 주워오곤 했다. 특히 데릭은 나뭇잎과 잔가지, 도토리를 좋아했다. 가끔 보니는 데릭의 침대 밑에 아예 숲이 절반쯤 숨어 있는 걸 보곤 했다. "애, 다람쥐가 와서 살 겠다." 보니가 데릭에게 치우라고 말하면 데릭은 울었다. 녀석은 감상적인 구석이 있는 잡동사니 수집가였다. 하먼은 차를 마리 나에 두고 걸었다. 공기가 얼굴에 댄 찬 수건처럼 서늘하게 느껴 졌다. 하먼은 아들들을 하나같이 무척 아꼈다.

데이지 포스터는 마리나를 지나 바닷가까지 구불구불 이어진 비포장도로 제일 안쪽, 방한설비가 되어 있는 휴가용 별장에 살 았다. 그녀의 작은 거실에서도 멀리 있는 작은 물줄기 하나가 보 였다. 여름에는 조팝나무 덤불이 창문에 꽃을 드리웠지만, 지금 은 불과 1, 2미터 떨어진 비포장도로가 식탁에서도 보였다. 아 직 날이 추워 관목은 헐벗은 가지만 무성했다. 데이지는 부엌의 스토브에 불을 지폈다. 좀 전에 교회용 외출복을 벗고 자신의 눈 색깔과 같은 하늘색 스웨터를 걸친 그녀는 다이닝룸 테이블에 앉아 담배를 피우며 길 쪽으로 나와 있는 노르웨이 소나무 가지 끝이 위아래로 조금씩 흔들리는 모습을 바라보았다.

아버지뻘에 가까운 데이지의 남편은 삼 년 전에 죽었다. 간밤 꿈에(그걸 꿈이라 부를 수 있다면) 그녀에게 찾아왔던 남편을 생 각하자 입술이 움찔거렸다. 데이지는 담뱃재를 커다란 유리 재떨이에 톡톡 떨었다. 당신은 천성이 다정한 사람이야, 그는 언제나 그렇게 말했다. 창밖으로 젊은 커플이 차를 타고 지나가는 게 보였다. 캐슬린 버넘의 친척과 여자친구였다. 두 사람은 차체에 온통 범퍼 스티커가 붙은 찌그러진 볼보 승용차를 몰았는데, 차는 비자 스탬프가 잔뜩 찍힌 오래된 여행가방을 떠올리게 했다. 여자가 말을 건네고, 운전을 하는 젊은 남자가 고개를 끄덕이는 게 보였다. 창문을 건드리는 가지만 앙상한 조팝나무 덤불 너머로 보이는, 차량의 범퍼 스티커에 그려진 지구 그림 위의 문구는 꼭 '빙글빙글 도는 완두콩을 그려보세요'*라고 쓰여 있는 것만 같았다.

  하먼이 눈에 들어왔을 때는 담배를 커다란 유리 재떨이에 비벼 끄던 참이었다. 하먼은 느릿한 걸음새와 구부정한 등 때문에 실제보다 나이가 더 들어 보였다. 흘끗 보기만 해도 데이지는 하먼의 내면에 깃든 슬픔을 알 수 있었다. 하지만 데이지가 문을 열자 하먼의 눈은 순진무구한 활기로 빛났다. "고마워요, 하먼." 그가 언제나 사들고 오는 도넛을 내밀자 데이지가 말했다. 데이지는 도넛을 붉은 체크무늬 식탁보 위에, 하먼이 내려놓은 다른

---

* 'Visualize World Peace(평화로운 세상을 그려보세요)'를 'Visualize Swirled Peas'로 착각한 것이다.

도넛 봉지 곁에 놓았다. 데이지는 나중에 적포도주를 곁들여 도넛을 먹을 것이다.

거실에서 데이지는 통통한 발목을 꼬며 소파에 앉았다. 담배를 한 대 더 불 붙였다. "하면, 요즘 어때요?" 데이지가 물었다. "아이들은요?" 그가 슬픈 이유는 아들들 때문이라는 걸 아는 까닭이다. 그의 네 아들은 장성해서 흩어졌다. 이제 아이들은 다 자란 성인으로 하면을 '방문'했다. 데이지는 지난 수십 년 동안 하면이 혼자 있는 걸 본 적이 없었다. 언제나 어린, 그다음엔 십대인 아들 한둘을 꼭 데리고 다녔다. 아이들은 토요일이면 철물점 안에서 뛰어다니고, 주차장 건너편에서 소리를 지르고 공을 던지며 하면에게 빨리 가자고 채근했다.

"애들은 잘 있어. 잘 있는 거 같아." 하면이 데이지 곁에 앉았다. 그는 결코 코퍼의 오래된, 편안한 의자에 앉는 법이 없었다. "당신은 어때, 데이지?"

"간밤 꿈에 코퍼가 찾아왔어요. 꿈 같지가 않았어요. 정말로 찾아왔다고 맹세할 수 있어요. 그러니까, 저세상에서 날 보러 왔다고." 데이지는 머리를 하면에게 가만히 기대며 흩어지는 연기 사이를 멍하니 바라보았다. "정신 나간 소리처럼 들려요?"

하면이 어깨를 으쓱했다. "그런 걸 누가 자신 있게 말할 수 있겠어. 누가 뭘 믿는다거나 안 믿는다고 무슨 말을 한다 해도 말야."

데이지가 고개를 끄덕였다. "뭐, 다 잘 있다고 하더라구요."

"다?"

그녀가 부드럽게 웃었고, 담배를 입으로 가져가며 다시 눈을 가늘게 떴다. "다요." 그들은 함께 천장이 낮은 작은 거실을, 머리 위로 퍼지는 연기를 바라보았다. 한번은 여름에 뇌우가 칠 때 두 사람이 이 자리에 앉아 있었는데, 조금 열린 창문을 통해 공처럼 동그란 번개가 들어오더니 벽 주변을 이리저리 돌아다니다가 다시 창밖으로 나갔다. 데이지는 넓고 부드러운 배 위로 푸른 스웨터를 가다듬으며 허리를 펴고 앉았다.

"내가 그 사람을 그렇게 봤다는 걸 누구한테 말할 필요는 없지만."

"없지."

"당신은 좋은 친구예요, 하먼."

그는 아무 말 없이 소파 쿠션으로 손을 가져갔다.

"참, 캐슬린 버넘의 친척이 여자친구하고 동네에 왔던데요. 차 타고 지나가는 걸 봤어요."

"방금 마리나에 있다 갔어." 하먼은 여자가 테이블에 머리를 대고 엎드리던 일, 남자에게 냄새 좀 그만 맡으라고 말하던 일을 얘기했다.

"다정도 해라." 데이지가 다시 살포시 웃었다.

"아, 나는 젊은 사람들이 참 좋아." 하먼이 말했다. "사람들한 테 욕을 많이 먹긴 하지만. 사람들은 세상을 지옥으로 만드는 게 젊은 세대의 일인 양 말하지. 하지만 그건 결코 사실이 아니야, 안 그래? 젊은이들은 희망차고 착해. 그래야 하고 말이지."

데이지는 계속 빙긋 웃기만 했다. "당신 말은 전부 맞아요." 그녀는 마지막으로 담배를 한 번 빨고는 몸을 숙여 담배를 비벼 껐다. 언젠가 데이지는 하먼에게 코퍼의 아이를 가졌다고 생각 한 적이 있었다고, 그래서 두 사람이 얼마나 행복했는지 모른다 고, 하지만 실은 그게 아니었다는 이야기를 했다. 그녀는 다시는 이 말을 언급하려 들지 않았다. 주먹 마디가 두드러진 하먼의 손 을 살며시 잡았을 뿐.

잠시 후, 두 사람은 일어서서 작은 공간으로 이어지는 좁은 계 단을 올라갔다. 햇살이 창을 통해 비쳐들어 서랍장 위의 붉은 유 리 꽃병이 반짝였다.

"마리나에 사람이 많았군요." 보니는 길다란 짙은 녹색 모직 조각을 뜯어내며 말했다. 보니의 발치에 이 조각들이 살포시 쌓 여 있었고, 가까운 창틀을 통과한 늦은 아침 햇살은 소나무 마룻 바닥에 네모난 문양을 그렸다.

"당신도 같이 갔으면 좋았을걸. 바다가 참 예뻤어. 물결이 고요하고 잔잔한 게. 하지만 지금은 물살이 세졌어."

"만은 여기서도 내다보이는데요, 뭘." 보니는 올려다보지도 않았다. 그녀의 손가락은 길다. 주먹 마디 안쪽에 헐겁게 끼워진 평범한 금가락지가 보니가 모직을 뜯어낼 때마다 햇살에 반짝였다. "다른 주 사람들 때문에 많이 기다려야 하는가봐요."

"아냐." 하먼은 바다가 내다보이는 편안한 레이지보이 의자에 앉았다. 젊은 커플 생각이 났다. "어쩌면 그럴지도 모르지. 하지만 대부분은 단골들이야."

"내 도넛 하나 사왔어요?"

하먼이 상체를 일으켰다. "아차, 이런. 아니, 거기 놓고 왔어. 갔다 올게, 여보."

"아, 됐어요."

"갔다 온다니까."

"앉아요."

하먼은 완전히 일어서지는 않았지만 손을 팔걸이에 올리고 무릎을 구부린 채 일어서기 직전이었다. 그는 망설이다가 도로 앉았다. 그리고 의자 곁의 작은 탁자에 놓인 〈뉴스위크〉를 집어들었다.

"당신이 잊지 않고 가져왔더라면 좋았을 텐데."

"보니, 그래서 말했잖아, 내가······"

"그리고 나도 말했잖아요, 됐다고."

그는 잡지를 읽지 않고 그냥 뒤적였다. 보니가 모직을 뜯어내는 소리뿐이더니, 드디어 그녀가 입을 열었다. "이 러그는 숲 속 땅바닥처럼 만들어야지." 그녀는 겨자색 모직 조각을 향해 고갯짓을 했다.

"멋있겠군." 하먼이 말했다. 보니는 벌써 수년째 러그를 짜고 있다. 장미와 월계수 열매를 말려 장식용 화환을 만들기도 하고 퀼트로 재킷이나 조끼를 만들기도 했다. 밤늦게까지 이런 일들을 하는 적이 많았는데 요즘은 대개 저녁 여덟시면 잠이 들어 새벽빛이 희붐할 무렵이면 벌써 일어나서, 하먼은 보니의 재봉틀 소리에 잠이 깨는 적이 많았다.

하먼은 잡지를 덮고 일어서면서 조그만 녹색 모직을 뜯어내는 보니를 지켜보았다. 그녀는 처음 결혼했던 때와는 매우 달라졌지만 그 점이 딱히 신경 쓰이지는 않았다. 그저 사람이 그렇게 변할 수 있다고 생각하니 당혹스러울 뿐. 보니는 허리가 상당히 굵어졌고, 하먼도 마찬가지였다. 보니는 이제 희끗희끗해진 머리를 남자처럼 짧게 깎았고, 결혼반지를 빼고는 장신구도 더는 걸치지 않았다. 허리만 빼면 다른 곳은 그다지 살이 찐 것 같지도 않았다. 하지만 하먼은 온몸에 살이 붙었고 머리칼도 많이 빠졌다. 어쩌면 보니는 그의 그런 점이 싫은지도 모른다. 그는 또 한번 젊은 커플을, 여자의 맑은 목소리와 계피색 머리칼을 생각했다.

"드라이브 가자." 하먼이 제안했다.

"당신은 방금 드라이브하고 왔잖아요. 난 사과 소스 좀 만들고 이 러그를 시작하고 싶어요."

"애들 중에 누가 전화했던가?"

"아직요. 케빈이 곧 전화할 거 같긴 해요."

"임신했다고 전화하면 좋으련만."

"아이구, 시간을 좀 줘요, 여보. 성급하긴."

하지만 그는 아이가 많았으면 했다. 손자들이 넘쳐나길 바랐다. 항상 여드름에 하키 스틱, 야구 방망이의 세월이었고, 쇄골이 부러지고 스케이트를 잃어버리고 온통 교과서가 널려 있는가 하면 항상 말다툼에 집 안이 시끄러웠으며, 숨결에서 맥주 냄새가 풍기면 걱정이 되고, 한밤중까지 차 들어오는 소리가 기다려지고, 여자친구가 있어도 걱정, 두 녀석은 없어서 걱정이었던 세월이 수십 년이었는데도. 이 모든 일 때문에 하먼과 보니는 마치 집 안에 늘 어딘가 새는 곳이 있어 수리해야 하는 것처럼 언제나, 언제나 정신이 없었고, 하먼은 수없이 아, 그냥 애들이 훌쩍 커버렸으면, 생각한 적도 많았다.

그리고 아이들은 훌쩍 커버렸다.

그는 보니가 빈둥지증후군을 심하게 겪을 거라고, 내가 잘 살펴야겠다고 생각했었다. 그는, 아니 모두가, 아이들이 장성한 다음에 아내가 홀연히 사라져버린 가정을 적어도 하나는 알고 있었다. 하지만 보니는 침착했고, 힘이 넘쳤다. 그녀는 독서 클럽에 가입하고 다른 여인과 함께 요리책을 썼다. 캠던의 작은 출판사에서 출간할지도 모르겠다고 한, 초기 정착민들의 요리법을 담은 책이었다. 보니는 포틀랜드의 작은 상점에서 팔 러그를 더 많이 짜기 시작했다. 러그를 판 첫 수표를 들고 왔을 때 그녀는 기쁨으로 얼굴이 상기되어 있었다. 단지 하먼만이 이런 일을 예상하지 못했을 뿐이었다.

데릭이 대학에 들어가 집을 떠났던 그해, 다른 일도 일어났다. 부부 관계가 상당히 격조해지긴 했지만, 하먼은 이 점을 받아들이고는 있었다. 하지만 이미 꽤 오래전부터 그는 보니가 제게 '맞춰주'는 느낌을 받고 있었다. 그러던 어느 밤, 침대에서 그가 다가가자, 보니는 하먼을 뿌리쳤다. 한참 후, 보니가 가만히 말했다. "여보, 나는 이제 그 짓은 끝난 거 같아요."

그들은 그렇게 어둠 속에 누워 있었다. 보니의 이 말이 진심이었다는 걸 깨닫자 끔찍하면서도 공허한 마음이 속 깊은 곳에서부터 그를 움켜쥐고 놓아주지 않았다. 그렇다 해도 상실을 즉시 받아들일 수 있는 사람은 아무도 없다.

"끝나?" 하먼은 물었다. 보니의 그 말은 벽돌 스무 장을 그의 가슴에 쿵 얹어놓은 듯한 고통을 주었다.

"미안해요. 하지만 나는 그냥 끝났어. 아닌 척하는 게 무슨 의미가 있어요. 우리 둘 다한테 못 할 짓이지."

그는 자기가 뚱뚱해져서 그러느냐고 물었다. 보니는 그가 그다지 뚱뚱해진 건 아니라고, 부디 그렇게 생각하지 말라고 했다. 그냥 자기가 끝났을 뿐이라고.

하지만 내가 이기적이었는지도 모르잖아, 그가 말했다. 당신을 기쁘게 하려면 내가 어떻게 해야 하지? (그들은 한 번도 이런 얘기를 해본 적이 없었다. 어둠 속에서 그는 얼굴을 붉혔다.)

보니는 말했다. 내 말 모르겠어요? 당신이 아니라 내 문제라고요. 내가 그냥 끝났다고요.

그는 지금 〈뉴스위크〉를 다시 펼치며 이제 몇 년 후면 집이 다시 복작이게 될 거라고 생각했다. 늘 그러지는 않겠지만 자주 그럴 테지. 그들은 훌륭한 할아버지, 할머니가 될 터였다. 그는 잡지의 한 문단을 다시 읽었다. 트윈 타워 폭파에 관한 영화를 만든다고 한다. 그도 이에 관해 뭔가 견해가 있어야 할 것 같았지만 어찌 생각해야 할지 몰랐다. 언제부터 사물에 대해 의견을 갖지 않게 되었던가? 그는 고개를 돌려 바다를 바라보았다.

보니 몰래 바람을 피운다는 말은 롱웨이 록을 맴도는 갈매기들만큼이나, 해안에서 보면 점보다도 더 작게 보이는 그 갈매기들만큼이나 먼 이야기 같았다. 이런 말들은 하먼에게 별 의미가 없었다. 어떻게 의미가 있겠는가? 이런 말은 아내에게서 그를 갈라놓을 열정을 뜻하는데. 하먼은 그럴 마음이 없었다. 보니는 그의 인생에 동력장치와 같았다. 일요일 아침에 데이지와 보내는 시간이 애틋하지 않은 건 아니었지만 그것은 새를 관찰하는 취미를 함께하는 것처럼 관심의 공유에 가까웠다. 그는 다시 잡지로 눈을 돌렸고, 아들 중 하나가 그 비행기를 탔다면 어땠을까 생각하고 내심 몸서리를 쳤다.

　목요일, 젊은 커플이 철물점에 왔을 때는 어스름이 내릴 무렵이었다. 하먼이 여자를 미처 보기도 전에 높은 톤의 목소리가 먼저 들려왔다. 드릴 부품 코너에서 나오다가 여자가 다짜고짜 "안녕하세요?"라고 말을 걸어 하먼은 깜짝 놀랐다. 여자는 그 말을 참으로 또박또박 발음했고, 얼굴에는 웃음기 하나 없이 마리나의 카페 밖에서 보았던 사무적인 무표정만 담고 있었다.

　"네," 하먼이 말했다. "안녕하세요?"

　"예. 그냥 구경 좀 하려고요." 여자가 한 손을 남자의 주머니에 넣었다. 하먼은 가볍게 목례를 했고, 그들은 전구 쪽으로 걸어갔다. 여자의 말소리가 들렸다. "저 아저씨, 병원의 루크 같아. 그 인간 어떻게 됐는지 궁금하네. 그 지랄 같은 병원 운영했던 머핀 루크 기억나지?"

남자가 웅얼거리며 대꾸하더니 여자의 말이 이어졌다.

"루크 그 새끼 더럽게 이상했어. 심장수술 받는다고 하더라고 내가 얘기했던 거 기억나? 그 자식 분명히 환자 노릇은 꽝이었을 걸. 환자를 받는 데만 너무 익숙하니까. 근데 망할 놈의 심장 때문에 열라 겁먹었더라. 죽어서 깨어날지 살아서 깨어날지 모르겠다고 말하더라고 내가 얘기했던 거 기억나?"

다시 한번 웅얼거리는 소리가 나고, 하먼은 가게 안쪽에서 빗자루를 가지고 나왔다. 바닥을 쓸면서 그는 안쪽의 그들을 넘겨다보았다. 여자는 커다란 주머니가 달린 외투를 입은 남자 곁에 가까이 서 있었다. "하지만 죽어서 깨어난다는 게 말이 돼?"

"도움이 필요하면 말씀하세요." 하먼이 말하자 그들은 둘 다 고개를 돌렸고, 여자는 화들짝 놀란 듯했다.

"알았어요." 그녀가 말했다.

하먼은 빗자루를 앞으로 들었다. 클리프 모트가 들어와 눈삽이 아직 남았느냐고 물었고, 하먼은 다음주에 새 물건이 들어온다고 말했다. 그가 클리프에게 작년 제품을 하나 보여주자 클리프는 한참을 살펴보다가 다시 오겠다고 했다.

"빅토리아한테 이거 하나 사줘야겠다." 여자의 말소리가 하면에게까지 들렸다. 빗자루를 들고 원예 코너 앞까지 가자, 여자가 물뿌리개를 들고 있는 게 보였다. "빅토리아 말이, 자기가 키우는 식물들은 자기가 말하면 알아듣는대. 난 그 말 믿어." 여자가 물뿌리개를 다시 선반에 올려놓자, 구부정하고 고분고분한 남자가 고개를 주억거렸다. 남자는 벽에 둘둘 말아 걸어놓은 호스를 보고 있었다. 하면은 저 젊은이들이 왜 일 년 중 지금 호스를 원할까 생각했다.

"걔가 요새 계속 재수 없게 구는 거 알지?" 여자는 소매에 인조 모피가 달린 바로 그 데님 재킷을 입고 있었다. "걔가 좋아하는 남자가 있거든. 그 인간한테 '섹파'가 있는데 말을 안 한 모양이야. 다른 사람한테 들었다나."

하면이 비질을 멈췄다.

"하지만 섹파일 뿐인데 무슨 상관이람. 섹파가 원래 그런 건데." 여자가 머리를 남자친구의 어깨에 기댔다. 남자가 문 쪽으로 가자고 여자를 팔꿈치로 쿡쿡 찔렀다. "안녕히 가세요." 하면이 말했다.

여자가 작은 손으로 손잡이를 당겼다. 볼품없는 커다란 스웨이드 부츠를 신었는데, 거미 다리처럼 비쩍 마른 다리가 부츠에서 비죽 올라와 있었다. 인도 저쪽으로 두 사람의 모습이 사라진 후에야 하먼은 어쩐지 불편한 기분을 인정할 수 있었다. 수십 년을 가게에서 보낸 경험에 따르면 아무래도 젊은 남자가 물건을 훔쳐 간 것 같았다.

다음 날 아침, 하먼은 아들 케빈의 직장으로 전화를 걸었다.

"별일 없죠, 아버지?" 아들이 물었다.

"아, 그럼, 그럼." 하먼은 갑자기 부끄러워졌다.

"너도 별일 없지?"

"똑같죠 뭐. 일은 괜찮아요. 마사는 아이를 갖고 싶다는데 저는 좀 기다리자고 하는 중이고요."

"너희 둘 다 젊은데 뭘." 하먼이 말했다. "좀 기다릴 수도 있지. 나는 못 기다리겠지만 말이다. 그래도 서두르진 마라. 갓 결혼했잖니."

"그게 좀 나이 든 기분이 들더라구요. 안 그래요? 손에 결혼반지를 낀다는 게요."

"그런 거 같구나." 하먼은 결혼 후 처음 몇 해 동안 기분이 어땠는지 잘 기억나지 않았다. "그런데 케빈, 너 대마초 피우냐?"

전화선 너머로 케빈이 웃었다. 웃음소리는 건전하고, 솔직하고,

느긋하게 들렸다. "아이구, 아버지. 갑자기 무슨 말씀이세요?"

"그냥 궁금해서. 워시번 아파트에 새로 들어온 애들이 있는데, 걔들이 대마초꾼일까봐 사람들이 걱정들을 해서."

"저는 그거 피우면 사회성이 떨어져요." 케빈의 대답이었다. "벽만 보고 있게 되던데요. 그러니까 아니에요. 전 이젠 안 피워요."

"한 가지 물어보자." 하먼이 말했다. "그리고 엄마한테는 절대 말하지 말아라. 그런데 이 아이들이 어제 가게에 왔어. 저희들끼리 얘기하다가 '섹파'라는 말을 하더라. 너 그 말 들어봤니?"

"아버지, 오늘 절 놀라게 하시네요. 무슨 일이세요?"

"안다, 알아." 하먼이 손을 내저었다. "그냥 나이 먹는 게 싫어서 그래. 젊은 사람들에 대해서 아무것도 모르는 늙은이가 되기 싫어서 물어봐야겠다고 생각한 거야."

"섹파라. 섹스 파트너요. 요즘엔 그렇더라고요. 말 그대로예요. 사람들이 그냥 같이 자려고 만나는 거예요. 더이상 정서적인 관계는 맺지 않고요."

"그렇구나." 하먼은 무슨 말을 더 해야 할지 몰랐다.

"이제 끊어야겠어요, 아버지. 하지만 아버지, 염려 마세요. 아버진 쿨하니까요. 아버진 구닥다리 영감이 아니에요. 걱정 마세요."

"알았다." 하먼은 이렇게 말하고 전화를 끊은 다음 오랫동안 창밖을 바라보았다.

"정말 괜찮아요." 다음 날 전화했을 때 데이지가 말했다.

"진심이에요." 통화하는 동안 데이지가 담배 피우는 소리가 들렸다. "걱정 마세요." 데이지가 덧붙였다.

십오 분도 안 되어, 데이지가 전화했다. 가게에 손님이 있었지만 데이지가 말했다. "음, 저기요. 그래도 잠깐 들러서 얘기나 하는 게 어때요? 그냥 얘기나 해요."

"알았어." 하먼이 말했다. 클리프 모트가 눈삽을 계산대로 가져왔다. 클리프 모트는 심장병이 있어서 언제라도 세상을 등질 수 있었다.

"자, 여기 있습니다." 하먼이 클리프에게 거스름돈을 건넸다.

하먼은 아직도 코퍼의 의자에 앉지 않았다. 그는 데이지 곁의 소파에 앉았다. 그들은 한두 번 잠깐씩 손을 잡기도 했지만 그걸 빼면 데이지가 제안한 대로 얘기만 했다. 그는 데이지에게 어릴 적 할머니 집에 놀러가던 얘기를 했고, 할머니의 찬장에서 암모니아 냄새가 나더라고, 그리고 집 생각이 간절하더라고 말했다. "나는 어렸거든." 그는 귀를 기울이고 듣는 데이지의 얼굴을 보며 말했다. "그리고 재미있게 보내야 한다는 걸 알았어. 그러려고 간 거니까. 하지만 재미없더라고는 아무한테도 말 못 하겠더군."

"오, 하면." 데이지가 눈시울을 적시며 말했다. "그렇죠. 무슨 뜻인지 알아요."

데이지는 케틀워스 부인의 앞마당에서 배를 서리했던 어느 아침에 대해 이야기했다. 어머니가 배를 돌려주라고 했을 때 얼마나 창피했는지 말했다. 하면은 진흙탕에서 25센트짜리 동전을 주운 이야기를 했다. 그리고 데이지는 고등학교 때 처음으로 댄스파티에 갔던 이야기를 했다. 어머니의 드레스를 입고 갔는데, 그녀에게 춤을 추자고 손을 내민 사람은 교장뿐이었다고 했다.

"나라면 당신한테 춤을 신청했을 텐데." 하면이 말했다.

데이지는 자기가 제일 좋아하는 노래는 〈Whenever I Feel Afraid〉라고 말하더니, 나지막이 노래를 불렀다. 그녀의 푸른 눈이 따스함으로 빛났다. 그는 엘비스 프레슬리의 노래 〈Fools Rush In〉을 처음으로 라디오에서 들었을 때 엘비스가 자기 친구인 것만 같았다고 말했다.

그런 아침이면 마리나에 세워둔 차로 걸어가면서, 그는 때때로 세상이 변한 듯한 기분에 놀라곤 했다. 상쾌한 공기를 가를 때면 기분이 좋았고, 참나무 잎이 바스락대는 소리는 친구가 속삭이는 듯했다. 수년 만에 처음으로 하면은 신에 대해 생각했다.

구석진 선반에 처박아두었다가 이제 새로운 눈으로 다시 꺼내보는 돼지 저금통처럼. 그는 아이들이 마리화나를 피우거나 그 엑스터시라는 마약을 할 때의 기분이 바로 이렇겠구나, 생각했다.

10월 어느 월요일, 지역신문에 워시번 아파트에서 사람들이 체포되었다는 기사가 났다. 경찰이 파티를 해산시켰고, 아파트 창턱의 화분에 마리화나를 기르던 게 발각되었다고 했다. 하면은 신문을 유심히 살펴보다가 티모시 버넘과 그의 '여자친구 니나 화이트'를 발견했다. 여자에게는 경찰관 폭행 혐의까지 추가되었다.

하면은 계피색 머리칼에 비쩍 마른 다리의 여자아이가 경찰관을 폭행하는 걸 상상조차 할 수 없었다. 그레그 마스턴에게 줄 볼베어링과 말린 보니가 필요하다고 했던 변기 압축기를 찾느라 철물점 안을 돌아다니면서 이 점에 대해 생각해보았다. '10% 세일'이라는 광고판을 만들어 가게 앞쪽에 하나 남은 바비큐 그릴에 붙였다. 캐슬린 버넘이 들르길, 아니면 제재소의 누군가가 들러서 그 일을 물어볼 수 있길 바랐지만 아무도 오지 않았고, 다른 손님 중에는 그 일을 언급하는 사람이 없었다. 하면은 데이지에게 전화를 걸었고, 그녀는 기사를 봤다고, 여자아이가 괜찮길

바란다고 말했다. "불쌍한 것." 데이지가 말했다. "분명 겁을 잔
뜩 집어먹었을 거예요."

　　그날 밤 독서 클럽에 갔다 온 보니가 캐슬린이 자기 조카 티모
시는 그냥 재수가 없었다고, 친구를 잔뜩 불렀는데 음악을 너무
크게 틀고, 티모시의 여자친구를 비롯한 친구들 일부가 대마초
를 피운 것이라고 말했다는 이야기를 했다. 경찰이 오자 니나가
들고양이처럼 발로 차기 시작해서 경찰은 수갑을 채울 수밖에
없었는데 불기소 처분될 것 같다고, 그냥 벌금만 물고 일 년 집
행유예 정도가 될 것 같다고 말했다.

　　"멍청이들." 보니가 도리질을 하며 말했다.

　　하먼은 말이 없었다.

　　"그 여자애는 아프거든요." 보니가 책을 소파에 던지며 덧붙
였다. 앤 린드버그가 쓴 책이었다. 보니가 하먼에게 그 책에 대
해 얘기한 적이 있었다. 앤 린드버그는 세상 모든 일에서 도피하
기를 좋아했다.

　　"누가 아파?"

　　"여자애요. 티모시 버넘의 여자친구."

　　"아프다니, 무슨 뜻이야?"

　　"왜, 아무것도 안 먹는 병 있잖아요, 그게 있대요. 벌써 오래전
부터 그 병이 있어서 심장에 무슨 손상이 갔대요. 그러니까 진짜

멍청이지 뭐예요."

하먼은 이마에 땀이 슥 배어나오는 걸 느꼈다. "확실해?"

"걔가 멍청이라는 거요? 생각을 해봐요, 하먼. 당신이 젊은 나이에 심장에 손상이 갔다면 파티나 하고 돌아다니면 안 되잖아요. 죽도록 굶어선 더더욱 안 되고."

"죽도록 굶지는 않았어. 마리나에서 남자하고 같이 있는 걸 봤다니까. 부스석에 앉아서 아침을 주문하던걸."

"그래서 아침을 얼마나 먹던가요?"

"그거야 모르지." 그러나 인정할 수밖에 없었다. 테이블 위로 엎드리던 그녀의 가냘픈 등이 생각났다. "하지만 아파 보이진 않았어. 예쁘기만 하던데."

"캐슬린도 그렇게 말하더군요. 티모시가 무슨 밴드를 따라다닌다고 차로 시골을 전전하다 그애를 만났다고. 사람들이 휘시인지 피시인지 하는 이 밴드를 그렇게 따라다니나봐요. 케빈이 '데드 헤드' 얘기 하던 거 생각나요? 그 한심한 것들을 따라다니는 사람들을 그렇게 부른다나요. 밴드 이름이 뭐였더라? 그레이트풀 데드*? 난 늘 그 말이 참 불쾌하더라."

"그 남자 죽었어." 하먼이 말했다. "그 밴드에서 제리라는 뚱

---

* The Grateful Dead. '감사하는 죽은 자들'이라는 뜻이다.

뚱한 남자."

"하, 그치가 감사하는 마음으로 죽었길 바랄 뿐이네요." 보니
가 대꾸했다.

나뭇잎들은 이제 반쯤 떨어지고 없었다. 노르웨이 단풍은 아
직 노란빛을 잃지 않았지만 사탕단풍의 붉은 주황빛 잎들은 벌
써 대부분 떨어져 땅바닥에 뒹굴었고, 비죽 튀어나온 팔과 조그
만 손가락처럼 보이는 황량한 가지는 해골처럼 을씨년스러웠다.
하먼은 데이지 곁의 소파에 앉았다. 그 젊은 커플이 더는 보이지
않는다고 말했더니, 데이지 말이 레스 워시번 부부가 파티와 체
포 사건 이후로 그들을 쫓아냈다는데, 그후로 그들이 어디 사는
지는 모르겠고 티모시는 여전히 제재소에서 일하는 걸로 안다고
했다.

"보니 말이 여자애가 죽도록 굶는 병이라던데. 그런데 사실인
지는 모르겠어." 하먼이 말했다.

데이지가 고개를 저었다. "죽도록 굶는 젊고 예쁜 여자들, 기
사에서 읽었어요. 스스로 체중을 통제하고 싶어서 그러는데, 외
려 그게 통제를 벗어나게 되고, 그다음엔 멈출 수가 없는 거죠.
너무나 슬픈 일이에요."

하먼도 살을 뺀 적이 있었다. 그리 어렵지 않았다. 야식도 끊고, 케이크도 작은 조각을 선택했다. 살이 빠지니 기분도 좋아졌다. 데이지에게 이렇게 말했더니 그녀는 고개를 끄덕였다.

"제 담배나 마찬가지죠, 뭐. 매일 담배를 처음 피우는 시간을 조금씩 늦춰서 지금은 오후 세시나 돼야 첫 담배를 피우거든요."

"대단하군, 데이지." 일요일 아침에 그녀가 담배를 피우지 않는 걸 눈치 챘지만 언급하지는 않을 셈이었다. 몸의 욕구는 사적인 싸움이니까.

"하먼, 얘기 좀 해봐요." 데이지가 바지통에서 뭔가를 털어내면서 장난꾸러기처럼 빙긋 웃으며 그를 쳐다봤다. "첫번째 여자친구가 누구였어요?"

하먼은 4학년 때 캔디 코널리를 좋아했다. 캔디의 뒤에 서서 그애가 운동장의 커다란 철제 미끄럼틀 계단을 올라가는 걸 지켜보곤 했는데, 한번은 캔디가 넘어졌다. 캔디가 울자, 하먼은 어쩔 수 없는 사랑의 감정을 느꼈다. 고작 아홉 살의 나이에. 데이지는 자기가 아홉 살 때 엄마가 학교에서 매년 열리는 봄 음악회에 입고 갈 노란 드레스를 만들어주었다고 했다. "그날 저녁에 학교로 가면서 엄마가 드레스에 하얀 라일락 한 송이를 꽂아줬어요." 데이지가 특유의 나지막한 웃음소리와 함께 말했다. "학교까지 걸어가는데, 아, 스스로도 참 예쁘다는 생각이 들었어요."

하먼의 어머니는 바느질을 하지 않았지만 성탄절이면 팝콘볼을 만들었다. 이 말을 하는데, 갑자기 뭔가를 되찾은 듯한 느낌이 들었다. 마치 측량할 수 없는 인생의 어떤 상실이 커다란 바윗덩이처럼 들어올려지고, 바위 밑에서—데이지의 푸른 눈이 지켜보는 가운데—예전의 위안과 다정함을 발견한 듯이.

하먼이 집에 돌아왔을 때 보니가 물었다. "왜 그렇게 오래 걸렸어요? 지붕에 올라가서 홈통을 고쳐줘야죠, 약속했잖아요."

하먼은 보니에게 도넛 봉지를 건넸다.

"게다가 개수대 배관에서 물이 새서 양동이를 대놓은 게 벌써 몇 주나 되는데. 당신이 철물점을 한다는 게 역설적이군요."

갑자기 가슴속에서 예상치 못한 두려움이 물결처럼 일었다. 하먼은 레이지보이 의자에 털썩 주저앉았다. 잠시 후 그가 말했다. "보니. 당신 이사 가는 거 생각해본 적 있어?"

"이사?"

"플로리다나 뭐 다른 데로."

"미쳤어요? 아님 농담하는 거예요?"

"일 년 내내 해가 나는 곳 있잖아. 집이 이렇게 크고 텅 비지 않은 그런 데로."

"그런 말도 안 되는 질문엔 대답하지 않을 거예요." 그녀는 커다란 도넛 봉지를 건너다보았다. "계피? 내가 계피 맛 싫어하는 거 알면서."

"남은 게 그것뿐이었어." 하먼은 보니를 쳐다보지 않으려고 잡지를 집어들었다.

그러나 잠시 후 말했다. "보니, 애들이 아무도 가게를 물려받고 싶어하지 않는 게 마음에 걸린 적 있어?"

보니가 얼굴을 찡그렸다. "그 얘긴 벌써 했잖아요. 그게 왜 마음에 걸려요? 아이들은 하고 싶은 일을 할 자유가 있는데."

"물론 그렇지. 하지만 그랬더라면 좋았을 텐데. 적어도 하나만이라도 곁에 있었다면."

"당신은 늘 그렇게 부정적이야. 내가 아주 미치겠어."

"부정적?"

"난 당신이 좀 명랑해졌으면 좋겠어요." 보니는 도넛 봉지를 와락 움켜쥐며 닫았다.

"그리고 홈통 좀 청소해요. 잔소리꾼처럼 구는 거 나도 내키지 않으니까."

11월, 잎이 모두 떨어져 메인 스트리트의 나무들은 헐벗고, 하늘은 잔뜩 흐린 날이 많았다. 낮이 짧아지면서 하먼은 오랫동안 이따금씩 느꼈던 마음의 평정을 되찾았다. 보니가 그에게 좀 명랑해지라고 말한 것도 무리가 아니었다. 남몰래, 조금씩, 그는 활기를 되찾고 있었다. 지금은 가게 문을 닫으면서, 문 닫으려는 찰나에 찾아온 손님에게 못을 팔면서, 하먼은 이제 일요일 아침 데이지와의 만남을, '친구'로 지냈던 이전 몇 달 동안처럼 은밀한 갈급함이 아니라 기쁜 마음으로 고대하게 되었기 때문이다.

마치 순식간에 밤이 내린 마을에 전구가 켜지는 것만 같았다. 때로 하먼은 차를 타고 집으로 돌아가는 길에 데이지의 집을 지나쳐 가기 위해 먼 길로 돌아가기도 했다. 한번은 범퍼 스티커로 뒤덮인 찌그러진 볼보가 데이지 집의 진입로에 주차돼 있어, 하먼은 코퍼의 가족 중 누군가가 보스턴에서 다니러 온 줄 알았다.

그다음 일요일에 데이지가 문간에서 소리를 죽이며 말했다. "들어와요, 하먼. 할 얘기가 얼마나 많은지 몰라요." 그녀는 한 손가락을 입술에 대고 말했다. "니나가 위층 작은 방에서 자고 있어요." 두 사람이 식탁에 앉는데 데이지가 속삭이길, 며칠 전에 니나가 티모시와 싸웠고—두 사람은 워시번에서 쫓겨난 후 루트 원 고속도로변의 모텔에 머물고 있었다—같이 쓰는 휴대 전화를 티모시가 가져가버렸다고 했다. 데이지 집의 문을 두드렸을 때 니나는 심신이 몹시 심란한 상태여서, 데이지는 니나를 의사한테 데려가야겠다고 생각했다. 하지만 니나는 티모시와 연락이 닿았고, 티모시가 니나를 데리러 왔다. 데이지는 두 사람이 화해했다고 생각했다. 그런데 니나가 어젯밤 다시 문을 두드리며 또 싸웠다고 했고, 머물 곳이 없다고 말했다. 그래서 지금 니나는 2층에 있었다. 데이지는 식탁 위에서 두 손을 꽉 쥐었다. "아아, 담배 피우고 싶어."

하먼이 뒤로 기대앉았다. "할 수 있으면 참아봐. 이 일은 같이 해결해보자구."

두 사람의 머리 위로 마룻바닥이 삐걱대며 계단에 인기척이 나더니, 플란넬 바지와 티셔츠를 입은 니나가 내려왔다. "안녕하세요." 하먼이 니나를 놀라게 하지 않으려고 조심스레 말했지만 놀란 쪽은 오히려 하먼이었다. 가게에서 본 뒤 몇 주 만에 보는 것이었는데, 니나는 거의 알아볼 수가 없을 정도였다.

니나는 몸에 비해 머리가 너무 커 보였다. 이마 옆쪽으로 핏줄이 두드러졌고, 맨팔은 니나가 지금 짚고 선 의자의 등판에 쓰인 기다란 나무판처럼 비쩍 말랐다. 눈 뜨고 볼 수 없을 지경이었다.

"앉아." 데이지가 말했다. 니나가 앉고, 기다란 팔이 식탁 위에 놓였다. 정말로, 해골이 두 사람 곁에 앉은 것만 같았다.

"티모시한테 전화 왔어요?" 니나가 데이지에게 물었다. 니나의 피부는 더이상 계피색이 아니라 파리하기만 했고, 빗지 않은 머리칼은 봉제인형의 털처럼 가짜 같았다.

"아니. 안 왔어." 데이지가 니나에게 화장지를 한 장 건넬 때에야 하먼은 니나가 울고 있다는 걸 알았다.

"나, 이제 어떻게 해요?" 니나가 물었다. 니나는 하먼을 지나쳐 도로변 창문을 건너다보았다. "그러니까, 다른 사람도 아니고 왜 빅토리아냔 말이에요. 젠장, 걔는 내 친구였다구요."

"어떻게 해야 할지 알게 될 때까지 하루 더 있어도 좋아." 데이지가 말했다. 멀리서 데이지를 면밀히 살펴보기라도 하는 듯 니나는 커다란 옅은 갈색 눈을 데이지에게 돌렸다.

"뭘 좀 먹어야지." 데이지가 말했다. "먹기 싫은 건 알지만 먹어야 해."

"데이지 말이 맞아요." 하먼이 말했다. 니나가 데이지의 작은 별장 주택에서 쓰러지거나 죽을까봐 걱정되었다. 니나의 심장이 이미 손상되었다던 보니의 말이 생각났다. "이거." 하먼이 카페에서 가져온 봉지 두 개를 밀어주었다. "도넛인데."

니나가 봉지들을 흘깃 보았다. "도넛이요?"

"우유 반 잔하고 도넛 조금만 먹어보는 게 어때?" 데이지가 물었다. 니나는 다시 훌쩍이기 시작했다. 데이지가 우유를 가지러 간 사이에, 하먼이 주머니를 뒤져 곱게 접은 하얀 손수건을 건네주었다. 니나는 울음을 그치고 웃기 시작했다.

"와, 멋지다. 아직도 손수건을 쓰는 사람이 있는 줄은 몰랐는데." 니나의 말이었다.

"써봐요." 하먼이 말했다. "그리고 제발 부탁인데, 우유 좀 마시고."

데이지가 우유를 가져오고 봉지에서 도넛을 꺼내 반으로 잘랐다.

"루크 개자식." 니나가 갑자기 열을 내며 말했다. "그 새끼가 머핀 잘랐다고 나한테 근신을 먹였어요."

"뭐 때문에?" 데이지가 앉으며 물었다.

"병원에서요. 한번은 내가 머핀을 반으로 잘랐어요. 규칙이, 음식물에 대해서는 먹는 것 외의 다른 활동—거기서 쓰는 용어예요—을 금지했거든요. 내가 주머니에 플라스틱 칼을 가지고 있다가 머핀을 반으로 잘랐는데, 루크한테 보고가 들어간 거예요. 그 자식이 가슴팍에 팔짱을 떡 끼고 물었어요. '너, 머핀을 반으로 자른다며, 니나?'" 니나는 말을 마친 후 과장되게 눈을 굴렸다. "머핀쟁이 루크. 개자식."

데이지와 하먼이 서로를 바라보았다.

"병원에선 어떻게 나왔지?" 하먼이 물었다.

"도망쳤죠, 뭐. 엄마 아빠가 그러는데 다음번에는 놈들이 나를 감금할 거래요. 그럼 난 좆되는 거죠, 뭐."

"도넛 좀 들어요." 하먼이 말했다.

니나가 낄낄댔다. "아저씨 좀 바보 같아요."

"바보 같지 않아. 네가 걱정돼서 그런 거지. 이제 그만 도넛 먹어." 데이지가 노랫가락 같은 목소리로 말했다.

"근데, 아저씨랑 아줌마는 뭔 사이예요?" 니나가 둘을 번갈아 보며 물었다.

"우린 친구야." 데이지가 그렇게 말했지만 하먼은 데이지의 뺨이 물드는 걸 알 수 있었다.

"아하." 니나가 다시 두 사람을 번갈아 보았다. 그러곤 눈에 눈물이 고이더니 이내 흘러넘쳤다. "티모시 없이 어쩌야 할지 모르겠어요." 니나가 말했다. "병원으로는 돌아가고 싶지 않아요." 니나가 부들부들 떨기 시작했다. 하먼이 입고 있던 커다란 카디건을 벗어 니나의 어깨에 둘러주었다.

"물론 그렇겠지. 하지만 먹어야 해. 남자친구는 또 생길 텐데, 뭐." 데이지가 말했다. 하먼은 니나의 표정이 변하는 걸 보고 니나가 무엇을 두려워하는지 알 수 있었다. 사랑 없는 삶이 두려운 것이었다. 그걸 두려워하지 않는 사람이 있을까? 하지만 니나의 문제는 그 뿌리가 깊고 얽히고설킨 것이라, 데이지의 집에서 얻는 안정이 오랫동안 위안이 될 수 없다는 걸 하먼은 알고 있었다. 니나는 많이 아팠다.

"몇 살이지?" 하먼이 물었다.

"스물두 살이요. 아저씨, 날 병원으로 떠밀 순 없어요. 아이씨, 그거 하나는 확실히 안다구요." 니나가 덧붙였다. "그러니까 그건 시도할 생각도 마요."

하먼은 두 손바닥을 니나에게 내밀어 보였다. "난 아무 시도도 안 하고 있는데." 하먼이 손을 내렸다. "자네는 체포되지 않았던 가?"

니나가 고개를 끄덕였다. "법원에 출두해야 했어요. 우리 둘 다 ACD 처분을 받았는데 나는 덤으로 훈계까지 받았어요. 그 빌어먹을 짭새한테 지랄했다고."

"ACD가 뭐지?"

하지만 니나는 몹시 지쳐, 지난번 마리나에서 봤을 때처럼 팔짱을 끼고 머리를 팔 위에 뉘었다. 하먼과 데이지가 서로를 바라보았다. "니나." 하먼이 나직이 말을 건네자 니나가 조용히 그에게로 눈을 돌렸다. 그가 말했다. "내 기억에, 난 누군가에게 빌어본 적은 없는 것 같아." 니나는 살며시 빙그레 웃었다. "지금 자네한테 좀 먹으라고 빌려고."

니나가 천천히 일어나 앉았다. "아저씨가 친절하게 대해줘서 먹는 거예요." 니나가 말했다. 그러더니 도넛을 너무 게걸스럽게 먹어서 데이지가 천천히 먹으라고 말려야 했다.

"걔가 아저씨 물건을 훔쳤어요." 니나가 입에 도넛을 가득 물고 하먼에게 말했다.

"그날, 걔가 봉*을 만들려고 호스를 훔쳤어요." 니나가 우유잔을 들었다.

"그앤 가까이 하지 않는 게 좋겠다." 데이지가 말했다.

부엌문을 시끄럽게 두드리는 소리에 세 사람은 모두 돌아보았다. 문이 열렸다가 쾅 닫혔다. "안녕?"

니나가 칭얼대며 도넛을 하먼의 손수건에 뱉어내고 의자에서 일어서려고 했다. 하먼의 스웨터가 니나의 어깨에서 바닥으로 툭 떨어졌다.

"아니, 괜찮아." 데이지가 한 손을 니나의 어깨에 올렸다. "그냥 적십자에서 돈을 걷으러 온 분이야."

다이닝룸으로 이어지는 문간에 올리브 키터리지가 빈 공간을 거의 다 채우며 서 있었다. "티파티를 하고 있었네그려. 하먼, 잘 지내지?" 그리고 니나를 보고 물었다. "아가씬 누구야?"

니나가 손수건을 움켜쥐고 데이지를, 그리고 그다음엔 식탁을 흘깃 보았다. 그러곤 올리브를 다시 보면서 비꼬듯 되물었다. "아줌만 누군데요?"

---

* 마리화나용 물파이프.

"나는 올리브." 올리브가 대답했다. "그리고 아가씨만 괜찮다면 난 좀 앉았으면 좋겠네. 돈 달라고 조르고 다니는 건 아주 지치는 일이거든. 방문 모금은 올해까지만 하고 그만둬야겠어."

"올리브, 커피 드려요?"

"아니. 괜찮아." 올리브가 식탁의 반대편으로 돌아가 의자에 앉았다. "도넛은 좋은데. 더 있어?"

"음, 있어요." 데이지가 하먼을 넘겨다보며—보니에게 가져다줄 도넛이었다—봉지를 열어 도넛을 봉지 위에 꺼내놓고는 올리브에게 밀어주었다. "접시 갖다드릴게요."

"아, 무슨. 됐어." 올리브가 식탁 위로 몸을 숙이고 도넛을 먹었다. 그리고 침묵.

"후원금 수표 가져올게요." 데이지가 일어나 옆방으로 갔다.

"헨리는 잘 지내죠? 크리스토퍼는?" 하먼이 물었다.

올리브가 도넛을 먹느라 입을 우물거리며 고개를 주억거렸다. 하먼은 올리브가 갓 시집온 며느리를 좋아하지 않는다는 걸 알았지만, 생각해보면 올리브는 어떤 며느리라 해도 좋아하지 않을 것 같았다. 크리스토퍼의 아내는 의사였고 똑똑했으며, 어디인지는 기억나지 않았지만 도회지 출신이었다. 그 며느리도 그래놀라로 건강 간식을 만들고 요가를 하는지도 모르지. 하먼은 모를 일이었다. 올리브는 니나를 지켜보고, 하먼은 올리브의 시선을 따라갔다. 니나는 미동도 않고 앞으로 몸을 숙인 채 앉아 있어, 얇은 티셔츠에 갈비뼈가 하나하나 두드러졌다. 니나는 갈매기 발톱 같은 손으로 손수건을 움켜쥐고 있었다. 머리가 너무 커서 꼬챙이 같은 등뼈로는 지탱하기 힘겨워 보였다. 이마에서부터 눈썹까지 이어진 핏줄은 녹푸른 빛을 띠었다. 올리브가 도넛을 다 먹고 손가락의 설탕을 닦아낸 다음, 허리를 곧추세우고 앉아 말했다. "굶주렸구나."

니나는 움직이지 않고 한마디만 했다. "네…… 아니요."

"나도 그래. 굶주렸지." 올리브가 말했다. 니나가 올리브를 물끄러미 쳐다보았다. "정말이야." 올리브가 말했다. "아니면 왜 내가 눈에 보이는 도넛마다 먹어치우겠어?"

"아줌마가 굶주렸다구요? 하." 니나가 역겹다는 듯이 말했다.

"그렇구말구. 우린 모두 다 그래."

"와." 니나가 나지막이 말했다. "굶주린 분이 통통하기도 하셔라."

올리브가 무릎에 올려놓은 커다란 검정 핸드백을 물끄러미 바라보더니 화장지를 꺼내 입을, 그리고 이마를 닦았다. 하먼은 잠시 후에야 올리브의 감정이 격해졌다는 걸 깨달았다. 데이지가 수표를 가지고 돌아와 말했다. "여기요, 올리브." 데이지가 봉투를 건네자, 올리브는 고개만 끄덕이며 봉투를 가방에 넣었.

"아이 씨." 니나가 입을 열었다. "알았어요. 미안해요." 올리브 키터리지는 울고 있었다. 크로스비 주민 가운데 결코 우는 걸볼 일이 없을 거라고 하먼이 생각한 사람이 있다면 그건 올리브 키터리지였을 것이다. 그런데 덩치 크고 손목도 굵은 그녀가 그자리에 앉아 입술을 떨며, 눈에서 눈물을 뚝뚝 흘리며 울고 있었다. 올리브는 니나가 사과할 필요 없다는 듯이 살며시 도리질을 했다.

"미안." 올리브는 결국 이렇게 말했지만 앉은 그대로 머물러 있었다.

"올리브, 제가 도울 일이라도……" 데이지가 상체를 앞으로 숙였다.

올리브는 다시 고개를 저은 후, 코를 풀었다. 그러곤 니나를 바라보며 조용히 말했다. "난 아가씨가 누군진 모르지만, 젊은 아가씨가 내 맘을 이렇게 아프게 하네."

"내가 뭘 어쨌다구." 니나가 방어적으로 대꾸했다. "나도 그러고 싶어서 그러는 게 아니라구요."

"오, 나도 알아. 알구말구." 올리브가 고개를 끄덕였다. "삼십이 년 동안이나 학교에서 애들을 가르쳤거든. 아가씨처럼 아픈 여자아이들은 못 봤지만. 그때는 그런 병이 없었어. 적어도 이 북쪽 동네에서는. 하지만 아이들과 함께 보낸 세월 때문에, 그리고 살아온 세월 때문에 알아." 올리브가 웃옷 자락의 도넛 가루를 털어내며 일어섰다. "어쨌든, 미안하게 됐네." 올리브가 식탁에서 일어나 나가다가 니나 곁에서 멈췄다. 그러곤 망설이면서 한 손을 들어올렸다가 서서히 내리더니, 다시 들어올려 니나의 머리를 만졌다. 올리브는 하먼이 알아채지 못한 것을 커다란 손바닥 아래에서 느낀 게 틀림없었다. 올리브의 손이 미끄러지더니 니나의 한쪽 어깨까지 내려갔고, 니나가 올리브의 손에 뺨을—감은 눈에서 눈물이 또르르 흘렀다—살며시 댔다.

"나도 이렇게 살고 싶지 않아요." 니나가 속삭였다.

"물론 아니겠지." 올리브의 말이었다. "우리가 도와줄 사람을 찾아줄게."

니나가 도리질을 했다. "다 해봤어요. 그래도 자꾸 재발해요. 가망이 없어요."

제 넓은 무릎에 니나가 머리를 누일 수 있도록 올리브가 팔을 뻗어 의자를 당겨 앉았다. 올리브는 니나의 머리카락을 쓰다듬다가, 손가락에 몇 가닥을 쥐고 데이지와 하먼에게 의미심장하게 고개를 한 번 끄덕인 다음, 머리카락을 바닥에 떨어버렸다. 올리브가 울음을 그치고 말했다. "자네, 윈스턴 처칠이 누군지 알기엔 너무 어린가?"

"누군지 알아요." 니나가 몹시 피로한 듯 대답했다.

"음, 그 사람이 말했어. 절대, 절대, 절대로 포기하지 말라고."

"그 사람은 뚱뚱했잖아요." 니나가 말했다. "뚱뚱한 사람이 뭘 알겠어요?" 그리고 덧붙였다. "내가 포기하고 싶어서 그런 게 아니에요."

"물론 아니지." 올리브가 말했다. "하지만 자네 몸은 연료가 없으면 곧 포기하고 말 거야. 이런 얘긴 전에도 많이 들어서 대답도 하기 싫겠지만 이거 하나만 대답해봐. 자네, 어머니를 미워하나?"

"아뇨." 니나의 대답이었다. "뭐, 우리 엄마는 한심한 데가 있지만 미워하진 않아요."

"그럼 됐어." 올리브가 그 큰 덩치를 부르르 떨며 말했다. "그럼 된 거야. 그게 시작이니까."

그 장면은 그후 언제나 하먼에게 창으로 구상球狀 번개가 들어와 번쩍이던 날을 떠올리게 했다. 니나가 울기 시작하고, 데이지가 결국 니나의 어머니에게 전화를 걸어 그날 오후에 찾아와 니나를 데려가되 다시 입원시키지는 않기로 약속했던 그 순간, 따스한 전기랄까, 눈부시고 초자연적인 어떤 분위기가 느껴졌던 까닭이다. 하먼이 올리브와 함께 데이지의 집을 나설 때 니나는 담요를 말고 소파에 앉아 있었다. 올리브 키터리지가 차에 타도록 거든 다음, 마리나로 다시 걸어가 차를 가지고 집에 돌아가던 하먼은 그날, 그의 인생에서 무언가가 변했다는 걸 알았다. 그리고 그에 대해서 보니에게는 말하지 않았다.

"내 도넛 사가지고 왔어요?" 보니가 물었다.

"계피 맛밖에 없어서." 그가 대답했다. "애들한테 전화 왔었어?"

보니가 고개를 저었다.

어떤 나이가 되면 어떤 것들을 예측하게 된다. 하먼도 그걸 알았다. 심장발작, 암, 대수롭지 않은 기침이 심한 폐렴이 되어버리지나 않을까 하는 것 등을. 어쩌면 중년의 위기를 겪을지 모른다고도 예측하게 되지만 하먼에게 일어나고 있는 일은 그 어떤 말로도 설명할 수 없었다. 마치 자신이 땅 위로 솟아오른 투명한 플라스틱 캡슐에 넣어져 발사되어 날아간 다음, 캡슐이 호되게 흔들려 지나온 인생의 일상적인 기쁨으로 돌아갈 수 없게 된 것만 같았다. 그는 이것만은 결코 원치 않았다. 그리고 데이지의 집에서 니나가 울고 데이지가 전화를 걸어 니나의 부모가 딸을 데려가도록 했던 그날 아침 이후로, 보니만 보면 냉담해졌다.

집은 축축하고 볕이 들지 않는 동굴 같았다. 보니가 이제는 더 이상 가게에서의 하루가 어땠느냐고 묻지도 않는다는 걸 깨달았다. 수십 년이나 되었으니, 어쩌면 물을 필요가 없기도 하겠지. 그리고 싶진 않았지만 하면은 날수를 세게 되었다. 꼬박 일주일이나 "저녁 메뉴에 대해 생각한" 게 있느냐고 묻는 것 말고 보니는 어떤 개인적인 질문도 하지 않았다.

어느 밤, 그가 말했다. "보니, 당신 내가 무슨 노래를 제일 좋아하는지 알아?"

책을 읽던 보니는 고개도 들지 않았다. "뭐요?"

"내가 무슨 노래를 제일 좋아하는지 아느냐고 했어."

이번엔 보니가 안경 너머로 그를 쳐다보며 말했다. "그리고 나는 '뭐요?'라고 했잖아요. 뭔데요?"

"그러니까 모르는군?"

보니가 안경을 무릎에 놓았다. "내가 알아야 해요? 무슨 스무고개 해요, 지금?"

"난 당신이 좋아하는 노래가 뭔지 아는데. ⟨Some Enchanted Evening⟩이잖아."

"그게 내가 좋아하는 노래예요? 난 몰랐는데."

"그럼 아니야?"

보니가 어깨를 으쓱하더니 다시 안경을 끼고 책을 바라보았다. "내가 가장 최근에 확인하기론 ⟨I'm Always Chasing Rainbows⟩가 당신이 좋아하는 노래였는데."

보니가 가장 최근에 확인했을 때가 언제였던가? 하먼은 그 노래가 기억도 가물거렸다. 그는 '아니, 내가 좋아하는 노래는 〈Fools Rush In〉이야'라고 말하려 했지만 보니가 책장을 넘기기에 그냥 아무 말도 하지 않았다.

하먼은 일요일이면 데이지를 찾아가 소파에 앉았다. 두 사람은 니나에 대해 자주 이야기를 나누었다. 니나는 섭식장애 프로그램에 등록해 다녔고, 개인 정신 치료와 가족 치료를 받았다. 데이지는 니나와 전화로 연락했고, 니나의 어머니와도 자주 이야기했다. 이런 이야기를 나누면서, 하먼은 때로 니나가 두 사람의, 자신과 데이지의 딸인 것만 같은 기분이 들었다. 니나의 안녕이 모든 면에서 두 사람에게 대단히 중요했다.

니나의 체중이 늘자 두 사람은 도넛 한 개를 반으로 잘라 부딪으며 건배했다. "도넛을 잘라먹는 사람들을 위하여." 하먼이 말했다. "머핀 루크를 위하여."

시내에 나가면 온통 커플들뿐인 듯했다. 사람들은 다정하고 친밀하게 서로 팔짱을 끼고 다녔다. 하먼은 보았다. 그들의 얼굴에서 빛이 나는 것을. 그것은 삶의 빛이었다. 그들은 살아 있었다. 내가 앞으로 얼마나 더 살까? 이론이야 이십 년, 심지어 삼십 년도 더 살 수 있었지만 그렇진 않을 터이다. 그리고 완전히 건강하지 않다면 그렇게 오래 살고 싶을 까닭이 무엇이랴. 웨인 루트를 보라. 하먼보다 겨우 두어 살 많을 뿐인데, 그는 아내가 텔레비전에 오늘이 며칠이라고 써 붙여야 날짜를 알았다. 클리프모트는 동맥이 전부 막혀서 언제 터질지 모르는 시한폭탄이었다. 해리 쿰스는 목이 뻣뻣할 뿐이었는데 작년 말에 임파종으로 죽었다.

"추수감사절에는 뭘 할 거야?" 하먼이 데이지에게 물었다.

"언니 집에 갈 거예요. 재미있을 거 같아요. 당신은요? 아들들이 다 집에 오나요?"

그가 고개를 저었다. "케빈네랑, 걔 장인 장모랑 같이 보내기로 해서, 우리가 세 시간을 운전해서 아들 집으로 가야 해." 그런데 데릭이 여자친구 집에서 지내기로 했다며 오지 않았다. 다른 아들네들은 왔지만 자기집이 아니니 아들이 아니라 친척을 방문한 것 같았다.

"크리스마스에는 나아질 거예요." 데이지가 말했다. 데이지는 니나에게 보내는 선물을 보여주었다. 당신은 사랑받기 위해 태어난 사람이라고 십자수를 놓은 베개였다. "가끔 이걸 보면 니나한테 도움이 되지 않을까요?"

"예쁘군." 하먼이 말했다.

"올리브한테 말했는데, 카드에 우리 세 사람의 이름을 넣으려고요."

"아주 좋은 생각이야, 데이지."

그는 보니에게 크리스마스에 팝콘볼을 만들겠느냐고 물었다.

"세상에, 아뇨." 보니의 대답이었다. "당신 어머니가 그걸 만들 때마다 나는 이빨이 빠져버리는 줄 알았어요." 어쩐 일인지 이 말에, 아내의 목소리에서 풍기는 오래된 친숙함에 하먼은 웃음이 나왔다. 그리고 보니가 같이 깔깔대며 웃자, 사랑과 위안과 고통이 부서지듯 터져 나와 하먼의 가슴속에 스며드는 느낌이었다. 데릭은 집에 이틀 동안 머물다 갔는데, 아버지가 전나무를 베고 크리스마스트리를 세우는 걸 돕고, 크리스마스 다음 날엔 친구들과 스키를 타러 떠났다. 케빈은 하먼의 기억과 달리 명랑하지 않았다. 케빈은 이제 다소 심각한 어른으로만 보였고, 시판 닭고기 제품으로 국물을 낸 당근 수프를 먹지 않는 아내 마사를 좀 무서워했다. 다른 아들들은 텔레비전에서 운동경기를 보고, 멀리 떨어진 다른 지역으로 여자친구를 만나러 갔다. 손자들로 집이 북적이려면 아직 몇 년은 기다려야 할 듯했다.

새해 첫날, 하먼과 보니는 열시경 잠자리에 들었다. "보니, 내가 올해는 웬일인지 명절에 좀 우울한 기분이 드네."

"뭐, 아이들이 다 컸으니까요. 다 나름의 인생이 있으니까." 보니가 말했다.

어느 오후, 가게에서 하먼은 특히 손님이 없을 때를 골라 레스

워시번에게 전화를 걸어, 버넘 집안의 티모시가 임대했던 아파트가 아직 비어 있는지 물었다. 레스는 아직 비어 있고, 젊은이들한테는 임대하지 않을 거라고 대답했다. 티모시 버넘이 마을을 떠났다는 건 하먼도 모르는 일이었다.

"다른 여자를 데리고 떠났어요. 그 예쁘장한 아픈 여자애 말고."

"다른 사람한테 임대를 주기 전에," 하먼이 말했다. "나한테 먼저 알려줘요. 그래주겠소? 작업실 공간이 필요할지 몰라서."

그리고 1월, 날이 좀 풀리던 한겨울의 어느 날, 눈이 잠시 녹으며 인도가 질척해지고 자동차 흙받이에 흙탕물이 튀던 날, 데이지가 가게로 전화를 해서 물었다. "좀 들르실래요?"

데이지네 집 작은 진입로에 올리브 키터리지의 차가 있었고, 그 차를 보고 하먼은 알았다. 안에 들어가자 데이지가 울며 차를 만들고, 올리브 키터리지는 식탁에 앉아 울지는 않았지만 숟가락으로 식탁을 계속 두드리고 있었다. "염병할 만물박사 며느리 같으니라구." 올리브의 말이었다. "걔가 말하는 걸 듣고 있어봐, 세상 만물의 전문가 같다니까. 글쎄 이러더라니까. '올리브, 정말로 그 아이가 그걸 극복할 거라고 생각하신 건 아니겠죠?' 그래서 내가 걔한테 말했지. '그래도 모두들 죽진 않아, 수잔.' 그러니까 뭐라는 줄 알아. '음, 올리브. 실은 그런 애들은 많이들 죽어요.'"

"장례는 조용히 치른대요." 데이지가 하먼에게 말했다. "가족끼리만요."

하먼이 고개를 끄덕였다.

"변비약을 먹었다네요." 데이지가 차 한 잔을 하먼 앞에 내려놓으면서 화장지로 코를 닦으며 말했다. "니나 어머니가 침실 서랍에서 발견했대요. 그런데 생각해보니 말이 되잖아요. 몇 킬로그램 살이 붙다가 말았으니. 그래서 니나를 목요일에 병원에 데려갔대요." 이 말을 하며 데이지는 앉아서 얼굴을 두 손으로 감쌌다.

"끔찍한 소동을 피웠다나봐." 올리브가 하먼에게 말했다. "니나 어머니 말에 따르면 말이지. 니나는 물론 가기 싫었겠지. 그래서 사람들을 불러서, 경찰까지 동원해야 했고. 니나가 물고 차고 했나봐."

"가엾은 것." 데이지가 말했다.

"간밤에 심장발작이 왔다네." 올리브가 하먼에게 말했다. 올리브가 고개를 저으며 손으로 식탁을 가볍게 쳤다. "하늘도 무심하지." 올리브의 말이었다. 하먼이 그곳을 나섰을 때는 어둠이 짙게 깔린 지 오래였다.

"대체 어디 갔었어요?" 보니가 물었다. "당신 저녁이 다 식었잖아요."

그는 대답하지 않고 그냥 앉았다. "별로 배 안 고파, 보니. 미안해."

"어디 있었는지 말해요."

"그냥 여기저기 차로 다녔어. 요즘 좀 우울하다고 했잖아." 하먼이 대꾸했다.

보니가 맞은편에 앉았다. "당신이 그렇게 우울해하니까 내가 아주 죽겠어요. 이런 기분 싫다고요."

"그럴 만도 하지." 그가 말했다. "미안해."

며칠 후, 케빈이 아침에 가게로 전화를 걸었다. "아버지 바쁘세요? 잠깐 시간 있으세요?"

"무슨 일이냐?"

"그냥 아버지 괜찮으신지, 모두 괜찮은지 궁금했어요."

하먼은 전구를 살펴보는 베시 데이비스를 지켜보았다.

"그럼. 왜 그러냐?"

"그냥 요즘 좀 우울하신 거 같아서요. 아버지 같지 않아서."

"아니, 아냐. 물고기 헤엄치듯 순조롭다, 케빈." 케빈이 수영을 다 늦게, 거의 십대가 되어서야 배운 후로 그들이 쓰는 말이었다.

"마사 말이, 아버지가 크리스마스하고 당근 수프 때문에 화가 나셨는지도 모른다고 해서요."

"오, 저런. 아니다." 하먼은 베시가 방향을 돌려 빗자루 쪽으로 걸어가는 걸 봤다.

"너희 엄마가 그러던?"

"아무도, 아무 말도 안 했어요. 그냥 제 생각일 뿐이에요."

"엄마가 너한테 불평하던?"

"아니에요, 아버지. 말씀드렸잖아요. 제 생각이에요. 그냥 그런 게 아닐까 하고."

"걱정 마라." 하먼이 말했다. "난 괜찮아. 넌 어떠냐?"

"물고기 헤엄치듯 순조로워요. 좋아요. 아버지도 계속 그러셔야 해요."

마을의 노처녀 베시 데이비스가 새 쓰레받기를 사면서 서서 한참을 이야기했다. 베시는 골반에 문제가 있다고, 활액낭염이라고 말했다. 그리고 언니의 갑상선에 대해서도 말했다. "연중 이맘때가 제일 싫어요." 그녀가 고개를 절레절레 흔들며 말했다. 그녀가 떠나자 하먼은 초조해졌다. 그 자신과 세상 사이에 놓여 있던 막이 찢겨나간 것만 같고, 모든 것이 가깝고 무섭게 느껴졌다. 베시 데이비스는 언제나 말이 많았지만 지금은 얼굴에 외로움이 상처처럼 배어 있었다. '난 아냐, 난 아냐'라는 말이 자꾸 떠올랐다. 그리고 예쁘장한 니나 화이트가 마리나의 카페 밖에서 티모시 버넘의 무릎에 앉아 있던 모습이 떠올랐다. 그는 생각했다. 넌 아냐, 넌 아냐, 넌 아냐.

일요일 아침, 하늘에는 구름이 낮게 깔려 있고, 데이지의 거실 안 작은 스탠드에서 불빛이 반짝였다. "데이지, 그냥 이 말을 하고 싶어. 나는 당신이 대답하거나, 어떤 식으로도 책임감을 느끼길 바라지 않아. 당신이 뭘 어떻게 해서 그런 게 아냐. 당신은 그냥 있는 그대로의 모습이었을 뿐이지." 그는 잠시 기다렸다가 데이지의 푸른 눈을 바라보며 말했다. "당신을 사랑하게 되었어."

하먼은 그녀가 어떤 반응을 보일지, 친절하고 부드럽게 거절하리란 걸 너무도 잘 알고 있었기 때문에, 데이지의 부드러운 팔이 자신을 끌어안고, 그녀의 눈에서 눈물이 반짝이고, 그녀의 입술이 제 입술에 포개졌을 때 몹시 놀랐다.

그는 예금계좌에서 레스 워시번에게 임대료를 지불했다. 보니가 얼마나 빠른 시일 내에 알게 될지는 알 수 없었다. 하지만 몇 달은 시간이 있다고 생각했다. 그는 무엇을 기다렸던가? 새로운 인생을 밀어내는 산고가 시작되기를 기다렸던가? 세상이 다시 서서히 깨어나는 2월이 되자—공기는 냄새부터가 가벼워지고,

조금씩 더 길어진 낮이 눈 덮인 들판에 더 오래도록 남아 들을 보랏빛으로 물들였다—하먼은 두려웠다. 오래된 추억을 헤집는 질문들을 던지며 시작된—그들이 '섹파'였을 때가 아니라 서로에 대한 애틋한 관심으로 시작된—그것은 니나의 짧은 삶에 대한 애정과 애도를 나누며 그의 가슴에 한 줄기 사랑의 빛을 선사했다. 이 모두는 이제 누가 뭐래도 격렬하고 무르익은 사랑이 되었으며, 그의 심장도 이 사실을 아는 듯했다. 하먼은 심장이 불규칙적으로 뛴다고 생각했다. 레이지보이 의자에 앉아 있어도 심장 박동이 들리고, 갈비뼈 바로 아래에서 펄떡이는 심장을 느낄 수 있었다. 마치 심장은 거세게 뛰면서 계속 이렇게 지낼 수는 없다고 경고하는 듯했다. 젊은이들만이 사랑의 가혹함을 견딜 수 있는가, 하먼은 생각했다. 계피색 가녀린 니나는 예외였지만. 그리고 모든 게 뒤집히고 뒤가 앞이 되어버린 듯, 니나에게 바통을 이어받은 것만 같았다. 절대, 절대, 절대로 포기하지 마세요.

그는 오랫동안 알고 지낸 의사를 찾아갔다. 의사가, 와이어로 연결된 동그란 금속 조각 여러 개를 그의 벗은 가슴에 붙였다. 하먼의 심장에는 문제가 있는 것 같지 않았다. 의사의 커다란 나무 책상 맞은편에 앉아서, 하먼은 그에게 어쩌면 결혼생활을 포기할지도 모른다고 말했다. 의사가 조용히 말했다. "아뇨, 안 됩니다. 그건 좋지 않아요." 하지만 하먼이 그후 언제나 기억하게 된 것은 책상 위의 서류철을 갑작스럽게 만지작대다가 다시 하면을 마주하던 의사의 몸과 그의 동작이었다. 하먼이 지금 알지 못하는 것을 그는 알고 있었다는 듯이, 인생은 뼈와 마찬가지로 서로 얽혀 직조되며 어긋난 뼈는 치유되지 않을 수도 있다는 것을 알고 있었다는 듯이.

하지만 하먼은 알 수 없었다. 이런 병에 걸렸을 때는 누구도 알 수 없다. 그는 이제 데이지 포스터의 너그러운 몸이라는 환각적인 세상에 살면서 그날—언젠가는 그날이 오리란 걸 알았다—만을, 그가 보니를 떠나거나 보니가 그를 쫓아낼 그날만을 기다렸다. 둘 중 어느 것이 먼저 일어날지는 알 수 없었지만 언젠가는 일어날 것이었다. 머핀 루크가 개심술開心術을 기다리듯이. 수술대에서 죽게 될지, 살게 될지 알지 못하면서 개심술을 기다리듯이.

다른 길

　6월 어느 날, 키터리지 부부에게 끔찍한 일이 일어났다. 당시 헨리는 예순여덟, 올리브는 예순아홉이었고, 두 사람은 딱히 젊은 부부는 아니었지만 늙었다거나 아파 보이지는 않았다. 하지만 일 년이 지나자, 뉴잉글랜드 지역의 작은 해안 마을 크로스비 주민들은 모두 입을 모았다. 그 사건으로 키터리지 부부는 변했다고. 헨리는 요즘 우체국에서 마주치면 인사로 우편물만 잠시 들어 보였다. 그의 눈을 바라보면 방충망을 쳐놓은 현관을 들여다보는 듯했다. 그는 외동아들이 갓 결혼한 신부와 함께 캘리포니아로 갑자기 이사 갔을 때조차—사람들은 이 일이 키터리지 부부를 크게 낙심시켰다고 생각했다—언제나 순진한 표정의 쾌활한 남자였기에, 이는 더욱 슬픈 일이었다. 올리브는 어느 누구의 기억에도 상냥하거나 심지어 공손하다고 말하기 어려웠지만 그해 6월 이후로 그녀의 이런 면은 더 찾아보기 힘들어졌다. 올해는 6월이 쌀쌀하지 않고 갑자기 여름이 찾아와, 자작나무 잎 사이로 햇살이 어룽대며 들어오자 크로스비 주민들은 전 같지 않게 이따금 말이 많아지기도 했다.

그렇지 않다면 신시아 비버가 쿡스 코너의 쇼핑몰에서 올리브에게 다가와, 몇 년 동안이나 야간 수업을 수강하고 사회복지 학위를 받았다는 자기 딸 앤드리아가 그러는데 헨리와 올리브가 작년의 경험을 극복하지 못한 것 같다는 말을 왜 했겠는가? 신시아 비버는 공황은 표현되지 않으면 내면화되고, 그렇게 되면— 이 말을 할 때 신시아 비버는 플라스틱 고무나무 곁에서 반쯤 속삭였다—우울증으로 이어질 수도 있다고 말했다.

"그렇군." 올리브가 큰 소리로 대꾸했다. "앤드리아한테 대단하다고 말해줘."

오래전 크로스비 중학교에서 수학을 가르칠 때, 올리브는 특정한 학생들한테 깊은 애착을 느끼긴 했지만 앤드리아 비버는 왜소하고 특징 없으며 심각하고 말수가 적은 아이 이상으로는 보이지 않았다. 지 에미랑 똑같아, 올리브는 신시아 비버를 지나쳐 프로즌 요거트 가게 근처의 벤치 옆 가짜 밀짚에 끼어 있는 실크 수선화를 바라보며 생각했다.

"지금은 전문 분야야." 신시아 비버가 말했다.

"뭐가?" 이 여자가 가고 나면 초콜릿 프로즌 요거트를 좀 맛볼까 생각하며 올리브가 물었다.

"위기 상담." 신시아가 대답했다. "9·11 전에도 그랬지." 그녀가 상자를 겨드랑이로 옮기며 말했다. "하지만 대형 사고나 학교 총기 사건이나, 요즘은 무슨 일이 일어나든 바로 심리학자들을 부른다니까. 사람들은 이런 일들을 스스로 처리하지 못하거든."

"하." 올리브가 키도 작고 뼈대도 가느다란 신시아를 바라보았다. 덩치도 크고 건장한 체구인 올리브가 신시아를 한참 내려다보는 꼴이었다.

"사람들이 헨리가 변했다고들 해." 신시아가 말했다. "그리고 자기도. 그래서 위기 상담을 받았더라면 도움이 됐을 거라고. 지금도 도움이 되지. 앤드리아가 개업을 했거든. 다른 여자하고 시간을 나눠서 일해."

"그렇군." 올리브가 이번에는 꽤 큰 소리로 다시 대꾸했다. "신시아, 그런 말들 다 흉측하지 않아? 처리니 내면화니 우울증이 어쩌고저쩌고. 종일 그따위 말이나 듣고 있으면 진짜 우울해지겠는데." 그녀가 들고 있던 비닐봉지를 들어올렸다. "오늘 소 프로에서 세일하는 거 알았어?"

올리브는 주차장에서 열쇠를 찾지 못해 손가방의 내용물을 햇살에 구워진 자동차 보닛 위에 쏟아놓아야 했다. 멈춤 표지판에서는 경적을 울리는 붉은 트럭의 남자를 백미러로 쳐다보며 그녀가 말했다. "우라질 놈." 도로로 진입하기 위해 속도를 높이자 패브릭 가게의 비닐봉지가 바닥에 떨어지고, 그 바람에 자갈투성이 매트 위로 데님 원단이 비죽 튀어나왔다. "앤드리아 비버가 우리더러 위기 상담을 받으라는군." 옛날 같으면 그녀는 이렇게 말했을 테고, 그러면 헨리가 완두콩의 잡초를 뽑다가 일어나며 미간을 찌푸릴 모습이 쉽게 상상되었다. "세상에, 말이 되는 소릴 해야지. 안 그래, 올리?" 바닷가재잡이 배 위로 날개를 퍼덕이는 갈매기들과 바다를 뒤로하고 헨리가 대꾸했을 것이다. "상상을 해봐." 그는 어쩌면 가끔 그러듯 고개를 뒤로 젖히고 껄껄 웃었을지도 모른다. 그만큼이나 우스웠을 것이다.

올리브는 고속도로를 탔다. 크리스토퍼가 캘리포니아로 이사 간 다음에는 쇼핑몰에 갔다가 늘 고속도로를 타고 집으로 돌아왔다. 보스턴 고사리가 퍽 잘 자라는, 커다란 둥근 창문에 선이 아름다운 그 집을 지나쳐 가고 싶지 않았다. 이곳 쿡스 코너 쪽으로는 고속도로가 강을 따라 나 있는데, 오늘은 물결이 반짝이고 포플러 나뭇잎이 팔랑이며 이면의 연둣빛을 드러냈다. 어쩌면 예전이었다 해도 헨리는 앤드리아 비버에 대해 웃지 않았올지 모른다. 다른 사람들이 어떤 반응을 보일 거라는 생각은 틀릴 수도 있다. "내기라도 할 수 있어." 올리브는 가드레일 너머 다정한 리본 모양으로 흐르는 반짝이는 강을 건너다보며 소리 내어 혼잣말을 했다. 그러니까 이런 뜻이었다. 앤드리아 비버는 '위기'가 무엇인지에 대해 나하고는 생각이 다르다는 데 내기라도 할 수 있어. "그럼, 그럼." 올리브가 덧붙였다. 저 아래 강둑에는 밝은 연둣빛 수양버들이 가벼운 가지를 휘청대며 늘어져 있었다.

그때 올리브는 화장실에 가야 했다. "화장실 가야 해." 차가 메이지 밀스 타운으로 들어가던 그때, 그녀가 헨리에게 말했다. 헨리는 좀 기다리라고 쾌활하게 말했다.

"아윽." 올리브는 죽은 지 몇 년 된 시어머니 폴린이 듣기 싫은 말에 대꾸할 때 쓰던 말투를 흉내 내며 과장되게 말했다. "내배한테 말해." 그녀가 어두운 차 안에서 자세를 고쳐 앉으며 말했다. "아, 죽겠어, 헨리. 폭발 직전이야."

두 사람은 즐거운 저녁 시간을 보내고 돌아오는 참이었다. 강 북쪽에서 친구 빌과 버니 뉴턴을 만나 최근에 개업한 음식점에 가서 저렴한 가격에 식사를 즐겼다. 게맛살을 채운 버섯 요리는 대단히 맛있었고 웨이터들은 저녁 내내 공손하게 목례를 하며 잔이 절반도 비기 전에 물을 채워주었다.

그렇지만 올리브와 헨리가 더 만족스러웠던 이유는 빌과 버니의 자식이 자기들 자식보다 더 상태가 안 좋다는 얘기를 들었기 때문이었다. 두 가정은 각각 자식을 하나씩 두었는데, 캐런 뉴턴은─키터리지 부부가 남들 모르게 의견 일치를 본 바에 따르면─부모에게 또다른 차원의 슬픔을 안겨주었다. 캐런은 빌과 버니의 바로 옆집에 살아서 그들은 딸과 딸네 가족을 늘 볼 수 있는데도 그랬다. 작년에 캐런은 미드코스트 파워에서 일하는 한 남자와 잠시 바람을 피웠지만 결국은 가정을 지키기로 했다. 뉴턴 부부는 사위 에디를 별로 좋아하지 않았지만, 이 모든 일은 당연히 두 사람에게 큰 근심거리였다.

크리스토퍼가 갓 결혼한 고집 센 아내 때문에 별안간 고향을 등지게 된 것은 아들이 가까이에 살면서 가정을 꾸리길 기대했던(올리브는 미래의 손자들에게 튤립 구근을 심는 법을 가르치는 상상을 했었다) 키터리지 부부에게 실로 엄청난, 꿈을 산산조각 내는 충격이었지만, 빌과 버니의 경우 손자들이 바로 옆집에 살기는 했지만 그 아이들이 아주 못됐다는 것이 키터리지 부부에게는 입 밖에 내서 말할 수는 없지만 위안이 되는 일이었다. 뉴턴 부부는 그날 밤 손자가 바로 전주에 했던 말을 들려주었다.

"내 할머니라고 해서 내가 꼭 당신을 사랑하란 법은 없잖아요."
무서운 일이었다. 누가 이런 일을 예측이나 했겠는가? 이야기를
전하는 버니의 눈이 젖어들었다. 올리브와 헨리는 고개를 저으
며, 아이들의 "감정 표현을 장려"한다는 미명하에 에디가 이런
태도를 가르친 거나 다름없다고 말할 뿐, 할 수 있는 게 별로 없
었다.

"글쎄, 우리 딸도 책임이 있지." 빌이 심각하게 말하자 올리브
와 헨리는 작은 소리로 맞장구쳤다. 그렇지, 그 말도 사실이야.

"휴." 버니가 코를 풀며 입을 열었다. "어쩔 수 없는 일이라는
생각이 들기도 해요."

"어쩔 수 없죠." 헨리가 말했다. "최선을 다할 뿐이지요."

캘리포니아 사태는 어떻게 되었어, 빌이 궁금해했다.

"짜증스러워요." 올리브가 입을 열었다. "우리가 지난주에 전
화했는데 아주 짜증스러웠어. 그래서 헨리한테 이제 전화하지 말
자고 했어요. 지들이 우리하고 얘기하고 싶어하면 그때 하자고."

"어쩔 수가 없어. 최선을 다해도." 버니가 말했다. 하지만 그
들은 뭔가 애처로우면서도 우스운 일이라도 되는 듯이 웃을 수
있었다.

"남의 문제를 듣는 건 언제나 즐거워." 올리브와 버니는 주차
장에서 스웨터를 걸치며 입을 모았다.

차 안은 추웠다. 헨리는 히터를 틀어주겠다고 했지만 올리브
는 됐다고 했다. 차는 어둠을 가르며 달렸고, 가끔 맞은편에서
전조등을 빛내며 오는 차가 있을 뿐 이내 다시 어두워졌다. "그
손자 놈, 버니한테 그런 고약한 말을 하다니." 올리브가 입을 열
었고 헨리도 맞장구쳤다. 잠시 후, 헨리가 말했다. "캐런도 잘한
건 없지." "없지." 올리브가 대꾸했다. "잘한 건 없어." 하지만
위가 익숙하게 꾸르륵거리고 움직이며 가속기가 달린 듯 속도를
냈고, 처음에는 경고 정도이던 것이 곧 경보를 울리기 시작했다.
"아이구우." 메이지 밀스 타운으로 들어가는 다리 옆에서 빨간
신호등에 걸렸을 때 올리브가 말했다. "나 정말 터지기 일보 직
전이라니까."

"글쎄, 별 도리가 없는데." 헨리가 앞유리 너머로 밖을 내다
보려고 몸을 숙이며 말했다. "주유소는 저 반대쪽이고 이 시각
에 열었는지도 알 게 뭐야. 못 참겠어? 십오 분이면 집에 도착하
는데."

"못해." 올리브가 말했다. "농담 아니야. 지금 최대한 참고 있
는 거라구."

"그럼……"

"파란불이야, 가! 병원으로 들어가, 헨리. 병원에 화장실이 있
겠지."

"병원? 올리, 글쎄."

"병원으로 꺾으라니까, 제발!" 그녀가 덧붙였다. "나 저 병원서 태어났어. 화장실은 쓰게 해주겠지!"

병원은 언덕 꼭대기에 있었는데 최근 지은 새 병동 때문에 더 커졌다. 헨리가 차를 돌린 다음 응급실이라고 쓰인 파란 간판을 획 지나쳤다.

"지금 뭐 해?" 올리브가 따졌다. "급하다니까, 정말로."

"병원 입구로 데려가잖아."

"우라질, 차 당장 세워."

"거참, 여보!" 그의 목소리에는 실망이 가득했다. 헨리는 그녀가 상소리를 하는 걸 아주 싫어하니 그래서 그런가보다, 올리브는 생각했다. 그가 차를 후진해서 불을 환히 밝힌, 응급실이라고 쓰인 커다란 파란색 문 앞에 차를 세웠다.

"되게 고맙네." 올리브가 말했다. "말 좀 해봐. 그게 그렇게 힘들어?"

깔끔하게 밝고 텅 빈 로비의 안내 데스크에서 간호사가 고개를 들었다. "화장실에 가야 해요." 올리브가 말하자, 간호사가 흰 스웨터를 입은 팔을 들어 한 방향을 가리켰다. 올리브는 머리 위로 손을 흔들며 화장실 문 안으로 들어섰다.

"휴." 그녀는 큰 소리로 중얼거렸다. "아후." 기쁨이란 고통이 없는 상태다, 아리스토텔레스가 말했다. 플라톤이었던가. 어쨌든 둘 중 하나다. 올리브는 대학을 차석으로 졸업했다. 헨리의 어머니는 오히려 그 점을 싫어했다. 상상해보라. 폴린은 우등생 여자들은 생긴 것도 평범하고 재미도 모르는 아이들이라고 했다⋯⋯ 글쎄, 올리브는 지금 시어머니나 생각하면서 이 순간을 망치고 싶지 않았다. 그녀는 볼일을 마치고 손을 씻은 다음, 건조기 아래 손을 집어넣고 화장실이 참 크기도 하다, 수술을 해도 되겠네, 라고 생각했다. 휠체어를 쓰는 사람들 때문이다. 요즘은 뭐든 휠체어가 들어갈 만큼 크게 짓지 않으면 소송을 당하는데, 올리브는 자신이 휠체어 신세를 지게 된다면 누가 자신을 총으로 쏴주는 게 나을 거라고 생각했다.

"괜찮으세요?" 복도에 서 있는 간호사의 스웨터와 바지가 후줄근하다. "왜 그러셨어요? 설사였나요?"

"터지는 줄 알았수. 흐이구. 지금은 괜찮아요. 고맙수." 올리브가 말했다.

"구토는요?"

"아이, 무슨."

"알레르기 있으세요?"

"아뇨." 올리브가 주변을 둘러보았다. "오늘밤은 환자가 없구려."

"아, 네. 하지만 주말에는 바빠지죠."

올리브가 고개를 주억거렸다. "사람들이 파티를 하니까 그렇겠지. 차로 나무를 들이받기도 하고."

"그런 일이 왕왕 있죠. 주로 가족들이에요. 지난 금요일에는 어떤 오빠가 여동생을 창밖으로 내던져버린 일이 있었어요. 가족들은 목이 부러졌을까봐 걱정했죠." 간호사의 말이었다.

"세상에." 올리브가 말했다. "그런 일이 전부 이 작은 메이지 밀스에서 일어나다니."

"그런데 괜찮았어요. 그리고 의사 선생님이 지금 봐주실 거예요."

"오, 의사는 필요 없어요. 화장실이 필요했지. 친구 부부하고 저녁을 먹었는데 나오는 것마다 다 먹었더니. 남편이 주차장에서 기다리고 있어요."

간호사가 올리브의 손을 잡고 들여다보았다. "잠깐만요, 조심하셔야 해요. 손바닥이 가려웠나요? 발바닥은요?" 그녀가 올리브를 올려다보았다. "귀가 원래 이렇게 빨간가요?"

올리브가 귀를 만져보았다. "왜요?" 그러고는 물었다. "내가 곧 죽기라도 하나?"

"바로 어젯밤에 여기서 아주머니 한 분이 돌아가셨어요." 간호사가 대답했다. "지금 환자 분하고 비슷한 연세였어요. 환자 분처럼 남편하고 외식하고 나서 설사 때문에 이리 오셨죠."

"아이구, 세상에." 이렇게 말했지만 올리브는 심장이 쿵쾅거리고 얼굴이 달아올랐다. "무슨 일이었대요?"

"게맛살 알레르기 때문에 과민성 쇼크가 온 거였어요."

"뭐, 그럼 얘기 끝났네. 나는 게맛살 알레르기 없으니까."

간호사가 침착하게 고개를 끄덕였다. "이 아주머니도 수십 년 동안 게맛살을 문제없이 드셨거든요. 의사 선생님한테 한 번만 봐달라고 하지요. 들어오실 때 얼굴이 빨갰고, 흥분 징후를 보이셨거든요."

올리브는 지금이 훨씬 더 흥분되었지만 간호사에게 그 점을 내보이진 않을 참이었고, 게맛살을 채운 버섯을 먹었다고도 말하지 않을 셈이었다. 의사가 괜찮아 보이면 의사한테는 말할 생각이다.

헨리는 여전히 시동을 켠 채 응급실 바로 앞에 차를 대놓고 있었다. 그녀는 헨리에게 창문을 내리라는 시늉을 했다.

"나를 검사해보겠대." 올리브가 고개를 숙이고 말했다.

"입원을 한다고?"

"아니, 검사를 한다고. 내가 쇼크 상태가 아닌지 확인해본대.

그놈의 것 좀 줄여." 하지만 헨리는 이미 레드삭스 경기 중계를 끄려고 팔을 내밀고 있었다.

"올리, 맙소사. 당신 괜찮은 거야?"

"어떤 여자가 간밤에 게맛살을 먹고 질식해서, 병원에서 소송 당할까 겁이 나는 거야. 맥박만 확인하고 나면 바로 나올 거야. 하지만 차는 다른 데 대야겠어."

응급실 안쪽에서 간호사가 커다란 녹색 커튼을 손으로 붙잡고 있었다.

"남편은 야구 경기 중계를 듣고 있어요." 올리브가 간호사 쪽으로 걸어가며 말했다. "내가 죽었다 싶으면 들어오겠지."

"들어오시나 제가 볼게요."

"붉은 재킷을 입었어요." 올리브가 손가방을 가까운 의자에 내려놓은 다음, 간호사가 혈압을 재는 동안 진료대에 앉았다.

"나중에 후회하느니 안전한 게 낫잖아요. 하지만 괜찮으실 거 같아요." 간호사가 말했다.

"나도 괜찮은 거 같다우." 올리브가 말했다.

간호사가 양식을 끼운 클립보드를 주자, 올리브는 진료대에 앉아 양식을 작성했다. 그녀는 자신의 손바닥을 자세히 들여다본 다음 클립보드를 옆에 놓았다. 글쎄, 휘청대며 응급실에 들어왔다면 검사를 하는 게 병원의 일일 터. 혀를 내밀어 보이고 체온을 재고 나면 집으로 갈 것이다.

"키터리지 부인?" 의사는 의대를 다녔다고 하기엔 너무 어려 보이는 평범한 얼굴의 남자였다. 그가 자신의 커다란 손목을 부드럽게 쥐고 맥박을 재는 동안 올리브는 그에게 새로 생긴 음식점에 갔던 일이며, 차를 타고 집으로 돌아가다가 화장실만 잠깐 쓰려고 병원에 들어왔다는 것, 그리고 엄청난 설사를 한 점은 맞고, 그래서 좀 놀랐지만 손발이 가렵지는 않다는 것 등을 얘기했다.

"뭘 드셨어요?" 의사가 관심 있다는 듯 물었다.

"게맛살 채운 버섯부터 먹기 시작했는데, 어떤 늙은 여자가 간밤에 그걸 먹고 죽었다는 건 알아요."

의사가 눈을 가늘게 뜨고 올리브의 귓불을 만져보았다. "발진의 징후는 전혀 없어 보이는데요." 그가 말했다. "또다른 건 뭘 드셨는지 말씀해주세요."

그녀는 이 젊은 의사가 지루해하는 것 같지 않아서 고마웠다. 컨베이어 벨트를 따라 이동하는 지방 덩어리인 것처럼 취급하며 기분 더럽게 만드는 의사들이 얼마나 많은가.

"스테이크. 그리고 오븐에 구운 감자요. 모자만큼이나 큰. 크림을 얹은 시금치하고. 그리고 뭐더라." 올리브가 눈을 감았다. "맛대가리 없는 샐러드 요만큼 하고. 그래도 드레싱은 괜찮았어요."

"수프는요? 수프에는 알레르기 반응을 유발할 수 있는 첨가물이 많이 들어가거든요."

"수프는 안 먹었어요." 올리브가 눈을 뜨며 말했다. "하지만 디저트로는 맛있는 치즈 케이크를 한 조각 먹었어요. 딸기를 얹은."

의사가 이런 내용을 받아 적으며 말했다. "아무래도 위식도역류증인 것 같군요."

"오, 그래요." 올리브가 말했다. 그녀는 잠시 후 얼른 한마디를 덧붙였다. "통계적으로 봤을 때, 이틀 밤 연속으로 두 여자가 같은 원인으로 죽을 거 같지는 않은데요."

"네, 괜찮으신 것 같습니다. 하지만 그래도 검사는 하는 게 좋겠어요. 복부를 촉진해보고, 심장 박동도 들어보고요." 의사가 말했다. 그가 올리브에게 네모난 푸른색 종이 같은 비닐 가운을 건네주었다. "이걸 입으시고 앞은 여미세요. 옷은 전부 벗으시고요."

"아이구, 제발." 올리브는 투덜댔지만 의사는 이미 커튼을 지나쳐 나가 있었다. "아이구, 제발." 그녀는 눈을 부라리며 다시 말했지만, 의사가 좋고 게맛살 여자가 죽었기 때문에 하라는 대로 했다. 바지를 갠 다음, 의사가 다시 들어왔을 때 팬티가 눈에 띄지 않도록 바지 밑에 속옷을 잘 넣어서 의자 위에 올려놓았다.

조그만 앞치마에나 어울릴 법한 우스꽝스러운 비닐 허리띠는 그녀의 허리를 다 감싸지 못했다. 하지만 간신히 아주 작은 리본으로 묶을 수 있었다. 기다리면서, 그녀는 두 손을 가지런히 모으고 앉아 이 병원을 지나칠 때면 늘 똑같은 두 가지 생각이 들었다는 점을 깨달았다. 그녀가 여기서 태어났고, 아버지가 자살한 후 아버지의 시신이 이리로 옮겨졌다는 것. 그녀도 몇몇 일을 겪었지만, 뭐 상관없다. 올리브는 허리를 폈다. 다른 사람들도 많은 일을 겪지 않는가.

그녀는 누군가가 여동생을 창밖으로 내던졌다던 간호사의 말이 생각나 살짝 도리질을 했다. 크리스토퍼는 여동생이 있었어도 절대로 여동생을 창밖으로 내던지지 않았을 것이다. 크리스토퍼가 비서와 결혼했다면 아이는 아직 이곳에 있겠지. 하지만 그 여자는 멍청했다. 크리스토퍼가 왜 그 여자를 그냥 지나쳤는지 알 수 있었다. 그의 아내는 멍청하지 않았다. 그녀는 명령조에 단호하며 성질이 아주 못됐다.

올리브는 허리를 곧추세우고, 여러 가지를 담은 채 카운터 위에 늘어서 있는 유리병들과 의료용 장갑이 든 상자를 바라보았다. 철제 캐비닛의 서랍에는 분명 온갖 문제에 대비한 온갖 주사기가 들어 있겠지. 그녀는 한쪽 발목을 쭉 폈다가, 또다른 발목을 쭉 폈다. 일 분 후면 밖으로 코를 내밀고 헨리가 출발할 준비가 되었는지 살펴볼 것이다. 헨리는 야구 중계를 틀어놓았어도 차 안에 앉아 있지는 않으리란 걸 알았다. 내일 버니에게 전화를 걸어 이 작은 소동에 대해 말할 것이다.

그다음부터는 스펀지로 그린 그림 같았다. 누가 페인트를 적신 스펀지로 그녀의 머릿속을 눌러놓은 것만 같았고, 페인트가 그려놓은 것만이, 그 자리에 남은 얼룩만이 그날 밤의 나머지에 대해 그녀가 기억하는 부분을 담고 있었다. 급히 서두르는 소리가 나고, 커튼봉의 작은 고리들이 쇳소리를 내며 커튼이 확 젖혀졌다. 파란 스키 마스크를 쓴 사람 하나가 올리브에게 팔을 흔들며 소리쳤다. "내려와!" 마스크가 "씨바, 내려오랬지, 아줌마!"라고 말하는 동안, 올리브는 잠시 혼란스러우면서도 내면의 선생 기질이 발동해 "어이, 뭐라구?" 하고 대꾸했다. "어디로 내려가란 말이야?" 그렇게 말할 뻔했다. 두 사람 다 혼란스러웠다. 그 점은 분명히 알 수 있었다. 종이 같은 가운을 움켜쥔 올리브도, 파란 마스크를 쓰고 팔을 내젓고 있는 마른 남자도. "저기." 혀가 벌레 잡는 끈끈이 종이처럼 끈적이는 가운데 그녀가 입을 열긴 했다. "내 핸드백은 바로 저 의자 위에 있는데."

그런데 복도 안쪽에서 외치는 소리가 들렸다. 한 남자가 가까이 다가오며 소리를 질렀다. 그녀를 검은 공포로 몰아넣은 것은 장화를 신은 발 하나가 의자를 휙 걷어찼을 때였다. 키 큰 남자가 라이플을 들고 주머니가 여럿 달린 커다란 군용 조끼 비슷한 걸 입고 있었다. 하지만 얼음처럼 차가운 물속으로 그녀를 던져 넣은 것은 그가 쓰고 있는 마스크였다. 분홍색 뺨의 웃는 돼지 얼굴이 그려진 핼러윈 가면이었다. 분홍 돼지가 웃고 있는 엽기적인 플라스틱 가면. 물속에서 그녀는 해초 같은 그의 군복 바지를 보았다. 그가 자신에게 소리치고 있다는 건 알았지만 놈의 말을 듣지는 못했다.

놈들은 맨발에 버석거리는 푸른 가운을 입은 올리브를 복도를 따라 걷게 하고는 뒤에서 따라 걸었다. 다리가 아팠고, 아픈 다리는 거대하고 커다란 물 자루처럼 느껴졌다. 누군가가 등을 밀쳤고, 그녀는 얇은 가운을 부여잡고 휘청거리며 아까 썼던 화장실 문 안으로 밀려 들어갔다. 바닥에는 간호사와 의사, 헨리가 각기 다른 벽에 등을 붙이고 앉아 있었다. 헨리의 붉은 재킷은 지퍼도 채워지지 않은 채 비뚤어져 있었고, 바지의 다리 한쪽은 반쯤 올라와 있었다.

"올리브, 저 사람들이 당신을 다치게 했어?"

"주둥아리 닥쳐!" 웃는 돼지 얼굴 남자가 말하며 헨리의 발을 찼다. "씨팔, 한마디만 더 해, 당장 대가리를 날려줄 테니까."

페인트 얼룩 중에서도 늘 흔들리는 기억이 있었다. 그날 밤 올리브 등 뒤에서 나던 전기 테이프 소리, 롤에서 테이프를 뜯어내는 그 급박한 소리, 그리고 등 뒤로 그녀의 손을 붙잡은 다음 테이프로 두 손을 친친 감는 동작. 그 순간, 그녀는 자신이 곧 죽으리라는 것을 알았다. 그들 모두가 총살형을 당하듯 죽임을 당하리라는 것을. 그들은 무릎을 꿇어야 할 것이다. 앉으라는 명령이 들렸지만 손이 등 뒤로 묶여 있고 머릿속이 복잡하면 앉기가 힘들다.

올리브는 생각했다. 하려면 빨리 해. 다리가 너무 심하게 떨려 바닥에 부딪혀 찰싹대는 소리까지 났다.

"빨랑 움직여. 머리를 갈기기 전에." 돼지 얼굴이 말했다. 그는 라이플을 들고 있었고, 계속 몸을 휙휙 돌리는 바람에 놈이 몸을 돌릴 때마다 조끼의 주머니 덮개가 불룩해지고 흔들렸다. "서로 쳐다보기만 해, 여기 이분께서 머리통을 날려버릴 테니까."

그러면 그 말들은 언제 한 거지? 여러 말이 있었다.

지금은 출구 경사로를 따라 라일락 나무와 붉은 딸기류 관목이 있었다. 올리브는 멈춤 표지판에서 잠시 멈추었다가, 지나가는 차 앞으로 쓱 끼어들었다. 그 차를 보면서도 그 앞으로 차를 몰았던 것이다. 운전자가 그녀를 보며 미쳤다는 듯 고개를 저었다. "너나 잘해." 그녀는 이렇게 말하면서도 방금 자신을 미쳤다는 듯 쳐다본 사람 바로 뒤에 가지 않으려고 기다렸다. 그런 다음, 반대 방향으로. 다시 메이지 밀스 방향으로 돌아가기로 했다.

돼지 얼굴은 그들을 화장실에 두고 나갔다. ("말도 안 돼." 이 일이 있은 얼마 후, 사건에 대해 신문에서 읽고 TV에서 본 많은 사람들이 키터리지 부부에게 말했다. "말도 안 돼. 두 남자가 마약을 구하려고 병원에 그렇게 들이닥쳤다는 게." 키터리지 부부가 이 일에 대해 입을 열지 않으리란 걸 사람들이 깨닫기 전의 일이었다. 세상에 말이 되는 일이 얼마나 된다고, 올리브는 이렇게 말했을 것이다.) 돼지 얼굴은 그들을 두고 나갔고, 파란 마스크는 문손잡이로 손을 뻗었다. 조금 아까 올리브가 문을 닫았을 때처럼 화장실 문이 찰칵 소리를 내며 잠겼다. 그는 몸을 앞으로 숙이고 다리를 벌린 채, 작고 네모진 권총을 손에 들고 좌변기에 앉아 있었다. 권총은 백랍으로 만든 것처럼 보였다. 올리브는 토할 것만 같았고, 그랬다가는 제 토사물에 숨이 막힐 것만 같았다. 틀림없이 그럴 것 같았다. 손도 쓸 수 없고 커다란 몸집을 움직일 수도 없으니 지금 올라오는 토사물을 삼키게 될 것이고, 바로 곁에 의사가 있지만 그 역시 테이프로 손이 결박되어 도울 수 없으니 그녀는 토하다가 죽을 것이다. 곁에는 의사가, 맞은편에는 간호사가 앉아 있는데, 그녀는 주정뱅이들처럼 제가 토한 것을 삼키고 그 때문에 죽을 것이다. 그 광경을 다 지켜볼 헨리는 다시는 예전의 헨리가 될 수 없을 것이다. 사람들은 헨리가 변했다고 했다. 그러나 그녀는 토하지 않았다. 올리브가 처음 화장실로 처넣어졌을 때 간호사는 울고 있었다. 많은 일이 간호사의 잘못이었다.

언제였던가, 의사가(올리브 쪽의 다리 밑으로 의사의 흰 가운이 짓밟혀 있었다) 마스크에게 물었다. "이름이 뭡니까?" 조금 전 올리브하고 같이 있을 때와 같은 쾌활한 어조였다.

"이봐." 파란 마스크가 말했다. "엿 먹어. 알았어?"

올리브는 그 일이 선명하게 기억난다고 생각했던 적도 있었지만 나중에는 언제 그런 생각을 했는지도 기억나지 않았다. 하지만 슥 그은 붓 자국처럼 이런 기억이 남아 있다. 그들은 숨죽였다. 그리고 기다렸다. 그녀의 다리도 더는 떨리지 않았다. 문 밖에서 전화벨이 울렸다. 전화는 계속 울리다가 멈추었다. 멈추자마자 거의 곧바로 다시 울리기 시작했다. 올리브의 무릎이 버석거리는 푸른 가운 자락 밖으로 커다랗고 울퉁불퉁한 받침접시처럼 자꾸 드러났다. 누가 늙은 여자들의 뚱뚱한 무릎 사진을 여러 장 늘어놓는다면 어떤 게 자신의 무릎인지 고르지 못할 거라는 생각이 들었다. 화장실 한가운데에 삐죽 튀어나와 있는 안쪽에 염증이 생긴 발가락과 발목은 그래도 낯이 익었다. 의사의 다리는 올리브의 다리만큼 길지 않았고, 신발도 그리 커 보이지 않았다. 그의 구두는 어린아이 신발 같았다. 갈색 가죽과 고무바닥으로 된 신발이었다.

바지 한쪽이 올라가는 바람에 드러난 헨리의 털 없는 허연 정강이에 핀 검버섯이 눈에 띄었다. 그가 조용히 말했다. "오, 맙소사." 그런 다음 덧붙였다. "아내를 덮어줄 담요 한 장 찾아줄 수 있겠소? 이 사람이 이를 덜덜 떨고 있어요."

"씨팔, 여기가 무슨 호텔인 줄 알아?" 파란 마스크가 말했다. "쌍, 주둥아리 닥치고 있어."

"하지만 이 사람이……"

"헨리!" 올리브가 매섭게 말했다. "조용히 해."

간호사는 가만가만 계속 울었다.

아니, 올리브는 페인트 얼룩들을 순서대로 맞출 수 없었지만 파란 마스크는 아주 불안해했다. 그가 죽도록 겁을 먹었다는 걸 올리브는 일찍부터 알아챘다. 그는 무릎을 계속 옹송그렸다가 폈다. 어리군. 그 점도 올리브는 당장 알 수 있었다. 나일론 재킷 소매를 걷어올리는 그의 손목이 땀으로 축축했다. 그다음엔 손톱이 거의 없는 게 눈에 띄었다. 수십 년 동안 아이들을 가르쳤어도, 그렇게 속살까지 심하게 물어뜯은 손톱은 본 적이 없었다. 그는 계속 손가락 끝을 입에 가져가 마스크의 구멍 안으로 사납게 밀어넣었다. 총을 든 손까지 입으로 가져가 엄지 끝을 물어뜯었다. 새빨간, 커다란 살덩이였다.

"씨팔, 고개 처박어." 그가 헨리에게 말했다. "이런 쌍, 그만 쳐다보란 말이야."

"꼭 그렇게 더럽게 말을 해야 하나." 헨리가 바닥을 내려다보며 말했다. 구불대는 머리칼이 반대 방향을 향했다.

"뭐?" 소년의 목소리가 높아지더니 곧 갈라질 듯했다. "영감탱이, 지금 씨팔, 뭐라고 했어?"

"헨리, 제발. 우리 모두 죽게 만들지 말고 조용히 좀 해." 올리브가 말렸다.

이 말에 파란 마스크가 몸을 숙이며 헨리에게 관심을 보였다. "영감탱이, 지금 씨팔, 나한테 무슨 개소리 했지?" 헨리가 커다란 눈썹을 찌푸리며 옆으로 고개를 돌렸다. 파란 마스크가 일어나더니 총으로 헨리의 어깨를 쿡 찔렀다. "대답해! 나한테 무슨 개소리 했어?" (그리고 제분소를 지나 타운에 가까워지는 지금, 올리브는 그 광기 어린 좌절이 어딘지 익숙하다는 생각이 들었다. 크리스토퍼가 어릴 때 그녀는 아이에게 종용하곤 했다. 대답해! 크리스토퍼는 그녀의 아버지가 그랬듯 언제나 조용한 아이였다.)

헨리가 불쑥 대꾸했다. "말을 그렇게 더럽게 할 필요는 없다고 했소." 그는 말을 이었다. "자기 입한테 부끄러운 줄 알아야지." 그러자 마스크는 총구를 헨리의 얼굴에, 뺨에 들이밀었고, 마스크의 손가락이 방아쇠에 놓였다.

"제발!" 올리브가 외쳤다. "제발. 저 사람 자기 엄마한테 배워서 저래요. 저 사람 엄마가 아주 못 말리는 여자였거든. 저 사람은 그냥 무시해요."

그녀는 자기 심장이 너무 빨리 뛴 나머지 입고 있는 파란 가운의 가슴께를 툭 쳤다고 생각했다. 소년은 서서 헨리를 지켜보며 뒷걸음치다가 간호사의 하얀 신발에 걸렸다. 그는 총을 헨리에게 겨눈 채 고개를 돌려 올리브를 보았다. "이 영감이 남편이야?" 올리브가 고개를 주억거렸다.

"하, 졸라 미친놈이네."

"그러고 싶어 그런 게 아니우. 저 사람 엄마 땜에 그래요. 엄마가 유난히 경건을 떨어서." 올리브가 말했다.

"그렇지 않아. 우리 어머니는 훌륭하고 점잖은 분이셨어." 헨리가 말했다.

"닥쳐." 소년이 피곤한 듯 말했다. "전부 다, 제발, 씨바, 입 좀 닥쳐." 그는 권총을 한쪽 무릎 위에 걸쳐놓고 양변기 뚜껑 위에 다리를 벌리고 앉았다. 입안이 바짝 마르자, 올리브는 '혀'라는 낱말이 생각났고, 시장에서 파는 소 혓바닥 덩어리가 떠올랐다. 소년이 난데없이 스키 마스크를 벗었다. 그때 올리브는 얼마나 화들짝 놀랐던가. 마치 아는 사람 같았고, 그를 보니 이해

212

가 되는 것만 같았다. 조용히, 그가 말했다. "개새끼." 그의 피부는 스키 마스크의 열기 때문에 민감해져 있었다. 벌건 줄이 목에 기다랗게 여럿 나 있었다. 뺨 위쪽에는 곪은 여드름이 한데 몰려 있었다. 머리칼을 깨끗이 밀었지만 그가 붉은 머리라는 건 알 수 있었다. 두피에 오렌지빛이 부글거렸기에. 반짝이는 밝은 머리칼의 짧은 끝자락과 더워서 거의 푹 쪄진 듯 연약하고 창백한 피부. 소년은 나일론 소매 안쪽으로 땀에 젖은 얼굴을 닦았다.

"내가 우리 아들한테도 꼭 그거 같은 스키 마스크를 사줬는데." 올리브가 소년에게 말했다. "아들이 캘리포니아에 사는데 시에라네바다 산맥에서 스키를 타거든."

소년이 그녀를 바라보았다. 눈은 하늘색이었고 속눈썹은 거의 무색이었다. 눈의 흰자위에는 거미줄 같은 붉은 핏발이 서 있었다. 소년은 위축된 표정을 바꾸지 않고 계속 올리브를 빤히 쳐다보았다. "그냥 좀 조용히 해." 소년이 마침내 말했다.

올리브는 병원 주차장 구석 안쪽, 응급실의 파란 문이 보이는 곳에서 차 안에 앉아 있었다. 그늘이 없어 앞유리로 비쳐드는 볕 때문에 차 안은 찜통이었다. 창문을 열고 있어도 너무 더웠다. 일 년 내내 그늘이 없었어도 전혀 문제되지 않았다. 올리브는 겨울엔 시동을 끄지 않고 차 안에 앉아 있곤 했다. 오래 머문 적은 없었다. 그저 문을 바라보고 저 깨끗하고 밝은 로비와 거대한 화장실을 기억할 만큼의 시간이면 충분했다. 화장실에는 한쪽 벽면 일부를 따라 은빛으로 번쩍이는 장애인용 손잡이가 나 있었다. 어쩌면 지금 이 순간 비틀거리는 노파가 변기에서 일어나려고 붙잡고 있을지도 모를 손잡이. 그들 모두가 다리를 벌리고 손을 뒤로 묶인 채 앉아 있었을 때 올리브는 그 기다란 레일을 노려보았다. 병원에서는 늘 인생이 바뀐다. 신문에 따르면 그 간호사는 다시 출근하지 않았다고 했는데, 지금쯤이면 어쩌면 복직했을지도 모르겠다. 올리브는 의사에 대해서는 알지 못했다.

그 아이는 양변기에서 계속 일어났다 앉았다를 되풀이했다. 앉을 때면 소년은 몸을 앞으로 숙이고, 한 손에는 총을 들고, 다른 손은 입에 갖다 대고 죽도록 손톱을 물어뜯었다. 사이렌은 그리 오랫동안 울리지 않았다. 올리브는 그렇게 생각했지만 어쩌면 사이렌은 꽤 오래 울렸는지도 모른다. 청소부에게 경찰을 부르라는 신호를 보낸 것은 약사였고, 돼지 얼굴과 협상을 하기 위해 특수기동대가 출동했지만 그 순간에는 그들 중 아무도 그 사실을 알지 못했다. 전화벨이 울리고 멈추기를 반복했다. 그들은 기다렸고, 간호사는 머리를 뒤로 기대며 눈을 감았다.

올리브의 조그만 비닐 허리끈이 풀어졌다. 이 기억은 찐득하

214

고 농밀한 페인트 자국으로 남아 있었다. 어느 순간엔가 허리끈이 풀어졌고, 종이 같은 가운이 비죽 벌어졌다. 그녀는 한쪽 다리를 다른 쪽 다리 위로 꼬려고 했지만, 그러는 바람에 가운은 더 벌어졌고 올리브의 커다랗고 겹이 진 배와 두 마리 커다란 물고기 배처럼 허연 허벅지가 드러났다.

"제발," 헨리가 입을 열었다. "집사람 좀 뭐로 덮어주면 안 되겠소? 몸이 다 드러나잖소."

"조용히 해, 헨리." 올리브가 말했다. 간호사가 눈을 뜨고 올리브를 바라보았다. 물론 의사도 고개를 돌려 그녀를 바라보았다. 이젠 모두가 그녀를 보고 있었다. "젠장, 헨리."

소년은 몸을 앞으로 숙여 헨리에게 나지막이 말했다. "이봐. 당신 조용히 해. 안 그럼 누군가 당신 대가리를 날려버릴 테니까. 씨팔, 그 새대가리 말야."

소년은 뒤로 기대앉았다. 실내를 둘러보던 눈길이 올리브에게 닿자 그가 말했다. "아 씨바, 아줌마." 몹시 불편한 기색이 그의 얼굴에 비쳤다.

"날더러 어쩌라는 거야?" 그녀가 불같이 화를 냈다. 아아, 그녀는 얼마나 분노했던가. 좀 전에 그녀가 이를 떨었다면 지금은 얼굴로 땀이 흐르는 게 느껴졌다. 그녀는 땀에 젖은, 끔찍한 몰골의 거대한 분노였다. 짠맛이 느껴졌지만, 그것이 눈물인지 흐르는 땀인지 그녀는 알 수 없었다.

"알았다구. 잘 들어." 소년은 깊고 짧은 숨을 내쉬었다. 소년은 일어나서 그녀에게 다가가 쭈그리고 앉으며 타일 바닥에 총을 내려놓았다.

"누구라도 움직이기만 해, 죽여버릴 거야." 소년이 주위를 둘러보았다. "씨팔, 일 초면 된다구." 그런 다음 소년은 그녀의 종이 같은 파란 가운 양쪽을 얼른 잡아당겨 그녀의 배 위로 하얀 비닐 끈을 묶었다. 오렌지빛 짧은 그루터기가, 삭발한 소년의 반짝이는 머리가 그녀 가까이에 있었다. 스키 마스크가 이마를 자극한 때문인지 이마 위쪽은 아직 벌겋다. "됐어." 소년이 말했다. 그는 총을 집어들고 다시 변기에 앉았다.

그 순간, 바로 그 자리에서, 소년이 다시 앉았을 때 그녀는 아이가 자신을 보길 바랐다. 그녀의 마음속에서 그 순간은 생생한 페인트 자국이었다. 그녀는 아이와 눈이 마주치길 얼마나 바랐던가. 하지만 소년은 눈길을 주지 않았다.

올리브는 시동을 걸고 주차장 밖으로 빠져나갔다. 약국과 도넛 가게와 그 자리에 있었던 의상실을 지나친 다음, 다리를 탔다. 그 길을 따라 더 가다보면 그녀의 아버지가 묻힌 묘가 있었

216

다. 지난주에 라일락을 아버지 무덤에 갖다놓긴 했지만 올리브는 묘를 아름답게 꾸미는 사람은 아니었다. 폴린은 포틀랜드까지 내려가서 묻었는데, 올리브가 메모리얼 데이에 헨리를 따라 폴린의 묘에 가서 제라늄을 심지 않은 건 올해가 처음이었다.

누군가가 응급실 화장실 문을 두드렸고(화장실은 올리브가 문을 잠갔을 때와 마찬가지로 소년이 안에서 잠근 상태였다) 그다음엔 다급한 목소리가 들렸다. "야, 문 열어. 열어! 나야!" 그리고 그녀는 보았다. 헨리는 앉은 자리 때문에 보지 못했지만, 밖에서 엄청나게 두드리는 문을 아이가 안에서 열었을 때 그녀는 보았다. 라이플을 든 저 끔찍한 돼지 얼굴이 소년을 세게 때리는 것을, 얼굴을 후려치며 소리 지르는 것을. "마스크를 벗었잖아! 이 등신 새끼! 씨팔놈!" 그는 소리를 계속 질렀다. "멍청한 등신 새끼!" 별안간 올리브의 팔다리에 힘이 들어가고 눈의 근육에 힘이 들어가더니, 공기마저 빡빡해졌다. 모든 것이 빡빡하고 느리게, 현실이 아닌 듯 느껴졌다. 이제 그들은 죽을 것이기에. 그들은 죽지 않을 거라고 생각했지만 지금은 다시 죽을 게 명백해 보였다. 돼지 얼굴의 당혹스러워하는 목소리를 들으니 그들은 죽을 운명인 게 분명했다. 간호사는 다급한 목소리로 성모마리아를 부르며 기도하기 시작했다. 올리브의 기억으로는 간호사가 몇 번째인지 모를 정도로 "태중의 아이도 복이 있도다"를 반복했을 때였다. 올리브가 간호사를 향해 언성을 높였다. "젠장, 그 짓 좀 제발 그만하지!" 그러자 헨리가 말했다. "올리브, 그만해." 허, 이런 식으로 간호사를 편들다니.

올리브는 빨간 신호등에 서면서, 바닥의 원단 가게 비닐봉지를 집어 다시 옆자리에 올려놓으면서도 여전히 이해할 수 없었다. 이해하지 못했다. 아무리 그 장면을 마음속으로 여러 번 되짚어봐도 헨리가 왜 그런 식으로 간호사를 편들었는지 이해할 수 없었다. 간호사는 욕을 안 하니까(간호사도 분명 욕할 줄 알걸, 올리브는 확신했다) 그런 거라면 또 모를까. 닭처럼 바짝 묶여 곧 총을 맞을 헨리는 상소리를 입에 올린다고 올리브에게 화를 냈다. 아니면 아까 올리브가 그의 목숨을 구하려고 어머니 폴린을 모욕했다고 화가 났는지도 모른다.

올리브가 그때 그의 어머니에 대해 몇 마디를 한 것은 사실이다. 돼지 얼굴이 소년에게 소리를 지르고 난 다음 다시 사라졌을 때, 그들 모두는 그가 돌아와 자신들을 쏘리라는 걸 알았다. 그 순간, 흐릿하고 빡빡하고 끔찍하게 남아 있는 그 순간, 헨리가 "올리브, 그만해"라고 말했던 그 순간, 그녀는, 올리브는 그의 어머니에 대해 몇 마디 했다.

그녀는 말했다. "성모마리아 찾는 천주교인들을 못 참는 건 바로 당신이잖아! 당신 어머니가 그렇게 가르쳤지. 폴린은 자기만

이 세상에서 유일한 진짜 기독교인이라고 생각했잖아. 그리고 그 잘난 착한 아들 헨리하고. 세상에서 훌륭한 기독교인은 염병할 당신 둘뿐이었잖아!"

그녀는 이런 말도 했다. "우리 아버지가 죽었을 때 당신 어머니가 사람들한테 뭐라고 했는지 알아? 그건 죄악이라더군! 한번 물어보자, 기독교의 자비니 자선이니 운운하면서, 대체 그건 뭐지?" 의사가 말했다. "그만들 하세요. 그만하시자고요." 하지만 올리브의 내면에 있던 엔진에 스위치가 딸깍 켜지고 모터에는 가속이 붙은 것만 같았다. 그런 것을 어찌 멈춘단 말인가?

그녀는 유태인이라는 말을 입에 담았다. 그녀는 울었고, 모든 것이 다 뒤죽박죽인 채 입을 열었다. "바로 그래서 크리스토퍼가 떠났다는 거 생각이라도 해본 적 있어? 유태인하고 결혼해서 아버지가 맘에 안 들어하리라는 걸 알고. 그런 생각 한 번이라도 해본 적 있어, 헨리?"

화장실에 갑자기 침묵이 감돌고, 변기에 앉은 소년은 맞은 얼굴을 팔로 감쌌다. 헨리가 조용히 말했다. "그건 아주 비열한 비방이야, 올리브. 당신도 그렇지 않다는 걸 알잖아. 크리스토퍼가 떠난 건 당신 아버지가 돌아가시던 날부터 당신이 아이의 인생을 접수했기 때문이야. 당신이 애한테 전혀 틈을 주지 않았잖아. 크리스는 우리 곁에 살면서 결혼생활을 유지할 순 없었어."

"닥쳐!" 올리브가 말했다. "닥쳐, 닥치라구."

소년이 권총을 들고 일어서서 말했다. "이 지랄 염병들이. 아, 씨팔."

헨리가 갑자기 외쳤다. "아, 이런!" 그리고 올리브는 헨리가 바지를 적신 걸 보았다. 그의 무릎에 짙은 얼룩이 번지며 다리까지 젖어갔다. 의사가 말했다. "우리 좀 냉정을 되찾읍시다. 좀 조용히 있는 게 좋겠어요."

그리고 복도에서 무전기의 지직대는 소리, 임무를 맡은 사람들의 차분하고 강렬한 말소리가 들리고, 소년은 울기 시작했다. 소년은 울음을 감추려 하지도 않고 그저 울면서 여전히 작은 권총을 들고 서 있었다. 소년이 머뭇거리며 팔을 움직이자 올리브가 속삭였다. "오, 그러지 마." 소년이 총을 자기 자신에게 겨누려고 생각했다는 걸 올리브는 남은 평생 확신할 수 있었지만, 이미 짙은 색 조끼와 헬멧으로 무장한 경찰이 사방에 깔려 있었다. 경찰이 그녀의 손목에서 테이프를 끊어주었을 때는 팔과 어깨가 너무 아파서 팔을 옆으로 내려놓지도 못할 지경이었다.

헨리는 앞마당 데크에 서서 바다를 내려다보았다. 올리브는 헨리가 정원 일을 하고 있으리라 생각했는데, 그는 서서 바닷물을 굽어보고 있었다.

"헨리." 그녀의 심장이 사납게 날뛰었다.

그가 돌아보았다. "어, 올리브. 당신 왔군. 생각보다 오래 걸렸네."

"신시아 비버를 만났는데 그 여자가 계속 조잘대잖아."

"신시아는 별일 없고?"

"없지. 전혀."

그녀는 캔버스 천으로 된 정원 의자에 앉았다. "여보." 그녀가 입을 열었다. "나 잘 기억은 안 나는데, 당신이 그 여자를 싸고돌았잖아. 나는 당신을 도우려던 건데. 나는 당신이 천주교 기도문 나부랭이 따위 듣기 싫어할 거라고 생각했단 말이야."

그는 마치 귀에 들어간 물이라도 빼려는 듯 고개를 한 번 홱 저었다. 잠시 후, 그는 입을 열었다가 다시 다물었다. 그는 다시 고개를 돌려 바닷물로 눈길을 주었고, 두 사람 모두 오랫동안 말이 없었다. 두 사람은 결혼 초기에 많이 싸웠다. 올리브가 지금처럼 지긋지긋해하는 싸움도 많았다. 하지만 결혼 후 어느 시기가 되면, 어떤 종류의 싸움은 더는 하지 않게 된다고, 그 이유는 지나온 날이 남아 있는 날들보다 더 많아진 시점에서는 사물이 달라지기 때문이라고 올리브는 생각했다. 산 아래 이쪽 물가에서는 바람이 살을 에는 듯 매서운 편인데도, 올리브의 팔에 햇살이 따스하게 느껴졌다.

만은 오후 햇살을 받아 반짝반짝 빛났다. 선체 밖에 엔진이 달린 모터보트가 다이아몬드 코브 쪽으로 물살을 가르며 지나갔다. 뱃머리가 높이 들려 있었다. 더 멀리로는 붉은 돛과 하얀 돛을 단 소형 요트가 한 척 떠 있었다. 물이 바위에 부딪히는 소리가 났다. 거의 만조였다. 홍관조 한 마리가 노르웨이 소나무에 앉아 지저귀었고, 볕을 담뿍 빨아들이던 베이베리 관목 잎에서는 향이 풍겼다.

서서히, 헨리가 방향을 돌려 가까이에 있는 나무 벤치 위에 앉더니 상체를 앞으로 숙이고 두 손에 머리를 묻었다. "올리, 그거 알아?" 올려다보는 그의 눈은 고단했고, 눈 주위 피부는 붉었다. "결혼하고 수십 년을 같이 사는 동안, 당신은 한 번도 사과를 한 적이 없는 거 같아. 무슨 일에도."

이내 그녀의 얼굴이 새빨개졌다. 내리쬐는 햇살 아래 얼굴이 불타는 듯했다. "음, 미안. 미안. 미안해." 그녀가 머리 위에 꽂혀 있던 선글라스를 빼내어 쓰며 말했다. "그런데 정확히 무슨 뜻이야?" 그녀가 물었다. "젠장, 도대체 뭐가 괴로운 거야? 이게 다 무슨 소린데? 사과? 좋아, 그렇담 미안해. 이렇게 지랄맞은 마누라라서 진짜 미안해."

그는 고개를 저으며 앞으로 몸을 숙이더니 한 손을 올리브의 무릎에 올려놓았다. 인생은 어떤 길을 따라, 그 길을 타고 가는 거라고 그녀는 생각했다. 크리스토퍼의 집이 지어지기 전부터 수십 년 동안 쿡스 코너에서부터 테일러네 들을 지나 집으로 돌아오던 것처럼. 그 뒤부터는 그 자리에 아들 집이 있었고, 크리스토퍼가 거기 있었다. 그리고 얼마 후부터 아들은 이제 거기 없었다. 다른 길. 이제는 그 다른 길에 익숙해져야 한다. 하지만 정신은, 혹은 마음은, 둘 중 어느 것인지 모르겠지만 그것은 요즘 좀 느려서 보조를 맞추지 못했고, 그녀는 점점 더 빨리 도는 공 위에 올라가려는 뚱뚱한 들쥐가 된 기분이었다. 그녀는 공을 네 발로 긁을 뿐 그 위에 올라가지는 못했다.

"올리브, 우리는 그날 밤 겁을 먹었어." 그는 그녀의 무릎을 살며시 꼭 쥐었다. "우리는 둘 다 겁에 질려 있었어. 대부분의 사람은 평생 한 번도 겪지 않을 상황이었다고. 우리가 어떤 말들을 한 건 맞지만 시간이 지나면 극복할 거야." 하지만 그는 일어서서 고개를 돌리고 바다를 내려다보았고, 올리브는 남편의 말이 사실이 아니었기에 그가 고개를 돌릴 수밖에 없었다고 생각했다.

그들은 그 밤을 결코 극복하지 못할 것이다. 그것은—앤드리아 비버가 위기로 생각한—화장실 인질 사태 때문이 아니었다. 그들은 두 사람의 서로에 대한 관점을 바꿔놓은 그 말들 때문에 그 밤을 극복하지 못할 것이다. 그리고 올리브는 그 일 이후 내면의 비밀 수도꼭지를 틀어놓고 늘 눈물을 흘렸기에. 마치 소년과 사랑에 빠진 소녀처럼 여드름쟁이 붉은 머리 소년과 그 겁에 질린 얼굴에 대한 생각이 머리를 떠나지 않았기에. 그녀는 소년원 정원에서 오후 작업에 열심일 소년을 그려보았다. 간수의 허락을 받은 올리브는 오늘 소 프로에서 산 원단을 가지고 소년에게 원예용 작업복을 만들어줄 준비가 되어 있었다. 자꾸 마음이 쓰였다. 미드코스트 파워에 다니는 남자에게 어쩔 수 없이 마음을 주었을 캐런 뉴턴처럼. 연모의 정으로 가련히 시들어가는 캐런처럼. "내 할머니라고 해서 내가 꼭 당신을 사랑하란 법은 없잖아요"라고 말하는 아이를 낳은 캐런처럼.

겨울 음악회

　차 안의 어둠 속에서 그의 아내 제인은 근사한 검정 코트를 목까지 단추를 채우고 앉아 있었다. 작년에 둘이 여러 가게를 전전하며 사러 다녔던 코트였다. 힘들었다. 목이 말라서 결국 워터 스트리트에서 선디*를 먹게 되었다. 아이스크림 가게의 부루퉁한 젊은 여종업원은 언제나 두 사람에게 청하지도 않은 경로 할인을 해주었는데, 한번은 이 부부가 그것에 관해 농을 했다. 커피 머그잔을 텅 내려놓는 저 아가씨는 언젠가는 자기 팔에도 검버섯이 피고, 혈압약 때문에 오줌이 자주 마려워져 커피도 조절해서 마시게 되리란 걸, 인생에 갑자기 속도가 붙고 그러다보면

---

*과일, 과즙을 얹은 아이스크림.

인생이 어느덧 훌쩍 지나가버려 정말로 숨까지 가빠진다는 걸 알지 못한다고.

"아, 재밌어." 각양각색의 크리스마스 전구로 반짝이는 어둠 저편의 집들을 차로 지나쳐 가며 아내가 말하자, 밥 홀턴은 운전을 하며 빙그레 웃었다. 기분이 좋은 아내는 두 손을 무릎에 가지런히 모았다. "이 모든 인생을 봐요." 아내가 말했다. "우리가 모르는 이 모든 이야기를." 그는 계속 미소를 머금은 채 손모아 장갑을 낀 아내의 손을 잡으려고 손을 내밀었다. 아내가 그런 생각을 할 줄 알았던 까닭이다.

아내가 고개를 돌리자 작은 금 귀걸이가 가로등 불빛에 반짝였다. "우리 신혼여행 때," 아내가 말했다. "당신은 내가 당신처럼 마야 유적에 관심을 좀 갖기를 바랐잖아요. 나는 버스에 탄 사람들 중에서 자기집 샤워커튼에 방울을 달아놓은 게 누굴까 알고 싶었을 뿐이고. 그래서 우리 싸웠잖아요. 왜냐하면 당신이 마음속으로 재미없는 여자랑 결혼한 게 아닐까 생각할까봐 겁을 먹어서, 유쾌하지만 재미없는 여자랑."

그는 아니라고 했다. 밥이 그 일을 전혀 기억하지 못한다고 하자 아내는 기억하면서 그런다는 듯 한숨을 폭 내쉬었다. 그러다가 온통 파란 전구로 장식해놓은 모퉁이의 집을 가리켰다. 차가 지나쳐 가자, 아내는 고개를 돌리면서까지 파란 전구들이 정면을 위아래로 온통 뒤덮고 있는 집을 돌아다보았다.

"내 머리가 어떻게 됐나봐, 제이니." 그가 말했다.

"심하게 잘못됐죠." 그녀가 동의했다. "표 갖고 있죠?"

밥이 끄덕였다.

"교회에 들어가는 데 표가 필요하다니 우습네."

최근에 내린 폭설로 맥클린 음악당의 지붕이 무너져내린 후라, 음악회를 성 캐서린 교회로 옮길 수밖에 없었다. 다친 사람은 아무도 없었지만 밥 홀턴은 생각만 해도 몸이 오싹했다. 푹신한 벨벳 좌석에 자신과 아내 제인이 앉아 있는데 지붕이 꺼지고, 두 사람이 질식하여 인생을 그렇게 같이 마감한다고 생각하니. 그는 요즈음 이런 생각을 자주 했다. 오늘 저녁에는 집을 나서는데 불길한 예감마저 들었지만, 그런 말을 입 밖에 낼 사람은 아니었다. 게다가 제인은 크리스마스 전구의 불빛을 바라보는 걸 저렇게 좋아하지 않는가.

아내는 지금 행복했고, 그건 사실이었다. 제인 홀턴은 근사한 검정 코트 속에서 몸을 조금 움직이며 생각했다. 누가 뭐래도 삶은 선물이라고. 나이가 들어간다는 것은 수많은 순간이 그저 찰나가 아니라 선물임을 아는 것이라고. 게다가 사람들이 연중 이맘때를 이렇게 열심히 기념하는 것은 또 얼마나 근사한 일인가. 사람들의 삶이 어떻든(그들이 지금 지나치는 이 집들 가운데에는 근심스러운 고민도 있으리란 걸 제인은 알고 있다), 그럼에도 삶이란 각기 나름의 방식으로 축하할 일임을 알기에 그들은 이 맘때를 축하하지 않을 수 없는 것이다. 밥은 깜빡이를 켜고 대로로 나섰다. "아, 정말 근사했어." 그녀가 뒤로 물러나 앉으며 말했다. 두 사람은 요즈음 즐거운 시간을 보냈다. 정말로. 마치 결혼생활이라는 복잡하고 기나긴 식사가 끝나고 이제야 근사한 디저트가 나온 것만 같았다.

시내의 차들은 메인 스트리트로 진행하며 기둥에 커다란 장식화환을 두른 가로등을 지나쳤고, 가게와 식당 들은 저마다 창문을 환히 밝혔다. 영화관을 지나자마자, 밥은 도로변에 주차할 자리가 있는 걸 발견하고 차를 세웠다. 다른 차들 사이에 주차하느라 애를 먹어 시간이 좀 걸렸다. 뒤에서 누군가가 짜증내며 경적을 울렸다.

"쳇." 제인이 어둠 속에서 인상을 썼다.

그는 운전대를 바로잡은 다음 시동을 껐다. "기다려, 제이니. 내가 나갈 때까지."

그들은 더이상 젊지 않았고, 그게 중요했다. 두 사람은 서로 세월이 이렇게 흘렀다는 걸 믿을 수 없다는 듯 말했지만 실은 둘다 작년에 가벼운 심장발작을 겪었다. 제인이 먼저였다. 제인은 저녁에 구운 양파를 너무 많이 먹은 것 같은 느낌이라고 말했다.

그리고 몇 달 후 밥의 차례가 왔다. 밥의 경우는 구운 양파를 많이 먹은 듯한 그런 느낌은 전혀 아니었고, 누가 그의 가슴팍에 주저앉은 듯했는데, 턱은 제인의 경우와 똑같이 아팠다.

지금은 둘 다 괜찮았다. 하지만 제인은 나이가 일흔둘, 밥은 일흔다섯이었고, 어디선가 둘의 머리 위로 지붕이 꺼지지 않는 한, 언젠가는 한 사람만 남아 홀로 살게 될 터였다.

가게 유리창들은 크리스마스 전구들로 반짝였고, 공기에는 눈의 냄새가 묻어났다. 밥이 제인의 팔을 잡았다. 두 사람은 호랑가시나무의 가지나 화환 장식 등으로 창문을 꾸미거나 창틀 구석에 분사 페인트를 하얗게 뿌려놓은 식당들을 따라 길을 걸어 내려갔다.

"리디아네예요." 제인이 말했다. "손 흔들어요, 여보."

"어디?"

"그냥 흔들어요, 여보. 저쪽 보고."

"누구한테 흔드는지도 모르고 어떻게 손을 흔들어."

"리디아네라니까요. 저기 스테이크 가게 안예요. 저 집도 만난 지 참 오래됐어요." 제인은 명랑하게, 과하다 싶을 정도로 손을 흔들었다. 밥은 그제야 창 안쪽, 하얀 식탁보를 마주하고 앉은 부부를 보고 손을 흔들었다. 리디아 부인이 들어오라는 손짓을 했다.

밥 홀턴은 제인의 팔짱을 꼈다. "난 싫어." 그가 다른 손으로 리디아 부부에게 손을 흔들며 말했다.

제인이 좀더 손을 흔들다가 각 단어를 과장된 입 모양으로 말하며 몸짓을 했다. "우리, 이따가, 만나요, 음악회에서!" 고개를 끄덕이고 손을 더 흔든 다음, 두 사람은 가던 길을 재촉했다. "좋아 보이네." 제인이 말했다. "저렇게 좋아 보이니 외려 좀 놀라운데? 필시 머리를 염색한 게야."

"들어가고 싶었어?"

"아니." 제인의 대답이었다. "나는 가게 진열장이나 구경하고 싶어요. 밖이 좋은데. 그렇게 춥지도 않고."

"이제 얘기 좀 해봐." 밥이 걸으면서, 리디아 가족을 생각하며 말했다. 사실 그들은 성이 리디아가 아니라 그레인저 가족이었다. 앨런과 도나 그레인저. 그들의 딸 리디아 그레인저는 홀턴 가족의 둘째 딸과 친구였고, 패티 그레인저는 홀턴 가족의 막내딸과 친구였다. 밥과 제인은 딸들의 친구 부모를 아이들의 이름으로 불렀다.

"리디아는 이혼한 지 이제 몇 년 됐어요. 남자가 걔를 물었대요. 그 부분은 비밀인 것 같지만."

"물었다고? 때린 게 아니고?"

"깨물었대요." 제인이 이를 두 번 딱딱 부딪쳤다. "아작아작,

깨무는 거. 수의사였던 것 같은데."

"그 사람이 애들도 물었대?"

"그런 것 같진 않아요. 애가 둘인데, 하나는 과잉 행동인지 뭔
지, 집중을 못한대요. 요즘 애가 가만히 앉아 있지 못하면 뭐라
고 부르는 거 있잖아요. 그거. 리디아네는 그 얘긴 안 꺼내니 언
급하지 말아요. 다 도서관 분홍 머리 여자가 해준 얘기예요. 가
요. 복도 쪽에 앉고 싶으니까."

제인은 심장발작 이후로 사람들 앞에서 죽게 될까봐 걱정했
다. 지난번 발작은 부엌에서 일어났지만 사람들 앞에서 쓰러질
지도 모른다는 생각에 그녀는 몹시 불안했다. 수년 전에, 그런
일을 목격했다. 한 남자가 노상에서 죽은 것이다. 구급 의료진이
남자의 웃옷을 찢었는데, 조금만 집중해서 생각하면 지금도 그
녀를 울게 만들 광경이었다. 배가 드러난 사내의 활짝 벌린 팔이
축 늘어져 있던 것, 아무것도 모르고 천연덕스럽게 누운 모습.
죽어서 누워 있다는 것은 얼마나 애잔하고 가련한 일인가, 제인
은 생각했다.

"나는 뒤쪽에 앉고 싶어." 남편이 말했다. 아내는 고개를 끄
덕였다. 장이 예전 같지 않아, 때로 그는 서둘러 자리를 떠나야
했다.

교회는 어둡고 추운 데다, 거의 텅 비어 있었다. 두 사람은 표

를 내고 프로그램을 받아 어정쩡하게 들고는 뒤쪽 좌석으로 걸어가 자리를 잡았다. 코트는 단추만 풀고 벗지는 않았다.

"리디아네가 오는지 잘 살펴요." 제인이 고개를 돌리며 말했다. 긴장으로 손가락 끝을 잡아 뜯는 아내의 손을 밥이 잡았다.

"거의 주말마다 집에서 자고 갔던 아이가 리디아인가, 아니면 그 동생인가?" 제인이 뒤로 목을 빼고서 천장의 커다랗고 어두운 서까래를 쳐다보는데 밥이 물었다.

"패티요, 걔 동생. 리디아만큼 착한 아이는 아니었어요." 제인이 남편 쪽으로 몸을 바짝 당겨 속삭였다. "리디아는 고등학교 때 임신중절을 했었잖아요."

"알아, 기억나."

"기억나요?" 제인이 놀란 눈으로 남편을 바라보았다.

"그럼. 배가 아프다며 양호실로 당신을 찾아오곤 했다고 말했잖아. 한번은 찾아와서 이틀 동안 울었다고." 밥이 말했다.

"맞아요." 이제 코트 속에서 몸이 따뜻해진 제인이 말했다. "가엾은 것. 솔직히 말하면 그때도 의심은 했었는데, 그 바로 얼마 후에 베키가 사실이라고 말하더라구요. 당신이 그걸 다 기억하다니, 정말 놀랐어요." 그녀는 생각에 잠긴 듯 입술을 깨물더니 발을 몇 번 위아래로 흔들었다.

"뭐라고?" 밥이 말했다. "당신은 내가 귀를 닫고 산다고 생각

232

해? 나, 당신 말 열심히 들었어, 제이니."

제인이 한 손을 흔들더니 한숨을 쉬었다가 좌석에 등을 기대고는, 생각에 잠긴 듯 말했다. "난 거기서 일하는 게 좋았어요." 그 말은 사실이었다. 그리고 제인은 특히 십대 소녀들을 좋아했다. 어리고 실수투성이에 피부가 반들반들하고 겁도 많은, 너무 시끄럽게 떠들고, 껌을 딱딱 씹어대거나 고개를 푹 숙이고 가만가만 복도를 걸어다니는 십대 소녀들을 제인은 정말로 좋아했다. 그리고 아이들도 그걸 알았다. 심한 생리통으로 양호실에 온 소녀들은, 아파서 입술이 바짝 말라버린 채 잿빛이 된 얼굴로 소파에 누워 있었다. "우리 아빠는 내가 엄살부리는 거래요." 이런 말을 하는 소녀들이 적지 않았다. 그 말에 얼마나 가슴 아팠던가. 소녀로 사는 것은 얼마나 쓸쓸한 일인가! 그녀는 때로 오후 내내 양호실에 있다가 가도록 허락하기도 했다.

교회 안이 사람들로 서서히 들어차기 시작했다. 군청색 코트를 입은 키가 크고 어깨가 넓은 올리브 키터리지가 남편보다 앞장서서 들어섰다. 헨리 키터리지가 근처 신도석에 앉자는 뜻으로 아내의 팔을 잡았지만 올리브는 도리질을 했고, 그들은 결국 두 줄 앞쪽에 앉았다. "헨리가 어떻게 올리브를 참아주는지 난 당최 모르겠어." 밥이 제인에게 속삭였다.

두 사람은 키터리지 부부가 나무 의자에 앉는 걸 지켜보았다.

올리브는 코트를 툭툭 턴 다음 다시 어깨에 걸쳤고, 헨리가 이를 도와주었다. 올리브 키터리지는 제인이 보건교사로 일하던 학교에서 수학을 가르쳤다. 두 여인이 길게 대화를 나눈 일은 매우 드물었다. 올리브는 절대로 사과하는 법이 없는 사람이었고, 그래서 제인은 거리를 두었다. 방금 밥의 언급에 대해 제인은 어깨만 으쓱할 뿐이었다.

고개를 돌리자, 리디아네가 발코니석을 향해 뒤쪽 계단을 올라가고 있었다. "아, 저기 왔네요." 제인이 밥에게 말했다. "만난 지 참 오래됐어요. 리디아 엄마는 예뻐졌네."

밥이 아내의 손을 꼭 쥐며 속삭였다. "당신도 예뻐."

관현악단의 단원들이 검은 정장을 입고 나와 앞쪽 설교대 바로 옆에 착석했다. 그들은 악보대를 조정하고, 다리를 비스듬히 놓고, 턱을 기울이고 활을 들었다. 그러더니 단원들이 준비하며 내는 불협화음이 들려왔다.

제인은 리디아 그레인저에 대해서 그애 엄마가 모를 수도 있는 사실을 아는 게 불편했다. 점잖지 못하고 사생활을 침해하는 것만 같았다. 하지만 살다보면 알게 되는 일들이 있다. 보건교사나 분홍 머리 사서로 일하다보면, 누가 알코올중독자와 결혼했는지, 누구 집 아이들한테 주의력결핍장애(맞다, 이게 아까 그 요즘 용어다)가 있는지, 누가 그릇을 집어던지고, 누가 소파에서 자는지 알게 된다. 지금 이 교회에 있는 사람 중에 그녀가 자기 아이들에 대해 모르는 비밀을 알고 있는 사람이 있다고 생각하긴 싫었다. 그녀는 밥 쪽으로 머리를 숙이고 말했다. "지금 이 교회에 우리 애들에 대해 내가 모르는 걸 아는 사람들이 없었으면 좋겠어요."

음악이 시작되고, 밥은 아내에게 천천히, 안심시키듯 한쪽 눈으로 윙크했다.

드뷔시의 곡이 연주되는 동안 그는 팔짱을 끼고 잠이 들었다.

남편을 보며, 제인은 음악으로 가슴이 충만해지는 걸 느꼈다. 그리고 곁에 앉은 이 남자, 평생 어린 시절의 고통을 떨치지 못했던 이 늙은(!) 남자에 대한 애정으로 가슴이 벅찼다. 그의 어머니는 언제나, 언제나 밥에게 화를 냈다. 지금 이 순간도 제인은 그의 얼굴에서 의뭉스럽고, 늘 겁에 질린 어린 소년이 보이는 것 같았다. 잠들어 있는 이 순간마저도, 그의 얼굴에는 불안으로 긴장한 표정이 감돌았다. 행운이야. 제인은 손모아장갑을 낀 손을 가볍게 그의 다리에 얹으며 다시 한번 생각했다. 누군가를 수십 년 동안 알고 살 수 있다는 것은.

리디아 부인은 눈을 미용성형했다. 그녀의 얼굴에서 두 눈만

도드라진 것이 꼭 열여섯 소녀의 눈망울처럼 주변을 빤히 바라보았다.

"자기 정말 예쁘다." 제인이 리디아 부인에게 말했다. 가까이서 보면 좀 무서웠지만. "정말 예뻐." 제인이 한 번 더 말했다. 누가 눈에 칼을 댄다면 정말 무서웠을 테니까. "리디아는 잘 지내? 다른 애들은?" 제인이 물었다.

"리디아는 재혼해." 다른 사람이 지나가도록 비켜서며 리디아 부인이 말했다. "그래서 우리도 기쁘고."

땅딸막하고 등이 굽은 그녀의 남편이 눈알을 부라리며 주머니 속의 잔돈을 짤그랑거렸다. "돈만 많이 들지." 그가 말하자, 황금빛 머리에 붉은 펠트 모자를 쓴 리디아 부인이 살짝 흘겨보았지만 남편은 무시하는 듯했다. "우라질 정신과 치료비 청구서들은 또 어떻고." 그가 호탕하게 너털웃음을 터뜨리며 밥에게 말했다.

"그럼요." 밥이 붙임성 있게 말했다.

"당신네 토끼들은 어떤데? 어떻게 지내?" 리디아 부인의 짙은 립스틱은 그녀의 입술에 또렷한 선을 그리고 있었다.

그래서 제인은 손자들의 나이를 줄줄 읊고, 사위들의 직장에 대해, 곧 팀과 결혼할 여자에 대해 설명했다. 그리고 리디아 부부가 이 모든 말에 "잘됐네" 한마디 없이 고개만 주억거리자, 제인은 가까우면서도 허공을 배회하는 듯한 그들과의 공간을 채우기 위해 계속 말을 이어가야 할 것만 같았다. "팀은 올해 스카이다이빙을 하러 갔거든." 제인이 말했다. 그래서 자기가 죽도록 무서워했다고도. 팀은 몇 번 하고 나자 이력이 난 모양인지 그에 대해 더는 언급하지 않았다. "하지만 솔직히," 제인이 오들오들 떨면서 검정 코트를 바싹 끌어당기며 말했다. "비행기에서 뛰어내리다니, 상상을 해봐." 상상이 너무 잘되어서 제인의 심장은 방망이질을 했다.

"자기는 위험을 감수하는 스타일이 아니지?" 리디아 부인이 새로 한 눈으로 제인을 빤히 보았다. 늙은 여자의 얼굴에서 열여섯 소녀의 눈이 던지는 시선에는 사람을 심란하게 만드는 데가 있다.

"아니지." 제인은 동의하면서도 어렴풋이 모욕당한 기분이 들었고, 밥이 자신의 팔꿈치를 살짝 잡자 남편도 이 말을 그렇게 받아들였다는 걸 느꼈다.

"제이니 홀턴은 언제나 내가 제일 좋아하는 분이잖아요." 그때, 땅딸막한 붉은 얼굴의 남자 리디아가 팔을 쑥 내밀어 제인의 근사한 검정 코트 위로 그녀의 어깨를 주무르며 말했다. 제인은 이런 우스꽝스러운 태도에 별안간 몹시 피로해졌다. 수십 년 동안이나 잠시 스쳐갔을 뿐인 못생긴 땅딸보 남자가 '언제나 내가 제일 좋아하는 분이었다'고 할 때는 무어라 대꾸해야 한단 말인가? "앨런, 곧 은퇴할 계획이에요?" 제인이 가까스로 쾌활하게 대꾸한 말이었다.

"그럴 리가요." 남자가 대답했다. "나는 죽는 날 은퇴할 거예요." 그가 소리 내어 웃자 그들도 같이 웃었다. 남자가 리디아 부인을 흘끗 보는 눈길에서, 리디아가 새로 한 눈을 부라리는 걸로 봐서, 제인 홀턴은 그가 종일 아내와 한집에 있고 싶어하지 않으며, 아내도 마찬가지라는 걸 읽을 수 있었다. 리디아 부인이 밥에게 물었다. "지난번에 만난 후로, 당신은 은퇴했죠, 아마? 마이애미 공항에서 우리하고 그렇게 마주친 거 좀 웃기지 않아요?"

"세상 참 좁기도 하지." 리디아 부인이 장갑 낀 손으로 귀를 잡아당기며 한마디 덧붙이더니, 제인을 건너다보곤 고개를 돌려 발코니석의 계단을 올려다보았다.

밥이 교회로 다시 들어가려고 옆으로 비켜섰다.

"언제 얘기예요? 마이애미라뇨?" 제인이 물었다.

"두어 해 전이지, 아마? 우린 전에 얘기했던 그 친구들 집에 갔었어요." 남자 리디아가 밥을 보며 고개를 끄덕였다. "왜 게이티드 커뮤니티*에 산다던. 나는 도저히 그렇게는 못 살겠더라, 그

---

* 경비를 강화하고 외부인의 출입을 통제하는 관리형 고급 주택단지.

건 확실해요." 그가 고개를 절레절레 흔들더니 눈을 가늘게 뜨고 밥을 쳐다보았다. "종일 집에 있으면 미치지 않나?"

"난 아주 좋아요." 밥이 단호하게 말했다. "아주 좋은걸요."

"우린 이것저것 많이 하니까요." 해명이 필요하다는 듯 제인이 덧붙였다.

"뭘 하는데?"

그 순간, 제인은 이 화장을 떡칠한, 붉은 펠트 모자 밑으로 새로 한 눈을 통해 빤히 쳐다보는 껑다리 여자가 미웠다. 이른 아침에 밥과 함께 산보를 하고, 돌아와선 커피를 내리고 섬유질이 풍부한 브랜 시리얼을 먹고는 서로에게 신문을 읽어준다고 리디아 부인에게 말하고 싶지 않았다. 두 사람이 하루 일과를 짜고 쇼핑을 간다고, 제인의 코트를 같이 사러 간다고, 요즘 발에 문제가 많은 밥의 특수 구두를 사러 나간다고 말하고 싶지 않았다.

"그 여행에서 우린 한 커플을 더 만났는데." 남자 리디아가 말했다. "셰퍼드 부부. 마이애미 북부의 골프 리조트에 갔었대요."

"세상 참 좁지." 리디아 부인이 장갑 낀 손으로 귀를 잡아당기며 다시 말했다. 이번에는 제인을 보지 않고 발코니석 계단만 올려다보았다.

올리브 키터리지가 인파를 뚫고 움직였다. 올리브는 사람들 대부분보다 키가 커서, 멀리서도 그녀의 머리는 눈에 띄었다. 남편 헨리에게 뭔가 말하는 것 같았는데, 헨리는 명랑한 표정을 애써 감추며 고개를 끄덕였다.

"이제 들어가야겠어." 밥이 턱짓으로 교회 안쪽을 가리키며 제인의 팔꿈치를 잡았다.

"들어가자." 리디아 부인이 남편의 옷소매를 프로그램으로 툭툭 치며 말했다. "가자. 반가웠어." 그녀가 제인에게 손가락을 꼬물거리며 인사를 하고 계단을 올라갔다.

제인이 문간에 바짝 선 사람들 무리를 비집고 지나갔고, 그녀와 밥은 다시 자리로 돌아갔다. 제인이 코트를 다잡고 다리를 꼬고 앉았는데 검은 모직 바지 안이 차가웠다. "그 사람, 저 여자를 사랑해요." 제인이 훈계조로 말했다. "그러니까 여자를 참아주는 거예요."

"리디아 씨?"

"아니, 헨리 키터리지요."

밥은 대답하지 않고 다른 이들이, 키터리지 부부도 들어와 다시 제자리에 앉는 걸 지켜보았다. "마이애미라." 제인이 남편에게 말했다. "그게 무슨 소리예요?" 제인이 남편을 쳐다보았다. 밥은 아랫입술을 비죽 내밀고 모르는 일이라는 뜻으로 어깨만 으쓱했다.

"마이애미엔 언제 갔어요?"

"올랜도 말이겠지. 내가 그쪽에 계정 하나 달을 게 있다고 했던 거 기억나?"

"플로리다에 갔다 공항에서 리디아 부부를 우연히 만났어요? 나한테는 그런 말 한 적 없는데."

"했지, 왜 안 했어. 아주 오래된 일이야."

교회 안에 음악이 울려 퍼졌다. 음악이 사람이나 코트, 기다란 의자들로 채워지지 않은 모든 공간을 차지했고, 제인 홀턴의 머릿속까지 온통 메웠다. 제인은 외려 부담스러운 소리의 무게를 떨치려는 듯 목을 앞뒤로 움직이다가 이 음악이 처음부터 맘에 들지 않았다는 걸 깨달았다. 일생 동안의 모든 그림자와 고통을 불러일으키는 것만 같았다. 다른 사람들이나 즐기라지. 모피 코트와 붉은 펠트 모자 따위를 걸치고, 고단한 인생 속에서 그토록 진지하게 음악에 귀 기울이는 사람들이나. 순간, 무릎이 묵직했다. 남편의 손이었다.

남편과 같이 산 그녀의 검정 코트 위에 놓인 밥의 손을 그녀가 바라보았다. 늙은 남자의 커다란 손이었다. 길디긴 손가락 사이로 핏줄이 불거진 아름다운 손이었다. 자기 손만큼이나 친숙한 손이었다.

"당신 괜찮아?" 밥이 입을 그녀의 귀에 댔지만 제인은 그가 너무 시끄럽게 속삭인다고 생각했다. 제인이 두 손가락으로 동그라미를 만들어 보였다. 수십 년 된 둘만의 신호였다. 가요. 밥이 고개를 끄덕였다.

"당신 괜찮아, 제이니?" 인도에서 그가 제인의 팔꿈치를 잡고 물었다.

"아, 저런 무거운 음악은 질리나봐요. 가도 괜찮아요?"

"그럼. 충분히 들었는데."

차 안에서, 어둠과 고요 속에서, 그녀는 어떤 사실이 두 사람 사이를 지나치고 있다는 걸 느꼈다. 그것은 교회에서도 그들과 함께 있었다. 교회의 기다란 의자에서 어른들 사이에 끼어 앉은 어린아이처럼, 이것이, 이 존재가 그들의 저녁에 파고들었다.

"맙소사." 제인이 조용히 말했다.

"왜 그래, 제이니?"

그녀가 고개를 저었고, 그는 다시 묻지 않았다.

저 앞의 신호등이 노란색으로 바뀌었다. 밥이 속도를 줄이고 서서히 운전하다가 멈췄다.

제인이 한마디를 툭 내뱉었다. "그 여자, 미워 죽겠어."

"누구?" 놀란 어조로 밥이 물었다. "올리브 키터리지?"

"올리브 키터리지는 당연히 아니죠. 내가 왜 그 여자를 미워해요? 도나 그레인저요. 그 여자가 미워 죽겠다구요. 무서운 데가 있는 여자예요. 잘난 척하기는. 당신네 토깽이들이라니. 미워 죽겠어." 제인은 바닥을 발로 구르기까지 했다.

"난 그렇게 열을 낼 가치가 없다고 생각하는데. 제이니, 내 말은. 생각을 해봐." 밥이 말했고, 제인은 이 말을 하는 동안 남편이 고개를 돌린 채 자신을 바라보지 않는다는 걸 곁눈질로 눈치 챘다.

그 뒤, 이어진 침묵 속에서 제인의 분노는 커져만 갔다. 두 사람이 별안간 다리 위로 차를 몰아 다리 밑 연못에 곤두박질치기라도 한 듯이, 분노는 물처럼 거대하게 차올라 둘의 주변을 감쌌다. 침체되고 차가운 기운이 주위를 채웠다.

"머리하느라고 바빠서 딸자식이 임신한 줄도 모르고! 알지도 못하고! 어쩌면 아직도 모를 거야. 십수 년 전에 자기 딸 걱정하느라 죽을 뻔했던 게 바로 나였다는 걸 아직도 모를 거야."

"당신이 그 집 딸들한테 잘했지."

"하지만 둘째는, 패티는 못됐어. 난 한 번도 그애를 믿은 적이 없어. 트레이시도 걔를 믿어선 안 되는 거였는데."

"무슨 소리야?"

"트레이시는 너무 순진해요. 트레이시가 슬럼버 파티*에 갔다가 속상해서 돌아온 거 기억 안 나요?"

---

* 아이들이 친구 집에서 자고 오는 것.

"몇 해 동안 슬럼버 파티가 백 번은 됐을 텐데, 그걸 내가 어떻게 기억해?"

"패티 그레인저가 트레이시한테 어떤 계집애가 널 싫어한다고 말했어요. 있잖아, 걔는 진짜 널 싫어해, 이렇게." 제인은 이 일을 회상하면서 거의 울 지경이었다. 턱이 따끔했다.

"무슨 소리야? 당신 패티 좋아했잖아."

"내가 패티를 얼마나 거둬 먹였는데." 제인이 사납게 대꾸했다. "그 망할 계집애를 몇 년이나 얼마나 거둬 먹였는데. 걔들 부모는 여기저기, 이 파티 저 파티 저녁마다 싸돌아다니느라 집에 붙어 있질 않아서, 다른 사람들이 제 아이들을 돌보게 만들어놓고."

"제이니, 진정해."

"나한테 진정하라고 말하지 마." 그녀가 말했다. "제발 그러지 마, 밥."

밥이 조용히 한숨을 쉬는 소리를 듣자, 어둠 속에서 그가 눈을 부라리는 모습이 눈에 선했다.

그들은 침묵을 지키며 나머지 거리를, 성탄절 꼬마전구를, 반짝이는 순록을 지나쳤다. 제인이 두 손을 코트 주머니에 넣고 창밖을 내다보았다. 시내를 다 통과하고 마지막 긴 도로인 베이싱힐 로드만 남았을 때에야 제인이 진정 혼란스러운 목소리로 조용히 다시 입을 열었다. "보비, 리디아 부부랑 올랜도 공항에서 우연히 만났다는 거 난 정말 몰랐어. 당신이 나한테 그 말 안 했다고 봐."

"당신이 잊었겠지. 오래전이니까."

그들 앞의 나무들 사이로, 검은 밤하늘에 반짝이는 작은 입자처럼 굽은 달이 빛나고, 제인의 물기 어린 마음속에서 무언가 움직였다. 여자 리디아가 제인을 보다가 발코니석 계단을 오르기 전에 시선을 돌리던 모습이었다. 이제 제인은 의도적으로 목소리를 가라앉혀 거의 대화체의 목소리로 평정을 찾았다.

"보비," 그녀가 말했다. "사실을 말해줘요. 마이애미 공항에서 만난 거 맞죠?"

그가 대답하지 않자, 장이 뒤틀리는 듯하더니 속에서 해묵은 자락 고통이 진저리를 쳤다. 그것은, 그 특정하고 친숙한 고통은 제인을 얼마나 피로하게 했던가. 찐득한, 더러워진 은빛 액체가 속으로 스며드는 것 같더니, 이내 퍼져 모든 것을 삼켜버렸다. 크리스마스 전구들도, 가로등도, 갓 내린 눈도, 모든 것의 사랑스러움이 모조리 사라져버렸다.

"이럴 수가." 그녀가 말했다. "믿을 수가 없어." 제인이 덧붙였다. "정말 믿을 수가 없어."

밥이 차를 진입로에 세우고 시동을 껐다.

그들은 가만히 앉아 있었다. "제이니." 그가 불렀다.

"말해요." 몹시 침착했다. 그녀는 한숨마저 내쉬었다. "제발, 얘기해줘요." 제인이 말했다.

어두운 차 안에서 가빠진 그의 숨소리가 귀에 들렸다. 그녀의 숨결도 거칠어졌다. 제인은 말하고 싶었다. 이런 일을 겪기엔 우리 심장이 너무 늙었다고. 이런 일을 계속 우리 심장한테 시키면 안 돼. 당신 심장이 이런 일을 견뎌낼 거라고 기대하지는 마.

집 앞 현관의 희미한 불빛에 그의 얼굴이 무시무시하게, 유령처럼 보였다. 지금 죽어서는 안 된다. "그냥 말해요." 그녀가 친절하게 다시 말했다.

"그 사람, 유방암이었어, 제이니. 내가 은퇴하기 전, 그해 봄에 사무실로 전화를 했더군. 몇 년 동안이나 연락이 없었는데. 정말 몇 년 만이었어, 여보."

"그래요." 제인이 말했다.

"아주 불행해하더군. 나도 기분이 안 좋았어." 그는 아직 제인과 눈을 맞추지 않았다. 운전대 너머를 응시할 뿐. "내 기분은…… 글쎄 모르겠어. 전화가 오지 않았다면 좋았을 거라 생각한다는 건 말할 수 있어." 그는 이제 등을 기대고 앉아 심호흡을 했다. "그 계정을 닫으러 올랜도에 가야 했어. 그래서 들르겠다고 했고, 그렇게 했어. 마이애미까지 가서 그 사람을 봤는데, 끔찍하고 한심했어. 그리고 다음 날, 마이애미에서 비행기를 타고 오다가 공항에서 그레인저 부부를 만난 거야."

"마이애미에서 그 여자하고 밤을 같이 보냈어요?" 제인은 이제 부들부들 떨고 있었다. 주의하지 않으면 이가 서로 부딪힐 지경이었다.

밥은 운전석에 푹 기댔다. 머리를 머리받침에 기대고 눈을 감았다. "그날 밤, 올랜도로 차를 몰고 돌아가고 싶었어. 그게 내계획이었으니까. 그런데 너무 늦었어. 떠날 수 있을 것 같지 않더라고. 그리고 솔직히, 안전하게 운전해서 돌아가기엔 시간이 너무 늦었어. 끔찍했어, 제이니. 얼마나 멍청하고 끔찍하고 비참했는지 당신이 알 수만 있다면."

"그다음엔 그 여자하고 얼마나 연락했죠?"

"내가 전화를 한 번 했어. 돌아온 다음에. 그리고 그게 끝이었어. 사실이야."

"그 여자 죽었어요?"

그가 고개를 저었다. "모르겠어. 죽었다면 스콧이나 메리한테 소식을 들었겠지. 그러니 안 죽은 모양이야. 하지만 소식은 전혀 몰라."

"당신 가끔 그 여자, 생각해요?"

그가 어둠 속에서 애원하듯 제인을 바라보았다. "제인, 나는 당신을 생각해. 내겐 당신만이 중요해, 당신만. 제이니, 사 년 전 일이야. 오래전 일이라고."

"아뇨, 그렇지 않아요. 우리 나이에 그 정도 시간은 책장을 두어 장쯤 얼른 넘기는 거나 마찬가지예요. 쉭쉭." 어둠 속에서 그녀는 손으로 책장을 앞뒤로 넘기는 시늉을 했다.

그는 이 말에 대꾸하지 않고 여전히 머리를 뒤로 기댄 채 그녀를 바라보기만 했다. 나무에서 떨어져 몸을 일으키지 못하는 것처럼, 피로하고 엄청나게 슬픈 표정을 하고 눈알을 옆으로 굴리며 그녀를 바라보았다. "당신만이 중요해, 제이니. 그 사람은 나한테 중요하지 않아. 그 사람을 만난 일은 내게 중요하지 않아. 그 사람이 내가 오길 바라니까 갔을 뿐이야."

"하지만 이해가 안 돼요. 지금 이 나이에, 이해 못 하겠어요. 내가 오길 바라니까?" 제인이 말했다.

"당신 마음 이해해, 제이니. 우스운 일이지. 그건 정말로……아무 일도 아니었어." 그가 장갑 낀 커다란 한쪽 손을 자기 얼굴에 갖다 댔다.

"들어가야겠어요. 추워 죽겠어." 제인은 차에서 나와 넘어질 것처럼 현관 계단을 올라갔지만, 넘어지지는 않았다. 제인은 밥이 문을 열어주기를 기다렸다가 그를 지나쳐 부엌으로 간 다음 다이닝룸을 지나 거실로 가서 소파에 앉았다.

밥이 그녀를 따라가 스탠드를 켜고 커피 테이블 맞은편에 앉았다. 오랫동안, 두 사람은 그저 앉아만 있었다. 제인은 다시금 가슴이 찢어지는 것 같았다. 지금은 늙었으니 기분이 달랐다. 그가 외투를 벗었다.

"뭐 갖다줄까?" 그가 물었다. "코코아나 차 한잔 줄까?"

제인이 고개를 저었다.

"그래도 코트는 벗어야지, 여보."

"아니에요." 그녀가 말했다. "추워요."

"여보, 제발." 그가 2층으로 올라가 제인이 제일 좋아하는 스웨터, 노란 앙고라 카디건을 가져왔다.

제인이 스웨터를 무릎에 놓았다. 그가 소파에, 아내 곁에 앉았다. "오, 여보." 밥이 말했다. "내가 당신을 이렇게 슬프게 만들다니."

제인은 코트를 벗는 동안 밥이 거들도록 두었고, 곧 스웨터를 입었다. "우린 늙어가고 있어요. 우린 언젠가는 죽을 거예요."

"제이니."

"보비, 난 무서워요."

"이제 침대로 갑시다." 그가 말했다. 그러나 제인은 고개를 저었다. 자신을 감싼 밥의 팔에서 빠져나오면서 제인이 물었다. "그 여자 한 번도 결혼 안 했대요?"

"안 했대." 그가 답했다. "결혼한 적 없어. 그 여자 정신이 나 갔나봐, 제이니."

잠시 후, 제인이 말했다. "그 여자 얘기 하고 싶지 않아요."

"나도야."

"다시는 하지 마요."

"다시는 하지 맙시다."

그녀가 말했다. "우린 시간이 얼마 안 남았어요."

"아니, 그렇지 않아, 제이니. 우린 아직 같이할 시간이 있어. 아직 이십 년은 더 같이 살 수 있다고."

밥이 그렇게 말하자, 제인은 별안간 그에게 깊은 연민을 느꼈다. "난 여기 조금만 더 있을래요." 그녀가 말했다. "당신은 자리에 들어요."

"당신하고 같이 있을게." 그래서 그들은 앉았다. 사이드 테이블의 전등 불빛이 고요한 거실을 심각하고 희붐하게 비추었다.

제인은 조용히 깊은 숨을 한 번 내쉬고, 불현듯 아이스크림 가게의 어린 소녀들이 부럽지 않다는 생각이 들었다. 선디를 건네는 여종업원의 지루한 눈빛 뒤에 엄청난 열망과, 엄청난 욕망과, 엄청난 낙심이 어렴풋이 보였다. 그런 혼란이, 그리고 (그들을 더욱 지치게 만드는) 분노가 그들 앞에 놓여 있었다. 오, 그들은 무엇이든 끝나기도 전에 책망하고, 책망하고, 또 책망하곤 또다시 지쳐버릴 것이다.

곁에 있는 남편의 숨결이 달라졌다. 밥은 소파의 등받이 쿠션에 머리를 누인 채 갑자기 잠에 빠져들었다. 잠들었던 밥이 금세 화들짝 놀랐다.

"왜 그래요?" 제인이 그의 어깨를 붙잡았다. "보비, 무슨 꿈을 꿨어요?"

"휴." 그가 머리를 들면서 말했다. 거실의 희미한 불빛에 밥은 반쯤 털이 뽑힌 새처럼 보였다. 가늘고 부석부석한 머리칼이 사방으로 뭉쳐서 뻗쳐 있었다.

"음악당의 지붕이 꺼져버렸어." 그의 대답이었다.

제인은 남편 쪽으로 몸을 숙였다. "내가 당신 곁에 있어요." 제인이 남편의 얼굴에 손바닥을 대며 말했다. 서로를 빼면 그들에겐 아무것도 없기에. 그마저도 없다면 그들은 어쩐단 말인가?

튤립

사람들은 그 일 이후로 라킨 부부가 이사 갈 거라고 생각했다. 하지만 그들은 이사 가지 않았다. 어쩌면 갈 데가 없었는지도 모른다. 다만 그 집 블라인드는 밤낮으로 언제나 내려져 있었다. 간혹 겨울날 해질 녘에 로저 라킨이 삽으로 진입로의 눈을 치우는 모습이 보이긴 했다. 아니면 여름에 풀이 길고 구슬피 자란 다음에야 잔디를 깎는 그를 볼 수 있었다. 두 경우 모두, 그는 모자를 얼굴까지 푹 눌러쓰고 누가 차를 타고 지나가도 결코 고개를 들지 않았다. 루이즈는 전혀 보이지 않았다. 보스턴에 있는 병원에 꽤 오래 있었던 모양인데—딸이 보스턴 부근에 사니 그리 갔던가보다—포틀랜드에서 방사선사로 일하는 메리 블랙웰에 따르면 루이즈가 그곳 병원에서 지냈다고 한다. 흥미로운 것은, 이 사실을 말하고 다녔다고 메리가 비난받았다는 사실이다. 당시 마을에는 새로운 소식이라면 무엇이든 환영하지 않을 사람이 하나도 없었는데도. 그럼에도 메리에 대한 반감이 쏟아져 나왔다. 요즘 의료정보보호법의 사생활 보호 규정에 따르면 메리는 직장을 잃었을 수도 있다고 사람들은 말했다. 포틀랜드에서는 충격요법 같은 거 절대 받지 말라고 나한테 꼭 상기시켜줘, 사람들은 말했다. 그리고 당시 라킨의 집 주변을 맴돌던 기자들에게 뜨거운 커피와 도넛을 가져다주던 세실 그린은 올리브 키터리지에게 쓴소리를 들어야 했다.

"자네, 대체 왜 그래?" 올리브가 전화로 물었다. "세상에, 독수리들한테 먹이를 주다니." 하지만 세실은 '눈치가 없는' 걸로 유명해서 헨리 키터리지는 아내에게 세실을 내버려두라고 했다.

라킨 부부가 어떻게 식료품을 조달하는지는 아무도 몰랐다. 보스턴의 딸이 누군가를 시켜 부모에게 식료품을 가져다주는 거라고 사람들은 생각했다. 한 달에 한 번쯤, 진입로에 매사추세츠 주의 번호판을 단 차가 주차되어 있곤 했다. 정작 그 집 딸은 동네 식료품점에서 모습을 드러내지 않으면서, 크로스비에서는 더이상 아무도 알아보지 못할 남편을 시켜 마든빌에서 장을 보게 하는지도 몰랐다.

라킨 부부는 아들에게 면회 가는 걸 그만두었을까? 아무도 몰랐다. 그리고 얼마 후, 사람들은 이에 대해서 별로 말을 하지 않았다. 때로 사람들은 커다랗고 납작한, 노란색으로 칠한 그 집을 지나치면서 고개를 돌려버리기도 했다. 블루베리 파이처럼 예쁘고 신선했던 가정에 어떤 일이 일어날 수 있는지 상기하고 싶지 않았던 것이다.

라킨 부부가 진입로에서 빠져나오는 걸 본 사람은 헨리 키터리지였다. 그는 한밤중에 약국에 경보가 울렸다는(너구리가 안으로 들어왔었다) 경찰의 전화를 받고 나가던 길이었다. 로저가 운전을 했고, 루이즈—머리에 스카프를 두르고 검은 선글라스를 끼어서 루이즈일 거라 추정했다—는 그의 곁에 미동도 않고 앉아 있었다. 새벽 두시였다. 그제야 헨리는 이 부부가 밤을 틈타 움직인다는 걸 알게 되었다. 그들은 필시 코네티컷으로 아들을 면회 가는 길인 모양이었는데, 몹시 은밀하게 움직였고, 헨리는 그들이 앞으로도 쭉 이렇게 살려나보다, 생각했다. 이 얘기를 듣고 올리브는 조용히 말했다. "어이쿠."

어쨌든 라킨 부부와 그들의 집, 그리고 무엇이 되었든 그 집안의 이야기는 희미해졌고, 커튼이 내려진 그 집은 대단히 기복이 심한 해안 풍경에 자리 잡은 또하나의 언덕처럼 보이게 되었다. 호기심으로 한동안 죽 잡아당겨졌던, 사람들의 삶을 둘러싼 자연스러운 고무줄은 오래전에 제자리로 돌아갔다. 이 년, 오 년,

그리고 칠 년이 지났다. 그리고 그동안 올리브 키터리지는 참을 수 없는 외로움으로 죽도록 숨이 막혔다.

아들 크리스토퍼는 결혼했다. 올리브와 헨리는 새 며느리의 명령조인 태도에 입을 다물지 못했다. 필라델피아에서 자란 새 며느리 수잔은 크리스마스 선물로 다이아몬드 테니스 팔찌 따위를 기대하고(테니스 팔찌가 뭐야? 크리스토퍼는 그러면서도 그걸 사주었다), 식당에서 음식을 주방으로 돌려보내는 타입이었다. 한번은 직접 얘기해야겠다며 주방장을 불러내기도 했다. 끝이 안 보이는 갱년기로 고생하고 있던 올리브는 젊은 며느리만 곁에 있으면 그 별난 열기의 파도에 압도되었다. 한번은 수잔이 말했다. "올리브, 콩으로 만든 보조제도 있어요. 에스트로겐 대체 요법에 믿음이 안 가신다면요."

올리브는 생각했다. 믿음? 나는 남의 일에 참견 안 하는 게 옳다고 믿거든? "땅이 얼어붙기 전에 튤립 구근을 심어야 하는데."

"어?" 꽃에 대한 무지를 끝없이 드러내던 수잔이 물었다. "튤립을 매년 심어요?"

"당연하지." 올리브의 대답이었다.

"우리 엄마는 분명히 매년 심지 않으셨어요. 그래도 우리집 뒤뜰에는 늘 튤립이 있었는데요."

"어머니한테 여쭤보면, 잘못 알았다는 걸 알게 될 거야. 튤립은 이미 활짝 핀 꽃이 알뿌리 안에 들어 있는 거야. 한 번만 피거든. 그걸로 끝이야." 올리브가 대꾸했다.

그러자 수잔은 올리브를 보고 빙긋 웃었다. 그 표정에 올리브는 따귀라도 한 대 올려붙이고 싶은 마음이 들었다.

"수잔한테 잘못 알고 있다고 말하지 좀 마." 집에서 헨리가 말했다.

"웃기시네." 올리브의 반응이었다. "나는 걔한테 하고 싶은 말 다 할 거야." 그랬지만 올리브는 사과 소스를 만들어 아들 며느리의 집에 가져갔다.

두 사람이 결혼한 지 불과 몇 달 안 됐을 때 크리스토퍼가 직장에서 전화를 했다. "저, 할 말이 있어요." 아들이 말했다. "수잔하고 저, 캘리포니아로 이사 가요."

올리브에게는 모든 것이 거꾸로 뒤집힌 것만 같았다. 마치 이건 나무고 이건 스토브라고 생각하고 있었는데, 나무도 스토브도 아니게 된 것만 같았다. 올리브와 헨리가 크리스토퍼를 위해 지은 집 앞에 '매물'이라고 적힌 간판이 놓인 걸 보았을 때는 가시 돋친 나뭇조각들을 그녀의 심장에 쓸어 넣은 것만 같았다.

올리브가 가끔씩 하도 구슬픈 소리를 내며 흐느껴서 개가 낑낑대며 부들부들 떨다가 차가운 코로 올리브의 팔을 쿡 밀기도 했다. 올리브는 개에게 소리를 질렀다. 헨리에게도 소리를 질렀다. "수잔이 콱 죽어버렸으면 좋겠어. 그냥 오늘 바로 죽어버리지." 헨리는 그러지 말라고 훈계하지 않았다.

캘리포니아? 왜 이 넓은 대륙을 가로질러 반대편으로 가야 한단 말인가?

"전 햇살을 좋아하거든요." 수잔이 말했다. "뉴잉글랜드의 가을은 한 두어 주 동안만 괜찮다가 금세 어두워지고……" 수잔은 한쪽 어깨를 으쓱하며 빙그레 웃었다. "그냥 싫어요. 그게 다예요. 곧 저희한테 놀러 오세요."

받아들이기 어려운 현실이었다. 그때쯤 헨리는 벌써 약국 일에서 은퇴했고―계획보다 이른 퇴직이었다. 임대료가 하늘 높은 줄 모르고 치솟았고, 건물은 팔려 대형 드러그스토어 체인점의 입점을 기다리고 있었다―하루를 어떻게 메워야 할지 몰라 했다. 오 년 전에 교직에서 은퇴한 올리브는 계속 그에게 말했다. "일정을 짜서, 철저히 지켜."

그래서 헨리는 포틀랜드의 평생교육 프로그램에서 목공 수업을 들으며 지하실에 선반을 설치했고, 단풍나무로 반듯하지는 않지만 귀여운 샐러드 볼 네 개를 만들었다. 올리브는 카탈로그를 유심히 들여다보곤 튤립 알뿌리 백여 개를 주문했다. 두 사람은 남북전쟁연합에 가입하여―헨리의 증조부가 게티즈버그 전투에 참여했고, 그 증거로 궤짝에 옛날 권총이 남아 있었다―한 달에 한 번 벨파스트까지 운전해 간 다음 회원들과 둥글게 모여 앉아 여러 전투와 영웅 등에 대한 강의를 들었다. 흥미로웠고, 도움이 되었다. 사람들은 다른 회원들과 담소를 나누고 어두워져서야 차를 몰고 돌아왔는데, 그날 헨리와 올리브는 불 꺼진 라킨 부부의 집을 지나쳤다. 올리브가 고개를 절레절레 흔들었다. "나는 옛날부터 루이즈가 좀 이상하다고 생각했어." 그녀가 말했다. 루이즈는 올리브가 가르쳤던 학교의 상담 교사였는데 어딘지 특별한 데가 있었다. 너무 많이, 그리고 너무 발랄하게 말을 했고, 화장을 진하게 하고 옷도 요란하게 입었다.

"크리스마스 파티 때마다 걷지도 못할 정도로 술에 취해가지고." 올리브가 말했다. "어느 해인가는 고주망태가 돼서 체육관 관람석에 앉아 찬송가 〈십자가 군병들아〉를 부르고 있더라구. 솔직히, 구역질 났어."

"흠." 헨리가 말했다.

"그렇지." 올리브가 동의했다. "진짜야, 흠."

그러니까 어느 밤, 크리스토퍼가 전화해서 수잔과 이혼할 거라고 침착하게 말했을 때, 올리브와 헨리 두 사람은 은퇴라는 땅에서 제자리를 찾아 두 발로 일어서는 중이었다. 헨리는 침실에서, 올리브는 부엌에서 수화기를 들고 있었다. "그런데 이유가 뭐야?" 두 사람은 이구동성으로 물었다.

"수잔이 원하니까요." 크리스토퍼가 말했다.

"무슨 일이 있었니, 크리스토퍼? 결혼한 지 일 년밖에 안 됐잖아."

"엄마, 그냥 그렇게 된 거예요. 그게 다예요."

"음, 그럼 집으로 돌아오너라." 헨리가 말했다.

"아뇨." 크리스토퍼가 대답했다. "여기가 좋아요. 병원도 잘되고. 집에 돌아갈 생각 없어요."

헨리는 저녁 내내 거실에서 두 손에 머리를 묻고 있었다.

"좀. 이제 그만 정신 차려." 올리브가 말했다. "당신은 적어도 로저 라킨은 아니잖아." 하지만 그녀의 손도 떨리고 있어서, 올리브는 냉장고로 가서 내용물을 다 끄집어낸 다음 안을 닦고, 차가운 물에 베이킹소다를 풀어 적신 스펀지로 냉장고 선반을 닦았다. 그런 다음 모두 냉장고 안에 도로 집어넣었다. 헨리는 여전히 두 손에 머리를 묻고 있었다.

헨리가 두 손에 머리를 묻고 거실에 앉아 있는 날이 점점 더 많아졌다. 하루는 헨리가 별안간 쾌활하게 말했다. "돌아올 거야. 두고 봐."

"어떻게 그렇게 확신하는데?"

"여기가 녀석의 집이잖아, 올리브. 이 해안이 고향이고."

이 지리적인 인력引力을 외아들에게 입증이라도 하려는 듯, 두

260

사람은 집안의 혈통을 따라가보았다. 차를 몰고 오거스타의 도서관까지 가서 자료를 찾아보고, 수십 킬로미터나 떨어진 옛날 묘지까지 찾아갔다. 헨리의 조상은 여덟 세대를 거슬러 올라간다. 올리브의 경우 열 세대였다. 올리브 집안의 첫 조상은 스코틀랜드에서 왔는데, 칠 년 한시 노동계약으로 왔다. 스코틀랜드 사람들은 억세고 굳세어서 상상할 수도 없는 상황에서도 살아남았다. 머리 가죽을 벗기는 테러도, 먹을 것 없는 혹한의 겨울도, 번갯불에 축사에 불이 나도, 아이들이 수두룩하게 죽어나가도. 하지만 그들은 인내했다. 이 부분을 읽으면서 올리브는 잠시 힘이 났다.

그래도 크리스토퍼는 여전히 곁에 없었다. "괜찮아요." 부모가 전화를 하면 아들은 말했다. "괜찮아요."

하지만 그는 누구였던가? 캘리포니아에 사는 이 이방인은. "아뇨, 지금은 말고요." 헨리와 올리브가 비행기를 타고 찾아가겠다고 하자 크리스토퍼는 말했다. "지금은 때가 안 좋아요."

올리브는 가만히 앉아 있기가 힘들었다. 목구멍으로 뭔가 치밀어 오르는 게 아니라, 몸 전체에서 뭔가가 느껴졌다. 창밖으로 내다보이는 저 만을 채우고도 남을 만한 눈물을 억눌러 참는 듯한 끈질긴 고통이었다. 크리스토퍼의 모습이 물밀 듯 밀려들었다. 걸음마를 하던 아이가 창턱의 제라늄을 만지려고 손을 뻗자 올리브는 아이의 손을 탁 때렸다. 하지만 올리브는 아이를 사랑했다! 맹세코 아들을 사랑했다. 2학년 때, 크리스토퍼는 숲에서 철자 시험을 본 종이를 태우려다 화상을 입을 뻔했다. 하지만 아이는 엄마가 자신을 사랑한다는 걸 알았다. 사람들은 누가 얼마나 자신을 사랑하는지 정확히 안다. 올리브는 그렇게 믿었다. 왜 부모가 찾아오지도 못하게 할까? 캘리포니아에서 사람들이 아이에게 무슨 짓을 한 거지? 올리브는 침대도 정리하고 빨래도 하고 개도 먹일 수 있었지만, 끼니를 준비하는 건 몹시 고역이었다.

"우리 저녁은 뭘 먹지?" 헨리는 지하실에서 올라오면서 묻곤 했다.

"딸기."

그러면 헨리는 잔소리를 했다. "당신은 나 없인 하루도 못 살 거야, 올리브. 내가 내일이라도 죽으면 당신은 어떻게 되겠어?"

"아, 그만해." 그것은, 그런 말은 그녀를 자극했고, 헨리는 자극을 즐기는 것 같았다. 때로 올리브는 혼자 차를 타고 드라이브에 나섰다.

이제 장을 보는 것은 헨리였다. 하루는 꽃을 한 다발 들고 돌아왔다. "우리 집사람 주려고." 그가 꽃다발을 건네며 말했다. 두 사람은 몹시 슬픈 처량한 노부부였다. 데이지였다. 흰색 꽃과 말도 안 되게 분홍빛인 꽃 틈의 파랗게 염색한 꽃, 절반은 죽은 데이지 꽃.

"저기 꽃병에 꽂아요." 올리브가 오래된 파란 꽃병을 가리키며 말했다. 꽃은 부엌의 나무 탁자에 놓였다. 헨리가 다가와 올리브를 끌어안았다. 이른 가을, 서늘한 날이었고 그의 모직 셔츠에서는 살포시 나뭇조각과 흙 내음이 났다. 포옹이 끝나기를 기다리며 그녀가 일어섰다. 그러곤 밖으로 나가 튤립 알뿌리를 심었다.

일주일 후, 이런저런 볼일이 있는 아침이었다. 그들은 차를 타고 시내로 가 '숍 앤 세이브'의 커다란 주차장으로 들어갔다. 헨리가 안으로 들어가 우유와 오렌지 주스, 잼 한 병을 사오는 동안 올리브는 차에서 신문을 읽으며 기다릴 셈이었다. "다른 건?" 그는 그렇게 말했다.

올리브는 고개를 저었다. 헨리가 기다란 다리를 내밀며 문을 열었다. 차문이 끼익, 열리는 소리, 격자무늬 재킷을 입은 헨리의 등, 그다음엔 그 자세에서 바로 땅으로 푹 꺼지는 남편의 이상하고 부자연스러운 동작.

"헨리!" 올리브가 외쳤다.

올리브는 구급차가 오기를 기다리며 그를 향해 소리쳤다. 헨리는 눈을 뜬 채 입을 움직이며 올리브 뒤의 무언가를 잡으려는 듯 한 손을 허공에 대고 버둥거렸다.

튤립은 터무니없이 아름답게 피었다. 튤립이 자라는 언덕에서 한낮의 햇살이 넓게 퍼졌다. 올리브의 부엌 창에서도 튤립이 보였다. 노란색, 하얀색, 분홍빛, 진홍빛의 튤립이. 올리브가 깊이를 각각 달리하여 구근을 심었더니 튤립은 예쁘게 불규칙했다. 산들바람이 튤립을 살며시 휘청이게 하면, 형형색색이 떠다니는 마법의 수중水中 들판처럼 보였다. 헨리가 몇 년 전에 짜 넣은 '툭 튀어나온 방'─창틀 바로 밑에 작은 침대를 넣어도 될 만큼 커다란 베이 윈도우가 있었다─에 누워서도 튤립과 활짝 핀 튤립에 내리쬐는 햇살이 보였다. 올리브는 누울 때마다 귀에 갖다 대던 트랜지스터라디오에 귀를 기울이며 때로는 잠깐씩 졸기도 했다. 매일 해가 뜨기도 전에 일어나다보니, 하루 중 이맘때면 올리브는 몹시 피곤했다. 날이 밝아올 무렵이면 개를 데리고 차에 올라 강으로 갔다. 강변을 따라 3마일을 걷고 다시 3마일을 걸어 돌아오다보면, 선조들이 옛날에 한쪽 포구에서 다른 포구로 노를 저어 갔던 넓은 띠 같은 강물 위로 해가 떠올랐다.

산책로는 새로 포장되어 있었고, 올리브가 돌아올 때쯤엔 젊고 사나울 정도로 건장한 롤러블레이드 족이, 반질거리는 쫄바지를 입은 허벅지 근육을 움찔대며 지나갔다. 올리브는 산책 후에는 던킨 도너츠로 차를 몰고 가 신문을 읽고 개에게 고리 모양의 동그란 도넛을 주었다. 그다음엔 요양원으로 차를 돌렸다. 메리 블랙웰이 지금은 거기서 일하고 있었다. 메리가 그녀를 이상하게 쳐다봐서, 올리브는 하마터면 "입단속하는 건 좀 배웠나 모르겠네"라고 말할 뻔했다. 어쨌거나 메리 블랙웰은 지옥에 갈지도 모른다. 그들 모두 지옥에 갈지도 모른다. 휠체어에 등을 기대고 앉은 채, 눈이 멀고 언제나 빙글거리는 표정인 헨리를 올리브가 휴게실로, 피아노 옆으로 밀었다. 올리브가 말했다. "내 말 알아들으면 내 손을 꽉 쥐어요." 하지만 그는 손을 꽉 잡지 않았다. "내 말이 들리면," 그녀가 말했다. "눈을 깜빡여요." 헨리는 그저 앞만 보고 빙글거렸다. 저녁이면 올리브는 다시 요양원으로 가서 그의 입에 숟가락으로 음식을 넣어주었다. 올리브가 헨리의 휠체어를 밀고 주차장으로 나가도록 요양원에서 허락해주어서, 개가 그의 손을 핥을 수 있었다. 헨리는 여전히 빙글거렸다. "크리스토퍼가 온대요." 그녀가 말했다.

크리스토퍼가 도착했을 때도 헨리는 빙글거리기만 했다. 체중이 불어난 크리스토퍼는 깃이 있는 셔츠를 입고 요양원에 찾아왔다. 아버지를 본 크리스토퍼는 충격받은 표정으로 올리브를 바라보았다. "말을 걸어봐." 올리브가 시켰다. "네가 왔다고 말해보렴." 올리브는 부자만의 시간을 주려고 물러났지만 얼마 지나지 않아 크리스토퍼가 그녀를 찾으러 왔다.

"어디 계셨어요?" 그가 심술 난 듯 물었다. 하지만 눈이 빨간 걸 보고는 올리브의 마음도 누그러졌다. "너 캘리포니아에서 제대로 먹기는 하는 거야?" 올리브가 물었다.

"세상에, 이런 곳에서 어떻게 견디세요?" 아들이 물었다.

"못 견디지." 올리브의 말이었다. "온몸에 냄새가 밴다니까." 그녀는 의지할 데 없는 소녀 같은 기분이었지만 표시를 내지 않으려고 조심했다. 아들이 와줘서, 요양원에 혼자 가지 않아도 되어서, 옆 좌석에 아들을 태울 수 있어서 얼마나 기뻤던가. 하지만 아들은 채 일주일도 머물지 않았다. 병원에 일이 생겨서 가봐야 한다고 했다.

"그래, 그럼." 올리브는 개를 뒷좌석에 태우고 아들을 공항까지 데려다주었다. 집은 그 어느 때보다 텅 비어 보였다. 요양원마저도 크리스토퍼가 없으니 변한 것 같았다. 다음 날, 그녀는 헨리의 휠체어를 피아노 곁으로 밀었다. "크리스토퍼가 곧 다시 올 거야." 그녀가 말했다. "마무리 지어야 하는 일이 있는데 곧 다시 온대. 걔가 당신을 무척 좋아하잖아, 헨리. 당신이 얼마나 멋진 아버지였는지 줄곧 말하더라구." 하지만 목소리가 갈라지기 시작해서, 올리브는 옆으로 비켜서서 창 너머 주차장으로 눈길을 돌려야 했다. 화장지가 없어서 찾으려고 고개를 돌렸다. 눈길 닿는 곳에 메리 블랙웰이 서 있었다. "뭐가 문제야?" 올리브가 메리에게 말했다. "할망구 우는 거 처음 봐?"

그녀는 혼자 있고 싶지 않았다. 하지만 사람들과 있는 건 더 싫었다.

데이지 포스터네 조그만 다이닝룸에 앉아 차나 홀짝이고 있자니 낯간지러웠다. "애도 그룹인지 뭔지 하는 멍청한 델 갔었어." 올리브가 데이지에게 말했다. "근데 거기서 그러더군. 화가 나는 게 정상이래. 하, 사람들이 멍청하긴. 왜 화가 나야 하는데? 이런 일이 일어나리란 거 모두가 다 알고 있는데. 잠자다가 그냥 골로 가는 거, 별로 흔치 않은 행운이야."

"사람마다 대응하는 방법이 다르겠지요." 데이지가 예의 그 상냥한 목소리로 말했다. 얘는 상냥한 목소리밖에 가진 게 없어, 올리브는 생각했다. 데이지는 그런 사람이었다. 상냥한 사람. 제길, 전부 엿 먹으라고 해. 올리브는 개가 기다린다며 아직 가득 찬 찻잔을 그대로 두고 일어섰다.

이런 식이었다. 올리브는 아무도 참아낼 수가 없었다. 며칠마다 우체국에 갔는데, 그것도 견딜 수 없었다. "어떻게 지내세요?" 에밀리 벅은 매번 그렇게 물었고 올리브는 짜증이 났다.

"그럭저럭 지내." 그렇게 말하긴 했지만 헨리 앞으로 오는 게 태반인 우편물을 받는 게 정말 싫었다. 게다가 청구서는 왜 그리 많은지! 청구서를 어찌해야 할지 몰랐다. 어떤 것들은 아예 납득이 가지 않았다. 광고 우편물은 또 왜 그리 많은지! 올리브는 커다란 회색 쓰레기통 곁에 서서 광고 우편물을 죄다 버렸는데, 가끔 청구서가 쓰레기통에 섞여 들어가면 에밀리가 카운터 안쪽에서 계속 지켜보는 가운데 몸을 숙이고 쓰레기통을 뒤져 찾아야 했다.

카드 몇 개가 날아왔다. "마음이 아프네요. 정말 슬픕니다." "……소식에 마음이 아프네요." 올리브는 카드마다 답장을 했다. "마음 아파하지 말아요." 이렇게 썼다. "이런 일은 일어나기 마련이라는 거 다 아는 처지에 마음 아플 게 뭐가 있어요." 자기가 제정신이 아닌지도 모른다는 생각이 잠시라도 든 것은 한두 번밖에 없었다.

크리스토퍼는 일주일에 한 번씩 전화를 했다. "내가 뭘 도와줄까, 크리스토퍼?" 그녀는 이렇게 물었지만 그 뜻은 이랬다. 날 위해 뭘 좀 해다오! "내가 비행기 타고 너한테 갈까?"

"아뇨." 아들의 대답은 언제나 같았다. "전 잘 지내요."

튤립이 시들고 나뭇잎이 붉어지더니, 잎이 떨어져 나무는 곧 헐벗었고, 눈이 왔다. 이 모든 변화를 올리브는 '툭 튀어나온 방'

에서 옆으로 누워, 트랜지스터라디오를 움켜쥐고, 무릎을 가슴에 끌어안고 지켜보았다. 기다란 창유리에 비친 하늘은 검었다.

작은 별 세 개가 보였다. 라디오에서는 한 남자가 차분한 목소리로 사람들을 인터뷰하거나 뉴스를 전했다. 말뜻이 잘 전달되지 않으면 올리브는 잠깐 졸았다는 걸 알았다. "아이쿠." 그녀는 이따금씩 나지막이 말했다. 그녀는 크리스토퍼에 대해, 아들이 왜 자신을 오지 못하게 하는지에 대해, 왜 동부로 돌아오지 않는지에 대해 생각했다. 마음이 잠시 라킨 부부에게로 넘어갔다. 그들이 아직 아들을 면회하러 갈까 궁금했다. 크리스토퍼는 어쩌면 아내와 화해하길 바라서 캘리포니아에 머물고 있는지도 모른다. 얼마나 사나운 만물박사 수잔이었던가. 그러나 흙에서 자라나는 꽃에 대해서는 한 가지도 제대로 아는 게 없었던 아이.

몹시 추운 어느 아침, 올리브가 산책을 한 다음 던킨 도너츠에 갔다가 차에 앉아서 신문을 읽는데, 뒷자리에 앉은 개가 계속 낑낑거렸다. "쉿!" 그녀가 말했다. "그만해." 낑낑대는 소리가 더 심해졌다. 올리브는 도서관으로 차를 몰았지만 안으로 들어가지는 않았다. 그다음엔 우체국으로 차를 돌려 광고 우편물을 쓰레기통에 넣었다가 쓰레기통을 다시 뒤져 발신인 주소가 없는 노란 봉투를 찾아냈다. 누구의 글씨체인지 알아볼 수 없었다. 차에서 평범한 노란 사각 봉투를 뜯었다. "그분은 언제나 좋은 사람이었어요. 분명 지금도 좋은 분이겠지요." 맺음말은 루이즈 라킨이라고 되어 있었다.

다음 날 아침, 아직 어두운 시각에 올리브는 라킨 부부의 집을 차로 천천히 지나쳤다. 블라인드 밑으로, 아주 희미한 불빛이 새어 나왔다.

"크리스토퍼," 그다음 토요일 부엌의 전화기에 대고 올리브가 말했다. "루이즈 라킨이 아버지에 대해서 쪽지를 보냈더라."

아들은 아무 말도 없었다.

"듣고 있니?" 그녀가 물었다.

"듣고 있어요." 크리스토퍼가 대답했다.

"루이즈에 대해 내가 한 말 들었니?"

"네."

"흥미롭지 않아?"

"별로요."

흉골 속에서 솔방울이 쫙 펼쳐지는 듯한 통증이 활짝 피어났다.

"난 그 여자가 어떻게 알았는지조차 모르겠다. 종일 그 집에 갇혀 살면서 말야."

"저도 모르겠어요." 크리스토퍼가 말했다.

"그래, 알았다." 올리브가 말했다. "그럼 나는 도서관에 간다. 안녕."

그녀는 거대한 배에 한 손을 대고 부엌 식탁에 몸을 앞으로 숙이고 앉았다. 필요하면 언제라도 목숨을 끊을 수 있다는 생각이 머리를 스쳤다. 살면서 그 생각을 처음 해본 것은 아니었지만, 전 같았으면 적어도 유서는 남길 생각을 했을 것이다. 지금 같아선 유서를 남기지 않으리라 생각했다. "크리스토퍼, 내가 어쨌기에 네가 날 이렇게 대한단 말이니."

올리브는 조심스럽게 부엌을 둘러보았다. 자기집을 포기하지 않으려는 여자들, 미망인들이 요양원으로 끌려가고 나면 금세 죽는 경우를 보았다. 하지만 올리브는 여기서 얼마나 더 살 수 있을지 몰랐다. 헨리가 집으로 돌아올 방법이 있지 않을까 생각하며 기다렸다. 크리스토퍼가 동부로 돌아오기를 기다렸다. 자동차 열쇠를 찾으며 일어서다가—거기 더 있을 수가 없었다—어렴풋이 기억이 났다. 훨씬 더 젊을 때 그녀는 가정생활을 지켜 워하며, 고개를 움츠린 크리스토퍼에게 소리 지르곤 했다. "이런 빌어먹을 노예 노릇은 지긋지긋해!" 어쩌면 그렇게 소리 지르지 않았는지도 모른다. 올리브는 개를 부른 다음, 집을 나섰다.

걸음걸이가 옛날 사람처럼 보이는, 꼬챙이처럼 비쩍 마른 루이즈가 올리브를 어두운 거실로 안내했다. 루이즈가 스탠드를 켜자, 올리브는 루이즈가 너무 예뻐서 깜짝 놀랐다. "빤히 보려는 건 아닌데," 올리브가 입을 열었다. 시선을 거둘 수가 없어서이 말을 해야 했다. "자네 참 예쁘군."

"내가?" 루이즈가 나지막이 웃음소리를 냈다.

"자네 얼굴이."

"아."

마치 예뻐지고 싶어했던 젊은 시절의 루이즈의 노력이, 염색한 금발과 짙은 분홍 립스틱, 수다스러움과 조심스럽게 맞춰 입었던 옷차림, 비즈와 팔찌와 좋은 구두 등(올리브는 기억하고 있었다)이 외려 루이즈의 본질을 가리고 있었던 듯했다. 슬픔과 고립으로 이런 것들이 다 벗겨지고, 아마도 약에 잔뜩 취해 있으니, 놀라우리만치 아름다운 얼굴과 더불어 연약함 속에서 루이즈의 본질이 드러나는 것만 같았다. 정말로 아름다운 늙은 여자는 보기 어려운데, 하고 올리브는 생각했다. 젊었을 때 예뻤던 여자라면 아름다움의 잔상은 볼 수 있겠지만 지금 올리브의 눈에 보이는 것과 같은 아름다움은 보기 어려웠다. 다른 세상의 눈처럼 빛나는 갈색 눈은 조각상처럼 고운 뼈대 안에 쏙 들어가 있고, 피부는 광대뼈 양쪽으로 팽팽했으며, 입술도 아직 탱탱했고,

하얀 머리칼은 작은 갈색 리본으로 옆으로 묶고 있었다.

"차를 만들었는데." 루이즈가 말했다.

"됐어, 하지만 고마워."

"그래, 그럼." 루이즈가 가까운 의자에 우아하게 앉았다. 그녀는 암녹색의 기다란 스웨터 같은 가운을 입고 있었다. 캐시미어로군, 올리브는 대번에 알아보았다. 라킨네는 이 마을에서 유일하게 돈 있는 집이었다. 아이들은 포틀랜드의 사립학교에 다녔다. 아이들은 테니스와 음악, 스케이트 교습을 받았고, 여름이면 여름 캠프로 떠나고 없었다. 사람들은 그 점에 대해 웃었다. 메인 주 크로스비의 다른 어떤 아이도 여름 캠프에 가지 않았다. 가까운 곳에 뉴욕 아이들로 버글버글한 여름 캠프가 있긴 했지만, 라킨 부부가 왜 자식들을 거기 보내 뉴욕 아이들과 여름을 보내게 하는지 의아해했다. 그들 부부는 그런 사람이었기 때문이고, 그게 다였다. 로저는 양복점에서 정장을 맞춰 입는다나 뭐라나, 루이즈가 말하던 걸 올리브는 기억했다. 물론 사람들은 이들이 파산했을 거라고 생각했다. 하지만 전문가들한테 비용을 다 지불하고 나면 다른 지출은 그리 많지 않았을지도 모른다.

올리브는 조심스럽게 주위를 둘러보았다. 벽지 한곳에 물이 스민 얼룩이 있었고, 벽판은 빛이 바랬다. 거실은 깨끗했지만 보수한 흔적은 어디에도 없었다. 이 집에 와본 지 굉장히 오래되었다. 어느 크리스마스에 티파티를 하러 온 적이 있었을 것이다. 저쪽 구석에 크리스마스트리가 있었고, 집 안 전체에 촛불과 음식이 있었고 루이즈가 사람들에게 인사를 했었지. 루이즈는 언제나 근사한 쇼를 선보이길 좋아했다.

"집 안에만 머무는 게 괴롭지 않아?" 올리브가 물었다.

"어디든 괴롭지." 루이즈가 대답했다. "그렇다고 짐을 싸서 이사 가는 건…… 그건 언제나 너무 고된 거 같고 말야."

"그건 나도 알 거 같아."

"로저는 위층에 살아." 루이즈가 말했다. "그리고 난 아래층에 살고."

"허." 올리브는 납득하기 힘들었다.

"살다보면 이런저런 합의를 보게 되지. 서로 조절도 하게 되고."

올리브가 고개를 주억거렸다. 마음에 걸리는 것은 헨리가 그놈의 꽃들을 사주었다는 것이다. 그러나 그녀는 그냥 멀대같이 서 있기만 했다. 꽃은 잘 말려서 간직했다. 파란 데이지는 이제 갈색이 되었고 고꾸라졌다.

"크리스토퍼가 도움이 되던가?" 루이즈가 물었다. "그 아인 항상 섬세했지, 안 그래?" 루이즈가 뼈만 앙상한 손으로 캐시미어로 덮인 무릎을 쓰다듬었다. "그래도 헨리는 착한 남자니까, 당신한테는 다행이지."

올리브는 대답하지 않았다. 내려놓은 블라인드 밑자락으로 가느다란 빛이 한 줄기 들어왔다. 이제 아침이었다. 이리 오지 않았다면 올리브는 강가를 거닐고 있었을 것이다.

"로저는 좋은 사람이 아니거든. 그게 엄청난 차이지."

올리브가 루이즈를 물끄러미 바라보며 말했다. "내가 보기엔 늘 충분히 좋은 사람 같았는데." 사실, 올리브는 로저에 대해 별로 기억나는 게 없었다. 그는 은행가였고, 그렇게 보였으며, 몸에 잘 맞는 양복을 입었다. 그런 걸 중요하게 생각하는 사람이라면 그 점이 눈에 띄었을 것이다. 물론 올리브는 아니었지만.

"누구한테나 좋은 사람처럼 보이지." 루이즈가 말했다. "그 사람의 처세술이라고나 할까." 루이즈가 가볍게 웃었다. "하지만 지이이인실은." 그녀가 과장되게 길게 발음하며 말했다. "심장이 한 시간에 두 번밖에 안 뛰는 사람이야."

올리브는 무릎에 핸드백을 올려놓은 채 꼼짝도 않고 앉아 있었다.

"차디찬 사람이지. 으으으, 추워. 하지만 그따위는 아무도 신경 쓰지 않아. 다들 엄마를 비난하거든, 알잖아. 언제나, 언제나, 언제나, 모든 일에 대해서 엄마를 탓하지."

"그건 그런 거 같아."

"그런 줄 알면서. 편하게 있어, 올리브."

루이즈가 희고 가느다란 손을 흔들자, 희뿌연 빛 속에서 주르륵 따르는 우유 한 줄기가 보였다. 올리브가 망설이며 바닥에 핸드백을 내려놓고 등을 기대고 앉았다.

루이즈가 두 손을 모으고 빙긋 웃었다. "크리스토퍼는 도일처럼 섬세한 아이야. 이젠 아무도 믿지 않겠지만 도일은 세상에서 가장 다정한 아이야."

올리브가 고개를 끄덕인 다음 뒤쪽을 돌아보았다. 스물아홉 번, 신문에선 스물아홉 번이었다는 걸 계속 보도했다. 텔레비전 뉴스도 마찬가지였다. 스물아홉 번. 그건 엄청난 횟수다.

"당신은 내가 도일을 크리스토퍼하고 비교하는 게 싫을지도 모르겠군." 루이즈가 다시 한번, 거의 애교를 부리는 듯한 어조로 가볍게 웃었다.

"자네 딸은 어때?" 올리브가 다시 루이즈를 바라보며 물었다. "요즘은 어떻게 지내?"

"보스턴에 살아. 변호사와 결혼했지. 그래서 당연히 도움이 되었고. 훌륭한 여인이 되었어."

올리브가 고개를 끄덕였다.

루이즈가 두 손을 무릎에 놓고 몸을 숙였다. 그러더니 고개를 앞뒤로 까닥거리며 나지막이 읊조렸다. "남자들은 목성에 가서 바보가 되고, 여자들은 학교에 가서 똑똑이가 된다네." 그녀는 특유의 작은 웃음소리를 내며 웃더니 뒤로 기대앉았다. "로저는 뱅고어에 있는 여자친구한테로 바로 달아났지." 다시 한번 작은 웃음소리. "하지만 여자가 로저를 거부했어, 불쌍한 양반."

올리브는 내심 실망의 한숨을 쉬었다. 당장 떠나고 싶은 마음이 굴뚝같았지만 자기가 먼저 불쑥 찾아왔고, 루이즈에게 답장까지 써서 찾아가도 되느냐고 물은 마당에 그럴 수는 없었다.

"당신, 자살도 생각해봤겠군." 루이즈가 아무렇지도 않게, 레몬 파이 만드는 법이라도 묻듯이 말했다.

올리브는 갑자기, 방금 머리에 축구공이라도 맞은 듯 정신이 혼미해졌다. "그런다고 무슨 문제가 해결되나."

"당연히 해결되지." 루이즈가 쾌활하게 말했다. "모든 게 해결되지. 하지만 방법이 문제거든."

올리브가 자세를 고치며 곁에 있는 핸드백을 잡았다.

"나야 물론 수면제를 먹겠지. 하지만 당신은…… 내가 보기엔 수면제 타입이 아니야. 좀더 공격적인 거. 손목도 있지만 그건 시간이 너무 걸릴 거야."

"말이면 다인 줄 알아." 올리브가 말했다. 하지만 한마디 덧붙이지 않을 수 없었다. "나한테 의지하는 사람들이 있어. 무슨, 말을 해도!"

"바로 그거야." 루이즈가 뼈만 남은 손가락 하나를 치켜들며 고개를 갸웃했다. "도일은 나 하나 보고 살거든. 그래서 나도 아들을 보고 살지. 매일 아이한테 편지를 쓰고, 가능한 한 자주 면회를 가거든. 도일은 혼자가 아니라는 걸 알아. 그래서 나도 이렇게 살아 있는 거고."

올리브가 고개를 끄덕였다.

"하지만 크리스토퍼는 당신한테 전혀 의존하지 않지? 마누라가 있으니."

"이혼당했어." 올리브가 말했다. 그 말이 그리 쉽게 나오다니 이상했다. 사실 올리브와 헨리는 강 위쪽에 사는 빌과 버니 뉴턴 말고는 아무에게도 그 말을 하지 않았다. 크리스토퍼가 캘리포니아에 사는 이상, 아무도 알 필요가 없을 것 같았다.

"그렇구나." 루이즈가 말했다. "글쎄, 분명히 새 여자를 찾게 될 거야. 그리고 헨리도 자기한테 의지하지 않잖아. 자기가 어디 있는지, 누가 곁에 있는지도 모르는데."

불같은 분노가 가슴을 찌르는 듯했다. "그걸 자네가 어떻게 알아? 그렇지 않아. 젠장, 내가 가면 안다고, 알아!"

"아이, 아닌 거 같은데. 메리 말은 그게 아니던데."

"어떤 메리?"

루이즈가 과장된 동작으로 손을 입에 댔다. "아차!"

"메리 블랙웰? 자네 메리 블랙웰하고 연락해?"

"메리하고 나는 역사가 길지." 루이즈가 대답했다.

"하. 뭐, 그 여자가 자네 얘기도 떠들고 다녔으니까." 올리브의 심장이 몹시 빠르게 뛰기 시작했다.

"그리고 그 말은 전부 사실일 거고." 루이즈가 예의 그 가벼운 웃음을 짓고는 손톱의 매니큐어라도 말리는 듯한 몸짓을 했다.

"요양원 내부 얘기를 하고 다녀선 안 되지."

"아이 참, 올리브. 다들 사람인데. 다른 사람은 몰라도 당신은 그걸 아는 줄 알았는데."

순간, 구석에서 나온 검은 가스가 퍼지듯 거실에 정적이 내려앉았다. 그곳엔 신문도, 잡지도, 책도 없었다.

"자네 종일 뭐 해?" 올리브가 물었다. "어떻게 버티지?"

"아하." 루이즈가 말했다. "한 수 배우러 왔구나?"

"아냐." 올리브가 말했다. "자네가 친절하게도 나한테 쪽지를 보내서 왔을 뿐이야."

"나는 우리 애들이 당신 밑에서 배우지 못한 게 늘 아쉬웠어. 그렇게 불꽃이 튀는 사람은 많지 않거든. 안 그래? 정말 차 한잔 안 하겠어? 난 마실 건데."

"아니, 난 됐어." 올리브는 루이즈가 일어서서 거실을 가로질러 가는 걸 지켜보았다. 루이즈가 전등갓을 똑바로 세우려고 몸을 숙이는데, 등에서 스웨터가 떨어지며 가녀린 등이 드러났다.

그렇게 마르고도 살아 있을 수 있다는 걸 올리브는 미처 알지 못했다. "자네, 어디 아파?" 루이즈가 찻잔과 받침을 들고 돌아오자 올리브가 물었다.

"아프냐고?" 루이즈는 애교를 부리는 듯한 미소를 다시 머금었다. "어떻게 아픈 거, 올리브?"

"몸이 말이야. 너무 말랐잖아. 물론 예쁘긴 하지만."

루이즈가 조심스럽게 말하다가 다시 장난스러운 말투를 띠었다. "몸이 아프거나 그런 건 아냐. 하지만 식욕이 별로 없긴 해. 그걸 묻는 거라면."

올리브가 고개를 끄덕였다. 차를 달라고 했다면 찻잔을 비우고 나갈 수 있을 터이다. 하지만 이젠 너무 늦었다. 올리브는 그냥 앉아 있었다.

"그리고 정신적으로는, 사실, 내 머리가 세상 그 어느 누구보다 더 맛이 갔다고는 생각지 않아." 루이즈가 차를 홀짝였다. 손등의 핏줄이 두드러졌다. 핏줄 하나는 가죽뿐인 손가락까지 뻗어 있었다. 찻잔이 받침에 부딪혀 살짝 소리를 냈다.

"크리스토퍼가 당신을 도우러 왔었나, 올리브?"

"어, 그럼. 당연히 왔었지."

루이즈가 입술을 오므리고 다시 고개를 갸웃하며 올리브를 찬찬히 살폈다. 이제 보니 루이즈는 화장을 하고 있었다. 눈 주위로 스웨터 색과 같은 아이섀도 색이 눈에 띄었다. "여기 왜 왔지, 올리브?"

"말했잖아. 자네가 친절하게 쪽지를 보내서 왔다고."

"하지만 내가 당신을 실망시켰지, 안 그래?"

"전혀."

"당신만은 거짓말을 안 할 줄 알았는데, 올리브."

올리브가 핸드백을 찾아 아래로 팔을 뻗었다. "난 가볼게. 하지만 쪽지는 정말 고마웠어."

"아하." 루이즈가 살짝 웃으며 말했다. "내 꼬락서니를 보고 위안을 얻으려고 왔구나. 근데 그게 잘 안 됐고." 그녀가 노래하듯 덧붙였다. "미이이이안."

머리 위에서 마룻바닥이 삐걱대는 소리가 났다. 올리브는 핸드백을 들고 일어서서 외투를 찾았다.

"로저가 일어났네." 루이즈가 계속 빙글거렸다. "당신 코트는 입구 벽장에 있어. 참, 크리스토퍼가 한 번밖에 안 왔다는 것도 우연히 안 거야. 거짓말쟁이 올리브! 들통나버려었네!"

올리브는 최대한 서둘러 나갔다. 외투를 어깨에 걸치고 잠시 돌아보았다. 루이즈는 의자에 앉아 있었다. 가녀린 등을 똑바로 펴고, 이상하리만치 아름다운 얼굴로. 그때 루이즈가 큰 소리로 올리브에게 말했다. "그 계집앤 나쁜 년이었어, 알아? 걸레 같은 년."

"누구?"

무표정한 미녀, 루이즈가 말끄러미 바라보았다. 오싹 소름이 끼쳤다.

루이즈가 말을 이었다. "그년은 물건이었어. 그 말만 할게, 올리브 키터리지. 남자를 애만 태우고 놀려먹는 더러운 년! 신문에서 그년이 동물과 어린애 들을 사랑했다느니 하는 말은 난 신경 안 써. 그년은 사악한, 살아 있는 괴물이야. 이 세상에 내려와서 내 착한 아들을 미치게 만들었어!"

"알았어, 알았다구." 올리브가 급히 외투를 걸쳤다.

"그년은 그래도 싸. 알아? 그래도 싸."

올리브가 돌아보니 로저 라킨이 계단에 서 있었다. 그는 늙어 보였다. 헐렁한 스웨터를 입고, 슬리퍼를 신고 있었다. 올리브가 입을 열었다.

"죄송해요. 제가 흥분시켜서."

그는 피로한 듯, 한 손만 치켜들었다. 루이즈는 걱정하지 않아도 된다, 인생이 우리를 이렇게 만들었고 나는 체념하고 그냥 지옥에 산다는 뜻이었다. 올리브는 서둘러 코트를 입으면서 그런 뜻이라고 생각했다. 로저 라킨이 문을 열며 고개를 살짝 끄덕였다. 올리브는 등 뒤로 문이 닫힐 때, 유리가 박살나는 작고 날

카로운 소리와 함께 이렇게 내뱉는 한마디를 분명 들었다. "씨
팔년."

　　강 위에 뿌연 안개가 걸려 있어 물을 잘 알아볼 수 없었다. 산
책로마저도 조금 먼 곳은 보이지 않아 올리브는 곁으로 지나가
는 사람들에 연거푸 놀라곤 했다. 평소보다 늦게 나왔더니 사람
이 더 많았다. 포장된 산책로 옆으로는 솔잎 더미가 드문드문 보
였고, 키 큰 풀들의 끝과 관목 떡갈나무의 나무껍질, 산책하다
앉을 수 있는 화강석 벤치가 있었다. 젊은 남자가 가벼운 안개
를 뚫고 올리브를 향해 뛰어왔다. 그는 손잡이가 자전거 핸들처
럼 생긴 삼각형 모양의 유모차를 밀면서 뛰었다. 올리브는 유모
차 안에 얌전히 누워 잠자는 아기를 얼핏 보았다. 저 자만심 강
한 베이비부머* 부모들은 별의별 장비를 다 갖추었다. 크리스토
퍼가 저 아기만 했을 때 올리브는 아이가 아기 침대에서 자도록
내버려두고 길 아래 사는 베티 심스를 찾아가곤 했다. 베티는 아
이가 다섯이나 되어서 아이들이 온 집 안을 기어 다니고, 민달팽
이처럼 베티에게 달라붙어 있었다. 올리브가 돌아왔을 때 크리

---

*2차 세계대전 후 출산 붐이 일었을 때 태어난 세대.

스가 깨서 칭얼댄 적도 있었지만, 개 스파키가 아이를 지켜보고 있다는 걸 알았다.

올리브는 빨리 걸었다. 너무 더운 날이어서 물안개도 후텁지근하고 끈적였다. 눈 아래로 땀이 눈물처럼 흐르는 게 느껴졌다. 온몸에 시커멓고 지저분한 진창을 주사라도 놓은 듯, 라킨의 집에 갔던 일이 마음속에 퍼지며 가라앉았다. 이 일에 대해 누군가에게 말을 해야 더러운 진창을 빼낼 수 있을 것 같았다. 하지만 버니에게 전화하기에는 너무 이른 시각이었고, 이야기를 털어놓을 헨리도 없으니―걷고 말도 하는 헨리가 없으니―마음이 너무 무거워서, 바로 오늘 아침에 그를 다시 한번 뇌졸중으로 잃은 것 같았다.

헨리가 무슨 말을 할지 눈에 선했다. 그는 놀라도 언제나 온화한 태도로 "세상에"라고 말할 것이다. "세상에."

"왼쪽이요!" 누가 소리쳤고, 올리브 곁으로 자전거가 슁 지나갔다. 너무 가까이 지나가서 손에 바퀴가 돌아갈 때의 바람이 느껴졌다. "아이 씨, 참, 아줌마!" 헬멧을 쓴 외계인이 휙 지나가며 말하자, 올리브는 몹시 혼란스러웠다.

"중앙선 오른쪽으로 다니셔야죠!" 뒤에서 누가 말했다. 롤러 블레이드를 탄 젊은 여자였다. 화난 목소리는 아니었지만 친절하지도 않았다.

올리브는 방향을 돌려 차로 돌아갔다.

요양원에 갔더니 헨리는 자고 있었다. 한쪽 뺨을 베개에 대고 자는 그의 모습은 전과 거의 똑같았다. 눈이 감겨 있어 앞이 안 보이는 것이 감춰지니, 멍하니 미소 짓는 표정도 사라지고 없었다. 눈썹을 살짝 찡그리며 자고 있는 얼굴에 내면의 불안감이 살며시 어린 모습은 친숙했다.

메리 블랙웰은 보이지 않았지만 간병인 말이 헨리가 '힘든 밤'을 보냈다고 했다.

"무슨 말이에요?" 올리브가 물었다.

"흥분하셨어요. 그래서 새벽 네시쯤 투약했고요. 꽤 오래 주무실 거 같아요."

올리브가 의자를 침대 옆으로 당겨 앉고 침대 난간 밑으로 헨리의 손을 잡았다. 커다랗고 완벽하게 균형 잡힌, 여전히 아름다운 손이었다. 그가 약사로 지낸 수십 년 동안, 헨리가 알약을 세는 걸 지켜보던 사람들은 분명 저 손을 신뢰했을 것이다.

이제 그 잘생긴 손은 반은 저승의 문턱을 넘은 사람의 손이었다. 헨리는 모두가 그러듯 이런 일을 두려워했다. 왜 이런 일이 (가령) 루이즈 라킨이나 다른 사람이 아니라, 그의 일이 되어야만 했을까. 모두가 그런 추측을 해보았다. 의사의 추측으로는 헨리의 혈압이 약간 높은 편이어서 그가 리피토나 다른 스타틴제를 썼을 거라고 했다. 헨리는 자기 자신은 약을 거의 먹지 않는 약사였다. 의사에 대한 올리브의 느낌은 간단했다. 엿 먹으라고 해. 그녀는 지금 헨리가 일어나기만 기다리고 있다. 그녀가 어디 있는지 헨리가 궁금해하지 않도록. 올리브가 헨리의 몸을 닦아주고 간병인의 도움을 받아 옷을 입히려 했지만, 헨리는 무겁게 축 처져 계속 잠만 잘 뿐이었다. 간병인이 말했다. "그냥 좀 쉬시게 하는 게 낫겠어요."

올리브가 헨리에게 속삭였다. "오후에 다시 올게."

버니에게 전화를 걸었지만 아무도 받지 않았다. 크리스토퍼에게 전화했다. 시차상 크리스토퍼는 이제 막 출근 준비를 하려는 중일 게다.

"아버지 괜찮아요?" 크리스토퍼가 곧바로 물었다.

"간밤에 힘들었다는구나. 좀 이따 다시 가볼 거야. 그런데 크리스, 오늘 아침에 루이즈 라킨을 봤다."

크리스토퍼는 올리브가 말하는 동안 전혀 반응을 보이지 않았다. 올리브는 자신의 목소리에서 다급함이 묻어난다는 걸 알았다. 절박하고 방어적인. "그 미친 것이 날더러 손목을 그으라는 구나." 올리브가 말했다. "상상이 가니? 그러더니 아, 그건 너무 오래 걸리겠네, 이러는 거야."

크리스토퍼는 올리브가 말하는 동안 내내 침묵을 지켰다. 찻 잔이 깨진 것과 "나쁜 년"(씨팔년이라는 말은 도저히 입에 올릴 수 없었다) 부분까지 언급을 했는데도. "듣고 있니?" 올리브가 신경질적으로 물었다.

"왜 거기까지 가셨는지 상상이 안 가네요." 크리스가 마침내 비난조로 입을 열었다. "오랫동안 왕래가 없었잖아요. 루이즈를 좋아하지도 않고요."

"루이즈가 쪽지를 보냈다니까." 올리브가 말했다. "그 여자가 바깥세상에 손을 내밀었어."

"그래서요." 크리스토퍼가 대답했다. "그 여자 목숨이 경각에 달려 있다 해도 저 같으면 안 가요."

"목숨을 살릴 수는 없지. 그 여자부터가 남을 칼로 찌를 태세 더라니까. 게다가 네가 한 번밖에 안 왔다는 것까지 알더라구."

"그 여자가 그걸 어떻게 알아요? 맛이 간 줄 알았는데."

"맛이 간 건 맞지. 내 말 못 들었어? 메리 블랙웰한테 들어서 안다더라. 둘이 연락하는 모양이야."

크리스토퍼가 하품을 했다. "엄마, 전 이제 샤워해야 해요. 아버지 잘 계신지만 얘기해주세요."

　요양원으로 운전하는 동안 보슬비가 차에, 그리고 앞에 펼쳐
진 도로에 내렸다. 잿빛 하늘은 낮게 드리워져 있었다. 여느 때
와는 달리 속이 상했다. 크리스토퍼 때문인 것은 맞지만, 심한
자책의 양 날 사이에 끼어버린 것만 같았다. 사실 한 번도 해본
적은 없지만 가게에서 좀도둑질을 하다가 들킨 것처럼 사적이
고 깊은 부끄러움이 훅 올라왔다. 수치심이 지금 눈앞의 차창 와
이퍼처럼 영혼을 가로질러 쉬익쉭 훑고 지나갔다. 거대하고 가
혹한 검정 손가락 두 개가 규칙적으로 움직이며 올리브를 질책
했다.
　요양원 주차장으로 들어서다 올리브는 차를 너무 급하게 돌
리는 바람에 자기 옆 자리에 주차하던 차를 거의 들이받을 뻔했
다. 후진한 다음 여유 공간을 더 넉넉히 남기고 다시 차를 댔지
만, 너무 아슬아슬하게 차를 받을 뻔했기 때문에 언짢았다. 그녀
는 커다란 핸드백을 집어 들고 열쇠를 찾기 쉬운 곳에 넣은 다음
차에서 내렸다. 올리브 앞에 서 있던 여자가 그녀를 향해 고개를
돌리기 시작했고, 몇 초도 안 되어 아주 이상한 일이 일어났다.
올리브가 말했다. "아까 일이요, 정말로 죄송합니다. 세상에."

여자가 동시에 말했다. "아, 괜찮습니다." 즉흥적으로 나온, 대단히 관대하여 신의 뜻인 것만 같은 친절함이 느껴지는 말이었다. 여자는 메리 블랙웰이었다. 그 순간은 너무 급작스러워서 둘 중 어느 누구도 상대편이 누구인지 처음엔 알아채지 못했다. 그런데 올리브 키터리지가 메리 블랙웰에게 사과를 하고 있었고, 메리의 얼굴은 친절하고 온화하며 절대적으로 용서하는 표정이었다.

"내가 비 때문에 못 봤나보네." 올리브가 말했다.

"네, 알아요. 이런 날은 힘들죠. 해 뜨기가 무섭게 해질 녘이니."

메리가 올리브를 위해 문을 잡아주어 올리브가 메리 앞으로 지나갔다. "고마워요." 올리브가 말했다. 한 번 더 확인하려고 메리를 슬쩍 건너다봤지만, 메리는 그저 피곤하고 싸울 의사가 없는 표정이었고, 아직 연민의 잔영이 남아 있었다. 그것은 어떤 간단하고 정직한 표시가 그려진 종잇장 같았다.

내가 저 여자를 무엇이라 생각했던가, 올리브는 생각했다. (그리고 또 생각했다. 나는 나를 무엇이라 생각했던가?)

헨리는 아직 침대에 있었다. 오늘은 종일 휠체어에 앉지 않았다. 올리브는 그의 곁에 앉아 손을 쓰다듬었고, 으깬 감자를 입에 넣어주었다. 헨리가 받아먹었다. 떠날 채비를 할 땐 이미 어두웠다. 방해할 사람이 없을 때까지 기다렸다가 올리브가 헨리를 향해 몸을 숙이고 귀에 대고 속삭였다. "헨리, 이제 떠나도 돼. 가려면 가. 난 괜찮으니까. 갈 테면 가. 괜찮아." 올리브는 병실을 떠나며 뒤돌아보지 않았다.

'툭 튀어나온 방'에서 졸면서, 올리브는 전화벨이 울리길 기다렸다.

아침에는 헨리가 휠체어에 앉아 있었다. 얼굴에는 정중한 미소를 머금고, 눈은 보이지 않는 헨리가. 네시에 올리브는 다시 요양원으로 가서 헨리의 입에 숟가락으로 저녁을 넣어주었다. 다음주도 똑같았다. 그리고 그다음 주도. 가을이 가까웠다. 이제 곧, 때때로 메리 블랙웰이 가져오는 쟁반에서 음식을 떠 헨리에게 저녁을 먹일 땐 벌써 날이 어두울 것이다.

어느 저녁, 집에 돌아온 올리브는 오래된 사진들이 든 서랍을 뒤적였다. 미소를 띠었지만 여전히 불길한 표정의 통통한 어머니. 키가 크고 금욕적인 아버지. 실생활에서 한결같던 아버지의 침묵은 사진에서는 옳아 보였다. 아버지는 최대의 수수께끼라고 올리브는 생각했다. 그리고 어린 헨리. 커다란 눈과 고불거리는 머리칼을 지닌 헨리가 사진사를(그의 어머니였을까?) 어린아이다운 두려움과 호기심으로 쳐다보고 있었다. 헨리의 다른 사진은 키가 크고 마른 해군 시절의 모습이었다. 인생이 시작되기를 기다리는 어린 청년이었다. 당신은 짐승 같은 여자하고 결혼해서 그 여자를 사랑하게 될 거야, 올리브는 생각했다. 아들이 하나 생길 거고, 그애를 사랑하게 될 거야. 하얀 가운을 입고 키만 훌쩍한 당신은 약을 사러 온 동네 사람들한테 끝도 없이 친절할 거야. 당신은 눈이 멀고 벙어리가 되어 휠체어에서 생을 마감할 거야. 그게 당신 인생이 될 거야.

올리브는 사진을 도로 서랍에 넣다가, 두 돌도 안 되었을 무렵 찍은 크리스토퍼의 사진에 눈길이 닿았다. 그녀는 아이가 얼마나 천사 같았는지, 갓 부화한 어린 동물처럼 아직 피부도 발달하지 않아 얼마나 밝고 빛을 발하는 것만 같았는지 잊어버리고 살았다. 너는 짐승 같은 여자하고 결혼할 거고, 그 여잔 널 버릴 거야, 올리브는 생각했다. 저 먼 서부로 이사 가서 어미의 가슴을 아프게 할 거야. 그녀는 서랍을 닫았다. 하지만 여자를 스물아홉 번 난도질하지는 않을 거야.

올리브는 툭 튀어나온 방으로 가서 똑바로 누웠다. 크리스토퍼는 누구를 칼로 찌를 아이가 아니었다. (아니길 바랐다.) 그런 일은 일어나지 않을 터였다. 그건 아이의 알뿌리에 들어 있지 않았다. 올리브와 헨리라는, 그리고 그들 전의 부모라는 흙에 심어진 그 알뿌리에. 눈을 감으며, 그녀는 흙과 그 위에서 자라는 초록 식물을 생각했고, 그러자 학교 옆 잔디밭의 축구장이 떠올랐다. 그녀가 교사로 일할 때, 가을이면 헨리가 때때로 약국을 나와 축구 경기를 지켜보던 학교 옆 축구장이었다. 신체적으로 공격적인 것은 좋아한 적이 없던 크리스토퍼는 경기 대부분을 유니폼을 입고 벤치에 앉아서 구경만 했지만, 헨리는 개의치 않았던 것 같다.

그 가을 공기는 아름다웠고, 땀에 젖은 건장하고 젊은 몸뚱이들은 다리에 진흙을 묻히고 공을 이마로 받으려고 온몸을 내던지곤 했다. 골이 들어갔을 때의 환호, 무릎을 꺾고 주저앉는 골키퍼. 집으로 걸어가면서 헨리가 올리브의 손을 잡던 날들이 있었다. 이런 날들은 기억할 수 있었다. 중년의 그들, 전성기의 그들. 그들은 그 순간을 조용히 기뻐할 줄 알았을까? 필시 그렇지 않았을 것이다. 사람들은 대개 정작 인생을 살아갈 때는 그 소중함을 충분히 알지 못한다. 하지만 올리브는 지금은 그 추억을 건강하고 순수한 것으로 간직하고 있다. 어쩌면 그것이, 축구장에서의 그 순간들이 올리브가 지녔던 가장 순수한 추억들인지도 모른다. 순수하지 않은 다른 추억들도 있었으니까.

도일 라킨은 그런 축구 경기에 없었다. 그 아이는 그 학교에 다니지 않았다. 도일이 축구를 했는지조차 올리브는 알지 못했다.

루이즈가 한 번이라도 "오늘 오후에 도일의 축구 경기를 보러 포틀랜드에 가야겠어" 하고 말하는 걸 들은 기억이 없었다. 하지만 루이즈는 자식들을 사랑했고, 끊임없이 자랑했다. 루이즈가 도일이 여름 캠프에서 집을 그리워한다고 말하며 눈시울을 적시던 걸 올리브는 다시금 기억해냈다.

아무것도 이해할 수 없었다.

하지만 그 여자가 괴로워하는 걸 보고 기분이 나아지길 바라며 루이즈 라킨을 찾아간 것은 잘못이었다. 또한 가고 싶으면 가라고 헨리에게 말했다고 해서 그가 죽으리라고 생각한 것도 터무니없는 일이었다. 세상에서, 이 이상하고 불가해한 세상에서 그녀는 자신이 대체 누구라고 생각했던 걸까? 올리브는 옆으로 돌아누우며 무릎을 가슴까지 끌어당기고 트랜지스터라디오를 켰다. 튤립을 심을 것인지를 곧 결정해야 할 것이다. 땅이 얼어버리기 전에.

여행 바구니

마을이라고 해야 교회, 커뮤니티 센터 그리고 식료품점인데, 요즘 이 식료품점은 페인트칠을 좀 할 때가 되었다. 하지만 아무도 식료품점 주인의 아내에 대해서는 언급하려 들지 않는다. 갈색 눈에 뺨 위쪽에 작은 보조개 두 개가 있는 통통하고 땅딸막한 여자. 젊은 시절 말린 보니는 수줍음을 꽤 많이 탔고, 금전등록기의 숫자를 누를 때면 뺨이 발그레해지며 머뭇거리곤 했다. 거스름돈을 세는 말린을 보면 그 일이 그녀를 긴장시킨다는 걸 알 수 있었다. 하지만 그녀는 친절하고 천성이 따스했으며, 손님이 무슨 문제를 제기할 때마다 고개를 앞으로 쑥 빼고 그 말에 조심스레 귀를 기울였다. 어부들은 무슨 말을 하면 금세 웃고 낮은 목소리로 부드럽게 킥킥대는 말린을 좋아했다. 가끔 있는 일이지만 말린은 거스름돈을 계산하다 실수를 하면 낯을 붉히며 웃곤 했다. "전 상은 절대 못 받을 거예요." 말린은 말하곤 했다. "상은 절대 못 받아."

지금, 4월의 어느 날, 사람들은 교회 옆 자갈이 깔린 주차장에 서서 말린이 아이들과 같이 나오기를 기다리고 있다. 말을 하는 사람들은 몹시 작은 소리로 속삭이고, 멍한 눈길로 바라보는 시선이 많다. 이런 상황에서는 드물지 않은 시선이다. 땅바닥만 오래도록 바라보는 눈길도 많다. 이 비포장 주차장은 도로를 따라 뻗어서 결국 식료품점의 커다란 옆문까지 이어져 있는데, 이 식료품점은 과거에는 여름철이면 일요일에도 문을 여는 일이 많았고, 사람들은 말린이 가게에서 아이들과 카드놀이를 하거나 핫도그를 만들어주는 걸 볼 수 있었다. 아이들은 착했고, 어릴 땐 언제나 손님들 발치에서 가게 주변을 뛰어다니곤 했다.

올리브 키터리지 곁에 몰리 콜린스가 서 있고, 두 사람이 다른 이들과 함께 기다리는데, 몰리는 뒤로 돌더니 식료품점 옆 벽면을 보면서 깊은 한숨을 내쉬며 말했다. "참 좋은 여잔데. 이건 옳지 않아."

뼈대가 굵고 몰리보다 머리 하나는 더 큰 올리브 키터리지는 핸드백 안을 뒤져 선글라스를 꺼내 쓰더니, 선글라스를 쓰고 난 다음엔 눈을 가늘게 뜨고 몰리 콜린스를 바라본다. 그 말이 너무나 멍청하다고 생각하기 때문이다. 어떤 것들이 어떻게든 옳아야 한다는 사람들의 가정이라니, 멍청하다. 하지만 결국 대답한다. "좋은 여자지, 그건 사실이야." 고개를 돌려 커뮤니티 센터 부근의 싹이 움튼 개나리를 건너다보며 올리브가 대꾸했다.

사실이었다. 말린 보니는 다정하고, 게다가 붙임성 있었다. 오래전, 말린이 7학년 때 올리브가 수학을 가르쳤다. 그렇기에 올리브는 가련한 말린이 금전등록기를 접수하게 되었을 때 그게 얼마나 힘든 일이었을지 대부분의 사람보다 자신이 더 잘 안다고 생각했다. 그럼에도 올리브가 오늘 온 이유는, 돕겠다고 자원한 이유는, 지금 같은 형편만 아니라면 헨리가 이 자리에 와 있으리라는 걸 알기 때문이다. 일요일마다 교회에 나갔던 헨리는 공동체 정신 따위를 믿었다. 드디어 그들이 나온다. 말린이 교회에서 나오고, 에디 주니어가 곁에, 그리고 딸아이들이 바로 뒤에 따라 나왔다. 말린은 물론 많이 울었지만 지금은 미소를 띠고 있다. 사람들에게 감사 인사를 하는 그녀의 뺨 위에 팬 보조개가 반짝였다. 교회 측면 현관에 서 있는 그녀는 푸른 코트를 입고 있었는데, 코트는 둥근 엉덩이는 가리고 있었지만 그다지 길지 않아서 정전기가 일어나 스타킹에 달라붙는 초록색 꽃무늬 원피스 자락은 미처 덮지 못했다.

검은 머리와 검은 양장, 선글라스로 차려입은 말린의 사촌 케리 먼로—몇 년 전에 법적인 문제를 겪은 케리를 말린이 도와주고 가게에서 일할 수 있게 해주었다—가 말린 뒤에 호루라기처럼 날렵하게 서서 에디 주니어에게 고개를 끄덕이자, 에디는 어머니의 옆구리를 슬며시 찌르고, 그녀가 차에 타도록 도왔다. 묘지까지 가는 사람들도 차에 탔고(여기에는 몰리의 남편도 포함되어 있었다), 대낮에 전조등을 환히 켠 다음, 영구차와 보니 집안의 나머지 가족을 태운 검은색 차가 출발하기를 기다렸다. 이런 모든 일은 돈이 얼마나 드는지, 올리브는 몰리와 함께 자기 차로 걸어가면서 생각했다.

"나는 바로 화장." 몰리가 개털 더미 속에서 안전띠를 찾아내기를 기다리면서 올리브가 말했다. "번거로운 요식 절차 없이 말이야. 왜 '프릴 없이'라는 말도 있잖아. 집에서 화장터까지 바로 간다구. 벨파스트에서 집까지 와서 시신을 가져간대."

"무슨 말 하는 거야?" 몰리가 올리브를 향해 고개를 돌렸고, 올리브는 몰리의 오래된 틀니에서 나는 입 냄새를 느꼈다.

"광고도 안 하더라구." 올리브가 말했다. "역시 프릴이 없는 거지. 헨리한테도 말했어. 우리가 죽어서 입을 수의엔 프릴이 없다고."

올리브는 주차장을 빠져나와 길을 따라 끝까지 내려간 곳에 있는 보니의 집으로 차를 몰았다. 올리브는 몰리와 함께 먼저 가서 샌드위치를 차리는 걸 돕겠다고 제안했다. 그러면 묘지를 피할 수 있었다. 올리브는 하관이라든지 등등의 절차들을 보지 않아도 되었다.

"뭐, 어쨌든 날씨는 좋군." 몰리가 모퉁이에 있는 불럭네 농장을 지나며 말했다. "조금은 도움이 되겠지." 햇살이 강하고 불럭의 붉은 축사 뒤로 하늘이 새파란 것은 사실이었다.

"그러니까, 헨리가 말은 알아들을 수 있나?" 몇 분 후에 몰리가 물었다.

올리브에게 이 말은 누가 바닷가재 부표*를 휘둘러 가슴뼈를 툭 친 것이나 다름없었다. 하지만 올리브는 간단하게만 대답했다. "어떤 날은. 내 생각엔 그런 거 같아." 거짓말을 해야 해서 화가 난 것은 아니었다. 올리브가 화난 것은 몰리의 질문 때문이었다. 그런데도, 올리브는 지금 멍청하게 제 곁에 앉아 있는 이 여자에게 말하고 싶었다. 지난주 퍽 따뜻했던 그날, 헨리에게 개를 데려갔고, 헨리를 주차장으로 데리고 나와 개가 헨리의 손을 핥았던 일을.

"당신이 어떻게 그렇게 하는지 난 도통 모르겠어." 몰리가 조용

---

* 메인 주의 특산품인 바닷가재잡이에 사용되는 것으로, 어부가 바닷가재잡이용 통발을 놓아둔 위치를 표시하기 위해 설치하는 것.

히 말했다. "어떻게 매일 가, 거길. 올리브, 당신은 정말 성녀야."

"나는 결코 성녀가 아니야. 자네도 잘 알잖아." 이렇게 대꾸하긴 했지만 올리브는 화가 나서 도로를 이탈할 것만 같았다.

"말린이 앞으로 생활은 어떻게 할지 모르겠네." 몰리가 말했다. "창문 좀 열어도 돼? 당신은 정말 성녀라고 생각하지만, 기분 나빠하지는 마, 차에서 개 냄새가 진동한다구."

"기분 나쁘지 않아, 그건 장담하지." 올리브가 말했다. "창문은 열고 싶은 대로 다 열어도 좋아." 올리브는 엘드리지 로드로 들어섰고, 그것은 실수였다. 이제 아들 크리스토퍼가 살던 집을 지나칠 수밖에 없다. 올리브는 언제나 일부러 다른 길을 택해서, 굳이 만까지 내려가는 오래된 경로를 따라갔지만 지금은 벌써 이 길에 들어서버렸고, 이젠 고개를 돌리고 태연한 척할 수밖에 없었다.

"생명보험을 들어놓았다지." 몰리의 말이었다. "사촌 케리가, 생명보험 들어놓은 게 있다고 누군가한테 말했다던데, 그리고 말린이 가게를 팔 생각도 있는 모양이야. 올해는 케리가 가게를 운영했던 모양이니 말야."

앞마당에 차들이 어지럽게 주차되어 있는 것이 눈에 들어오자 올리브는 가문비나무들 틈으로 바다를 훔쳐보려는 것처럼 고개를 돌리지만 고물상 같은 앞마당의 잔상이 아직 눈에서 가시지 않았다. 그 집이 얼마나 예뻤던가? 지금쯤이면 뒷문으로는 단단한 나뭇가지에서 라일락이 싹을 틔우고 부엌 창밖으로는 개나리가 만개할 준비를 하고 있을 텐데. 이 짐승 같은 인간들이 돼지처럼 지저분하게 사느라 집을 망쳐놓지 않았다면. 왜 아름다운 집을 사서 고장 난 차와 세발자전거와 플라스틱 수영장과 그네 따위로 망쳐놓는단 말인가. 왜 그런 짓을 한단 말인가?

노간주나무와 블루베리 덤불만이 자라는 꼭대기를 지나자, 햇살이 너무 눈부셔 올리브는 차광 판을 내려야 했다. 마리나에 있는 무디의 카페를 지나 보니의 집이 있는 작은 골짜기로 내려갔다. "설마 말린이 준 열쇠를 잃어버린 건 아니겠지." 몰리 콜린스가 핸드백을 뒤집으며 말했다. 차가 멈추자 몰리가 열쇠를 들어 보인다. "올리브. 차를 더 멀리 대. 사람들이 묘지에서 돌아오면 차가 많을 테니까." 몰리 콜린스는 오래전에 올리브가 수학을 가르치던 학교의 동료 교사였는데, 몰리는 그때도 저렇게 늘 명령조였다. 올리브는 차를 더 멀리 댔다.

"아마 가게도 파는 게 나을 거야." 커다랗고 오래된 말린의 집 옆문까지 돌아가면서 몰리가 말했다. "가게가 필요 없다면 뭐하러 그 골칫거리를 굳이 끼고 살아?"

안에서, 부엌에서 유심히 주위를 돌아보며 몰리가 말했다. "이 집도 팔아야 할지 모르겠군."

이 집에 들어와본 적이 없는 올리브는 집이 낡았다고, 몹시 피로해 보인다고 생각했다. 단지 스토브 옆의 부엌 바닥에 타일 몇 개가 없어서, 또는 싱크대 상판의 가장자리가 불룩 올라와 있어서 그런 것만은 아니다. 집은 그저 대단히 지친 분위기였다. 죽어간달까. 죽어가는 건 아닌지도 모르겠다. 하지만 어찌 됐든 보는 사람도 피로해졌다. 올리브는 커다란 창문으로 바다가 내다보이는 거실을 흘끔 들여다본다. 손볼 것이 많은 집이다. 하지만, 말린의 집이다. 물론 말린이 집을 판다면, 차고 위의 방에 사는 케리도 같이 이사를 나가야 할 것이다. 안된 일이군, 두 사람의 코트를 걸어놓은 벽장문을 닫으며 올리브는 생각한다. 몇 년 전 케리 먼로는 크리스토퍼에게 눈길을 준 적이 있다. 아들의 병원에서 돈 냄새를 맡은 것이다. 헨리마저도 아들에게 조심하라고 말할 수밖에 없었다. 걱정 마세요, 크리스토퍼는 말했다. 그 여자는 제 타입이 아니에요. 그 말은 지금 생각해보면 상당히 우습다. "배꼽이 빠질 것 같잖아, 나 원 웃겨서. 하하하." 올리브는 혼잣말을 하며 부엌으로 들어가면서 주먹마디로 탁자를 몇 번이나 똑똑 두드린다. "나한테 일을 시켜, 몰리."

"냉장고에 우유가 있는지 보고 이 크림 용기에다가 좀 담아." 몰리는 부엌 어딘가에서 찾은 게 분명한 앞치마를 두르고 있다. 아니면 집에서 가져왔는지도 모르지. 어쨌거나, 그녀는 제집처럼 편안해 보였다. "그건 그렇고 올리브, 크리스토퍼는 요즘 어때?"

몰리는 카드놀이의 패를 던지듯 재빠르게 접시를 늘어놓는다.

"잘 지내." 올리브가 말한다. "이제 내가 또 뭘 하면 되지?"

"이 브라우니를 여기에 올려놔. 걔는 캘리포니아가 좋대?"

"거기가 아주 맘에 드나봐. 병원도 잘되고." 조그만 브라우니들. 이가 폭 들어가도록 브라우니를 좀 크게 만들면 어디가 덧나나?

"캘리포니아 사람들이 어떻게 발에 문제가 있을 수 있담?" 몰리가 샌드위치를 담은 접시를 들고 올리브 곁을 지나며 묻는다. "캘리포니아 사람들은 어디든 차를 갖고 다니지 않나?"

그 말이 너무 멍청해서 올리브는 일부러 벽으로 고개를 돌리고 눈알을 부라리려 했다. "하지만 발은 달렸잖아. 크리스는 훌륭한 의사고."

"손자는 계획하고 있대?" 몰리가 각설탕을 작은 그릇 안에 털어 넣으며 좀 멋쩍은 듯 간신히 말을 꺼낸다.

"그런 말 없던데." 올리브의 대답이다. "내가 묻지도 않고." 올리브는 작은 브라우니 하나를 집어 입안에 넣으며 몰리를 향해 눈을 크게 뜬다. 올리브와 헨리는 두 시간 거리에 사는 오랜 친구 빌과 버니 뉴턴을 제외한 누구에게도 크리스토퍼가 이혼했다는 말을 하지 않았다. 그 말을 할 이유가 뭐란 말인가? 누구와도 상관없는 일인데. 그리고 크리스토퍼는 너무나 멀리 사는데. 아들의 신부가 그를 나라의 반대편으로 데려가서 버렸다는 걸 알아야 할 사람이 누구란 말인가? 그리고 아들이 집으로 돌아오고 싶어하지 않는다는 것도! 헨리에게 뇌졸중이 온 것도 무리가 아니지! 얼마나 믿을 수 없는 일인가! 백 년이 지난다 해도 올리브는 몰리 콜린스나 그 누구에게도 크리스토퍼가 요양원의 아버지를 보러 왔을 때 그게 얼마나 끔찍한 상봉이었는지를, 아들이 올리브에게 쌀쌀맞았던 것을, 크리스토퍼가, 그녀가 그토록 사랑하는 아들이 일찍 돌아갔다는 사실을 말하지 않을 터였다. 어떤 여자들은 말린 보니처럼 젊은 나이에 남편을 잃을 수도 있다는 걸 예상할 수도 있다. 또는 남편이 나이 들도록 곁에 있다 다늦게 뇌졸중을 겪고 요양원 의자에 구부정하게 앉아 여생을 보내게 될 거라는 걸 예상할 수도 있다. 하지만 성인이 되도록 정성 들여 키우고, 가까이에 살도록 예쁜 집을 지어주고, 전문의로 개업하여 자리 잡도록 도와주고, 결혼까지 시킨 아들이 나라 반대편으로 이사 가서, 짐승 같은 아내에게 버림받은 후에도 고향으로 돌아오지 않으리라는 건 어느 여자도 예상하지 못할 일이다. 어떤 여자도, 어떤 어머니도 그런 일은 예상하지 못할 것이다. 아들을 도둑맞으리라고는.

"다른 사람들 먹을 것도 남겨줘, 올리브." 몰리 콜린스가 말하더니 덧붙였다. "말린은 적어도 아이들이라도 있잖아. 애들은 또 얼마나 착하다고."

올리브가 브라우니를 하나 더 집어 입에 넣는데 그 순간 바로 그 아이들이 도착했다. 아이들이 말린과 함께 뒷문으로 들어오고, 차들이 진입로 옆 자갈길로 들어오는 소리가 들리고 문이 쾅 닫힌다. 그리고 말린 보니가 손지갑을 몸에서 좀 떨어뜨려 높이 들고 복도에 서 있다. 다른 이의 손지갑이라도 되는 듯이. 누군가가 그녀를 거실로 인도할 때까지 서 있다가 거실에 가서야 자기 소파에 공손하게 앉는다.

"그렇잖아도 방금," 몰리 콜린스가 말린에게 말했다. "솔직히 자네하고 에드가 우리 동네에서 제일 훌륭한 세 아이를 뒀다고 말하던 참이었어." 자부심을 느낄 만한 아이들이라는 것은 사실이다. 해안경비대에 있는 에디 주니어는 제 아버지처럼 똑똑했고(하지만 아버지처럼 외향적이진 않았다. 짙은 눈빛에는 경계심이 서려 있었다), 리 앤은 간호사가 되려고 공부 중이었으며, 셰릴은 고등학교 졸업반이었다. 이 아이들이 말썽을 피웠다는 말은 누구도 들어본 적이 없었다.

그러나 몰리가 건네는 커피를 받으며 말린은 말했다. "아, 주변에 착한 아이들이 얼마나 많은데요." 말린의 갈색 눈은 초점이 좀 흐릿한 듯했고, 두 뺨은 좀더 의기소침해 보였다. 올리브는 말린의 건너편에 앉았다.

"묘지에 묻는 건 쉽지 않지." 올리브가 말하자 말린이 미소를 띠고 대답한다.

"오, 올리브, 안녕하세요." 말린이 말했다. 말린은 몇 년이 걸려서야 그녀를 더는 키터리지 선생님이라고 부르지 않게 되었다. 아이들이 아직 학교에 다니면 그렇게 되는 법이다. 물론 그 반대의 경우도 마찬가지이다. 올리브는 마을 주민의 절반을 애들로 바라보는 경향이 있었다. 에드 보니와 말린 먼로도 여전히 매일 걸어서 학교에 다니며 사랑에 빠진 학생인 것만 같았다. 크로스보 코너스에 도착하면 두 사람은 서서 이야기꽃을 피우곤 했다. 때로 올리브는 다섯시가 되도록 그 자리에(집으로 가는 방향이 갈리는 지점이었다) 남아 있는 두 아이를 본 적도 있다.

말린의 눈에 눈물이 어리고, 그녀는 급히 눈을 깜빡인다. 올리브를 향해 몸을 숙이며 속삭인다. "케리가 그러는데, 아무도 울 보는 좋아하지 않는대요."

"무슨 망할 소릴." 올리브가 대꾸했다.

하지만 말린은 케리가 나타나자 똑바로 일어나 앉는다. 꼬챙이처럼 마르고 하이힐을 신은 케리는 걸음을 멈추자마자 검은 정장으로 감싼 골반뼈를 내밀었고, 올리브는 순간 말라깽이 케리가 어릴 때 따돌림을 당했을지도 모른다는 생각이 불현듯 들었다. 케리가 말했다. "말린, 맥주 줘? 그 커피 대신?" 그녀는 벌써 맥주 한 병을 손에 들고 있었고, 팔꿈치를 허리에 붙인 채 짙은 색 눈은 말린의 손에 들려 있는 아직 가득한 커피잔과, 학교 때 어딘가의 친척집에 가서 살도록 보내지기 전까지 케리를 몇 번이나 교장실로 보냈던 올리브 키터리지의 존재를 모두 소화하느라 분주했다.

"아니면 위스키 한잔 할래?"

헨리는 왜 케리가 친척집으로 보내졌는지 기억했을지도 모른다. 올리브는 헨리보다 기억력이 좋은 편이 못 되었다.

"위스키 조금쯤은 괜찮겠는걸." 말린이 말한다. "올리브, 좀 드시겠어요?"

"아니, 고마워." 올리브는 술을 마신다면 술고래가 되었을 사람이다. 항상 술을 멀리했고, 지금도 그렇다. 그녀는 크리스토퍼의 전처가 남모르는 술고래여서 저 유명한 캘리포니아 와인을 들이붓는 건 아닐까 궁금하다.

집이 꽉꽉 들어차고 있다. 사람들이 복도를 지나쳐 앞 현관으로 나간다. 사바투스 코브에서 어부 몇 사람이 건너왔는데 모두 아주 말쑥한 차림이다. 구부정한 커다란 어깨 때문에 수줍고 사과라도 하는 듯 보이는 어부들이 거실로 들어서며 커다란 손으로 조그만 브라우니를 집어든다. 곧 거실이 꽉 차서 올리브는 더

이상 물을 바라볼 수가 없다. 사람들의 스커트와 허리띠의 버클이 올리브의 눈앞을 지나쳐 간다. "말린, 나는 그저," 그리고 그 순간, 별안간 사람들을 헤치면서 수지 브래드퍼드가 커피 테이블과 소파 사이를 비집고 나타나더니 말한다. "에디가 투병 중에도 정말 씩씩했다고 말하고 싶었어. 불평하는 건 한 번도 본 적이 없어."

"안 했죠." 말린의 대답이다. "불평 안 했어요." 그리고 덧붙였다. "여행 바구니도 있었는걸요." 적어도 올리브는 그렇게 들었다고 생각했다. 그 말이 무엇이었든 말린은 부끄러워하는 것처럼 보였다. 남편하고만 나누었던 은밀하고 아주 내밀한 비밀이라도 폭로한 것처럼 말린의 뺨이 붉어지는 걸 올리브는 보았다. 수지 브래드퍼드가 쿠키에서 떨어진 젤리를 옷 앞자락에 흘리자 말린이 말했다. "오, 수지. 복도 저 안쪽 화장실로 가요. 그렇게 예쁜 블라우스를 다 버렸네."

"이 집엔 재떨이가 없네." 올리브를 지나치며 말하던 여자는, 사람들로 번잡해 잠시 올리브 앞에 멈춰 서야 했다. 여자는 담배를 한 모금 길게 빨더니 연기에 눈을 가늘게 뜬다. 올리브는 여자가 얼핏 기억날 것 같으면서도 누구인지 정확히 알아볼 수 없다. 그저 여자의 모습이 마음에 안 들 뿐이다. 길고 치렁치렁한 머리에 노골적으로 드러나 있는 흰머리가. 올리브는 흰머리가 희끗희끗 올라오기 시작하면 머리를 짧게 자르거나 머리를 틀어 올려야 한다고 생각했다. 자기가 여학생도 아니고 말이지. "이 집에선 재떨이를 찾을 수가 없어." 여자가 연기를 뿜어대며 얼굴을 삐딱하게 홱 꺾는다.

"흠." 올리브의 말이다. "거참 안됐구먼." 그리고 여자는 가버린다.

다시 소파가 눈에 들어온다. 케리 먼로가 유리잔에 담긴 갈색의 뭔가를 마시고 있다. 조금 전에 권하던 위스키로군, 올리브는 생각한다. 케리의 립스틱, 대단히 균형 잡힌 광대뼈와 턱선은 여전하지만, 마치 그녀의 검은 옷 속에서 관절이 느슨해진 것만 같다. 꼰 다리가 흔들거리고 한 발이 까딱거리며, 내면의 불안정이 엿보인다. "장례식은 훌륭하게 치렀어, 말린." 케리가 이쑤시개로 미트볼을 찍어 올리려고 몸을 숙이며 말한다. "정말 훌륭했어. 에디도 자랑스러웠을 거야." 올리브도 고개를 끄덕인다. 이 말이 말린에게 위안이 되길 바라기 때문이다.

하지만 말린은 케리를 쳐다보지 않은 채 누군가의 손을 잡고 위쪽을 바라보고 빙그레 웃으며 말한다. "전부 다 아이들이 계획했어요." 말린의 막내딸의 손이었다. 막내딸은 푸른 벨벳 저지와 군청색 스커트를 입고 말린과 케리 사이에 비좁게 서서, 다 자란 딸아이의 몸에 바짝 기대어 있는 말린의 어깨에 머리를 대고 있다.

"다들 장례식이 훌륭했다고 그러네요." 말린이 딸아이의 긴 앞머리를 옆으로 넘겨주며 말한다. "오늘 아주 훌륭히 해냈어."

여자아이가 어머니의 팔에 머리를 기대며 고개를 끄덕인다.

"잘했어." 케리가 잔에 남은 위스키를 아이스티처럼 가볍게 마셔버린다.

이 광경을 지켜보는 올리브는 기분이 묘하다. 질투심? 아니, 남편을 잃은 여인에게 질투를 느끼지는 않는다. 하지만 다가갈 수 없는 느낌, 그래 그런 기분이었다. 통통하고 천성이 친절한 여인이 아이들과 사촌, 친구들에 둘러싸여 소파에 앉아 있다. 그런 여인은 올리브에게는 다가갈 수 없는 사람이다. 올리브는 이 감정이 가져오는 낙심을 깨닫는다.

그녀는 오늘 왜 여기에 왔던가? 헨리가 에드 보니의 장례식에 꼭 가보라고 했을 것이기 때문만은 아니다. 아니, 그녀는 누군가의 깊은 슬픔을 보며 자신의 어두운 마음에 한 줄기 빛이 비쳐들기를 바라며 왔다. 하지만 그것은, 사람들로 가득한 오래된 집은 그녀에게서 멀찌감치 떨어져 있다. 그리고 한 목소리가 다른 목소리들 위로 두드러지기 시작한다.

케리 먼로가 취했다. 검은 정장을 입은 케리는 소파 옆에 서서 한 팔을 치켜든다. "경찰 케리." 그녀가 큰 소리로 말한다. "아무

렴. 나는 경찰이 되었어야 해." 깔깔대며, 케리가 휘청거린다. 사람들이 경고한다. "조심해, 케리." "어, 조심!" 케리는 결국 소파 팔걸이에 걸터앉고, 검은 하이힐 한 짝을 벗더니 검은 스타킹을 신은 한 발을 홱 뻗었다가 내린다. "짜샤, 벽에 딱 붙어 서!"

역겹다. 올리브는 의자에서 일어선다. 떠날 시간이다. 작별 인사는 필요 없다. 누가 그녀를 그리워하랴.

파도가 밀려나가고 있다. 바닷가 부근의 물은 잔잔하고 쳇덩이 빛깔이지만, 롱웨이 록을 지나는 지점부터는 물살이 변덕스러워지기 시작한다. 하얀 물마루마저 보인다. 작은 만에서 바닷가재 부표가 살며시 까딱까딱 움직이고, 갈매기가 마리나 부근의 선창에서 배회한다. 하늘은 아직 푸르지만 북동쪽으로는 막 일어나고 있는 구름 띠와 수평선이 나란하고, 저쪽 다이아몬드 섬의 소나무들은 꼭대기가 휘어져 있다.

올리브는 결국 떠나지 못했다. 진입로의 차가 다른 차들로 막혀 있어 나가려면 이리저리 차 주인들을 찾아 묻고 다니며 법석을 떨어야 하는데, 그 짓은 하기 싫다. 그래서 올리브는 눈에 띄지 않는 좋은 자리를 찾아낸다. 데크 바로 아래 구석에 있는 나무 의자, 거기 앉아 구름이 만 위로 서서히 지나가는 걸 구경할 셈이다.

에디 주니어가 사촌 몇 명과 함께 바닷가로 가는 길로 걸어 나온다. 그들은 올리브가 거기 앉아 있는 줄 눈치채지 못하고, 베이베리 덤불과 해당화 사이의 가느다란 오솔길을 따라 사라졌다가 다시 바닷가에 나타난다. 에디 주니어는 일행 뒤에 처져 있다. 올리브는 에디 주니어가 돌멩이를 집어들고 물 위로 물수제비를 뜨는 모습을 지켜본다.

올리브의 머리 위로 발소리가 들린다. 덩치 큰 남자들의 부츠 소리가 쿵쿵 울린다. 길게 끄는 맷 그리어슨의 목소리가 들린다. "오늘밤에는 파도가 진짜 높게 일 거야."

"그럴 거야." 다른 누군가가 말한다. 도니 매든이다.

"말린이 올 겨울엔 이 구석에서 좀 쓸쓸하겠군." 잠시 후, 맷 그리어슨이 말한다.

웃기시네, 올리브는 그 아래 의자에 앉아 생각한다. 달아나, 말린.

맷 그리어슨, 덩치만 커가지고 잘난 척하기는.

"그럭저럭 살아내겠지." 도니가 결국 대답한다. "사람들은 그러니까."

몇 분 후 그들의 부츠가 다시 안으로 들어가는 소리가 나더니 곧 문 닫히는 소리가 들린다. 사람들은 그럭저럭 살아낸다, 올리브는 생각한다. 그건 사실이다. 하지만 올리브는 깊은 숨을 내쉬며 나무 의자에서 자세를 고쳐 앉을 수밖에 없었다. 그건 사실이 아니기도 하니까. 불과 일 년 전 새 방의 굽도리 널에 필요한 치수를 재려고 무릎을 꿇고 자를 들고 엎드린 다음 그녀가 받아적도록 수치를 불러주던 헨리의 모습을 그려본다. 그리고 일어서던 키 큰 헨리를. "됐어, 올리. 개들을 오줌 누이고 시내로 가자구." 그리고 차를 탔었지. 무슨 얘기를 했더라? 아아, 올리브는 얼마나 기억하고 싶었던가, 그러나 기억할 수 없었던가. 시내로 들어간 다음, 목재 가게에 갔다가 우유와 주스가 필요해서 들렀던 '숍 앤 세이브'의 주차장에서 올리브는 차에 있겠다고 말했다. 그리고 그걸로 두 사람의 인생은 끝이었다. 헨리는 차에서 나와 쓰러졌다. 그리고 다시는 일어서지 못했고, 다시는 집으로 이어지는 자갈길을 걷지 못했고, 다시는 알아들을 수 있는 말을 입 밖에 내지 못했다. 그저 가끔씩 그 커다란 청록색 눈으로 병원 침대에서 올리브를 멀거니 바라볼 뿐.

그리고 헨리는 곧 눈이 멀었다. 이제 그는 다시는 올리브를 볼 수 없을 것이다. "요즘은 뭐 볼 것도 없어." 헨리를 찾아가 곁에 앉았을 때 올리브는 그렇게 말했다. "지금은 우리가 밤마다 먹던 크래커하고 치즈를 안 먹으니 살이 좀 빠졌어. 그래도 내 몰골은 엉망이겠지만." 헨리는 이 말을 들으면 그렇지 않다고 할 터이다. 헨리는 이렇게 말하겠지. "오, 그렇지 않아, 올리. 내겐 당신이 예쁘기만 한걸." 그러나 헨리는 아무 말도 하지 않는다. 어떤 날은 휠체어에 앉아 고개도 돌리지 않는다. 올리브는 매일 차를 몰고 가서 그의 곁을 지킨다. 당신은 성녀야, 몰리 콜린스는 그렇게 말했다. 맙소사, 멍청한 여자 같으니. 그녀는 삶이 두려운 늙은 여자일 뿐이다. 요즘 올리브가 아는 거라곤 해가 떨어지면 잘 시간이라는 사실뿐이다. 사람들은 그럭저럭 살아낸다는 그 말. 올리브는 확신하지 못한다. 거기에도 여전히 파도는 있지, 올리브는 생각한다.

에디 주니어는 바닷가에서 계속 물수제비 뜨기만 하고 있다. 사촌들은 가고 없다. 에디 주니어만 바위에 혼자 서 있다. 납작한 돌멩이만 던져대면서. 젊은이가 담방담방 돌을 던져 물수제비를 잘 만드니 퍽 보기가 좋다. 퐁퐁, 퐁퐁. 이제 물결이 더는 잔잔하지 않은데도. 젊은이가 얼른 몸을 숙여 또다른 돌멩이를 주워 들곤 다시 던지는 게 참으로 보기 좋다.

그때 케리가 불쑥 바닷가에 나타났다. 어디서 튀어나왔지? 집 반대쪽으로 돌아 나가 바닷가로 간 게 틀림없다. 스타킹을 신은 발로 바위를 딛고 따개비 등으로 뒤덮인 바위 위로 몸을 틀며 에디를 외쳐 부르고 있다. 무슨 말인지는 몰라도 에디는 달가워하지 않는다. 올리브는 여기 앉아서도 알 수 있다. 에디는 돌멩이만 거듭 던지다가 그예 케리를 돌아보고 무어라 말을 한다. 케리가 뭔가 애원하는 몸짓으로 두 팔을 벌리고, 에디 주니어는 그저도리질만 할 뿐이다. 그렇게 몇 분 후, 고주망태가 된 케리는 바닷가에서부터 바위를 타고 다시 기어 올라온다. 저러다 목이라도 부러지지, 올리브는 생각한다. 그런다고 에디 주니어가 신경쓸 것 같진 않지만. 에디는 돌멩이 하나를 이번에는 정말로 세게던진다. 너무 세게 던져 돌멩이는 물수제비를 만들지 못하고 물속에 잠겨버린다.

올리브는 오랫동안 그 자리에 앉아 있었다. 물을 바라보는 마음 저 아득한 구석에서 사람들이 차에 오르고 빠져나가는 소리가 들리지만, 올리브는 지금 소녀 적의 말린 먼로를 생각하고 있다. 남자친구 에드 보니와 함께 걸어서 집으로 가던, 수줍음 많던 말린은, 크로스보 코너스에서 새들이 지저귀는 가운데 "아,헤어지기 정말 싫은데" 같은 말을 했을 에드 보니의 곁에서 얼마나 행복했을까. 그들은 결혼 후 처음 몇 해 동안 바로 이 집에서 에드의 어머니가 돌아가실 때까지 같이 살았다. 크리스토퍼가 이혼하지 않았다 해도 아들의 아내는 올리브와 단 오 분도 같이 살려고 하지 않았을 텐데. 그리고 지금은 크리스토퍼마저도 너무나 달라져서 올리브와 같이 살려고 하지 않을지도 모른다. 헨리가 죽고 나면 올리브는 골치가 아파질 것이다. 어쩌면 크리스토퍼는 올리브를 다락방에 집어넣을지도 모른다. 캘리포니아의 집에 다락방은 없다고 하긴 했지만. 어쩌면 날 깃대에 묶어놓을지도 모르지. 하지만 아들에겐 깃대도 없다. 진짜 파시스트예요. 크리스토퍼는 지난번 왔을 때 집 정면에 깃대가 꽂혀 있는 불럭네 집을 지나쳐 가면서 말했다. 대체 요즘 누가 그런 말을 하고 다닌담.

머리 위의 데크에서 우당탕탕 넘어지는 소리, 그리고 얼버무리는 목소리가 난다. "미안해, 말린. 정말이야. 믿어줘." 말린이 나지막한 목소리로 케리에게 가서 잠이나 자라고 하는 소리, 그러고 나서 데크 계단을 쿵쿵 내려가는 발소리. 좀더 이어지는 침묵.

집 안으로 들어선 올리브는 브라우니 하나를 입에 넣고 화장실을 찾는다. 나오면서 희끗한 머리가 치렁치렁한 여자와 마주쳤는데, 여자는 이젠 복도 탁자에 놓인 화분에 담배꽁초를 비벼 끄고 있다. "댁은 누구쇼?" 올리브가 말하자 여자가 말끄러미 쳐다본다. "그러는 댁은 누구셔?" 여자가 대꾸하고, 올리브는 여자를 지나쳐버린다. 저건 크리스토퍼의 집을 산 여자잖아. 그제야 깨닫고 올리브는 속이 뒤집힌다. 가련한 화분조차 존중할 예의도 없는 여자다. 아들의 아름다운 집을 위해, 손자들이 자랄 집을 위해 올리브와 헨리가 기울인 노고는 고사하고.

"말린은 어디 갔지?" 아직 말린의 앞치마를 두르고 거실을 돌아다니며 주제넘게 접시와 뭉쳐놓은 종이 냅킨을 걷고 있는 몰리 콜린스에게 올리브가 물었다. 몰리가 어깨너머로 쳐다보며 애매하게 말한다. "아이구, 잘 모르겠는데."

"말린 어디 갔나?" 올리브가 그다음으로 곁에 다가오는 수지 브래드퍼드에게 물었고, 수지가 말했다. "어딘가 있겠죠."

결국 말해준 것은 에디 주니어였다. "케리가 취해서 엄마가 침대에 눕히러 갔어요." 검은 옷을 입은 수지 브래드퍼드의 등에 대고 어두운 표정으로 말하는 젊은이가 올리브는 퍽 마음에 든다. 이 아이는 학교에서 가르치지 않았다. 올리브는 제 가족을 건사하기 위해 그보다 훨씬 전에 학교를 떠났다. 그리고 크리스토퍼는 캘리포니아로. 헨리는 요양원이 있는 하샴으로. 가버렸다. 모두 가버렸다. 지옥으로 가버렸다.

"고맙구나." 올리브가 에디 주니어에게 말했다. 젊은이의 젊은 눈은 지옥이 어떤 건지 어렴풋이 아는 듯하다.

더는 사랑스러운 4월의 봄날이 아니다. 보니의 집 옆면으로

들이치는 북동풍은 구름도 같이 몰고 왔고, 만 위로는 11월만큼
이나 잿빛인 하늘이 드리워져 있고, 바닷물은 해초를 뱅글뱅글
돌리면서 짙은 바윗돌을 끊임없이 때리고, 높이 서 있는 바위들
위로 해초를 어지러이 널어놓으며 부서졌다. 바위투성이 해안선
은 황량하고 냉랭하게까지 보인다. 아직 잎이 돋기에는 이르지
만 비쩍 마른 가문비나무와 소나무만이 짙은 녹색을 띠고 있을
뿐. 집 가까이에도 개나리만 새순이 돋았다.

올리브 키터리지는 말린을 찾으러 다니다가 차고 옆문 곁에서
짓밟힌 듯 보이는 노란 크로커스 꽃을 보았다. 지난주, 개를 주
차장으로 데려가 헨리와 만나게 해줄 만큼 따뜻했던 그날 이후
로 눈이 내렸다. 4월에 가끔 내리는, 순백으로 퍼붓고는 다음 날
바로 녹아버리는 그런 눈이었지만 땅은 아직 눈의 습격으로 군
데군데 축축했다. 이 짓밟힌 노란 크로커스는 눈 속에서 핀 게
틀림없었다. 차고 옆문은 계단으로 바로 연결되어 있었고, 올리
브는 계단을 조심스럽게 밟고 올라가 층계참에 섰다. 두꺼운 운
동복 상의 두 벌이 고리에 걸려 있고, 진흙 묻은 노란 고무장화
한 켤레가 발가락 부분이 서로 반대 방향을 향한 채 나란히 놓여
있다.

올리브는 장화를 바라보며 문을 두드린다. 몸을 숙여 장화 한
짝을 제 짝과 마주 보게끔 돌려놓는다. 장화 한 켤레가 한 쌍인

것이 눈에 보이도록, 금세라도 같이 걸어 나갈 수 있게끔 보이도록. 그리고 다시 노크를 한다. 대답이 없어 손잡이를 돌리고 천천히 문을 밀고 걸어 들어간다.

"올리브, 오셨어요."

방 안쪽 올리브를 마주 본 자리에서 말린이 얌전한 여학생처럼 케리의 더블베드 옆에 있는 등이 똑바른 의자에 앉아 두 손을 무릎에 모으고, 통통한 발목을 가지런히 꼬고 있다. 침대 위에는 케리가 널브러져 있다. 케리는 일광욕하는 사람처럼 얼굴은 벽을 향하고 팔꿈치는 밖을 향한 채 엎드려 있지만, 엉덩이가 살짝 돌아가 있어 정장의 검은 윤곽선이 엉덩이의 굴곡을 한층 강조하는 것 같다. 검은 스타킹을 신은 다리는 늘씬하다. 스타킹 발 부분에 조금씩 여러 군데 올이 나가 너덜거리긴 하지만.

"잠들었나?" 올리브가 방 안쪽으로 더 들어서며 묻는다.

"쓰러졌어요." 말린이 대답한다. "먼저 에디 방에서 토하고, 여기서 잠들었네요."

"그렇군. 그런데 케리한테 근사한 방을 줬군그래." 올리브가 식탁이 놓인 작은 반침半寢으로 가서 의자 하나를 가져와 말린 곁에 앉는다.

잠시, 둘 중 누구도 입을 열지 않다가 말린이 쾌활하게 말을 꺼낸다. "케리를 죽여버릴까 생각하던 중이에요." 말린이 무릎

에서 한 손을 들어 초록색 꽃무늬 원피스 위에 놓은 작은 과도를
드러내 보인다.

"오." 올리브가 말한다.

말린이 몸을 숙이더니 자고 있는 케리의 드러난 목을 만진다.
"이거 중요한 핏줄 아니에요?" 말린이 묻더니 케리의 목에 대고
칼을 눕히며, 심지어 그곳의 희미한 맥박을 슬며시 찌르기까지
한다.

"음. 알겠는데. 좀 조심해야겠어." 올리브가 앉아서 몸을 앞으
로 내민다.

잠시 후, 말린이 한숨을 쉬며 뒤로 물러나 앉는다. "알겠어요,
여기요." 그리고 과도를 올리브에게 건넨다.

"베개가 더 나을 텐데." 올리브가 말한다. "목을 따면 피가 많
이 나오잖아."

이윽고 나직하고 부드러운 목소리로 별안간 킥킥대는 말린의
웃음소리.

"베개는 생각도 못 해봤어요."

"난 베개까지 생각할 만큼 시간이 좀 있었지." 올리브가 말하
지만 말린은 귀담아듣지 않는 양 공허하게 고개만 주억거린다.

"선생님도 아셨어요?"

"뭘 알아?" 올리브는 이렇게 대답하면서도 속이 울렁거리는

걸 느낀다. 뱃속에서 파도가 친다.

"오늘 케리가 저한테 한 말이요. 자기하고 에드 사이에 그 일은 딱 한 번 있었대요. 딱 한 번. 하지만 전 안 믿어요. 한 번이었을 리가 없어요. 에드 주니어가 고등학교 졸업한 다음 여름에 그랬다는데." 말린이 울기 시작하며 도리질을 했다. 올리브는 시선을 돌린다. 이럴 땐 혼자 있게 해줘야 하는데. 올리브는 과도를 무릎에 놓고 침대 위 창밖을 내다본다. 잿빛 하늘과 잿빛 바다뿐이다. 창이 너무 높아 해안선은 전혀 보이지 않고, 눈이 닿는 곳엔 잿빛 바닷물과 하늘뿐이다.

"난 아무 말도 못 들었어." 올리브가 대답한다. "왜 하필 오늘 얘기했대?"

"제가 아는 줄 알았대요." 말린이 어딘가에서, 어쩌면 소매 속에서 화장지를 꺼내 얼굴에 톡톡 두드리더니 코를 풀었다.

"제가 알고 있으면서도 잘해주는 것으로 벌을 준다고 생각했대요. 오늘 술에 취해서 제가 얼마나 성공적이었는지, 그런 친절로 자기랑 에드를 죽을 지경으로 만들었다며 얘길 하더라구요."

"저런 잡것을 봤나." 올리브가 생각해낼 수 있는 유일한 반응이었다.

"우습지 않아요, 올리브?" 다시 한번, 갑작스런 말린의 깔깔거림.

"흠." 올리브가 말했다. "내가 들은 중에 제일 우스운 얘긴 아닌 거 같군."

검은 양장을 두르고 침대에 퍼져 있는 케리의 몸뚱이를 보고, 올리브는 문이나 커튼이 있어서 그 엉덩이의 굴곡과 검은 스타킹을 신은 날씬한 허벅지를 보지 않을 수 있다면 좋겠다고 생각한다. "에디 주니어도 알아?"

"네. 케리가 어제 아이한테 말한 모양이에요. 걔도 아는 줄 알았다는데 에디는 몰랐대요. 에디는 그 말이 사실일 거라 생각지 않는대요."

"사실이 아닐지도 모르지."

"씨팔." 말린이 고개를 저으며, 다시 울먹이며 말한다. "선생님, 괜찮으시다면 저 그냥 씨팔이라고 말하고 싶어요."

"그럼 씨팔이라고 해." 그 말을 입에 담지 않는 올리브가 말했다.

"씨팔." 말린이 내뱉었다. "씨팔, 씨팔, 씨팔."

"그런 거 같네." 올리브가 숨을 깊이 내쉰다. "그런 거 같아." 올리브가 다시 천천히 말한다. 그리고 별 관심 없이 주변을 돌아본 다음—고양이 그림 하나가 한쪽 벽에 걸려 있었다—올리브의 시선은 코를 풀고 있는 말린에게로 돌아온다. "엄청난 하루였지. 아래층에선 담배꽁초에, 위층에선 막 토하고."

긴 머리가 희끗한 그 여자는 정말로 올리브를 뒤흔들었다. 안개처럼 뿌연 심기에 지진이라는 말이 스쳐 지나간다. 올리브가 입을 열었다. "크리스토퍼네 집을 산 그 짐승 말야. 그 여자가 돌아다니면서 자네 화분에 담배를 비벼 끄더라구."

"아, 그 여자요." 말린이 말한다. "그 여자도 마찬가지예요, 씨팔."

"그래." 올리브는 내일 헨리에게 이 얘기를 할 것이다. 모두 전할 것이다. 물론 헨리는 씨팔 소리만은 듣기 싫어하겠지만.

"올리브, 부탁 하나 드려도 될까요?"

"물론이지."

"혹시……" 초록빛 꽃무늬 원피스를 입고 갈색 머리칼이 머리핀에서 다 풀려나온 이 가련한 여자는 완전히 모든 것을 잃은 듯하고, 어안이 벙벙해 보인다. "떠나시기 전에, 위층 침실에 가주실 수 있을까요? 계단 꼭대기에서 오른쪽에 있는 방이에요. 벽장에 보시면 팸플릿이, 여러 여행지의 안내 책자가 있거든요. 그것 좀 갖고 가주실래요? 그냥 갖고 가셔서 다 버려주세요. 책자가 든 바구니도요."

"그럼."

말린의 눈에서 눈물이 흘러 코를 지나쳐 간다. 말린은 맨손으로 얼굴을 닦는다. "그게 들어 있는 걸 아는 이상 벽장 문을 열고 싶지 않아요."

"그래." 올리브가 말한다. "내가 해줄게." 올리브는 병원에서
헨리의 신발을 집으로 가져와 봉투에 넣어 차고에 두었고, 신발
은 아직 그 자리에 있다. 신발은 두 사람이 '숍 앤 세이브' 주차장
에 차를 세웠던 그 마지막 날 바로 며칠 전에 산 새것이었다.

"다른 것도 자네가 원하면 치워줄게, 말린."

"아뇨, 아니에요, 올리브. 그냥, 우리 둘이 앉아서 여기저기 여
행을 다닐 거라고 공상을 했거든요." 말린이 고개를 젓는다. "스
탠리 박사님이 상황이 어떤지 말씀해주신 후에도요. 그 책자들
을 보면서 그 사람이 나으면 갈 여행지에 대해서 얘길 했어요."
말린이 두 손으로 얼굴을 문지른다. "세상에, 올리브." 말린이
말을 멈추고 올리브가 들고 있는 칼을 바라본다. "이런, 세상에,
올리브. 너무 창피해요." 그리고 정말인 듯, 두 뺨이 진홍빛으로
물들더니 이내 새빨개진다.

"창피할 것 없어." 올리브가 말린에게 말한다. "누구나 언젠
가는 누군가를 죽이고 싶기 마련이거든." 올리브는 까짓것, 말린
이 듣고 싶기만 하다면 자기가 죽이고 싶은 여러 사람에 대해 말
해줄 수도 있었다.

그런데 말린이 말한다. "아뇨, 그거 말고요. 그거 말고. 그 사
람하고 앉아서 그런 여행을 계획했다는 게요." 말린이 이미 너덜

너덜한 화장지를 잡아 뜯었다. "세상에 참, 올리브. 우린 거의 믿었어요. 그 사람은 계속 여위고 몸이 그렇게 약해지면서도 말했어요. '말린, 우리 여행 바구니 좀 가져와봐.' 그럼 전 가져가고요. 지금 생각하면 너무 창피해요, 올리브."

순수한 영혼, 올리브는 이 여인을 보며 생각한다. 정말로 순수한 사람. 이제는 이런 사람을 찾아보기 힘들다. 후, 찾아보기 힘들다.

올리브는 일어서서 작은 개수대 위의 창으로 가 진입로를 내려다본다. 마지막으로 남은 사람들이 떠나고 있다. 맷 그리어슨이 트럭에 타고 후진한 다음, 사라져간다. 그리고 낮은 펌프스를 신은 몰리 콜린스가 남편과 함께 자갈길을 걸어간다. 몰리는 종일 일을 했어, 정말로, 최선을 다해서. 올리브는 생각한다. 틀니와 늙은 남편뿐인, 다른 사람들처럼 순식간에 죽은 목숨이 될지 모를, 아니면 더 심하게는 헨리 곁의 휠체어에 앉게 될지 모르는 늙은 남편뿐인 몰리는.

올리브는 자신과 헨리가 앞으로 갖게 될 손자들에 대해, 착한 며느리와의 행복한 크리스마스에 대해 이야기했다는 것을 말린에게 들려주고 싶다. 불과 일 년여 전만 해도 두 사람이 크리스토퍼의 집에 저녁을 먹으러 가면 긴장감이 너무 팽배해서 한 손이 저절로 올라가며 그만하라는 사인을 보낼 정도였다는 걸. 그래도 두 사람은 집에 돌아오면 며느리가 착하다고, 크리스토퍼에게 착한 아내가 있어 얼마나 다행인지 모른다고 했던 이야기를 들려주고만 싶다.

그런 여행 바구니가 없는 이가 누구랴. 이건 옳지 않다. 몰리 콜린스가 오늘 교회 옆에 서서 그 말을 했다. 옳지 않아. 그래, 맞는 말이다. 옳지 않다.

올리브는 말린의 머리에 한 손을 살며시 갖다 대고 싶지만 그런 것은 올리브가 별로 잘하는 일이 아니다. 그래서 그녀는 일어서서, 말린이 앉은 의자 옆에 서서 옆 창문으로 이제 물살이 거의 빠져나가 넓어진 해안선을 바라본다. 저 아래에서 물수제비 뜨기에 여념이 없던 에디 주니어를 생각한다. 그 느낌을 올리브는 다만 기억할 수 있을 뿐이다. 돌멩이를 집어서 힘을 조절하여 바다에 던질 여력이 있는 젊음을. 아직 그 짓을 할 만한, 망할 돌멩이를 던질 힘이 있는 젊음을.

병 속의 배

"매일 뭘 할지 계획을 세워야지." 애니타 하우드가 싱크대를 닦으면서 말했다. "줄리, 농담 아니다. 바로 그 때문에 감옥과 군대에서 사람들이 미치는 거야."

언니 줄리보다 열 살이 어린 열한 살의 위니 하우드는, 잘 때 입던 후드가 달린 운동복 윗도리와 청바지 차림으로 바닥만 바라보며 문간에 기대 있는 언니 줄리를 지켜보았다. 줄리는 손을 주머니에 찌른 채였는데, 요즘 언니에 대한 사춘기적 감성이 거의 숭배에 가까워진 위니는 저도 조심스럽게 손을 주머니에 찔러 넣고, 엄마의 말에 대한 언니의 무관심을 흉내 내며 식탁에 기대보았다.

"예를 들어서," 엄마가 말을 이었다. "오늘 너 뭐 할 계획이니?" 엄마는 싱크대 상판을 훔치다가 말고 줄리를 바라보았다. 줄리는 고개도 들지 않았다. 위니의 감정은 최근에야 엄마에게서 언니에게로 넘어왔다. 위니의 엄마는 줄리가 태어나기 전에 지방 미인대회에서 수상했고, 위니의 눈에는 지금도 여전히 예뻤다. 그것은 다른 아이들보다 사탕을 더 많이 받거나 숙제에 별 도장을 더 받는 기분이었다. 누구보다도 예쁜 엄마가 있다는 것은 그런 기분이었다. 다른 엄마들은 뚱뚱하거나 머리 스타일이 엉망이거나 고무줄 청바지 위에 남편의 모직 남방을 아무렇게나 걸쳐 입고 다녔다. 하지만 위니의 엄마 애니타는 립스틱에 하이힐, 인조 진주 귀걸이를 하지 않고는 집을 나서는 법이 없었다. 위니는 최근에야 뭔가가 잘못되었다는, 아니면 잘못되었는지도 모르겠다는 불편한 느낌을 받았다. 다른 사람들이 엄마에 대해 눈을 부라리며 이야기한다는 점 때문이었다. 위니는 제발 그런 게 아니길 바랐고 그런 게 아닐 수도 있었지만, 위니로서는 알 수 없었다.

"바로 그 때문이라구?" 줄리가 눈을 치켜뜨며 물었다. "감옥하고 군대에서? 엄마, 난 지금 죽어가고 있는데 웬 말도 안 되는 소릴 해?"

"죽는다는 말 그렇게 함부로 쓰지 마라, 얘야. 어떤 사람들은 지금 이 순간 진짜로 죽어가고 있어, 그것도 끔찍하게. 그런 사람들은 너 같은 입장이라면 기뻐할걸. 약혼자한테 버림받은 것쯤이야 그런 사람들한텐 모기 한번 세게 물린 거나 다름없지. 어, 아빠 오셨다." 애니타의 말이었다. "자상도 하지. 일하다 말고 네가 잘 있는지 보려고 들르시다니."

"엄마가 잘 있는지 보러 온 거겠지." 줄리가 말했다. "그리고 그 사람이 날 버렸다는 건 정확한 표현이 아냐." 위니가 주머니에서 손을 꺼냈다.

"다들 어때? 괜찮은 거야?" 짐 하우드는 체격이 작은 사내로, 적응력이 뛰어난 사람이었다. 그는 알코올중독이었다가 일주일에 세 번씩 알코올중독자 모임에 나가며 회복된 사람이었다. 짐은 줄리의 친아버지—그는 줄리가 어릴 때 다른 여자와 함께 달아났다—는 아니었지만 다른 누구에게나 그러듯 줄리에게도 친절했다. 위니는 아빠가 아직 알코올중독일 때 엄마가 그와 결혼했는지 아닌지는 알지 못했다. 위니가 열한 살이 되도록 아빠는 늘 학교에서 청소부로 일했다. "유지보수 감독관이야." 엄마는 언젠가 줄리에게 말했다. "그걸 절대 잊지 말아라."

"우린 괜찮아요, 짐." 짐이 장 본 봉투를 들고 들어오는 동안 애니타가 문을 잡아주며 말했다. "이것 봐, 얘들아. 아빠가 장을 봐오셨다. 줄리, 팬케이크 좀 만들지 그러니?"

일요일 저녁에 팬케이크를 만드는 것은 가족의 전통이었다.

지금은 금요일 정오다.

"만들고 싶지 않아." 줄리가 말했다. 아까부터 소리 없이 흐느끼기 시작한 줄리는 손으로 눈물을 닦아내고 있었다.

"허, 안타까운 일일세." 엄마가 말했다. "줄리, 얘야. 이렇게 계속 울면 엄마가 완전 뚜껑이 열리거든!" 애니타가 설거지하던 스펀지를 개수대 안으로 집어던졌다. "뚜껑이 열린다구, 알겠어?"

"엄마, 하느님 맙소사."

"그리고 그 상스러운 말 좀 그만해라, 얘야. 하느님은 네가 헛되이 부르지 않아도 할 일이 많으시거든? 일과야, 줄리. 일과야말로 감옥하고 군대가 돌아가게 만드는 힘이라구."

위니가 나섰다. "제가 팬케이크 만들게요." 위니는 엄마가 감옥과 군대에 대해 그만 말하길 바랐다. 외국에서 미군이 머리에 두건을 쓴 죄수들을 줄에 묶어 개처럼 끌고 다니는 사진이 공개된 후로 엄마는 늘 그 얘기였다.

"우리한텐 뭐든 가질 권리가 있어." 엄마는 몇 달 전에 식료품점에서 말린 보니에게 큰 소리로 말했다. 그러자 군인인 손자 때문에 트럭에 노란 리본을 붙이고 다니는 클리프 모트가 시리얼 코너에서 나와 말했다. "애니타, 미친 소리 좀 작작하고 다녀."

"좋아, 위니. 네가 만들어라." 엄마가 말했다.

"도와줄까?" 아빠가 물었다. 짐은 식료품 봉지에서 계란을 몇

330

개 꺼낸 뒤 몸을 숙여 라디오 스위치를 켰다.

"아뇨. 제가 할게요." 위니가 말했다.

"그래." 엄마의 말이었다. "짐, 그 볼 좀 꺼내."

짐이 찬장에서 볼을 꺼내는 동안 프랭크 시나트라의 목소리가 높아졌다가 낮아졌다가 다시 높아졌다. "마이이이이 웨에에 에이이."

"아, 제발." 줄리가 애원했다. "제발, 제발, 제발 그것 좀 끄세요."

"짐. 라디오 좀 꺼." 애니타가 말했다.

몸을 숙여 라디오를 끈 것은 위니였다. 위니는 자기가 라디오를 끄는 걸 언니가 봐주길 바랐지만 줄리는 보고 있지 않았다.

"줄리, 아가." 엄마가 말했다. "영원히 이렇게 살 순 없어. 다른 식구들한테는 라디오를 들을 권리가 있어. 언젠가는 말야."

"나흘밖에 안 됐어." 줄리가 말했다. 그녀는 운동복 소매에 코를 닦았다. "나흘밖에."

"엿새다." 엄마가 말했다. "오늘이 육 일째라구."

"엄마, 제발. 그냥 나 좀 봐줘."

위니는 누가 언니에게 진정제를 주는 게 좋겠다고 생각했다. 카일 삼촌이 진정제를 좀 가져왔지만 엄마는 이제 진정제를 밤에만 조금씩, 알약을 반으로 쪼개서 주었다. 위니가 가끔 자다

깨서 보면 줄리는 깨어 있었다. 간밤엔 보름달이 떠서 둘의 침실이 달빛으로 온통 환했다. "언니." 위니가 속삭였다. "언니 안자?"

줄리는 대답하지 않았다.

위니는 고개를 돌려 창밖의 달을 보았다. 물 위에 걸린 커다란 달은 꼭 무언가가 퉁퉁 부은 것 같았다. 커튼이 있었다면 위니는 커튼을 쳤을 테지만 이 집에는 커튼이 없었다. 그들은 긴 비포장 도로의 끄트머리에 살아서, 엄마는 커튼이 필요 없다고 했다. 일 년 전에 장식을 한답시고 거실 창틀에 어망을 매달긴 했지만. 애니타는 위니와 줄리를 바닷가로 보내 불가사리를 크기별로 잡아오게 시켰다. 말려서 어망 커튼에 매달겠다는 거였다. 줄리와 위니는 해초 위를 걸어다니고 돌멩이를 뒤집으며 표면이 울퉁불퉁한 불가사리를 잔뜩 모았다.

"할아버지하고 내 아버지 때문이야." 줄리가 말했다. 위니에게 그런 이야기를 해주는 사람은 줄리뿐이었다. "엄마는 둘 모두를 그리워하거든. 엄마가 어릴 때, 할아버지가 하루 일을 마치고 나면 불가사리를 갖다줬대. 그다음엔 엄마가 내 아버지 테드더러 그렇게 해달라고 했고, 테드가 한동안 불가사리를 모아다줬대."

"그건 오래전 얘기잖아." 위니가 바위에서 불가사리를 벗겨

내며 말했다. 작은 놈이었는데, 떼어낼 때 다리가 찢어졌다. 위니는 불가사리를 다시 바위에 내려놓았다. 불가사리들은 다리를 잃어도 다시 새로운 다리가 자라난다.

"상관없어." 줄리는 그렇게 말했다. "누군가를 그리워하는 일은 멈추지 않거든."

할아버지는 어부였는데, 바다에 나갔다가 배가 암초에 걸려 좌초되었다. 그에 대한 기사는 '미스 포테이토' 퀸으로 뽑힌 애니타의 사진과 같은 페이지에 스크랩되어 있었다. "사람들이 엄마를 '감자 유방'이라고 불렀대." 줄리가 위니에게 말했다. "엄마가 나한테 얘기해준 건데 내가 너한테 알려줬다고 엄마한테 말하지 마."

애니타는 줄리를 임신했기 때문에 목수였던 테드와 결혼했지만 테드는 아무하고도 오래 살 생각이 없었다. 줄리는 그가 처음부터 그 점을 분명히 했다고 말했다. "그러니까 엄마는 일 년 새에 두 사람을 다 잃은 거야." 줄리가 불가사리 양동이를 들여다보았다. "충분하다. 가자." 바위 위로 다시 걸어오면서 줄리가 덧붙였다. "브루스가 그러는데 어부들은 대부분 수영을 못한대. 내가 그걸 몰랐다니 우습지."

위니는 브루스가 그걸 안다는 게 놀라웠다. 브루스는 이 근방 사람이 아니었다. 보스턴에서 와서 형제들과 같이 한 달 동안 별

장을 빌렸는데, 어부들이 헤엄을 칠 수 있는지 없는지를 브루스
가 어떻게 알고 있는지 위니는 알지 못했다.

"수영을 할 줄 알았을까?" 위니가 줄리한테 물었다. 할아버지
를 말하는 것이었지만 그에 대해서는 들어본 적이 없어 위니는
그를 부를 이름을 알지 못했다.

"아니. 다른 남자 한 사람이랑 같이 그냥 손놓고 배에 앉아 있
을 수밖에 없었대. 익사할 줄 알았을 거야. 바로 그 부분이 엄마
를 미치게 하는 거지."

엄마가 그물 커튼에 매달아놓은 불가사리는 충분히 말리지 않
아서 얼마 후 냄새가 나기 시작했고, 애니타는 불가사리를 내다
버렸다. 엄마가 난간 너머로 몸을 숙이며 서서 불가사리를 바다
로 하나하나 내던지는 모습을 위니는 지켜보았다. 엄마는 연두
색 원피스를 입었는데 바람이 옷자락을 휘감아 엄마의 가슴과
가느다란 허리와 미끈한 맨다리가 드러났다. 불가사리를 내던지
려고 까치발을 할 때는 발이 활처럼 휘었다. 엄마가 마지막 불가
사리를 던질 때 위니는 작은 비명 같은 소리를 들었다.

"얘." 애니타가 줄리에게 말했다. "샤워를 해, 기분이 훨씬 나
아질 테니까."

"샤워하기 싫어." 아직도 문간에 기대서서 옷소매로 입을 슥 닦으며 줄리가 말했다.

"왜 싫은데?" 엄마가 물었다. "부엌에서 우는 거랑 샤워실에서 우는 거랑 뭐가 다른데?" 엄마는 한 손으로 허리를 짚었고, 위니는 분홍 매니큐어가 완벽하게 칠해진 엄마의 손톱을 보았다.

"옷을 벗기 싫으니까. 내 몸뚱이를 보기 싫으니까."

애니타가 이를 악물더니 고개를 작게 여러 번 끄덕였다. "위니프리드, 불에 닿지 않게 소매 조심해. 지금 큰일이 하나 더 생기면 내가 누굴 죽일지도 모르겠거든."

위니의 집은 샤워기와 욕실이 대부분의 다른 집처럼 되어 있지 않았다. 복도 끝에 샤워할 공간이 있고, 맞은편 벽장 안에 간이 화학 변기가 있었다. 둥근 통처럼 생긴 플라스틱 변기는 용변을 보고 단추를 누르면 윙윙 도는 소리가 났다. 이 벽장에는 문이 없고 젖히는 커튼만 있었다. 애니타는 때로 그 부근을 지나치다가 말했다. "아유, 누가 방금 큰 일 봤어?" 샤워를 하려면 가족들에게 그쪽 복도로는 오지 말라고 말해야 했다. 그러지 않으면 철제 샤워 부스 안에서 옷을 벗은 다음 옷가지를 복도로 던지고 샤워기의 물이 따뜻해질 동안 철제 벽에 몸을 딱 붙이고 서서 기다려야 했다.

줄리가 부엌을 뜨고 곧 샤워기의 물이 튀는 소리가 들렸다.

"나 샤워할 테니까, 이쪽으로 오지 마세요." 줄리가 큰 소리로 외쳤다.

"방해할 생각 전혀 없다." 애니타 역시 소리쳤다. 위니가 상을 차리고 주스를 따랐다. 샤워기 소리가 멎자 모두의 귀에 줄리의 울음소리가 들렸다.

"내가 이 짓을 일 분이라도 더 참을 수 있을지 모르겠어." 애니타가 싱크대 상판 위를 손톱으로 두드리면서 말했다.

"시간을 좀 줘." 짐이 입을 열었다. 그가 팬케이크 반죽을 프라이팬에 부었다.

"시간?" 애니타가 샤워실을 가리키며 말했다. "지미, 쟤한테 내 인생 절반을 쏟아부었다구!"

"글쎄." 짐이 위니에게 윙크하며 말했다.

"글쎄? 글쎄는 무슨 글쎄. 난, 이거 진짜, 진짜 지긋지긋하다구."

"엄마, 머리 보기 좋은데요." 위니가 말했다.

"당연하지." 애니타가 대꾸했다. "두 달 치 장 볼 돈이 들었는데."

줄리가 물을 뚝뚝 흘려 붉은 운동복 윗도리의 어깨를 시커멓게 적시며 착 붙은 젖은 머리를 한 채 부엌으로 돌아왔다. 위니는 아버지가 찌그러진 'J' 모양의 팬케이크를 뒤집는 걸 보았다.

"내 보석jewel한테 줄 J를 만들었지." 짐이 줄리에게 말하자, 위니는 줄리의 결혼반지는 어떻게 되었을까 궁금했다.

리무진이 상당한 긴장을 몰고 왔다. 운전기사는 처음에는 집까지 들어오길 거부했다. 비포장도로라는 걸 언급했어야 한다고, 나뭇가지들이 리무진의 도장을 긁을 거라고 했다. "빌어먹을, 줄리는 저 웨딩드레스를 입고선 절대 흙길을 못 걸어." 애니타가 남편에게 말했다. "저 기사가 멍청한 리무진을 여기까지 몰고 오게 만들어, 당신이." 리무진은 애니타의 생각이었다.

깔끔하게 단장한 불그레한 얼굴에 대여한 턱시도 차림을 한 짐은 밖으로 나가 운전사에게 이야기했다. 몇 분 후, 짐이 지하실로 가서 전정가위를 들고 돌아왔다. 그런 다음 짐과 운전기사가 진입로 바깥쪽으로 사라지더니 몇 분 후 리무진이 집 쪽으로 들어왔다. 짐은 조수석에 앉아 손을 흔들고 있었다.

브루스는 아파 보이는 얼굴로 집에 도착했다.

"결혼식 전에 신랑이 신부를 보면 안 되잖아." 애니타가 창밖으로 소리쳤다. "브루스, 이런 세상에!" 애니타가 문으로 뛰어가기 시작했지만 브루스는 이미 집 안으로 들어섰고, 그의 얼굴을 본 애니타는 말을 하다 말고 멈추었다. 엄마 뒤에 바짝 붙어 있던 줄리도 아무 말 하지 않았다.

줄리와 브루스는 뒷마당 잔디로 나갔다. 그곳은 나무뿌리와 솔잎만 있는 공터에 가까워서 잔디라고 하기도 무색했다. 위니는 엄마와 같이 창 너머로 지켜보았다. 짐도 리무진에서 내려 집 안으로 들어와 같이 지켜보았다. 줄리는 잡지 광고 모델 같았다. 웨딩드레스를 입고 베이베리 덤불 곁에 선 줄리. 2미터나 되는 기다란 베일을 치렁치렁 매단 채 따라오던 줄리.

"지미." 애니타가 입을 열었다. "사람들이 교회에서 기다려요."

하지만 짐은 대답하지 않았다. 그들 세 사람은 가만히 서서 창밖을 지켜보았다. 줄리와 브루스는 거의 미동도 하지 않았다. 두 사람은 서로를 만지지도 팔을 움직이지도 않더니 브루스가 베이베리 덤불을 헤치고 나와 도로로 향했다.

줄리는 걸어다니는 바비 인형 같은 모습으로 집 안으로 들어왔고, 줄리가 들어올 때 세 사람은 방충문에 서 있었다. "엄마," 줄리가 조용히 입을 열었다. 눈빛이 심상치 않았다. "이거, 현실 아니지?"

카일 삼촌이 약을 가지고 왔다. 짐이 리무진 기사에게 몇 마디 말을 하고는 교회로 갔다. 리무진이 뒤 타이어 위쪽 흙받이로 포플러 잎을 옮기면서 빠져나갔고, 위니는 신부 들러리 드레스를 입은 채 계단에 앉아 있었다. 얼마 후 아빠가 돌아왔다. "그거 벗어도 되겠다, 꼬맹이." 그가 말했지만 위니는 그저 그 자리에 앉아 있었다. 아빠가 안으로 들어갔다 나오면서 말했다. "줄리는 침대에서 엄마랑 나란히 쉬고 있다." 위니는 그 말이 카일 삼촌이 둘에게 모두 진정제를 주었다는 뜻이라고 생각했다.

위니는 화장실에 가고 싶을 때까지 계단에 앉아 있었다. 집 안의 화장실에는, 다른 사람들이 모두 집에 있는데 커튼 뒤에 있는 그런 화장실에는 더이상 가기 싫었다. 하지만 위니가 집 안에 들어갔을 땐 아무도 없었다. 지하실에서 아빠의 소리가 들렸고, 부모님의 방은 문이 닫혀 있었다. 그런데 몇 분 뒤, 문이 열리고 엄마가 걸어 나왔다. 엄마는 파란 치마와 분홍 스웨터를 입었는데 조금도 약 기운에 취한 것 같지 않았다.

짐 하우드는 벌써 몇 년째 배를 만들고 있었다. 커다란 배가 될 터였다. 틀이 지하실 대부분을 차지했다. 거의 일 년 동안이나, 짐은 매일 밤 거실 바닥에 청사진을 펼쳐놓고 들여다보는 일 말고는 하는 일이 거의 없었다. 하지만 마침내 지하실로 가서 톱질을 위해 모탕 두 개를 먼저 놓았다. 매일 밤, 가족들은 전기톱이 '지잉' 하는 소리를 들어야 했다. 때로 망치질 소리도 들리더니 아주 천천히 곡선이 살아 있는 배의 뼈대가 드러나기 시작했다. 짐은 매일 밤, 배를 만드느라 지하로 내려갔다. "꼬맹이, 지금은 좀 속도가 느린 단계야." 짐이 말했다. 배의 곡선이 제대로 나오게 하려면 나무조각을 끼워넣어야 했고, 그다음엔 나무를 꼼꼼하게 니스 칠한 다음 마르는 데 나흘이 걸리는 고무 시멘트를 각각의 못 위에 발라야 했다.

"배가 완성된 다음엔 어떻게 밖으로 꺼내시게요?" 어느 밤, 위니가 지하실 계단에서 지켜보다가 물었다.

"좋은 질문이다, 안 그래?" 그가 말했다. 짐은 사전에 그 점을 어떻게 염두에 두고 지하실 문의 크기와 선체의 둘레를 수학적으로 해결해두었는지 설명했다. 이론적으로는 배를 특정 각도로 기울이면 나중에 때가 되었을 때 문을 통과할 수 있다는 것이다. "하지만 과연 될까 의구심이 들기 시작했어." 짐이 말했다.

위니도 의구심이 들었다. 배는 너무나 커 보였다. "흠, 그렇게 되면 병 속에 든 배처럼 되겠네요." 위니가 말했다. "무디네 가게에 있는 것처럼요."

"그렇지." 아빠가 말했다. "그렇게 되겠지."

더 어릴 때 위니는 지하실에서 줄리와 같이 놀곤 했다. 줄리는 위니와 가게 놀이를 했다. 엄마가 산 통조림을 가지고 탁자 위로 밀면서 가격을 금전등록기에 계산하는 척했다. 지금 지하실은 배와 아빠의 공구들로 거의 꽉 찼다. 짐은 벽을 따라 선반도 짜 넣었다. 제일 위에는 수년 동안이나 자리를 지키고 있는 오래된 라이플이, 아래 선반들에는 각종 끈과 못, 볼트 등이 크기별로 분류된 나무 상자들이 있었다.

부엌 싱크대 너머로 해가 비쳐들었다. 위니는 먼지 입자가 공중에 떠다니는 걸 보았다. "이제," 엄마가 커피잔을 내려놓으며 말했다. "오늘 하루를 구상해보자꾸나. 아빠는 학교로 잠깐 돌아가셔야 하고, 나는 장미꽃에 밥을 줘야 하는데, 너희는 뭘 할 거니?" 애니타는 눈썹을 치켜뜨고 곱게 칠한 손톱으로 식탁을 가볍게 두드렸다.

줄리와 위니는 말이 없었다. 위니는 시럽 뚜껑을 손가락으로 훑은 다음 입으로 가져갔다.

"위니, 더러운 짓 좀 그만해라." 엄마가 일어서서 커피잔을 개수대에 집어넣으며 말했다. "줄리, 너도 할 일을 찾으면 훨씬 나을 거야."

결혼식이 취소되리라는 걸 알게 되자 애니타가 찾은 할 일 한 가지는 브루스에게 편지를 쓰는 것이었다. 애니타는 다시 브루스가 제 눈에 띄거나, 자기 딸 곁에 얼씬거렸다간 당장 총을 쏘겠다고 말했다. "그건 연방법에 저촉되는 범죄인 거 같은데." 짐이 애니타에게 나지막이 말했다. "편지로 협박하는 거."

"연방 범죄, 웃기지 말라고 해." 애니타가 말했다. "연방 범죄를 저지른 건 바로 그놈이야." 위니는 식료품점에서 클리프 모트가 엄마에게 미친 소리 좀 작작하라고 했던 기억이 났다. 예쁜 엄마를 자랑스러워하다가 사람들이 엄마에게 한 말에 대해 곰곰 생각해보고, 어쩌면 엄마가 제정신이 아닐지도 모른다고 생각하는 것은 기분이 묘한 일이었다. 그리고 위니는 문득, 엄마한테 다른 엄마들처럼 친한 친구가 없다는 생각이 들었다. 그녀는 누구와도 전화로 수다를 떨거나 쇼핑을 가는 일이 없었다.

위니는 방금 줄리와 같이 부엌 식탁에 앉아 있다 창문을 통해 엄마가 모종삽을 들고 장미 덤불을 향해 걸어가는 걸 보았다. "엄마가 왜 그러는지 알지, 그렇지?" 줄리가 가만히 물었다. "섹스."

위니는 고개를 끄덕이긴 했지만 정확히 알지는 못했다. 부엌으로 비쳐드는 밝은 햇살에 머리가 아팠다.

"엄마는 내가 그 사람하고 섹스를 했다는 걸 못 견디는 거야."

위니가 일어서서 접시 하나의 물기를 닦고는 치워두었다. 줄리는 망연히 앞만 바라보고 있었지만 뭔가를 보고 있는 건 아니었다. 위니는 엄마가 그러는 걸 가끔 보았다. "위니," 줄리가 여

342

전히 시선을 고정한 채 말했다. "엄마한테는 항상 거짓말을 해야 해. 이 말 기억해둬. 그냥 거짓말을 해. 시치미를 뚝 떼고."

위니가 접시 하나를 더 닦았다.

요약하면 브루스가 겁을 먹었던 것이다. 줄리와 헤어지고 싶지는 않았지만 결혼은 그냥 하고 싶지 않았다. 브루스는 그냥 같이 살고 싶어했다. 애니타는 싸구려 걸레처럼 결혼식장에서 널버린 남자와 살고 싶다면 다시는 집에 못 올 줄 알라고 줄리에게 말했다.

"엄마는 진심이 아냐, 언니." 위니가 줄리에게 말했다. "동거하는 사람은 어디나 많아."

"내기할래? 엄마가 진심이 아니라고 내기할 테야?" 줄리는 말했다. 위니는 거의 차멀미 같은 걸 느꼈다. 엄마와 관련된 건 아무것도 내기하고 싶지 않은 마음이었을 것이다.

"그림을 그려. 책을 읽든지. 아님 러그를 짜든지." 애니타는 제안을 할 때마다 손바닥으로 식탁을 탕탕 때렸다. 줄리는 대답하지 않았다. 애니타와 위니가 수프를 먹는 동안 크래커만 깨작대고 있었다. 다시 하루를 살아냈다. 토요일 점심이었다. "창문을 닦아." 애니타가 말했다. "위니, 돼지처럼 그릇을 입에 대고 마시지 좀 마라." 애니타가 냅킨 대용으로 쓰는 종이 타월로 입을 닦았다. "네가 해야 할 일은 베스 마든한테 전화해서 올 가을에 유아원에서 다시 일을 시작할 수 있는지 알아보는 거야." 애니타가 일어서서 그릇을 개수대에 넣었다.

"싫어." 줄리가 말했다.

"그래, 알았다." 이 말을 하는 엄마가 기분이 좋다는 걸 위니는 알 수 있었다. 엄마의 눈이 저렇게 빛날 때면 위니는 가서 엄마를 꼭 안아주고 싶었다. 무언가 어리둥절해하는 어린아이를 안아주고 싶은 마음처럼.

"오트밀 쿠키 반죽." 애니타의 말이었다. 그녀가 줄리를, 그다음엔 위니를 보며 고개를 끄덕였다. "한 번 구울 만큼 반죽을 만들어서 하나도 안 굽는 거야. 그냥 반죽을 먹는 거지."

줄리는 아무 말도 하지 않았다. 그저 손톱을 잡아 뜯을 뿐.

"자, 어때?" 애니타가 물었다.

"난 별로." 줄리가 엄마를 올려다보며 말했다. "그러니까, 고마워, 엄마. 좋은 생각이긴 해."

어떤 표정을 해야 할지 모르는 양 애니타는 멍한 얼굴을 했다. "줄리." 위니가 말했다. "하자, 언니. 재밌을 거야." 위니가 일어나 볼과 숟가락, 계량컵을 가져왔다.

애니타가 부엌 밖으로 나가고 앞문이 열렸다가 닫히는 소리가 났다. 병원 커피숍에서 계산원으로 일하는 애니타는 원래 오늘 일하는 날이었는데 아프다고 병가를 냈다. 창밖으로 엄마가 베이베리 덤불을 지나 길 아래쪽 금붕어 연못이 있는 곳으로 걸어가는 걸 보았다. 금붕어 연못을 만든 첫해, 애니타는 겨울 동안 물고기들이 얼음 속에서 얼어 죽게 두었다. 그녀는 그렇게 해도 된다는, 봄이면 물고기가 해동된다는 말을 들었다고 했다. 위니는 때로 눈을 긁어내고 얼음 속의 흐릿한 주황색 점들을 바라보았다.

"내가 계획을 망쳐버린 거 같네." 줄리가 말했다. 줄리는 두 손에 턱을 괴고 앉았다.

위니는 쿠키 반죽을 시작해야 할지 말아야 할지 몰랐다. 냉장고에서 버터를 꺼내자 전화벨이 울렸다. "받아봐." 줄리가 똑바로 앉으며 말했다. "얼른." 구석 의자에 앉아 있던 줄리는 앞을 가로막는 다른 의자들을 밀쳐내기 시작했다. 전화가 한 번 더 울렸다.

"언니, 집에 있는 거야?" 위니가 물었다. "있잖아, 브루스한테 온 전화이거나 하면."

"위니, 그냥 받아." 줄리가 말했다. "엄마가 듣기 전에. 얼른. 그리고 당연히 집에 있지."

"여보세요?" 위니가 전화를 받았다.

"누구야?" 줄리가 입모양으로 말했다. "누구냐구?"

"여보세요." 짐이었다. "별일 없지?"

"네, 아빠." 위니가 말했다.

줄리가 몸을 홱 돌려 부엌에서 나갔다.

"그냥 확인하는 거야. 별일 없는지." 짐이 말했다.

위니가 전화를 끊었을 때 전화벨이 다시 울렸다. "여보세요?" 위니가 다시 말했다. 수화기 너머로 작은 종소리가 들렸다.

"위니." 브루스였다. "너희 엄마가 주변에 없을 때 줄리랑 얘기하고 싶어서."

"엄마 왔다." 애니타가 뒷문으로 들어오며 말했다. "쿠키 반죽은 어떻게 됐어? 너희들 만들기로 한 거야, 안 한 거야?"

"모르겠어요." 위니가 수화기를 든 채 말했다.

"누구니?" 엄마가 물었다.

"네, 그럼." 위니가 수화기에 대고 말한 다음 끊었다.

"누구였니?" 엄마가 거듭 물었다. "브루스였어? 위니프리드, 말해. 브루스였냐구."

위니가 돌아섰다. "아빠였어요." 위니가 엄마를 쳐다보지 않고 말했다. "곧 집에 오신대요."

"아, 그렇구나." 엄마가 말했다.

위니는 볼에 버터 한 덩어리를 넣고 숟가락으로 으깨기 시작했다. 무디네 가게구나, 위니는 생각했다. 브루스가 전화했을 때 들리던 종소리는 무디네 가게의 방충문에 달린 작은 종에서 나는 것이었다.

애니타가 말했다. "물고기 한 마리에 또 그 곰팡이가 피었어."

줄리는 바닷가에 있었다. 자기 엉덩이보다 그리 크지 않은 바위에 앉아 바닷물을 바라보았다. 해초를 밟는 위니의 발소리가 들리자 줄리는 고개를 살짝 돌렸다가 다시 물만 보았다. 위니가 고둥을 찾아 돌멩이를 뒤집었다. 어릴 때 고둥을 모으곤 했다. 고둥은 근육질의 발이 돌멩이에 달라붙어 있다가 위니가 손으로 만지면 꽁꽁 닫히곤 했다. 하지만 오늘 위니는 고둥을 내버려두었다. 고둥을 모으고픈 생각은 사라진 지 오래였지만 그냥 습관처럼 들여다보았다. 바닷가재잡이 배가 지나치자 위니가 손을 흔들었다. 배를 탄 사람에게 손을 흔드는 건 예의 바른 행동이었다.

"브루스가 전화했어." 위니가 말했다. 줄리가 고개를 돌렸다. "그리고 보스턴에서 전화한 것도 아닌가봐. 무디네 가게에서 전화 건 거 같아." 그리고 저 위 도로에서 들리는 시끄러운 소리, 탕!

"전화 왔어?" 줄리가 말했다. 그리고 또 한번, 탕!

"무슨 소리지?" 위니가 말했다. "불꽃놀이?"

"맙소사." 줄리가 바위 위로 훌쩍 뛰어가며 말했다. "위니, 총소리야."

애니타는 양손으로 라이플을 들고 진입로에 서 있었지만 무언가를 겨냥하지 않도록 다소 신중을 기하고 있었다. "왔어?" 그녀가 말했다. 애니타의 눈은 반짝였고, 눈 바로 아래 창백한 피부에 땀방울이 맺혀 있었다.

"엄마, 지금 뭐 하는 거야?" 줄리가 말했다. 애니타가 제 손에 든 라이플을, 총구를 다시 쳐다보았다. "엄마." 줄리가 채근했다.

"그 자식은 괜찮아." 애니타가 말했다. 애니타는 계속 총을 바라보며 방아쇠를 흘깃거렸다. "차로 이리 왔다 저리 사라졌어. 그게 전부야." 그녀의 손가락은 아직 방아쇠에 놓여 있었다. "이거 아주 오랫동안 안 써서, 내 생각에 어딘가 걸린 거 같아. 이런 물건들은 가끔 그러지 않나?"

"엄마." 위니가 말했을 때 날카롭고 찢어지는 듯한 총소리가 짧게 나더니 진입로의 자갈들이 튀었다. 줄리가 비명을 지르고 애니타도 소리를 질렀는데, 애니타의 소리는 깜짝 놀란 외침인

반면 줄리는 계속되는 비명이었다는 게 달랐다.

애니타는 총을 제 몸에서 멀찌감치 떨어뜨려 들었다. "깜짝이야." 애니타가 말했다. 줄리는 소리를 지르며 집으로 뛰어갔다. 애니타는 제 팔을 문질렀다.

"엄마, 괜찮아요?" 위니가 물었다.

"오, 아가." 애니타가 한 손으로 이마를 훔치며 말했다. "괜찮은지 나도 잘 모르겠구나."

애니타는 이번에는 진정제를 진짜로 먹었다. 카일 삼촌이 먹으라고 하자 엄마가 부엌 개수대에서 고분고분하게 약을 받아먹고 침대로 가는 걸 위니도 보았다. 삼촌이 줄리에게 브루스가 고발할 타입인 것 같으냐고 물었고, 줄리와 짐은 둘 다 아니라고 말했다. 줄리는 그런 일이 없도록 나중에 자기가 브루스의 휴대전화로 전화를 걸어도 되겠느냐고 짐에게 물었다. 짐은 애니타가 아마도 아침까지 잠을 잘 테니 전화해도 좋다고 허락했다.

위니는 뒷문을 통해, 하단 부근이 고사리 덤불과 백합의 잎으로 덮여 있는 옆쪽 벽면으로 돌아나가 엄마의 침실 창문 안을 들여다보았다. 애니타는 두 손을 뺨 밑에 모으고 눈을 감고, 입은 조금 벌린 채 누워 있었다. 엄마는 평소보다 더 덩치가 커 보였다. 팔의 위쪽과 드러난 발목은 희고 위니가 전에 생각했던 것보다 더 통통했다. 그 광경은 마치 엄마의 알몸이라도 본 것처럼 대단히 불편한 데가 있었다. 위니는 바닷가로 내려가 불가사리를 좀 모아다가 파도가 밀려들어왔던 자리 위쪽의 커다란 바위 위에 마르도록 가져다놓았다.

물 위로 해가 지고 있었다. 위니는 침실 창문을 통해 해넘이를 지켜보았다. 꼭 무디네 가게에서 파는 엽서 같았다. 줄리가 제 침대에서 손톱에 매니큐어를 바르고 있었다. 줄리는 보스턴으로 돌아가는 길이던 브루스와 통화를 했는데 고발은 하지 않겠다고 말했단다. 하지만 애니타는—줄리는 이 말을 할 때 속삭였다— 진짜 미친년이라고 생각한다고 말했다고 했다.

"그 말은 나쁘다." 위니가 말했다. 얼굴이 빨개지는 게 느껴졌다.

"아기 같긴." 줄리가 뒤로 기대앉았다. "이 집에서 나가면 말야," 줄리가 말했다. "네가 이 집에서 진짜로 나가게 되면, 모두가 이렇게 살진 않는다는 걸 알게 될 거야."

"이렇게?" 위니가 제 침대에서 책상다리를 하고 앉아 말했다. "이렇게 살다니?"

줄리가 동생을 보고 빙긋 웃었다. "우선 화장실이 있지." 줄리가 말했다. 그러고는 분홍색 손톱 하나를 치켜들고 입으로 살살 불었다. "다른 사람들은 수세식 변기를 쓰잖아. 그다음으론 사람들한테 총을 쏘는 게 또 다르지. 대부분의 엄마는 진입로에서 딸의 남자친구한테 총을 쏘진 않거든."

"나도 알아." 위니가 말했다. "꼭 어딜 멀리 가야 그걸 아나. 우리가 수세식 변기를 안 쓰는 건 아빠가 그러는데 정화조가⋯⋯"

"아빠가 뭐라는지는 나도 알아." 줄리가 손가락을 쫙 벌리고 매니큐어 뚜껑을 조심스레 돌리면서 위니에게 말했다. "그런데 문제는 엄마야. 엄마는 이 집을 떠나고 싶어하지 않거든. 엄마가 나를 임신했을 때 이제 죽고 없는 전설적인 할아버지가 이 집을 샀기 때문에, 그리고 테드는 땡전 한 푼 없었기 때문에. 엄마만 아니면 아빠는 내일 당장이라도 이사 나가려고 할걸, 시내로."

"여기 사는 게 잘못된 건 아니잖아, 언니." 위니가 말했다.

줄리는 침착하게 미소만 지었다. "이 마마걸 같으니."

"아냐."

"아, 위니." 줄리가 말했다. 줄리는 눈을 가늘게 뜨고 새끼손가락을 바라본 다음 다시 매니큐어 뚜껑을 열었다. "키터리지 선생님이 언젠가 수업 시간에 뭐라고 한 줄 알아?" 줄리가 물었다.

위니는 답을 기다렸다.

"나는 키터리지 선생님이 어느 날 했던 그 말이 늘 기억에 남아 있어. 배고픔을 두려워하지 마라. 배고픔을 두려워하면 다른 사람들과 똑같은 얼간이가 될 뿐이다."

위니는 줄리가 새끼손가락에 한 번 더 매니큐어를 찬찬히 바르는 걸 지켜보며 기다렸다. "아무도 그게 무슨 뜻인지 몰랐지." 줄리가 손톱을 들어올려 쳐다보며 말했다.

"그게 무슨 뜻이었는데?" 위니가 물었다.

"그냥 말 그대로야. 내 생각에 처음엔 우리 대부분이 키터리지 선생님이 음식에 대해서 말하는 거라고 생각했던 거 같아. 우리는 기껏해야 7학년—아, 미안, 꼬맹이—이었으니까. 하지만 시간이 지나니까 좀더 이해할 것 같아."

"수학 선생님이잖아." 위니가 말했다.

"바보, 나도 알아. 하지만 그 선생님은 이런 이상한 말들을 아주 강렬하게 하는 힘이 있었어. 그래서 애들이 무서워하는 거기도 하고. 혹시 내년에도 그 선생님이 가르치거든 넌 무서워할 필요 없어."

"그 선생님은 무서워, 그래도."

줄리가 위니를 옆으로 흘겨보았다. "지금 이 집이 훨씬 더 무섭다."

위니가 인상을 찡그리며 침대 위의 베개를 밀쳤다.

"오, 위니." 줄리가 말했다. "이리 와." 줄리가 팔을 내밀었다. 위니는 있던 자리에 그대로 가만히 있었다. "불쌍한 위니, 우리 꼬맹이." 줄리가 이렇게 말하곤 위니가 있는 침대로 내려와, 덜 마른 매니큐어가 망가지지 않도록 손을 쫙 뻗은 채 어색하게 위니를 감싸 안았다. 줄리는 위니의 옆머리에 입을 맞추곤 위니를 놓아주었다.

아침에, 애니타는 잠을 너무 자서 피곤한 듯 눈이 부어 있었다. 하지만 커피를 마시면서 발랄하게 말했다. "아휴, 내가 자도 너무 잤네."

"오늘은 교회에 가고 싶지 않아요." 줄리가 말했다. "전부 다 날 쳐다볼 텐데, 아직은 사람들을 만날 준비가 안 됐어요."

위니는 다툼이 일어나지 않을까 걱정했지만, 싸움은 없었다.

"알았다." 애니타는 잠시 생각하더니 말했다. "알았어, 아가. 우리가 나간 사이에 가만히 앉아서 울적해하지만 마라."

아침 먹은 접시들을 개수대 안에 쌓아놓는 줄리의 손톱이 반짝였다. "안 그럴게요." 줄리가 대답했다.

복도에서 짐이 팔을 벌리며 위니에게 말했다. "우리 꼬맹이 아가씨, 아빠한테 온." 하지만 위니는 그의 벌린 팔을 톡톡 치곤 교회용 옷을 입으러 짐을 스치고 지나갔다. 교회에서 위니의 원피스가 긴 나무 의자 바닥에 달라붙었다. 무더운 여름날이었다. 교회의 창문은 열려 있었지만 바람은 전혀 불지 않았다. 창밖으로 위니는 멀리 먹구름 몇 조각을 보았다. 옆에 앉은 아빠의 배에서 꼬르륵 소리가 났다. 짐은 위니를 보며 윙크했지만 위니는 다시 창밖을 내다보았다. 아빠가 안으려고 팔을 내밀었을 때 그냥 지나쳤던 걸 떠올리고, 엄마도 아빠한테 가끔 그러는 걸 본 적이 있다는 생각을 했다. 엄마는 가끔 아빠의 어깨를 어루만지며 뺨 옆에 소리로만 입을 맞추는 게 다를 뿐. 어쩌면 줄리의 말이 맞는지도 모른다. 위니는 마마걸이고 위니는 어쩌면 자라서 엄마처럼 될지도 모른다. 웃는 얼굴로 사람들을 스쳐 지나가는. 어쩌면 자라서 집 앞에서 사람들을 향해 라이플을 쏠지도 모른다.

위니는 피로를 느끼며 찬송가를 부르기 위해 일어섰다. 엄마가 팔을 뻗어 위니의 원피스 뒤쪽의 주름을 펴주었다.

위니의 베개 위에 접은 쪽지가 있었다. "제발 내가 산책하러 나간 걸로 해줘. 마리나에 가서 버스를 탈 거야. 내 인생은 이 일에 달렸어. 사랑해, 꼬맹이, 정말로." 위니의 팔과 손가락이 따끔거렸다. 코와 턱까지 따끔거렸다.

"위니프리드." 엄마가 불렀다. "와서 감자 좀 까줄래?"

보스턴 행 버스는 열한시 반에 무디네 가게 앞에 선다. 줄리는 아직 거기 있을 것이다. 사람들의 눈에 띄지 않으려 애쓰면서, 가게 뒤쪽 풀숲에 앉아서. 차로 가면 데려올 수 있을 것이다. 언니는 울 것이고 큰 싸움이 날 것이며 누가 줄리에게 진정제를 줘야 할 테지만 아직 그럴 수 있는 시간이 있고, 줄리는 아직 거기에 있을 것이다.

"위니프리드." 엄마가 다시 불렀다.

위니가 교회용 원피스를 벗고 묶었던 머리를 풀자 머리카락이 얼굴을 가리며 앞으로 쏟아졌다.

"너 괜찮니?" 애니타가 물었다.

"머리가 아파요." 위니가 쭈그리고 앉아서 맨 아래 찬장의 상자에서 감자를 몇 개 꺼냈다.

"배에 먹을 게 좀 들어가야지." 엄마가 말했다. "언니는 어딨니? 감자 좀 먼저 까놓을 수도 있었을 텐데 말이다." 애니타가 일요일 특선 스테이크 고기를 굽기용 팬에 올렸다.

위니가 감자를 씻고 껍질을 까기 시작했다. 냄비에 물을 채우고 감자를 썰었다. 감자가 물에 풍덩 빠졌다. 스토브 위의 시계를 쳐다봤다.

"줄리 어딨니?" 애니타가 다시 물었다.

"산책 나갔나봐요." 위니가 말했다.

"아이 참, 곧 점심 먹을 건데." 엄마가 말하자 위니는 울 뻔했다.

카일 삼촌이 언젠가 자기가 타고 있던 기차에 십대 소녀가 치여 죽은 얘기를 들려주었다. 경찰이 오길 기다리는 동안 삼촌은 기차 창밖을 바라보면서 여자아이의 부모를 생각했다고, 기차에 앉아 있는 제삼자인 자신도 아는데 저 아이의 부모는 딸이 죽은 줄도 모르고 집에 앉아 텔레비전을 보거나 설거지를 하고 있겠지 하고 생각했던 그때를 평생 잊지 못할 거라고 했다.

"제가 가서 언니를 찾아볼게요." 위니가 말했다. 위니는 손을 헹구고 물기를 닦았다.

애니타가 시계를 흘깃 보더니 스테이크를 뒤집었다. "그냥 한 번 불러나 봐." 그녀가 말했다. "저 안쪽 숲에 가서."

위니가 뒷문을 열고 밖으로 나갔다. 구름이 흘러갔다. 날은 쌀쌀해지고 갯내음이 났다. 아빠가 뒤쪽 현관으로 나왔다. "곧 점심 먹을 거야, 위니." 위니는 베이베리 덤불의 잎을 헤치고 나아갔다. "여긴 좀 쓸쓸해 보인다." 그가 말했다.

부엌에서 전화가 울렸다. 아빠가 안으로 들어가고 위니가 따라가며 복도에서부터 지켜보았다.

"응, 안녕, 카일." 엄마가 말했다.

오후에는 비가 왔다. 집은 어두워지고 비는 지붕과 커다란 거실 유리창을 세차게 두드려댔다. 위니는 의자에 앉아 물결이 일렁이는 잿빛 바다를 지켜보았다. 카일 삼촌은 무디네 가게에 신문을 사러 들어가다가 막 떠나는 버스의 뒤쪽 자리에 앉은 줄리를 얼핏 보았다. 애니타는 부리나케 뛰어가 아이들 방을 뒤집어놓았다. 줄리의 더플백이 사라졌고 속옷 대부분과 화장품도 없어졌다. 애니타는 줄리가 위니에게 남긴 쪽지도 발견했다.

"알았으면서." 그녀가 위니에게 말했고, 위니는 줄리가 달아난 것 말고도 무언가가 영원히 변하고 말았다는 걸 깨달았다. 카일 삼촌이 왔었지만 지금은 돌아가고 없다.

위니는 아빠와 같이 거실에 앉았다. 위니는 빗줄기를 뚫고 달리는 버스 창밖으로 톨게이트를 물끄러미 내다볼 언니 생각뿐이었다. 아빠도 이런 모습을 머릿속에 그리고 있을 거라 생각했다. 버스 앞유리의 와이퍼가 왔다갔다하는 소리를 상상하며.

"배를 완성하면 뭐 하실 거예요?" 위니가 물었다.

아버지는 놀란 듯했다. "글쎄," 그가 입을 열었다. "모르겠다. 한번 타고 나가겠지."

아빠는 아무 데도 안 갈 거라는 생각이 들어 위니는 그저 빙그레 웃었다. "그거 재밌겠다." 위니가 말했다.

저녁 무렵 비가 그쳤다. 애니타는 방에 들어간 후로 나오지 않았다. 위니는 줄리가 도착했을까 생각해보았다. 보스턴까지 얼마나 걸리는지 모르겠지만 오래 걸린다는 건 알았다.

"줄리가 돈을 좀 갖고 있나 모르겠다." 아빠가 말했지만 위니는 대답하지 않았다. 위니도 알지 못했다.

지붕 옆쪽에서, 그리고 나무 밑으로 비가 뚝뚝 떨어졌다. 위니는 바위에 널어놓은 불가사리가 비에 흠뻑 젖었겠다고 생각했다. 잠시 후 아빠가 일어서서 창으로 갔다. "일이 이렇게 될 줄은 몰랐다." 그가 말하자, 위니는 별안간 아빠의 결혼식 날에 대해 생각하게 되었다. 애니타와는 달리 아빠는 초혼이었다. 애니타는 줄리 때문에 하얀 웨딩드레스를 입지 않았다. "흰 드레스는 딱 한 번 입는 거야." 애니타는 말했었다.

부모님은 결혼사진도—적어도 위니가 아는 한은—없었다.

아빠가 돌아섰다. "팬케이크 만들까?" 짐이 물었다.

위니는 팬케이크를 먹고 싶지 않았다. "그럼요." 위니가 대답했다.

불안

5월이었고, 올리브 키터리지는 뉴욕으로 가고 있었다. 올리브는 일흔두 살이 되도록 한 번도 도시에 가본 적이 없었다. 오래전에 차로 도시를 지나쳐 가면서―헨리는 운전을 하면서 이 출구로 빠져야 할지 저 출구로 빠져야 할지 걱정을 했다―멀리서 스카이라인을 본 적은 있다. 겹겹이 선 회색 고층 건물들이 잿빛 하늘에 들쑥날쑥한 스카이라인이었다. 공상과학소설에 나오는, 달에 건설한 도시 같았다. 도시는 그때도 지금도 끌리지 않았지만, 비행기 두 대가 트윈 타워를 뚫고 들어갔을 때 올리브는 침실에 앉아서 아기처럼 울었다. 나라 때문이라기보다는 도시 때문이었다. 뉴욕이라는 도시는 갑자기 낯설고 딱딱한 곳이 아니라 두려움 속에서도 의연한, 한 무리의 연약한 유치원 아이들이 된 것만 같았다. 창문에서 뛰어내리다니. 그 광경에 올리브는 가슴이 아팠고, 검은 머리의 비행기 납치범들이 조용히 그들만의 대의에 취해 캐나다에서 내려온 다음, 그 무시무시한 파괴를 자행하기 위해 포틀랜드 공항을 뚜벅뚜벅 통과했다는 걸 알고는 속으로 치를 떨었다. (그날 아침 올리브가 차를 타고 가며 그들 곁을 지나쳤을지 누가 안단 말인가?)

언제나처럼 시간은 다시 흘렀고, 도시는 적어도 멀리 떨어져 있는 올리브의 관점에서 보면 결국 다시 제 모습으로 돌아간 듯했다. 외아들이 최근에 그리로 이사를 하고, 두번째 아내를 맞고, 제 자식이 아닌 아이를 둘이나 얻었는데도 그다지 가고 싶지 않은 그런 곳으로. 새 아내 앤은—다운로드하는 데 백만 년이 걸린 사진 한 장을 믿자면—남자처럼 키도 덩치도 컸고, 지금은 크리스토퍼의 아이를 임신하고 있으며, 크리스 특유의, 문장부호도 대문자도 하나 없는 암호 같은 이메일에 따르면 앤은 몹시 지쳐 있고 '토한다'고 했다. 게다가 시어도어는 요즘 아침마다 유치원에 가기 전에 생떼를 부린다고 했다. 올리브는 도와달라는 요청을 받은 것이다.

그러나 지원 요청은 이런 식으로 표현되지 않았다. 크리스토퍼는 이메일을 보낸 다음 진료실에서 전화를 걸어 말했다. "앤하고 저는 엄마가 두어 주 와주셨으면 해요." 올리브에게 이 말은 아들 내외에게 도움이 필요하다는 뜻이었다. 올리브가 아들과 함께 두어 주를 지냈던 것은 아주 오래전 일이었다.

"사흘." 올리브가 말했다. "사흘만 지나면 난 생선처럼 고약한 냄새가 나거든."

"그럼 일주일이요." 크리스가 타협점을 제시하며 덧붙였다. "엄마가 시어도어를 학교에 데려다주시면 좋겠어요. 모퉁이만 돌면 한 블록 거리예요."

턱도 없는 소리, 올리브는 생각했다. 그러면 튤립은, 다이닝룸 창문에서 바로 내다보이는 생기발랄한 노랑 빨강 꽃봉오리들은 올리브가 돌아올 때면 벌써 죽어 있을 텐데. "사람들한테 좀 알아보게 며칠만 말미를 줘." 올리브가 말했다. 알아보는 데는 이십 분밖에 걸리지 않았다. 우선 우체국의 에밀리 벅한테 전화를 걸어 우편물을 맡아달라고 했다.

"와, 올리브. 잘된 일이에요." 에밀리가 말했다.

"그렇구말구." 올리브가 말했다. "물론 잘된 일이겠지."

그리고 도로 위쪽에 사는 데이지를 찾아가 정원에 물을 좀 주라고 부탁했다. 올리브가 일찍 죽기만 하면 헨리를 통해 과부살이를 청산하려 한다는 환상을 품었던—올리브는 이 점을 확신했다—데이지는 기꺼이 그녀의 꽃에 물을 주겠노라고 약속했다. "제가 엄마를 만나러 갈 때마다 헨리가 제 정원에 물 주는 일을 그렇게 잘해줬는걸요." 데이지가 말했다. 그러더니 한마디 덧붙였다. "참 잘된 일이에요, 올리브. 좋은 시간 보내실 거예요."

좋은 시간을 다시 갖게 된다는 건 올리브가 기대하지 않던 일이었다. 그날 오후, 올리브는 요양원으로 차를 몰고 가 휠체어에 미동도 않고 앉아 있는 헨리에게 이 계획을 얘기했다. 헨리의 얼굴은 그가 자주 짓는 표정이었다. 마치 방금 제 무릎에 놓인 것이 뭔지는 모르겠지만 정중하게 고맙다는 표현을 해야 할 것 같은 어리둥절한 공손함이었다. 헨리의 귀가 먹었는지는 아직 의문의 여지가 있었다. 올리브도, 유일하게 다정한 간호사 신디도 헨리의 귀가 먹었다고는 생각지 않았다. 올리브는 신디에게 뉴욕의 전화번호를 알려주었다.

"좋은 사람이에요, 이번 여자는?" 신디가 알약을 세서 일회용 컵에 담았다.

"전혀 몰라." 올리브의 대답이었다.

"적어도 불임이 아닌 건 분명하네요." 신디가 약을 담은 트레이를 집어들며 말했다.

올리브는 혼자 비행기를 타본 적이 없었다. 물론 지금이라고 해서 혼자 비행기에 탄 건 아니다. 그레이하운드 고속버스 반만

한 작은 비행기에는 다른 승객이 네 명 더 있었다. 이들은 모두 젖소처럼 온순하게 보안 검색대를 통과했다. 긴장한 것은 올리브뿐인 듯했다. 올리브는 스웨이드 샌들을 벗고 자신의 굵은 손목에 찬 헨리의 타이멕스 시계도 풀어야 했다. 팬티스타킹을 신은 발로 그 자리에 서 있다는 묘한 친밀감이다, 기계를 통과하고 나면 시계가 고장나버릴지도 모른다는 걱정스러운 마음 때문인지, 덩치 큰 보안 요원이 시계를 담으라고 주었던 플라스틱 그릇을 내밀며 친절하게 "여기 있습니다"라고 말하자 올리브는 0.5초 동안 그에게 애정마저 느꼈다. 조종사들—둘 다 미간에 근심 걱정이 없는 게 꼭 열두 살짜리처럼 보였다—도 친절했다. 두 사람은 올리브에게 하중의 분배를 위해 뒤쪽에 앉아달라고 부탁한 다음 철문을 닫고 조종실로 올라갔다. 올리브는 생각했다. 저이들은, 어머니들이 자랑스러워하겠군.

작은 비행기는 하늘 높이 올라갔고, 올리브는 비행기 아래로 밝고 연한 초록 들판이 아침 햇살 아래 펼쳐지는 걸 보았다. 더 멀리로는 해안선이 보였다. 반짝이는 바다는 거의 잔잔했으며, 바닷가재잡이 배 몇 척 뒤로 조그만 흰 파도가 일었다. 그러자 올리브는 예상치 못한 기분을 느꼈다. 갑자기 삶에 대한 탐욕이 솟구쳤다. 올리브는 앞으로 몸을 숙여 창밖을 내다보았다. 다정하고 연한 구름, 새파란 하늘, 풋풋한 연둣빛 들판, 광활한 바다,

높은 곳에서 보니 모든 것이 경이롭고 경탄스러울 뿐이었다. 희망이 무엇인지 기억났다. 이것이 희망이었다. 저 아래 배들이 반짝이는 물을 가르듯이, 그녀를 필요로 하는 새로운 곳을 향해 비행기가 하늘을 가르듯이, 삶을 가르고 앞으로 나아가게 하는 내면의 일렁임이었다. 올리브는 아들의 인생에 동참해달라는 요청을 받은 것이다!

하지만 공항에서 만난 크리스토퍼는 몹시 화가 나 보였다. 보안 검색 때문에 아들이 게이트까지 자신을 맞으러 나올 수 없다는 걸 올리브는 잊었고, 크리스토퍼도 그 점을 올리브에게 상기시킬 생각을 못했던 모양이었다. 그것이 왜 그렇게 화가 날 일인지 올리브는 알 수 없었다. 들끓는 당혹스러움을 가슴에 담고 수하물 구역에서 서성대고 짐을 끌고 낑낑대는 그녀를 크리스토퍼가 발견했을 때, 얼굴이 불덩이처럼 벌겋게 상기되어 있던 건 올리브였다. "젠장." 크리스토퍼는 손도 내밀지 않고, 올리브의 가방을 받으려고도 하지 않은 채 말했다. "왜 남들 다 있는 휴대전화 하나 없어요?"

올리브가 평생 본 중에 가장 많은 차들이 한꺼번에 달리던 사차선 고속도로를 돌진해가면서야 크리스토퍼는 다시 입을 열었다. "그래, 아버지는 어때요?"

"똑같지 뭐." 올리브가 대답했다. 그러고는 차가 고속도로를 빠져나오는 출구로 들어선 다음, 높이가 제각각인 건물들이 늘어선 거리에서 이중 주차된 트럭들을 피해 험하게 거리를 통과할 때까지 아무 말이 없었다. "앤은 어때?" 올리브가 차에 탄 뒤로 처음으로 자세를 고쳐 앉으면서 묻자 크리스토퍼가 말했다. "불편해하죠." 그러고는 설교하듯, 의사 같은 어조로 덧붙였다. "그게 상당히 불편해지거든요." 올리브에게도 임신을 하고 불편했던 시절이 있었다는 사실을 전혀 모른다는 듯이. "게다가 애너벨이 요즘 밤마다 다시 깨서 울고요."

"그거야 쉽지." 올리브가 말했다. "식은 죽 먹기야." 이제 건물들은 낮아졌고, 건물마다 입구에 가파른 계단이 있었다. 그녀가 입을 열었다. "어린 테디가 요즘 아주 말썽쟁이가 되었다고?"

"시어도어요." 크리스토퍼가 말했다. "제발, 무슨 일이 있어도 그 앨 테디라고는 부르지 마세요." 크리스토퍼가 차를 난폭하게 세운 다음 인도 옆의 공간으로 후진했다. "솔직히 말하면요, 엄마." 크리스토퍼는 머리를 숙이고, 옛날처럼 푸른 눈으로 올리브의 눈을 똑바로 바라보았다. 그리고 나지막이 입을 열었다. "시어도어는 옛날부터 개차반이었어요."

비행기에서 내려 아무도 마중 나와 있지 않은 걸 봤을 때부터 시작되어 공항 에스컬레이터에서 엄청난 공황 상태를 가져왔던 혼란이 차를 타고 오면서는 머리를 한 대 얻어맞은 듯 멍하고 야릇한 기분이 되더니, 지금 차에서 인도로 내려설 때는 자기 때문에 주변이 온통 흔들리는 느낌이 들었다. 올리브는 뒷좌석에서 가방을 꺼내려고 팔을 뻗다가, 실제로 휘청거리다 차를 향해 넘어졌다. "천천히 하세요, 엄마." 크리스토퍼가 말했다. "가방은 제가 가져갈 테니 발 디딜 때 조심하세요."

"아이쿠." 이미 한 발이 인도의 마른 개똥에 닿은 올리브가 말했다. "젠장."

"진짜 싫어." 크리스토퍼가 투덜대며 올리브의 팔을 잡았다. "지하철에서 일하는 남잔데 아침 일찍 퇴근해서 오거든요. 그 개자식을 여기서 본 적이 있어요. 자기 개가 여기서 똥을 쌌는데, 둘러봐도 아무도 잡을 사람이 없으니까 그냥 안 치우고 가잖아요."

"세상에." 올리브가 말했다. 그렇잖아도 혼란스러운데 아들의 수다스러움이라는 새로운 요소가 더해진 까닭이다. 아들이 저렇게 열을 내면서, 또는 저렇게 길게 말을 하는 건 처음 보았고, 개자식 같은 말을 쓰는 것 역시 한 번도 본 적이 없었다. 올리브는 웃었다. 억지스럽고 크게. 아까 보았던 조종사들의 얼굴이 그토록 맑았던 게 꿈처럼 느껴졌다.

크리스토퍼가 커다란 갈색 계단 밑에 있는 쇠살대가 나란한 철문을 열더니 올리브가 들어서도록 뒤로 비켜섰다. "그러니까 이게 너희 집이구나." 그녀가 말하며 다시 아까처럼 웃었다. 개털과 더러운 빨래 냄새, 벽에서 나오는 것 같은 음산한 기운 때문에 어둠 속에서 울음을 터뜨릴 것만 같았던 까닭이다. 올리브와 헨리가 크리스를 위해 메인 주에 지은 집은 아름다웠다. 해가 잘 들고 너른 창으로는 잔디와 백합, 가문비나무가 보였다.

올리브는 플라스틱 장난감을 밟았다가 목이 부러질 뻔했다. "다들 어디 있니?" 올리브가 물었다. "크리스토퍼, 집 안을 개똥으로 칠갑하기 전에 난 신발부터 벗어야겠다."

"그냥 여기 두세요." 크리스토퍼가 올리브를 지나쳐 가면서 말했다. 올리브는 스웨이드 샌들 한 짝을 벗고 어두운 복도를 걸어가다 팬티스타킹을 한 켤레 더 가져오지 않았다는 데 생각이 미쳤다.

"바깥에, 정원에 있어요." 아들이 말하자, 올리브는 크리스토퍼를 따라 넓고 어두운 거실을 가로질러 장난감과 아기용 식탁의자, 조리대에 널려 있는 각종 냄비, 시리얼과 인스턴트 밥 등으로 어지러운 부엌으로 갔다. 더러운 양말 한 짝이 식탁에 놓여 있었다. 올리브는 자기집과 그들이 크리스토퍼를 위해 지은 집이 아니면 어느 집을 가도 우울해지던 게 갑자기 생각났다. 마치 어릴 때의 감정을 벗어나지 못한 것만 같았다. 남의 집에서 나는 이질적인 냄새에 대한 과민함, 그리고 화장실 문이 낯설게 닫혀 있는 모양, 남의 발걸음으로 닳아버린 계단에서 나는 삐걱임에 덧씌워진 공포감을.

올리브는 눈을 깜빡이며 작은 옥외 공간으로 나왔다. 정원이 라는 게 설마 여긴 아니겠지. 올리브가 선 곳은 네모난 콘크리트 바닥이었다. 주위에는 뭔가 커다란 것과 부딪혔는지 한쪽이 완전히 벌어지고 부서진 닭장 같은 철망 울타리가 있었다. 그리고 눈앞에는 어린이용 플라스틱 수영장 하나. 벌거벗은 아기가 그 안에 앉아 올리브를 멀뚱하니 바라보았고, 마른 허벅지에 젖은 수영복 바지가 딱 달라붙은 짙은 색 머리의 몸집이 작은 남자아이가 그 가까이에 서 있었다. 남자아이도 올리브를 빤히 쳐다보았다. 아이 뒤로는 검은 개 한 마리가 낡은 개 침대에 누워 있었다.

올리브에게서 멀지 않은 곳에 있는 나무로 된 계단이 그녀의 머리 위 나무로 지은 데크까지 이어졌다. 계단 밑 그늘에서 누군가가 불렀다. "올리브." 여자가 바비큐 뒤집개를 들고 나타났다. "세상에, 이제 오셨군요. 이런 귀한 손님이 어디 있어요. 정말 반가워요, 올리브." 올리브는 잠시 거대한 여자 인형이 걸어오는 듯한 인상을 받았다. 검은 머리칼은 어깨 위에서 가지런히 잘랐고, 얼간이처럼 솔직하고 천진한 얼굴이었다.

"네가 앤이로군." 올리브가 말했지만 이 커다란 여자가 올리브를 덥석 끌어안는 바람에 말은 묻히고 뒤집개가 바닥에 떨어지면서 개가 으르렁대며 일어서게 만들었다. 올리브는 여자의 몸에 가려지고 남은 시야로 이 광경을 보았다. 올리브보다 키가 더 크고, 산만큼 크고 단단한 배를 내민 앤은 그 기다란 팔로 올리브를 끌어안고 올리브의 옆머리에 입을 맞추었다. 올리브는 사람들에게 키스를 하지 않았다. 그리고 자신보다 더 큰 여자의 품에 안긴 것은, 흠, 이런 일은 머리털 나고 단 한 번도 없었다고 올리브는 확신했다.

"어머니라고 불러도 될까요?" 여자가 뒤로 물러나면서, 하지만 여전히 올리브의 팔꿈치를 잡은 채 물었다. "어머니라고 너무 너무 부르고 싶었어요."

"부르고 싶은 대로 아무렇게나 불러." 올리브가 대답했다. "뭐, 자넨 아무래도 앤이라고 불러야겠지만."

남자아이가 배로 기어다니는 미끈한 동물처럼 스르륵 움직이더니 엄마의 넓은 허벅지를 붙잡았다.

"네가 태디어스인가 보구나." 올리브가 말했다.

남자아이가 울기 시작했다.

"시어도어," 앤이 말했다. "아가, 괜찮아. 사람은 실수도 하고 그러는 거야. 엄마랑 얘기한 적 있지?"

앤의 뺨에 두드러진 불그레한 반점은 목 옆까지 이어지다가, 검은 레깅스 위에 걸친 거대한 검정 티셔츠 밑으로 사라졌다. 앤은 맨발이었고 발톱에 분홍색 페디큐어가 조금 남아 있었다.

"난 좀 앉는 게 좋겠어."

"그럼요." 앤이 말했다. "자기, 그 의자 어머니한테 좀 갖다드려."

알루미늄 비치 체어가 시멘트 바닥 위로 끌리는 소리와 아이의 울음소리 속에서 앤이 말했다. "하느님 맙소사, 시어도어, 대체 왜 그러니?" 이 와중에, 한 발은 신을 신고 한 발은 벗은 채, 비치 체어에 털썩 주저앉으면서 올리브는 분명히 들었다. 예수를 찬양하라.

"시어도어, 아가, 제발, 제발, 제발 그만 좀 울어라."

플라스틱 수영장 안에서 아기가 물을 찰싹대며 소리를 질렀다. "젠장, 애너벨." 크리스토퍼가 말했다. "조용히 좀 해라."

주를 찬양하라. 위쪽 어딘가에서 누군가가 또렷이 말했다.

"아니, 대체 이게 무슨……" 올리브가 머리를 뒤로 젖히고 위를 향해 눈을 가늘게 뜨고 말했다.

"위층을 예수쟁이한테 세를 줬어요." 앤이 속삭이며, 그리고 힐끔거리며 말했다. "이 동네에서 우리한테 예수쟁이 세입자가

370

걸릴 거라고 누가 상상이나 했겠어요?"

"예수쟁이?" 올리브가 대단히 혼란스러운 표정으로 며느리를 보았다. "앤, 자네 혹시 무슬림인가? 무슨 문제라도 있어?"

"무슬림이요?" 앤이 아기를 안아 올리려 몸을 숙이면서 평범하고 큰 얼굴에 쾌활한 표정을 띠며 올리브를 보았다. "저 무슬림 아니에요." 그리고 당혹스러운 듯 물었다. "잠깐, 어머니도 무슬림 아니죠, 그렇죠? 크리스토퍼는 그런 말 한 번도……"

"하, 이 무슨." 올리브가 말했다.

"앤의 말은요." 크리스토퍼가 계단 부근에서 커다란 바비큐 그릴을 만지작대며 올리브에게 설명했다. "이 동네 사람들은 대부분 교회에 안 다니거든요. 엄마도 참 그걸 설명해줘야 알아요? 우리는 브루클린 중에서도 쿨한 동네에 산다구요. 신을 믿기엔 사람들이 너무 고상하거나 돈 버느라 너무 바쁜, 더럽게 쿨한 곳이라고요. 그러니까 진짜 크리스천이라고 할 만한 사람이 세입자로 들어오는 게 유별난 일이라는 뜻이에요."

"그러니까 근본주의처럼 말이지?" 올리브가 아들이 수다스러워진 데 한 번 더 놀라며 말했다.

"맞아요." 앤이 맞장구쳤다. "저 위층 남자가 바로 그거예요. 기독교 근본주의."

남자아이는 이제 울음을 그치고 여전히 엄마의 다리를 붙잡은 채 올리브에게 높고 진지한 목소리로 말했다. "우리가 나쁜 말할 때마다 앵무새가 '예수를 찬양하라' 아니면 '하느님이 왕이다' 그래요."

매우 놀랍게도, 그리고 끔찍스럽게도, 아이는 하늘을 쳐다보며 소리쳤다. "제기랄!"

"아가." 앤이 아이의 머리를 쓰다듬으며 말했다.

하느님을 찬양하라. 위에서 바로 반응이 왔다.

"저게 앵무새야?" 올리브가 물었다. "세상에, 꼭 우리 오라 숙모 같네."

"네, 앵무새요. 이상하죠?" 앤이 말했다.

"반려동물은 안 된다고 하지 그랬어?"

"그럴 순 없죠. 저희는 반려동물을 사랑하는데요. '도그 페이스'는 우리 가족이에요." 앤은 초라한 침대로 돌아가 기다란 얼굴을 앞발에 올려놓고 눈을 감은 검은 개를 턱짓으로 가리켰다.

올리브는 저녁을 거의 먹지 못했다. 크리스토퍼가 햄버거를 구울 거라고 생각했는데, 아들은 두부 소시지를 구워 빵에 끼운 핫도그를 만들고, 어른들에게는 하고많은 것 중에 하필 훈제 굴 통조림을 따서 잘게 썬 다음 이른바 '핫도그'에 그걸 쑤셔 넣어주었다.

"어머니, 괜찮으세요?" 물은 것은 앤이었다.

"괜찮다." 올리브가 말했다. "집을 떠나면 배가 안 고플 때가 있더라구. 난 그냥 이 핫도그 빵이나 먹을란다."

"그럼요. 많이 드세요. 시어도어, 할머니가 와 계시니 좋지 않니?"

순간, 올리브는 빵을 집었다가 도로 접시에 내려놓았다. 눈앞에 놓인 핫도그처럼 역시 방금 알게 된 사실이지만 그녀는 단 한 번도 앤의 아이들에게, 각기 다른 남자의 자식인 앤의 두 아이들에게 자신이 '할머니'가 된다는 생각을 해본 적이 없었다. 시어도어는 엄마의 질문에 대답하지 않고 입을 벌린 채 심하게 쩝쩝 대며 핫도그를 먹으면서 올리브를 쳐다보았다.

식사는 채 십 분도 되지 않아 끝났다. 올리브는 크리스에게 치우는 걸 돕겠다고 했지만 뭐가 어디에 들어가는지 몰랐다. "아무데도요." 크리스가 말했다. "모르시겠어요? 이 집에선 아무것도 정해진 자리가 없어요."

"어머니, 가서 편히 쉬세요." 앤이 말했다.

그래서 올리브는 처음에 아들 내외가 작은 여행가방과 함께 올리브를 데려갔던 지하실로 내려가 더블 침대에 누웠다. 사실 지하실이 이 집에서 본 중 제일 잘해놓은 곳이었다. 지하는 '마감'되어 있고 전체를 흰색으로 칠까지 해놓고, 세탁기 옆에는 하얀색 전화기까지 있었다!

울고 싶었다. 어린아이처럼 목 놓아 울고 싶었다. 올리브는 일어나 앉아 전화기의 다이얼을 돌렸다.

"그 사람 좀 바꿔봐." 올리브는 이렇게 말하고는 침묵만 들릴 때까지 기다렸다. "아무 소리나 내봐, 헨리." 그녀는 이렇게 말하고 작은 끙 소리를 들은 것처럼 생각될 때까지 좀더 기다렸다.

"음, 덩치가 커." 올리브가 말했다. "당신 새 며느리 말야. 트럭 운전사만큼이나 우아하고. 좀 맹한 거 같아. 뭐라고 꼭 집어 말할 순 없지만 말야. 하지만 착해. 당신이 좋아할 거야. 당신하고 그앤 잘 지낼 수 있을 거야."

올리브가 자신이 있는 지하 방을 둘러보는데, 헨리가 다시 끙 소리를 낸 것 같았다. "아니, 애는 당장 바닷가로 오진 않을 거 같아. 여기서 감당할 일이 한아름이거든. 배도 한아름이고. 애들이 나를 지하실에 데려다놨어. 여긴 그런대로 좋아, 헨리. 흰 칠을 했어." 그녀는 달리 할 말을, 헨리가 무슨 말을 듣고 싶어할까를 생각했다. "크리스도 좋아 보여." 올리브가 말을 이었다. 그러곤 잠시 멈추었다. "말이 많아졌어." 이 한마디를 덧붙였다. "그래, 그럼." 올리브가 마침내 작별 인사를 하고 전화를 끊었다.

위층에는 아무도 없었다. 아이들을 재우고 있을 거라 생각하고, 올리브는 부엌을 통해 나와 황혼이 물들고 있는 콘크리트 마당으로 나갔다.

"앗, 들켰네요." 예기치 않은 앤의 소리에 올리브의 심장이 방망이질했다.

"깜짝이야. 내가 들켰구만. 거기 앉아 있는 게 안 보였어."

앤은 바비큐 그릴 곁에 있는 민걸상에 다리를 쩍 벌리고 앉아, 한 손에는 담배 한 개비를 들고, 다른 손으로는 높다란 배 위에 놓은 맥주병의 균형을 잡고 있었다.

"앉으세요." 앤이 올리브가 낮에 앉았던 비치 체어를 가리키며 말했다. "임신한 여자가 술 마시고 담배 피우는 걸 보는 게 울화통 터지지 않으시다면요. 그렇다고 하셔도 전적으로 이해해요. 하지만 하루에 담배 한 개비, 맥주 한 병이 전부예요. 애들을 간신히 재운 다음에요. 전 명상 시간이라고 부르죠."

"그렇군. 그럼 명상하게. 난 안으로 들어가도 괜찮아." 올리브가 말했다.

"오, 아니에요. 같이 계시면 좋겠는걸요."

어스름 속에서 올리브는 앤이 웃음을 띠는 걸 보았다. 책은 표지만 보고 판단하는 게 아니라지만, 올리브는 언제나 얼굴에 많은 것이 드러난다고 생각했다. 하지만 이 아이의 젖소 같은 느낌은 당혹스러웠다. 앤은 정말 좀 맹한 걸까? 올리브는 교직에 오래 몸담았던 터라 자신감이 크게 부족하면 겉보기에 멍청해 보인다는 걸 알았다. 올리브는 의자에 걸터앉아 주위를 둘러보았다. 자신의 얼굴에서는 무엇이 엿보일지 생각하고 싶지 않았다.

담배 연기가 올리브 앞에서 흔들렸다. 요즘도 담배를 피우는 사람이 있다는 게 놀라웠지만, 원치 않는 폭행을 당하는 듯한 느낌도 지울 순 없었다. "아이구," 올리브가 말했다. "그러면 속이 더 거북하지 않아?"

"뭐가요, 담배요?"

"그래, 구역질에 도움이 될 거 같진 않은데."

"무슨 구역질이요?"

"토한다고 하던데."

"토한다구요?" 앤은 담배를 맥주병 속에 집어넣었다. 올리브를 바라보는 앤의 짙은 눈썹이 치켜 올라갔다.

"입덧하는 거 아니었어?"

"오, 아니에요. 전 말처럼 튼튼해요." 앤이 배를 두드리며 말했다. "아기만 쑥쑥 잘 낳는걸요."

"그런 거 같구먼." 올리브는 앤이 맥주 때문에 좀 취한 게 아닐까 생각했다.

"새신랑은 어딨어?"

"시어도어한테 동화책을 읽어주고 있어요. 둘 사이가 가까워질 수 있어서 좋아요."

올리브가 시어도어와 진짜 아빠는 사이가 어땠느냐고 입을 열려다가 말았다. 어쩌면 요즘엔 '진짜 아빠'라는 말을 해서는 안 되는지도 모른다.

"어머니, 연세가 어떻게 되세요?" 앤이 뺨을 긁으며 물었다.

"일흔둘." 올리브가 말했다. "그리고 신발은 275를 신어."

"아, 그래요? 저도 275 신는데. 늘 발이 컸어요. 일흔둘이신데 굉장히 좋아 보이세요." 앤이 덧붙였다. "우리 엄마는 예순셋인데, 엄마는……"

"엄마는 뭐?"

"아, 뭐." 앤이 어깨를 으쓱했다. "그냥요. 상태가 그렇게 좋지는 않으세요." 앤이 몸을 일으켜 바비큐 그릴 쪽으로 숙이더니 부엌용 성냥을 집어들었다. "어머니, 괜찮으시면 딱 하나만 더 피울게요."

올리브는 괜찮지 않았다. 저 뱃속에 있는 건 크리스토퍼의 아이이고 지금쯤이면 호흡기가 막 발육될 즈음인데, 대체 어떤 여자가 그런 위험을 감수하려 한단 말인가? 하지만 올리브는 그냥 큰 소리로 말했다. "하고 싶은 대로 해. 우라질, 난 개뿔도 상관 안 해."

하느님을 찬양하라. 머리 위에서 소리가 들렸다.

"아, 지겨워. 저걸 어떻게 참고 산대그래?" 올리브가 말했다.

"못 참을 때도 있어요." 앤이 다시 거대한 몸을 앉히며 말했다.

"뭐," 올리브가 무릎을 바라보며 치마를 펴면서 말했다. "임시로 들인 거겠지." 앤이 새 담배에 불을 붙이는 꼴은 차마 눈 뜨고 볼 수 없어 시선을 돌렸다.

앤은 대답하지 않았다. 연기가 올리브 쪽으로 흘러오는 가운데, 앤이 숨을 들이마셨다가 내뱉는 소리가 들렸다. 그런데 마음속에서 뭔가 깨달아졌다. 이 여자는 당황하고 있었다. 칠십이 년동안 입에 담배를 물어본 적이 없는 올리브가 그걸 어떻게 알았을까? 하지만 진실이 가슴 저리도록 느껴졌다. 부엌에 불이 켜지고 올리브는 쇠창살이 쳐진 창문을 통해 크리스토퍼가 개수대로 가는 걸 지켜보았다.

때때로, 지금 같은 때, 올리브는 세상 모든 이가 자신이 필요로 하는 걸 얻기 위해 얼마나 분투하는지를 느낄 수 있었다. 대부분의 사람에게 필요한 그것은 점점 더 무서워지는 삶의 바다에서 나는 안전하다는 느낌이었다. 사람들은 사랑이 그 일을 할수 있으리라 생각했고, 어쩌면 그 말은 사실이었다. 하지만 담배 피우는 앤을 바라보며 생각하건대, 그런 안정감을 갖는 데 아버지가 각기 다른 세 아이가 필요했다면 사랑으로는 불충분했던게 아닐까? 그리고 크리스토퍼, 아들은 왜 그토록 무모하게 이런 일을 감행했는가, 그리고 나중에라도 왜 내게 말을 하지 않았던 가? 거의 어두워진 가운데 올리브는 앤이 몸을 앞으로 숙여 담배를 아기 욕조에 살짝 담가 끄는 걸 보았다. 치익, 작은 소리가 났고, 앤은 담배를 닭장 울타리 너머로 던져버렸다.

음, 말馬이라.

크리스토퍼가 앤이 토한다고 이메일을 썼던 건 사실이 아니었다. 올리브는 따스해진 한 손을 제 뺨에 대보았다. 아들은, 크리스토퍼이기에 결코 말할 수 없었다. "엄마, 보고 싶어요." 그래서 아내가 토한다고 말했던 것이다.

크리스토퍼가 문으로 나오자 마음이 따스해졌다. "이리 와." 올리브가 말했다. "와서 앉으렴."

크리스토퍼는 두 손을 허리에 가볍게 걸치더니, 한 손을 들어 뒷머리를 천천히 쓸어내렸다. 앤이 일어났다. "여기 앉아, 크리스. 애들 자면 난 목욕 좀 해야겠어."

크리스토퍼는 민걸상에 앉지 않고 올리브 곁에 있는 의자를 끌어당겨 옛날에 집에서 그랬듯 퍼져 앉았다. 올리브는 말하고 싶었다. "아들, 널 보니 진짜 좋다." 하지만 올리브는 아무 말도 하지 않았고, 크리스토퍼도 말이 없었다. 오랫동안 두 사람은 그렇게 같이 앉아 있었다. 이런 일이라면, 저 시멘트 바닥에 앉아도 좋았다. 아들을, 올리브 자신의 공포의 바다에 떠 있는 밝은 부표를 볼 수 있다면.

"그래, 너도 이제 집주인이구나." 올리브가 이 이상한 점을 문득 깨닫고 마침내 입을 열었다.

"네."

"세입자들이 귀찮게 하진 않고?"

"아뇨, 괜찮아요. 남자하고 저 예수쟁이 앵무새뿐이에요."

"그 사람 이름은 뭐라니?"

"숀 오케이시."

"정말? 나이는?" 숨이 턱 막힌 올리브가 의자에서 몸을 일으켜 숨을 내쉬며 물었다.

"몇이더라." 크리스토퍼가 자세를 고쳐 앉으며 한숨을 쉬었다. 이제야 아들이 익숙해 보였다. 몸짓도 느릿하고 말도 느릿했다. "저랑 비슷한 거 같아요. 좀 어린가."

"짐 오케이시의 가족은 아니겠지? 우릴 학교에 태워다주던 사람 말야. 그 사람 애가 줄줄이였잖아. 그날 밤 짐이 사고가 난 다음에 그 사람 아내가 이사를 가야 했잖아. 기억나? 애들을 데리고 친정 엄마 있는 데로 갔다지. 위층 남자가 혹시 그 아들 중 하나는 아닐까?"

"전혀 모르겠어요." 크리스토퍼가 말했다. 말투가 꼭 헨리 같았다. 헨리는 가끔 얼이 빠진 듯 말하곤 했다. "전혀 모르겠는데."

"흔한 이름이긴 하지." 올리브가 인정했다. "그래도, 혹시 짐 오케이시하고 무슨 관계가 있나 물어봐."

크리스토퍼가 고개를 저었다. "별로 물어보고 싶지 않아요." 그가 하품을 하며 고개를 젖히더니 기지개를 켰다.

올리브는 그를 학교 체육관에서 열린 타운 미팅*에서 처음 만났다. 올리브와 헨리는 뒤쪽 접이식 의자에 앉아 있었고, 그는 문 옆의 관람석 가까이에 서 있었다. 남자는 키가 컸고, 눈은 눈썹 밑으로 움푹 꺼져 있었으며, 입술이 얇은 아일랜드계 얼굴이었다.

심각하다고 할 수는 없지만 매우 진지한 눈빛이 올리브를 바라보았다. 올리브는 그를 다른 곳에서 본 적이 없는데도 얼핏 아는 사람인 것만 같았다. 저녁 내내 그들은 서로를 여러 차례 빤히 보았다.

나오는 길에 누가 서로를 소개해줘 올리브는 그가 웨스트 아넷의 무슨 학원에서 강사로 일하다가 왔다는 이야기를 들었다.

---

* 메인 주 등 미국 뉴잉글랜드 지역의 지방자치체에서 민주적인 의사 결정을 위해 전체 주민을 상대로 개최하는 회의.

그는 로빈슨 가족의 농장 옆에 살고 있었는데 공간이 더 필요해서 가족과 함께 이사해 온 것이었다. 아이가 여섯. 천주교 집안이었다. 짐 오케이시는 키가 참 컸고, 소개받을 때 보니 수줍은 면도 있어 예의상 고개를 살짝 숙였는데, 헨리와 악수하면서는 특히 더 그랬다. 마치 나중에 당신 아내의 애정을 훔쳐 가리라는 걸 벌써부터 사과라도 하는 듯이. 그런 사정을 전혀 알지 못했던 헨리에게.

그날 밤, 학교를 나와 찬 밤공기 속으로 들어서면서, 아직 말을 할 수 있었던 헨리와 같이 주차장의 차로 걸어가면서 올리브는 누가 자신을 주시하고 있다는 느낌을 받았다. 그때까지는 자신이 투명인간처럼 느껴졌다는 것도 알지 못했다.

그다음 가을, 짐 오케이시는 학원의 일자리를 포기하고 올리브가 가르치고 크리스토퍼가 다녔던 중학교에서 아이들을 가르치기 시작했다. 그리고 마침 올리브의 집이 출근길에 있어서 그는 매일 아침 올리브와 크리스토퍼를 학교에 태워다주고, 또 집으로 태워왔다. 올리브가 마흔넷, 그가 쉰셋이었다. 올리브는 자신이 꽤 늙었다고 생각했는데, 물론 그렇지 않았다. 그녀는 키가 크고 폐경과 함께 살이 찌기 시작했지만, 당시에는 그 전조만 보여서 마흔넷의 올리브는 그저 키와 덩치가 큰 여자일 뿐이었다. 시골길을 산보하는데 별안간 뒤에서 조용히 다가온 거대한 트럭처럼 한마디 경고음도 없었는데, 올리브는 마음을 빼앗기고 말았다.

"나랑 도망치자고 하면 하겠어?" 사무실에서 같이 점심을 먹는데 그가 조용히 물었다.

"응." 그녀의 대답이었다.

그는 점심 때 늘 즐기던 사과를 먹으며 올리브를 바라볼 뿐이었다. "오늘밤 집에 가서 헨리한테 말하겠어?"

"응." 올리브가 말했다. 마치 살인 계획을 세우는 것 같았다.

"내가 그러자고 안 한 게 다행인지도 모르겠군."

"응."

두 사람은 한 번도 키스하거나 서로를 만진 적이 없었다. 도서관 옆의 조그만 칸막이 사무실로 각자 들어가면서 가까이에서 나란히 걸을 뿐이었다. 하지만 그가 그날 그 말을 한 후로, 올리브는 어떤 공포심과 때때로 참기 힘든 열망을 가슴에 담고 살아가야 했다. 하지만 사람들은 힘들어도 참는 법.

아침까지 잠들지 못하는 밤도 있었다. 하늘이 밝아오고 새들이 지저귈 때에야 침대에 누운 몸에 긴장이 풀렸고, 올리브는 마음을 가득 채운 두려움과 공포 때문에 바보 같은 행복을 멈추지 못했다. 그런 어느 밤이 지나고, 어느 토요일, 오랫동안 잠들지도 못하고, 안절부절못하다가 까무룩 잠이 들었던 참이었다. 너무 무거운 잠이어서 침대 옆의 전화가 울렸을 때는 자기가 어디 있는지도 알지 못했다. 그리고 누군가가 수화기를 드는 소리, 그리고 헨리의 나지막한 음성. "올리, 너무나 슬픈 일이 일어났어. 짐 오케이시가 간밤에 운전하다가 도로를 벗어나서 나무를 들이받았대. 하노버 중환자실에 있대. 살아날 수 있을지도 불확실하다는군."

그는 그날 오후 죽었고, 올리브는 짐의 아내와 아이 몇이 그의 곁에 있으리라 생각했다.

믿을 수가 없었다. "못 믿겠어." 올리브는 헨리에게 이 말을 되풀이했다. "어떻게 된 거래?"

"차가 말을 안 들었나봐." 헨리가 고개를 저었다. "끔찍한 일이지."

오, 속으로, 그녀는 얼마나 미칠 것 같았던가. 그리고 완전히 돌아버렸다. 올리브는 짐 오케이시에게 너무나 화가 났다. 너무나 화가 나서 숲으로 가서 손에 피가 날 정도로 나무를 세게 때렸다. 개울 곁에서 숨이 막히도록 울었다. 그러곤 헨리를 위해 저녁을 지었다. 종일 학교에서 아이들을 가르치고 집으로 돌아와 헨리를 위해 저녁을 지었다. 어떤 날은 올리브가 피곤하다고 해서 헨리가 저녁을 만들기도 했다. 그럴 때면 헨리는 스파게티 통조림을 땄고, 올리브는 그 통조림 스파게티가 어찌나 싫었던지. 올리브는 살이 빠지고, 잠깐 동안이지만 그 어느 때보다 날씬해 보였다. 하지만 그 역설이 가슴을 더욱 갈가리 찢어놓았다. 그런 밤이면 헨리가 손을 뻗을 때가 많았다. 헨리는 전혀 알지 못하는 게 분명하다고 올리브는 생각했다. 알았다면 뭔가 말을 했을 터였다. 헨리는 그런 사람이었다. 마음에 담아두지 못하는 사람이었다. 하지만 짐 오케이시에게는 조심성이, 조용한 분노가 있었고, 올리브는 그런 그에게서 자기 자신을 보았다. 그녀는 언젠가 짐에게 말했다. 우리는 둘 다 똑같은 불량 옷감에서 잘라낸 거 같아. 짐은 그저 올리브를 물끄러미 바라보기만 했다. 사과를 먹으면서.

"아, 잠깐만요." 크리스토퍼가 똑바로 일어나 앉으며 말했다. "내가 한번 물어본 거 같아요. 자기 아버지가 어느 날 밤 메인 주 크로스비에서 나무를 들이받았던 그 사람이랬는데."

"뭐라고?" 올리브가 어둠을 가르고 아들을 바라봤다.

"그래서 종교에 엄청 의지하게 됐다나봐요."

"정말이야?"

"그래서 앵무새도 그렇게 됐다고." 크리스토퍼가 위를 향해 팔을 뻗었다.

"이럴 수가." 올리브가 말했다.

크리스토퍼가 졌다는 듯이, 아니면 역겹다는 듯이 과장된 제스처를 하며 팔을 내렸다. "아, 엄마, 진짜. 농담이에요. 위층 남자가 누군지 내가 알 게 뭐예요."

부엌 창에 목욕가운을 입고 머리에 수건을 두른 앤이 나타났다.

"옛날부터 싫었어요." 크리스토퍼가 생각에 잠긴 듯 말했다.

"누구, 세입자? 얘, 목소리 좀 낮춰."

"아뇨, 그 이름이 뭐더라. 짐 오케이시 선생님이요. 나무를 들이받다니, 멍청하게."

올리브가 아침에 커피를 들고 앉았을 때 탁자에는 깎은 손톱과 젖은 시리얼 몇 알이 굴러다녔다. 앤은 옆방에서 시어도어를 유치원에 보낼 준비를 하며 외쳤다. "어머니, 좋은 아침이에요. 편히 주무셨어요?"

"잘 잤다." 올리브가 한 손을 들어 잠깐 흔들어 보였다. 헨리가 뇌졸중으로 쓰러진 후, 지난 사 년 그 어느 때보다 달게 잤다. 잠이 들 때, 비행기에서 느꼈던 것과 똑같은 희망이 다시 차올라 베개마저도 부드러운 기쁨으로 다가왔다. 앤은 입덧을 하지 않았다. 크리스토퍼가 엄마를 보고 싶어한다는 뜻이었다. 올리브는 아들과 같이 있었고, 아들이 그녀를 필요로 했다.

그것은 정체가 무엇이든, 앤의 뺨에 있는 붉은 반점처럼 특별히 해롭지 않은 듯 오래전에 시작되어 아래로 아래로 점점 더 벌어져 아들과 그녀를 갈라놓은 균열이 치유될 수도 있었다. 흉터는 남을지도 모르지만 사람들은 흉터가 남아도 살아간다. 이제 올리브는 아들과 더불어 살아갈 터이다.

"많이 드세요, 어머니!" 앤이 외쳤다. "뭐든지요."

"알았다!" 올리브가 같이 소리쳤다. 다른 사람이 깎아놓은 손톱을 만지는 것은 올리브의 스타일이 아니었지만 올리브는 일어서서 스펀지로 식탁을 닦았다. 그리고 손을 싹싹 씻었다.

남의 자식들을 예뻐하는 것도 올리브의 스타일은 아니었다. 시어도어가 문간에 섰는데 등에 멘 배낭이 하도 커서 아이가 올리브를 바라보고 섰는데도 양옆으로 배낭이 튀어나와 보였다. 올리브는 조리대 저 위에서 보았던 상자에서 도넛을 하나 꺼내 커피를 들고 다시 앉았다. "키 크는 음식을 먼저 먹기 전에는 도넛을 먹으면 안 돼요." 꼬마가 어린아이에게는 어울리지 않을 만큼 독실한 신자 같은 훈계조로 올리브에게 말했다.

"난 이미 충분히 큰 거 같은데, 안 그러냐?" 올리브가 도넛을 크게 한 입 베어 물며 대꾸했다.

시어도어 뒤에서 앤이 나타났다. "엄마 좀 지나갈게, 아가." 앤이 아이를 지나쳐 냉장고로 가면서 말했다. 앤이 골반에 걸쳐 안은 아기는 고개를 돌려 올리브를 빤히 바라보았다.

"시어도어, 오늘은 주스를 두 개 넣어줄게."

"오늘은 소풍 가는 날이거든요." 앤이 말했다. 올리브는 빤히 쳐다보는 저 맹랑한 어린아이에게 혀를 쏙 내밀고 싶었다.

"유치원에서 아이들을 해변에 데려가서요. 탈수할까 걱정이 돼서 말이죠."

"그럴 만하지." 올리브가 도넛을 마저 먹으며 말했다. "크리스가 그리스에 갔다가 일사병 걸린 얘기 하던가? 열두 살 때였지. 돌팔이 의사가 와서 아이 앞에서 팔로 확 덮치는 시늉을 했지."

"정말요?" 앤이 말했다. "시어도어, 포도 주스, 오렌지 주스?"

"포도 주스."

"엄마 생각엔, 포도 주스를 마시면 목이 더 마를 것 같아. 어머니, 어떻게 생각하세요? 오렌지보단 포도가 목이 더 마르지 않을까요?"

"모르겠다."

"오렌지 주스로 해, 아가." 그러자 시어도어가 울기 시작했다. 앤은 올리브에게 망설이는 눈빛을 보냈다. "한 블록만 걸어서 시어도어를 학교에 데려다달라고 어머니께 부탁하려고 했는데……"

"싫어." 시어도어가 울었다. "할머니가 학교에 데려다주는 거 싫어! 할머니가 학교에 데려다주는 거 싫어!"

고만 입 좀 닥쳐라, 올리브는 생각했다. 크리스 말이 맞구나. 넌 완전 개차반이야.

앤이 사정했다. "아, 시어도어. 제에에에발 울지 좀 말아라."

올리브가 의자를 밀치고 일어섰다. "내가 도그 페이스를 공원으로 데려가서 산책시키면 어떠냐?"

"개똥을 봉지에 담아야 하는데, 괜찮으시겠어요?"

"응." 올리브가 말했다. "전혀 상관없어. 이미 질편하게 밟았는데 뭘."

사실 올리브는 개를 공원으로 데려가는 일이 좀 마음에 걸렸다. 하지만 개는 착했다. 신호가 바뀌기를 기다리는 동안에도 얌전히 앉아 기다렸다. 올리브는 피크닉 테이블을 지나쳐 걸어갔다. 커다란 쓰레기통들은 음식물과 신문, 바비큐 소스 얼룩이 묻은 은박지 따위로 넘쳐났다. 여기까지 오는 동안 올리브는 개목걸이의 줄을 좀 팽팽하게 잡았지만 풀밭에 다다랐을 땐, 앤이 개를 풀어주고 뛰어다니게 해도 된다고 해서 그렇게 했다. "멀리가면 안 된다." 올리브가 말했다. 개는 여기저기 냄새를 맡고 다녔지만 달아나지는 않았다. 올리브는 문득 어떤 남자가 자신을 지켜보고 있는 걸 느꼈다. 그는 젊었고, 날이 따듯한데도 가죽 재킷을 입고 있었다. 남자는 거대한 떡갈나무 옆에 서서 제 개를 불렀다. 털이 짧은 흰 개는 분홍색 코가 뾰족했다. 남자가 올리브에게로 다가왔다. "할머니가 올리브세요?" 그가 마침내 물었다.

올리브의 얼굴이 달아올랐다. "어떤 올리브?" 그녀가 말했다.

"크리스토퍼의 어머니요. 올리브가 올 거라고 앤이 그러던데."

"그렇군." 올리브가 주머니에 손을 넣어 선글라스를 찾으며 말했다.

"그래, 그게 나요." 올리브는 선글라스를 끼고 도그 페이스를 살피려고 고개를 돌렸다.

"집에 머물고 있어요?" 남자가 한참 후에 물었고, 올리브는 남자가 관여할 바가 아니라고 생각했다.

"그렇소만," 올리브가 말했다. "지하실이 아주 아늑하더군."

"아들이 할머니를 지하실에 처박아뒀어요?" 올리브는 남자의 말이 무례하다고 생각했다.

"꽤 쾌적한 지하실이지. 나한테는 딱 맞는걸."

그녀는 정면을 바라보았지만, 남자가 자신을 보고 있는 게 느껴졌다. "늙은 여자 첨 봤소?"라고 한마디 해주고 싶은 마음이 굴뚝같았다.

올리브는 아들의 개가 지나가는 골든리트리버의 궁둥이 냄새를 맡는 걸 지켜보았다. 가슴이 큰 젊은 여주인은 한 손엔 철제 머그잔을 들고, 다른 손으로는 끈을 잡고 있었다.

"어떤 건물들은 지하실에 들쥐하고 생쥐가 있어요." 남자가 말했다.

"쥐 없소." 올리브가 말했다. "꾸정모기 한 마리는 지나가더군. 전혀 성가시지 않았어."

"아드님 병원이 잘되나봐요. 그런 집들은 요새 집값이 엄청나거든요."

올리브는 대답하지 않았다. 그런 말은 상스럽게 들렸다.

"블랑슈!" 남자가 개를 쫓아가며 말했다. "블랑슈, 이리 와, 당장!"

블랑슈는 올 생각이 없다는 걸 올리브는 알 수 있었다. 블랑슈는 죽은 지 오래된 비둘기 한 마리를 발견했고, 그러자 남자는 광포해졌다. "내려놔, 블랑슈, 내려놔!" 뾰족한 주둥이가 지저분해진 블랑슈는 다가가는 주인을 피해 살금살금 도망갔다.

"하느님 맙소사." 골든리트리버의 주인인 가슴 큰 여자가 말했다. 블랑슈의 입에서 비둘기의 피 묻은 내장이 미끄러져 나온 것이다.

하느님을 찬양하라. 떡갈나무에서 목소리가 들려왔다.

올리브가 도그 페이스를 불러 목걸이에 줄을 딸깍 채운 다음 방향을 돌려 집을 향해 걸었다. 집에 도착하기 직전에 뒤를 흘깃 돌아보았더니, 어깨에 올려놓은 앵무새와 줄을 맨 블랑슈를 데리고 있는 남자가 길을 건너고 있었다. 갑자기 아찔했다. 저 사람이 세입자란 말인가? 저 방자한 가죽 재킷이, 싸우자는 듯한—올리브에겐 그렇게 보였다—태도의 남자가? 쇠창살 같은 대문을 열면서 올리브는 아직 아침 여덟시밖에 안 됐는데 작은 전투라도 치른 것 같은 기분이었다. 올리브는 아들이 이 도시에 살면 안 되겠다고 생각했다. 크리스토퍼는 전투적이지 않았다.

부엌에는 아무도 없었다. 위층에서 샤워 소리가 났다. 올리브는 나무 의자에 털썩 주저앉았다. 옛날에는 그 여섯 아이의 이름을 다 안 적도 있었는데. 지금은 그의 아내 이름—로즈였다—과 딸아이 하나—앤드리아였던가?—밖에 기억나지 않았다. 숀이 그 집 아이라면 아마도 막내뻘일 것이다. 하지만 세상에 숀 오케이시가 얼마나 많이 돌아다니겠는가. 그리고 그렇다 한들 그게 뭐 그리 중요한가? 먼 친척에 대해 들은 말을 기억해내는 것처럼, 올리브는 어두운 부엌에 앉아 어떤 사람—그녀 자신—에 대해 생각했다. 올리브는 짐 때문에 헨리를 떠난다면 짐의 아이들을 위해 무엇이든 하리라 생각했었다. 그녀에겐 그만큼 큰 사랑이었다.

"크리스토퍼." 올리브가 불렀다. 아들이 부엌에 들어와 있었는데 머리카락은 젖었고 병원에 나갈 옷차림이었다. "내가 너희 세입자를 공원에서 만난 것 같구나. 예수쟁이 앵무새 말고 개도 있는 줄은 몰랐지."

크리스가 고개를 끄덕이며 싱크대 옆에 서서 머그잔을 들고 커피를 마셨다.

"신경 안 써요." 크리스토퍼가 눈을 치켜떴다. "아이구, 놀라워라."

"사람이 전혀 안 착하던데. 예수쟁이들은 착한 줄 알았구만."

아들이 등을 돌려 머그잔을 개수대에 넣었다. "힘이 있으면 웃을 텐데, 애너벨이 또 깨서 전 피곤해요."

"크리스토퍼, 앤의 어머니는 뭐 하는데?"

아들은 키친타월로 조리대를 한 번에 슥 닦았다. "알코올중독이에요."

"아이구."

"네, 엉망이에요. 그리고 아버지는 돌아가셨고. 앵무새 말마따나 하느님을 찬양할 일이죠. 군인이었다는데 자식들한테 아침마다 팔굽혀펴기를 시켰대요."

"팔굽혀펴기라. 하, 너희 둘이 참 공통점도 많다."

"무슨 뜻이에요?" 그가 살며시 얼굴을 붉혔다.

"한번 비꼬아서 말해본 거야. 너희 아버지가 팔굽혀펴기를 시킨다고 상상해봐라." 아들의 반응이 없자 올리브는 다소 불편해졌다. "너희가 이런 집을 어떻게 살 수 있었는지 세입자가 알고 싶어하더라." 올리브가 말했다.

크리스가 인상을 쓰자 다시 익숙한 느낌이었다. "지랄, 무슨 상관이래요."

"그러게, 내 말이 그거 아니냐."

크리스토퍼가 시계를 흘끗 보자, 아들이 떠난 뒤 앤과 그 아이들과 같이 이 어두운 집에 홀로 남겨질 생각에 올리브는 갑자기 두려워졌다. "출근하는 데 얼마나 걸려?" 올리브가 물었다.

"삼십 분이요. 러시아워에는 지하철에 발 디딜 틈이 없어요."

올리브는 지하철을 타본 적이 없었다. "크리스, 또다른 공격이 있을 거 같니?"

"무슨 공격이요? 테러리스트 공격?"

올리브가 고개를 끄덕였다.

"아뇨. 음, 어떻게 보면. 에이, 아니에요. 제 말은, 그런 일은 일어날 테고, 그땐 손 놓고 앉아서 기다리기만 하면 안 되겠죠."

"안 되지, 그건 알아."

크리스가 젖은 머리카락을 손으로 빗더니 머리를 얼른 한 번 흔들었다. "저 모퉁이에 파키스탄 남자가 운영하던 가게가 있었어요. 가게에 물건이 거의 없었죠. 컵케이크 몇 개하고 콜라 한 병이 고작이었어요. 분명히 위장이었죠. 하지만 아침마다 들러서 신문을 샀는데, 주인 남자가 진짜 좋았어요. 늘 누런 이를 드러내면서 '오늘도 안녕하시죠?' 하고 물었어요. 그렇게 빙긋 웃으면 저도 같이 웃어줬죠. 그 남자가 나한테 적의 같은 건 없다는 걸 어느 정도 알 수 있었어요. 하지만 지하철이 폭발할 걸 알았다 해도 남자는 웃었을 테고, 제가 지하철 타는 걸 그냥 보고만 있었을 거예요." 크리스가 어깨를 으쓱했다.

"그걸 어찌 알아?"

"몰라요. 하지만 알아요. 가게는 문을 닫았고, 남자는 파키스탄으로 돌아가야 한다고 말했어요. 눈빛으로 알 수 있었어요, 엄마, 제가 할 수 있는 말은 그뿐이에요."

올리브가 커다란 나무 탁자를 바라보며 고개를 끄덕였다. "그런데도 여기가 좋냐?"

"그런 편이죠."

하지만 하루는 순조롭게 지나갔고, 또 하루가 지나갔다. 올리브는 손을 피하기 위해 개를 공원에 좀더 일찍 데려갔다. 외국에 있는 것처럼 모든 것이 묘했지만 올리브는 속으로 행복감을 떨치지 못했다. 그녀는 아들과 함께 있었다. 아들은 때로는 수다스러웠고 때로는 조용했는데, 조용할 때면 아들이 다시 익숙했다. 올리브는 아들의 새 인생도, 홀마크 카드에나 나올 법한 말들을 하는 앤도 이해하지 못했지만, 아들에게서 침울한 기운은 찾아볼 수 없었다. 중요한 건 그 점이었다. 그 점과 그저 다시 아들과 함께 있다는 것. 시어도어가 자신을 '할머니'라고 부르면 올리브는 그 말에 대답했다. 아이는 정말 참을 수 없었지만 견뎠고, 하루는 밤에 동화책을 읽어주기도 했다. 하지만 한 단어를 빼먹고 읽어서 아이가 틀렸다고 말했을 때 올리브는 아이의 검은 머리통을 한 대 때려주고 싶었다. 아이는 아들의 가족이고, 올리브도 마찬가지였다. 아이에게 지치거나 아기가 울 때면 그녀는 지하실로 내려가 침대에 누웠고, 짐에게 가기 위해 헨리를 버리지 않았던 게 얼마나 다행이었던가, 생각했다. 떠날 수 있을 것 같던 기분은 기억났지만 정말 떠나지는 않았을 터였다. 떠났다면 크리스토퍼는 어떻게 되었을 것인가?

사흘째 아침, 앤이 시어도어를 학교에 데려다주고 왔다. 크리스토퍼는 휴진이었다. 올리브가 비치 체어에 앉아 있는 동안 아기는 뒷마당의 플라스틱 수영장에서 물을 튀기며 놀았다. "어머니, 빨래 가져올 동안 아기 좀 봐주시겠어요?" 앤이 묻자 올리브가 대답했다. "그럼, 그럼." 애너벨이 심술을 부렸지만 올리브가 근처의 잔가지를 하나 던져주자, 아기는 그걸 가지고 물을 찰싹찰싹 때렸다. 올리브는 위쪽 데크를 올려다보며 앵무새가 있는지 살폈다. 때로 앵무새는 아무도 도발하지 않는데도 혼자서 떠들곤 했다. 하느님은 왕이시다. "우라질." 올리브가 대꾸하면 그다음엔 더 큰 소리가 위층에서 들려왔다. 하느님을 찬양하라. 올리브는 샌들을 벗고 발을 긁은 다음 반응을 이끌어낸 걸 기뻐하며 다시 의자에 자리를 잡고 앉았다. 저놈의 앵무새는 말하는 게 꼭 오라 숙모 같았다. 올리브는 일어서서 도넛을 하나 먹을까 하고 부엌으로 갔는데, 개수대 곁에 서서 도넛을 먹다가 아기 생각이 번쩍 났다.

"아이고, 세상에." 그녀는 작은 소리로 말하곤 얼른 밖으로 나갔다. 애너벨은 일어서려 하고 있었다. 올리브가 아이를 잡아주려고 몸을 숙였는데 애너벨이 미끄러졌다. 올리브가 수영장 가장자리를 돌면서 아기를 안아 올려 얼굴이 물에서 나오게 하려고 애썼다. 애너벨은 점점 더 흥분하여 올리브를 외면하면서, 계속 미끄러지며 울었다. "이런 젠장, 그만 좀 해!" 올리브가 말하자 아기가 올리브를 빤히 올려다보더니 다시 울기 시작했다.

하늘에 계신 우리 아버지. 앵무새가 꽥 소리를 질렀다.

"어, 못 들어본 거네요?" 앤이 마른 수건을 가지고 뒷마당으로 들어서며 말했다.

"애가 일어서려고 해." 올리브가 설명했다. "내가 애를 제대로 붙잡을 수가 없더라구."

"네, 이제 오늘내일 걸을 거예요." 앤이 거대한 배에도 불구하고 아기를 쉽게 안아 올렸다.

아기와 씨름하느라 상기된 올리브가 자기 자리로 돌아갔다. 시멘트 바닥에서 뛰어다니느라 팬티스타킹이 너덜너덜해졌다.

"오늘이 저희 결혼기념일이에요." 앤이 마른 수건을 아기의 어깨에 두르며 말했다.

"그래?"

"네." 앤이 뭔가 내밀한 일을 추억하듯 빙그레 웃었다.

"자, 우리 아가씨, 따뜻하게 입자." 애너벨이 작은 다리를 앤의 알뿌리 같은 배 양쪽으로 뻗고 젖은 머리를 앤의 커다란 가슴에 기댄 채 떨면서 엄지를 빨았다.

한마디가 목구멍까지 올라왔다. "아니, 결혼을 하면 한다고 말하면 되잖아. 엄마가 돼가지고 자식 결혼을 나중에 안다는 게 얼마나 으스스한 일인 줄 알아?" 하지만 올리브는 그저 이렇게 말했다. "그럼 축하한다." 자신이 도넛을 먹는 동안 아기가 익사하지 않았던 것만으로도 너무나 다행이어서, 결혼기념일은―그녀가 얼마나 소외되어왔는지를 상기시키는 고통스러운 경험이긴 해도―굳이 투덜댈 만한 일이 아닌 듯했다.

"저희가 어떻게 만났는지 크리스가 얘기하던가요?"

"정확히는 안 했지. 구체적인 얘기도 없었고." 실은 아들은 아무 말도 하지 않았다.

"이혼한 사람들을 위한 돌아온 싱글 모임에서 만났어요. 제가 애너벨을 임신했다는 걸 갓 알게 되었을 때였죠. 왜 이혼하게 되면 미친 짓을 하잖아요. 애너벨은 그 미친 짓의 산물이고요. 안 그래, 우리 귀염둥이?" 앤은 아기의 정수리에 입을 맞추었다.

하, 지금은 21세기라구, 올리브는 생각했다. 피임을 위해 비누 거품에 의존해야 했던 때도 아니고 말야. 하지만 올리브는 그래도 아이가 무사해서 다행이라고 생각하며 짐짓 너그러운 척했다. "좋은 생각이로군. 이혼 남녀를 위한 돌아온 싱글 모임이라니." 고개를 주억거렸다. "모두들 같은 경험을 했을 테고."

올리브 자신도 요양원에서 하는 그런 '서포트 그룹'의 모임에 가본 적이 있었는데, 맹한 사람들이 모여 맹한 소리를 지껄이는 아주 멍청한 모임이라고 생각했다. 모임을 운영하는 사회복지사도 마찬가지였다. 다정하고 침착한 목소리로 연신 "이런 일 때문에 화가 나는 것은 정상입니다" 따위의 말이나 반복하고 있었다. 올리브는 그 모임에 두 번 다시 가지 않았다. 화가 난다고? 하, 경멸스러웠다. 세상에, 자연의 이치에 대해 화를 낼 게 뭐람? 올리브는 멍청한 사회복지사도, 어른이 되어가지고 뇌졸중으로 쓰러진 어머니 때문에 남들 다 보는 데서 엉엉 울던, 곁에 앉았던 성인 남자도 참을 수가 없었다. 진짜 멍청한 것들. "나쁜 일은 일어나기 마련이야." 올리브는 그렇게 말하고 싶었다. "어떤 모임이었는데?"

"치료 모임이었어요." 앤이 말했다. "책임감을 배우고 책임을 인정하는 거 있잖아요."

글쎄, 올리브는 확신하지 못했다. 그녀는 말했다. "크리스토퍼는 여자를 잘못 만났어, 그뿐이야."

"하지만 문제는 '왜'예요." 앤이 아기를 고쳐 안으며 열정적으로 말했다. "어떤 일을 왜 하는지를 알면 같은 실수는 하지 않게 되지요."

"그렇군." 올리브가 말했다. 올리브가 다리를 펴자 팬티스타킹에 또다른 커다란 올이 나가는 게 느껴졌다. 가게에 가야 했다.

"모임은 정말 좋았어요. 크리스와 저는 그 과정에 충실했고, 서로에게 헌신했어요."

"그거 좋구나." 올리브가 이윽고 말했다.

"저희를 치료한 의사는 정말 대단한 남자예요, 아서라고. 저희가 얼마나 많이 배웠는지 모르실 거예요." 앤이 아기의 등에 수건을 대고 문지르며 올리브를 바라보았다. 앤이 말했다. "불안감은 분노예요, 어머니."

"그러냐?" 올리브는 앤의 담배에 대해 생각했다.

"네. 거의 언제나 그래요. 결국 아서가 뉴욕으로 이사해서 저희도 같이 이사 왔어요."

"정신과 의사 때문에 이리 이사 왔단 말이야?" 올리브가 비치체어에서 몸을 일으켜 세웠다. "이거 무슨 사이비 종교냐?"

"아뇨, 아니에요. 안 그래도 저희도 이사하고 싶었어요. 하지만 이사 와서 좋아요. 아직도 아서와 함께할 수 있으니까요. 노력해야 할 문제들은 언제나 많잖아요."

"그야 물론이지."

올리브는 그때, 이 모든 것을 받아들이기로 결심했다. 크리스토퍼는 처음엔 명령조에 성질이 못된 여자와 결혼했지만 이번에는 맹하고 착한 여자와 결혼했다. 뭐, 올리브가 관여할 바는 아니었다. 아들의 인생이니.

올리브는 지하로 가서 하얀 전화기의 다이얼을 돌렸다.

"어떻게 지내고 계세요?" 신디가 말했다.

"잘. 이 아래쪽은 완전히 딴 나랄세. 그 사람 좀 바꿔줄 테야?" 올리브가 목과 어깨 사이에 수화기를 끼고 팬티스타킹을 벗는데 새 스타킹이 없는 게 기억났다. "헨리." 그녀가 말했다. "오늘이 애들 결혼기념일이래. 둘은 잘 지내는데, 여자가 좀 맹해. 내가 생각했던 대로야. 둘이 치료를 받는대." 올리브는 망설이며 주변을 둘러보았다. "걱정 마, 헨리. 치료할 땐 언제나 엄마를 탓하니까. 당신한테선 분명 장미 향기가 날 테니 걱정 말라구." 올리브가 손가락으로 세탁기를 두드렸다. "이제 끊어야겠어, 애들이 여기 내려와서 빨래를 하거든. 나는 괜찮아, 헨리. 일주일만 있으면 돌아갈 거야."

위층에서 앤은 아기에게 구운 고구마를 떠먹이고 있었다.

올리브는 앉아서 앤을 지켜보며, 언젠가 결혼기념일에 헨리가 두꺼운 코팅 안에 네잎 클로버를 넣은 열쇠고리를 선물로 주었던 걸 기억했다. "헨리한테 전화해서 너희 결혼기념일이라고 얘기했다."

"오, 잘하셨네요." 앤이 말했다. "기념일은 좋아요. 생각해볼 수 있는 훌륭한 계기가 되니까요."

"나는 선물 받아서 좋던데." 올리브가 말했다.

앞에 커다란 2인용 유모차를 밀고 가는 아들과 그의 덩치 큰 아내를 따라 걸으면서, 올리브는 어쩌면 이미 잠자리에 들었을 남편을 생각했다. 그들은 헨리를 아이들보다 더 일찍 재우려고 했다. "오늘 아버지하고 통화했다." 올리브가 말했지만 크리스토퍼는 듣지 못한 모양이었다. 아들과 앤은 유모차를 밀면서 서로를 향해 고개를 기울이고 열심히 말을 하고 있었다. 거참, 올리브는 정말로 헨리를 떠나지 않았던 걸 다행이라 생각했다. 남편처럼 충실한 친구는 결코 얻지 못할 터였다.

하지만 아들 뒤에 서서 신호가 바뀌기를 기다리면서 올리브는 때로 이 모든 일 속에서도 깊은 외로움을 느끼던 때가 있었던 걸 기억했다. 그리 오래되지 않은 몇 해 전, 충치를 때우면서 치과 의사가 부드러운 손가락으로 턱을 살며시 돌리는데, 외로움이 너무 깊어서인지 그것이 마치 죽도록 깊은 친절인 것처럼 느껴져 올리브는 샘솟는 눈물을 숨죽이며 삼킨 적이 있었다. ("키터리지 부인, 괜찮으세요?" 치과 의사는 물었다.)

아들이 고개를 돌려 올리브를 바라보았다. 크리스토퍼의 맑은 얼굴은 올리브를 앞으로 나아가게 하기에 충분했다. 그만큼 올리브는 지쳐 있었다. 언젠가는 아침이고 점심이고 저녁이고 그냥 노닥거리고 다닐 수 없는 단계에 도달하게 된다는 걸 젊은 사람들은 알지 못한다. 인생의 일곱 단계라고 했던가? 셰익스피어가 그렇게 말했던가? 하, 노년에만도 일곱 단계가 있다구! 각 단계를 거칠 때마다 당신은 자다가 조용히 가기를 기도한다. 하지만 올리브는 죽지 않아서 몹시 기뻤다. 여기 가족이 있다. 그리고 바로 코앞에 빈 부스석이 보이는 아이스크림 가게가 있다. 올리브는 감사한 마음으로 붉은 쿠션이 깔린 좌석에 얼른 앉았다.

"하느님을 찬양하라." 올리브가 말했다. 하지만 그들은 올리브의 말을 듣지 않았다. 아이들의 안전벨트를 풀고 아기를 식탁 의자에 앉히고, 시어도어도 테이블 가장자리의 의자에 따로 앉히느라 바빴다. 앤은 배가 너무 불러서 부스석에 몸이 들어가지 않아 시어도어와 자리를 바꿔 아이를 부스에 앉혀야 했는데, 아이는 반항하다 크리스토퍼가 한 손으로 아이의 손목을 잡고 몸을 앞으로 숙인 다음 조용하게 "앉아"라고 했을 때에야 겨우 말을 들었다.

올리브는 어쩐지 불편한 마음이 일었다. 하지만 아이는 앉았다. 아이는 공손하게 바닐라 아이스크림을 먹고 싶다고 말했다. "크리스토퍼는 항상 아주 공손했어." 올리브가 시어도어에게 말했다. "사람들은 항상 내 어린 아들이 얼마나 예의가 바른지 모른다고 말했어." 이 말에 크리스토퍼와 앤은 서로 눈빛을 교환했을까?

아니었다. 그들은 그저 주문하려고 준비할 뿐. 올리브에겐 앤의 뱃속에 헨리의 손자가 들어 있다는 게 불가능한 일처럼 보였지만, 그건 사실이었다.

올리브는 버터스카치 선디를 주문했다.

"불공평해." 시어도어가 말했다. "나도 선디 줘."

"음, 그러지 뭐." 앤이 말했다. "어떤 종류로?"

아이는 그 질문을 이해할 수 없다는 듯 스트레스를 받은 얼굴이었다.

아이는 마침내 고개를 팔에 묻고 말했다. "바닐라 콘을 먹을 거야."

"너희 아버지는 루트 비어 플로트를 주문했을 텐데." 올리브가 크리스토퍼에게 말했다.

"아뇨." 크리스토퍼가 말했다. "딸기 맛 아이스크림을 주문하셨을걸요."

"아냐." 올리브가 주장했다. "루트 비어 플로트라니까."

"그거 먹을래. 루트 비어 플로트." 시어도어가 고개를 들며 말했다. "그게 뭐야?"

"루트 비어를 유리잔에 잔뜩 넣은 다음 바닐라 아이스크림을 띄우는 거야." 앤이 말했다.

"그거 먹을래."

"안 좋아할걸." 크리스토퍼가 말했다.

그의 말이 맞았다. 시어도어는 반쯤 먹다가 울기 시작했다. 자기가 생각한 게 아니라고 했다. 한편, 올리브는 버터스카치 선디를 참으로 맛있게, 조금도 남기지 않고 다 먹었다. 그동안 앤과 크리스토퍼는 시어도어가 다시 주문하도록 허락할 것인지에 대해 얘기했다.

앤은 그러자고 했고, 크리스토퍼는 반대했다. 올리브는 끼어들지 않았지만 크리스토퍼가 이겼다는 걸 알 수 있었다.

집으로 돌아오면서, 올리브는 에너지가 넘쳤다. 물론 아이스크림 덕이었다. 그리고 크리스토퍼가 함께 걷고 있기 때문이기도 했다. 앤이 앞에서 유모차를 밀었고 아이들은 너무나 고맙게도 조용했다. 크리스의 병원은 잘되었다. "뉴욕에서는 사람들이 발을 굉장히 중요하게 생각하거든요." 그가 말했다. 하루에 환자를 스무 명 볼 때도 많았다.

"세상에, 크리스. 너무 많은 거 아니니?"

"내야 할 청구서가 많으니까요." 아들은 말했다. "그리고 곧 더 많아질 테고요."

"그렇겠지. 아버지가 자랑스러워하시겠다." 날이 어두워지고 있었다. 올리브는 그들이 지나쳐 온 불 켜진 창문 안에서 책을 읽고 텔레비전을 시청하는 사람들을 보았다. 한 남자는 아들에게 간지럼을 태우는 듯했다. 문득 박애랄까, 그 비슷한 감정이 퍼져왔다. 올리브는 모두 잘되기를 바랐다. 실은 아들 내외가 문 안으로 들어서서 '안녕히 주무세요'라고 인사를 하면, 올리브는 그들의 뺨에 입을 맞출 수도 있을 것 같았다. 아들에게, 앤에게,

그리고 심지어 아이들에게도. 하지만 무언가 주의를 분산시켰고, 크리스와 앤은 그냥 한마디를 할 뿐이었다. "안녕히 주무세요, 엄마."

올리브는 아래층으로, 하얀 지하실로 내려갔다. 작은 벽장 같은 욕실로 들어서면서 올리브는 전등 스위치를 올렸다. 그리고 흰색 면 블라우스에 끈적이는 짙은 색 버터스카치 소스가 기다랗게 띠를 이루고 있는 걸 보았다. 별안간 심기가 다소 불편해졌다. 아이들은 이걸 보고도 그녀에게 한마디도 하지 않았던 것이다. 올리브는 오라 숙모와 똑같은 늙은 할망구가 되어 있었다. 오래전에 헨리가 그 할망구를 차에 태워 나간 적이 있었다. 그녀는 가끔 저녁에 아이스크림을 먹으러 들르곤 했고, 올리브는 오라 숙모가 녹은 아이스크림을 앞자락에 흘리는 걸 지켜보았다. 그 광경에 욕지기가 치밀었다. 오라 숙모가 죽었을 때, 올리브는 그 딱한 꼴을 보지 않아도 되어 기뻤다.

그런데 지금 자신이 오라가 되어 있었다. 하지만 그녀는 오라 숙모가 아니었고, 아들은 자기가 흘렸을 때 이 점을 곧바로 지적했어야 했다. 아들이 뭔가를 앞자락에 흘렸다면 올리브가 응당 지적했을 것처럼. 아들 내외는 자신을 데리고 다녀야 하는 어린 아이로 여겼던 걸까? 그녀는 블라우스를 벗고 작은 개수대에 더운 물을 틀다가 빨지 않기로 작정했다. 그냥 비닐봉지에 옷을 담아 여행가방에 구겨 넣었다.

무더운 아침이었다. 올리브는 뒷마당의 비치 체어에 앉아 있었다. 해가 뜨기 전에 옷을 갈아입고, 전등은 켤 엄두도 내지 않고 계단을 조심스레 올라갔다. 팬티스타킹이 지하실의 뭔가에 걸려, 여러 올이 한꺼번에 뜯겨나가는 게 느껴졌다. 올리브는 다리를 꼰 다음 한 발을 건들거렸다. 날이 밝자 굵은 발목에 올이 군데군데 나가 있는 게 보였다. 앤이 제일 먼저 나타났는데, 부엌 창문을 통해 골반에 아기를 걸쳐 안고 있는 게 보였다. 크리스토퍼가 앤의 뒤에서 나타나더니, 앤을 지나쳐 가면서 앤의 어깨를 가볍게 쓰다듬었다. 앤이 하는 말이 들렸다. "어머니가 도그 페이스를 공원에 데려가시면 내가 시어도어를 준비시킬게요. 지금은 좀더 자게 내버려둬야겠어요."

"몇 분이라도 좀더 자주면 정말 좋지 않아?" 크리스가 고개를 돌리고 앤의 머리칼을 쓸어주었다. 올리브는 도그 페이스를 공원으로 데려가지 않을 셈이었다. 올리브는 두 내외가 창문에 충분히 가까워지도록 기다렸다가 말했다. "내가 떠날 때가 됐다."

크리스토퍼가 고개를 숙였다. "거기 밖에 계신 줄 몰랐어요. 뭐라고 하셨어요?"

"뭐라고 했냐면," 올리브가 큰 소리로 대답했다. "이 우라질 늙은 할망구가 떠날 시간이라고."

예수를 찬양하라. 위층 데크에서 소리가 들렸다.

"무슨 말씀이세요?" 앤이 창문으로 목을 내밀고 물었고, 동시에 아기가 조리대에 놓여 있던 종이 우유팩을 발로 찼다.

"빌어먹을." 크리스토퍼가 말했다.

"얘가 '빌어먹을'이란다!" 올리브는 데크를 올려다보며 외쳤고, 앵무새가 '하느님은 왕이시다'라고 말하자 얼른 고개를 끄덕였다. "그럼, 그렇구말구." 올리브가 말했다. "하느님이 왕이지."

크리스토퍼가 방충문을 조심스레 닫고 뒷마당으로 걸어 나왔다. "엄마, 그만하세요. 대체 무슨 일이에요?"

"내가 집으로 돌아갈 시간이라고. 나한테서 생선처럼 고약한 냄새가 난다구."

크리스토퍼가 천천히 고개를 저었다. "이럴 줄 알았어요. 뭔가 방아쇠를 당길 줄 알았다구요."

"그게 무슨 말이야?" 올리브가 물었다. "난 그냥 내가 집에 갈 시간이 되었다고 말하는 것뿐이야."

"그럼 안으로 들어오세요." 크리스토퍼가 말했다.

"글쎄, 내가 아들한테 이래라저래라 잔소리 들을 필욘 없을 거 같은데." 올리브는 이렇게 말하면서도 크리스가 안으로 들어가

앤에게 뭐라고 웅얼거리자 일어서서 부엌으로 들어가 아들 내외를 만났다. 그리고 식탁 옆 의자에 앉았다. 올리브는 잠을 거의 못 자서 부들부들 떨렸다.

"무슨 일 있으셨어요, 어머니?" 앤이 물었다. "며칠 더 머무실 계획이었잖아요."

내가 옷에 아이스크림을 질질 흘리고 앉아 있도록 너희가 그냥 내버려뒀지 않느냐고 아들 내외에게 말한다면 얼마나 망신이랴. 자기 애들한테도 그러지는 않았을 터였다. 묻은 얼룩을 닦아주었을 것이다. 하지만 그들은 올리브 옷자락에 버터스카치 소스가 범벅이 되도록 그냥 내버려두었다. "처음 물어왔을 때부터 크리스토퍼한테 사흘만 있겠다고 했다. 사흘이 지나면 난 생선처럼 고약한 냄새가 난다고."

앤과 크리스토퍼가 서로를 바라보았다. "일주일 계실 거라고 하셨잖아요." 크리스가 신중하게 말했다.

"그랬지. 너희가 도움이 필요하다고 했으니까. 하지만 넌 그말조차 정직하게 하지 않았어." 두 사람의 공모하는 듯한 모습에 더욱 분노가 끓어올랐다. 크리스가 앤의 머리칼을 쓰다듬던 것하며, 둘이 나누던 그 눈빛 때문에. "내 정말, 거짓말쟁이는 질색이야. 아무도 네게 거짓말하라고 가르치지 않았다, 크리스토퍼 키터리지." 앤의 골반에 걸쳐진 아기가 그녀를 노려보았다.

"엄마한테 와달라고 했죠." 크리스토퍼가 천천히 입을 열었다. "엄마를 보고 싶어서요. 앤이 엄마를 만나고 싶어해서요. 우린 그저 같이 즐거운 시간을 보내고 싶었을 따름이에요. 좀 달라졌기를, 이런 일이 일어나지 않기를 바랐어요. 하지만 엄마, 전 엄마의 그 극도로 변덕스러운 기분에 대해 책임지지 않을 거예요. 뭔가 속상하게 하는 일이 있었다면 말씀을 하셔야죠. 그래야 대화를 하죠."

"젠장, 넌 평생 입을 다물고 살았어. 왜 이제야 갑자기 말을 시작하는 건데?" 갑자기 깨달았다. 이게 다 정신과 의사 때문이었다. 그럼 그렇지. 그 멍청한 아서라는 작자. 올리브는 조심해야 했다. 이 모든 게 치료 모임에서 다 재연될 테니. 엄마의 그 극도로 변덕스러운 기분. 그것은 크리스토퍼의 목소리가 아니었다. 세상에, 그들은 벌써 올리브에 대해 샅샅이 논의를 했던 것이다. 그 생각을 하자 온몸이 부들부들 떨렸다. "그리고 너 무슨 소리 하는 거야? 내 극도로 변덕스러운 기분이라니. 대체 그게 무슨 우라질 소리야?"

앤은 여전히 아기를 안은 채 스펀지로 우유를 훔쳐내고 있었다. 크리스토퍼는 그녀 앞에 조용히 서 있었다. "엄마는 행동이 거의 편집증적이에요." 그가 말했다. "엄만 언제나 그랬어요. 적어도 많이 그랬어요. 그리고 전 엄마가 그에 대해서 책임지는 걸

한 번도 본 적이 없어요. 일 분은 이랬다가, 일 분 후에는 또 마구 화를 내고. 아주 피곤해요. 주변 사람들을 너무 지치게 해요."

올리브가 악에 받쳐 식탁 밑에서 발을 굴렀다. 그녀는 조용히 말했다. "내가 여기 앉아서 이중성격장애라는 소리나 들을 이유 가 없다. 나도 우리 엄마를 안 좋아했지만, 난 단 한 번도……"

"올리브." 앤이 말했다. "제발, 제발 진정하세요. 아무도 어머 니가 어떻다고 말한 적 없어요. 크리스는 그냥 어머니 기분이 가 끔 빠르게 변한다고 말씀드리려는 것뿐이에요. 그리고 힘들었다 고요. 저이가 클 때 말이에요. 어머니 기분이 언제 어떻게 변할 지 모르니까요."

"네가 거기에 대해서 대체 뭘 알아? 네가 거기에 있었냐?" 올 리브의 머릿속이 핑핑 돌기 시작했다. 시야도 흐릿했다. "내가 보니 너희 둘 다 가정심리 학위라도 받은 모양이야, 아주."

"올리브." 앤이 말했다.

"아냐, 가시게 해. 가세요, 엄마. 괜찮아요. 공항까지 모시고 갈 차를 불러드릴게요."

"나 혼자 보낼 셈이냐? 하느님 맙소사!"

"전 한 시간 후면 진료실에 나가야 하고 앤은 아이들을 돌봐야 해요. 공항까지 모셔다드릴 수 없어요. 택시도 나쁘지 않아요. 앤, 전화 좀 해주겠어? 엄마, 먼저 항공사 데스크에 가서 표부터 바꿔야 해요. 문제는 없을 거예요."

놀랍게도, 아들은 조리대에서 더러운 접시를 모아 식기세척기에 넣기 시작했다.

"이렇게 날 그냥 쫓아낼 셈이냐?" 올리브가 말했다. 심장이 방망이질을 하며 사납게 날뛰었다.

"봤죠, 이게 극명한 예잖아요." 크리스가 차분하게 대꾸했다. 차분하게 식기세척기에 그릇을 넣으면서. "엄마가 가고 싶다면서 내가 엄마를 쫓아낸다고 비난하잖아요. 과거에는 그런 말을 들으면 기분이 처참해졌는데 이젠 그러지 않을 거예요. 제가 그런 게 아니니까요. 엄마의 그런 행동에는 대응이 따른다는 걸 엄마는 깨닫지 못하시는 거 같아요."

올리브는 식탁 모서리를 붙잡고 일어서서 이미 짐을 싸둔 지하실로 갔다. 간밤에 싸놓은 거였다. 그녀는 씩씩대며 짐을 계단 위로 가지고 올라왔다.

"택시가 이십 분 후에 도착한대." 앤이 크리스토퍼에게 말하자, 그는 여전히 식기세척기에 그릇을 채우면서 고개를 끄덕였다.

"믿을 수가 없군." 올리브가 말했다.

"혹시나 했더니." 크리스토퍼는 이제 냄비를 씻기 시작했다. "저도 항상 믿을 수가 없었어요. 하지만 더는 참고 살고 싶지 않아요."

"넌 지난 몇 년 동안 날 참고 살지 않았어!" 올리브가 소릴 질렀다. "몇 년이나 날 홀대했다구!"

"아뇨." 아들이 조용히 말했다. "내 생각엔요, 엄마가 조금만 생각해보면 이야기가 완전히 다르다는 걸 알 거라고 생각해요. 엄만 성질이 불같아요. 내 생각엔 적어도 성질인 것 같은데, 정확히 뭔지는 나도 모르겠어요. 하지만 엄마는 사람들의 기분을 망치는 데 뭔가 있어요. 아버지한테도 마찬가지였어요."

"크리스." 앤이 조심스럽게 말했다.

하지만 크리스토퍼는 고개를 절레절레 흔들었다. "이젠 엄마에 대한 두려움에 지배당하지 않을 거예요."

엄마에 대한 두려움? 누가 올리브를 두려워할 수 있단 말인가? 두려운 것은 바로 그녀였는데! 크리스토퍼는 계속 냄비와 팬을 씻고, 조리대를 닦고, 올리브의 질문에 차근차근 대답했다. 그녀가 무슨 말을 해도 침착하게 대답했다. 마치 폭발할 지하철로 보내기 전에 아침마다 그에게 신문을 팔던 무슬림처럼. (그건 편집증이 아닌가? 아들이야말로 편집증이었다!)

올리브는 시어도어가 계단 위에서 부르는 소리를 들었다. "엄마, 이리 와. 엄마!" 올리브는 울기 시작했다.

눈뿐만 아니라 모든 것이 흐릿해졌다. 올리브는 점점 더 분노하며 무슨 말인가를 했고, 크리스토퍼는 침착하게 대꾸했다. 설거지를 계속하며 차분하게. 올리브는 계속 울었다. 크리스토퍼는 짐 오케이시에 대해 뭐라고 말했다. 그가 술주정뱅이여서 나무를 들이받았다는 식의 말이었다. "엄마는 짐이 죽은 게 아버지 잘못인 것처럼 아버지한테 소릴 질렀어요. 어떻게 그럴 수가 있어요, 엄마? 뭐가 더 싫었는지 모르겠어요. 엄마가 그 남자한테 빠져서 내 편을 들었던 게 더 싫었는지, 아님 엄마가 날 볶기 시작한 게 더 싫었는지." 크리스토퍼는 이 점을 정말로 고민하는지 고개를 갸웃하기까지 했다.

"무슨 말이냐?" 올리브가 울부짖었다. "너, 네 새 마누라 말이야. 그 아인 너무 착해서 구역질이 날 지경이야. 그래 이놈아, 그렇게 잘, 아니 어디 한번 잘 먹고 잘 살아봐라."

올리브는 오락가락하며 울었고, 크리스토퍼는 침착했다. 그리고 마침내 말했다. "알았어요, 짐 드세요. 택시 왔으니까."

게이트까지 들어가는 줄—보안 검색 줄—은 너무 길어서 모퉁이를 돌아서까지 이어졌다. 붉은 공항 조끼를 입은 흑인 여자가 계속 구슬픈 어조로 말했다. "여러분, 모퉁이까지 돌아서 벽을 보고 서세요. 모퉁이까지 돌아서 벽을 보고 서세요."

올리브는 두 번이나 그녀에게 다가갔다. "어디로 가야 하나요?" 올리브가 표를 불쑥 내밀며 그녀에게 물었다.

"바로 이 줄이에요." 여자가 긴 줄 쪽으로 팔을 치켜들며 말했다. 스트레이트로 편 흑인 여자의 머리는 뒤쪽 테두리에 수염이 달린 잘 맞지 않는 수영모자 같았다.

"확실해요?" 올리브가 물었다.

"바로 이 줄이에요." 여자가 팔을 다시 들어올렸다. 여자는 심드렁했고, 달리 어떻게 해볼 도리가 없었다.

(엄마가 우리 학교에서 제일 무서운 선생님이었어요.)

줄에 서서, 올리브는 가까이 있는 사람들을 바라보며 이렇게 긴 줄에 서 있다는 게 말도 안 되며, 뭔가 잘못된 게 틀림없다는 걸 확인하고 싶었다. 하지만 그녀와 눈이 마주친 사람들은 무표정하게 시선을 돌렸다. 올리브는 눈을 깜빡이며 선글라스를 썼다. 눈이 닿는 곳마다 사람들은 죽은 듯, 불친절해 보였다. 줄이 줄어들면서 올리브는 어디로 가야 할지, 무엇을 해야 할지 알지 못했다. 줄이 양쪽으로 크게 늘어나더니, 엄청난 인파가 되었고, 그들은 모두 올리브가 알지 못하는 무언가를 알고 있는 듯 보였다.

"아들한테 전화를 해야겠어요." 그녀가 가까이에 서 있는 남자에게 말했다. 전화를 걸러 공중전화로 가야 하니 줄을 빠져나가야 한다는 뜻이었다. 전화를 걸기만 하면 크리스토퍼는 분명

와서 올리브를 데려갈 터였다. 그리고 올리브는 빌든, 엉엉 울든 무슨 일이든 할 터였다. 이 지옥에서 구조될 수만 있다면.

그냥 일이 엄청나게 꼬였을 뿐이었다. 그게 전부였다. 때로 일은 엄청나게 꼬이지 않는가. 하지만 주변을 둘러보니 공중전화가 아무 데도 없었다. 모두들 휴대전화를 귀에 대고 말을 하고 있었다. 그들 모두는 누군가 말을 할 사람이 있었다.

(그녀가 우는 동안 아랑곳 않고 접시를 닦던 녀석의 절대적인 침착함이라니! 앤마저도 그 자리를 떠야 했다. 그런 일이 전혀 기억 안 나요? 요즘에는요, 아이가 그러고 학교에 오면 사회복지사를 바로 집으로 보내요.

왜 나를 고문하는 거냐? 그녀는 울부짖었다. 대체 무슨 소리야? 나는 평생 널 사랑했다. 그런데 너는 이런 기분이란 말이지?

크리스토퍼는 잠시 설거지를 멈추고 침착하게 말했다. 됐어요. 이젠 더 할 말이 없어요.)

올리브가 아들한테 전화를 해야 한다며 말을 걸었던 남자는 그녀를 물끄러미 쳐다보더니 시선을 돌렸다. 그녀는 아들에게 전화할 수 없었다. 아들은 잔인했다. 그리고 그의 아내도 잔인했다.

올리브는 작은 인파를 따라 움직였다. 이동하세요, 핸드백은 롤러 위에 놓고, 탑승권을 꺼내세요. 한 남자가 올리브에게 보안문을 통과하라고 불친절하게 손짓했다. 그는 아래를 보면서 표정 없이 말했다. "신발 벗으세요, 아주머니. 신발을 벗으세요."

올리브는 미친년처럼 팬티스타킹의 너덜너덜한 발 부분을 노출한 채 그의 앞에 서는 걸 상상했다. "신발은 벗지 않겠어." 그리고 말했다. "염병할 비행기가 폭파되든 말든, 상관 안 한다구, 알아들어? 당신들 중 누가 공중분해된다 해도 난 눈도 깜짝 안 한다구!"

올리브는 보안 직원이 살짝 손짓을 하는 걸 보았고, 두 사람이 그녀의 곁에 섰다. 그들은 남자였는데, 0.5초 후에는 여직원도 하나 나타났다. 흰 셔츠의 주머니 위에 특별한 줄무늬가 있는 보안 직원들이었다.

그들은 대단히 부드러운 목소리로 말했다. "이쪽으로 오십시오."

올리브는 선글라스 너머로 눈을 깜빡이며, 고개를 끄덕이며 말했다. "기꺼이."

범죄자

레베카 브라운은 평소에 물건을 훔치는 타입은 아니었지만 그날 아침에는 잡지를 한 권 훔쳤다. 평소 같으면 레베카는 루트원 고속도로변의 작은 모텔에서 비누 한 장도 가져오지 못할 사람이었다. 수건을 가져간다는 건 생각도 못할 일이었다. 그녀는 그렇게 자랐다. 실은 레베카는 자라면서 하지 말라고 배운 일이 많았지만 그래도 많이 한 편이었다. 그러나 훔치는 일만은 예외였다. 한 번도 해본 적이 없었다. 하지만 메이지 밀스 타운의 하얗게 칠한 황량한 진료실에서 레베카는 잡지 한 권을 훔쳤다. 잡지 속에는 마저 읽고 싶은 이야기가 있었고, 레베카는 생각했다. 그냥 병원인데 뭐, 잡지 한 권이니까 뭐 대단한 일은 아니야.

평범하고 대머리가 되어가는 데다 몸까지 엉망인 남자 이야기였는데, 그는 매일 점심을 먹으러 집에 와서 아내와 식탁에 앉아 샌드위치를 먹으며 잔디 깎는 기계를 고쳐야 한다는 이야기 따위를 나눈다는 거였다. 그 이야기는 밤에 골목길을 걷다 문득 어느 집 창문을 바라보았을 때 잠옷을 입고 뛰어노는 아이와 그런 아이의 머리를 귀여운 듯 헝클어뜨리는 아버지를 발견했을 때와 같은 희망을 주었다.

그래서 간호사가 작은 유리창을 슥 열고 누군가의 이름을 불렀을 때, 레베카는 잡지를 말아 얼른 배낭 속에 집어넣었다. 나쁜 짓을 한다는 생각은 들지 않았다. 버스에 올라타서 이야기를 마저 읽을 수 있다고 생각하니 기분이 좋았다.

하지만 남자의 아내는 토요일마다 철물점이나 가고 매일 때가 되면 점심으로 샌드위치를 먹는 것 이상의 삶을 원했다. 이야기의 끝에서 아내는 짐을 싸서 떠나고 남자는 점심 먹으러 집에 오는 일을 그만두었다. 그래서 남자는 이제 점심시간이면 아무것도 먹지 않고 그냥 사무실에 남아 있었다. 레베카는 평소에 버스에서 뭔가를 읽는 편이 아니었기 때문에 다 읽고 나자 속이 메슥거렸다. 버스가 모퉁이를 돌자 잡지가 떨어져 레베카가 다시 주웠는데 남자 셔츠 광고 사진이 펼쳐졌다. 셔츠는 페인트공의 작업복처럼 생겼는데 가슴 부분에 주름이 잡혀 있고 소용돌이치는 모양이었다. 레베카는 잡지를 펼쳐 더 자세히 보았다. 버스에서 내렸을 때는 데이비드를 위해 이 셔츠를 주문하리라 결심했다.

"마음에 쏙 드실 거예요." 여자가 전화로 말했다. "손바느질에다가 저엉말 잘 만들었어요. 아주 예에쁜 셔츠예요." 수신자 부담 800 전화번호였는데, 주문 받는 여자는 느릿한 남부 억양이었다. 레베카는 그녀의 목소리가 창을 통해 반짝이는 마루로 햇살이 비쳐드는 텔레비전 세제 광고 같다고 생각했다.

"자, 그러니까." 여자가 말했다. "이 셔츠는 스몰, 미디움, 라지 사이즈로 나오거든요. 오, 잠깐만요. 잠시만 기다려주세요."

"네, 괜찮아요." 레베카가 말했다. 버스를 타고 집으로 올 때는 마치 젖어서 찰싹 붙어버린 풍선이 뱃속에 들어 있는 것처럼 느껴져서, 레베카는 전화를 목과 어깨 사이에 끼우고 메일락스* 숟가락을 집으려고 조리대 위로 팔을 뻗었다. 이 소화제는 굉장히 끈끈해서 아무 데나 들러붙는다. 메일락스를 먹고 난 숟가락은 유리잔에까지 흰 얼룩을 남겨서 식기세척기에 넣을 수가 없다. 데이비드가 '메일락스 숟가락'이라고 부르는 숟가락이 따로 있어서 개수대 곁 구석에 두었다. 레베카가 거기 서서 메일락스 숟가락을 빠는데, 아버지의 목소리가 머리에 들어왔다. 머릿속의 생각일 뿐이었지만 벨 소리처럼 선명했다. 난 물건을 훔치는 사

---

* 액상 소화제.

람은 아주 싫다, 아버지는 말했다.

아버지가 돌아가신 날, 레베카는 잡지에서 경찰의 살인 사건 수사를 도와주는 점쟁이에 대해 읽었다. 여자는 죽은 사람들의 생각을 읽는다고 했다. 사람이 죽은 후에도 생각이 있다는 것이다.

"죄송합니다." 수화기 너머 여자가 남부 억양으로 말했다.

"괜찮아요." 레베카가 말했다.

"그러면," 여자가 말을 이었다. "남편분이 어깨가 더 넓으신 편인가요, 아니면 허리둘레가 더 굵으신 편인가요?"

"남편이 아니에요." 레베카가 대답했다. "정확히 남편은 아니고요, 남자친구예요."

"아, 남자친구요, 물론이죠." 여자가 말을 했다. "그럼 남자친구분이 어깨가 넓으신 편인가요, 허리둘레가 굵으신 편인가요?"

"어깨요." 레베카가 말했다. "헬스클럽을 운영해서 늘 운동을 해요."

"알겠습니다." 여자가 받아 적는 듯 천천히 말했다. "그렇다면 라지 사이즈는 허리 부분이 너무 헐렁하지 않을까 싶은데요."

"저희는 결혼하게 될 거예요." 레베카가 말했다. "언젠가는요."

"아, 그럼요." 여자의 대답이었다. "정장은 어떤 사이즈를 입으시는데요? 그걸 알면 도움이 되겠어요."

"정장 입은 걸 한 번도 못 본 거 같아요."

"그럼 라지로 하지요." 여자가 제안했다.

"저, 원래 물건을 이렇게 사지 않거든요." 레베카가 말했다. "우편 배송 받는 거요. 온라인으로 뭘 사본 적도 없어요. 온라인 상으로는 신용카드 번호를 절대로 입력할 수 없어요."

"그러세요?" 여자가 물었다. "어떤 분들은 그러시고, 또 어떤 분들은 어떤 식으로든 물건을 주문하는 걸 안 좋아하시죠. 그냥 가게에서 쇼핑하는 걸 즐기고요. 저부터도 그래요."

"분실될 수도 있잖아요." 레베카가 말했다. "청구 담당 직원 하며 트럭 운전사들만 해도 얼마나 많아요. 그 많은 사람 중에 밤잠을 잘 못 잤거나 상사와 싸운 사람이 없으리란 법이 없잖아 요." 그녀는 말하면서 잡지를 뒤적이다가 이야기의 첫 페이지를 발견하고—남자가 아직 행복했던 때였다—그 장을 천천히 뜯 었다. 뒷주머니에 보관하는 라이터를 가지고, 레베카는 개수대 에서 이야기의 첫 페이지에 불을 붙였다.

"그렇게 생각한다면 그럴 수도 있겠네요." 여자가 유쾌하게 말했다. "하지만 배송은 저희가 보장합니다."

"오, 판매자분은 제가 믿어요." 레베카가 말했고, 진심이었 다. 여자의 목소리는 얼마나 근사한가. 레베카는 그녀에게 무슨 말이라도 할 수 있을 것만 같았다. "그냥 제가 그렇다는 말이에요." 레베카가 계속 말했다. "전 세계 모든 사람을 위해 세계지도에 핀을 하나씩 꽂는다 해도 저를 위한 핀은 없을 거라고 생각하는 편이거든요."

여자는 아무 말도 하지 않았다.

"그런 생각, 해본 적 있어요?" 레베카가 물었다. 그녀는 살아 있는 영혼 같은 작은 불꽃이 개수대에서 잠시 활활 타오르는 걸 보았다.

"아뇨. 해본 적 없어요." 여자가 말했다.

"오, 죄송해요." 레베카가 말했다.

"아, 죄송은요. 물어봐주셔서 감사하죠. 그럼 이렇게 하지요. 라지로 하고, 너무 크면 그냥 반송해주세요."

레베카가 개수대의 재를 물에 흘려 보냈다. "뭐 하나 물어봐도 돼요?"

"어, 그럼요." 여자의 대답이었다.

"혹시 사이언톨로지 교도세요?"

"제가요……?" 그리고 잠시 침묵. "아니요, 아니에요." 여자가 느긋한 남부 억양으로 대답했다.

"저도 아니에요. 그냥 사이언톨로지에 대한 기사를 우연히 읽었는데, 굉장히 이상하게 보이더라구요."

"사람에 따라 다르겠지요. 그러면……"

"전 늘 말이 너무 많아요." 레베카가 여자에게 설명했다. "남자친구가 저더러 그래요. 그래서 저는 두통까지 생겼고요."

"친절한 분을 상대하는 건 언제나 기분 좋은 일이죠." 여자가 말했다. "차가운 수건을 눈에 지그시 대고 있으면 도움이 될 거예요. 꾹 눌러줘도 괜찮답니다."

"감사합니다. 라지면 될 거 같아요." 레베카가 말했다.

"아, 물론 수건을 대곤 바로 누워야죠." 여자가 말했다. "수건을 먼저 냉동실에 넣었다가 쓰셔야 하고요."

레베카 브라운은 조합교회 목사 집안 출신이었다. 할아버지인 타일러 캐스키는 셜리 폴스의 큰 교회에서 신망받는 목사였고, 그의 첫 아내가 어린 딸 둘을 남기고 죽은 후 재혼해서 낳은 딸이 레베카의 어머니였다. 캐스키 목사가 재혼하여 레베카의 어머니를 낳았을 때, 목사의 다른 딸들은 이미 다 커서 레베카의 어머니에게 관심을 기울이지 않았다. 레베카의 어머니도 목사와 결혼하더니 갑자기 배우가 되겠다고 캘리포니아로 떠나고 말았다. 캐서린 고모가 레베카의 삶에 관여하기 시작한 것은 그때부터였다. "엄마가 돼가지고 그렇게 달아나다니, 상상도 못 할 일이다." 고모는 눈물을 그렁그렁 머금고 말했다. 하지만 상상도 못 할 일은 전혀 아니었다. 레베카의 어머니는 상상을 했고, 메인 주 크로스비의 작은 교회 목사인 레베카의 아버지 브라운이 법원에 양육권 소송을 냈을 때도 이의조차 제기하지 않았다. "이건 역겨운 짓이야." 캐서린 고모는 말했다. "네 아버지는 널 마누라처럼 의지하게 될 거야. 아빠가 곧 재혼하기만 바라자꾸나."

캐서린 고모는 치료를 많이 받았는데, 그런 고모 곁에 있을 때면 레베카는 신경이 곤두섰다. 어쨌든, 아버지는 재혼하지 않았고 레베카는 교회 소유의 쓸쓸한 집에서 자랐으며, 아이들이 사물을 알아가는 방식이 그렇듯 조용히, 비밀스럽게, 목사라 해도 아버지가 외할아버지와 같은 그런 목사는 아니었다는 걸 알게 되었다. "내 가슴이 찢어지는구나." 어느 날 캐서린 고모가 찾아와 그렇게 말했고, 레베카는 고모가 다시는 오지 말았으면 좋겠다고 생각했다. 가끔 캘리포니아에 있는 엄마로부터 엽서가 왔지만, 엄마가 사이언톨로지에 입교했다는 사실을 알고부터 캐서린 고모는 접촉을 삼가는 게 좋겠다고 말했다. 그건 어렵지 않았다. 엽서가 더는 오지 않았으니까.

레베카는 엄마의 마지막 주소인 타자나라는 마을로 편지를 숱하게 보냈다. 레베카는 반송용 주소는 쓰지 않았다. 편지가 반송되었을 때 아버지가 알게 되는 걸 바라지 않았기 때문이다. 아마 많은 편지가 되돌아왔을 것이다. 엄마의 주소는 사 년 전 것이었고, 레베카가 타자나와 인근 모든 마을의 전화번호 문의 서비스에 전화를 걸었을 땐 엄마의 이름은 등록되어 있지 않았다. 샬롯 브라운도, 샬롯 캐스키라는 이름도. 편지는 어디로 갔을까?

레베카는 도서관에 가서 사이언톨로지에 관해 읽었다. 사이언톨로지 교도들은 칠천오백만 년 전 핵폭발 후에 지구에 살았다고 믿는 외계인들, 즉 육신의 타이탄으로 이루어진 세상을 정화하려 한다. 그리고 교도들은 사이언톨로지에 대해 비판적인 가족들과 '절연'해야 한다고 했다. 바로 그 때문에 엄마가 레베카에게 더는 편지를 쓰지 않는 거였다. 어쩌면 레베카에게 편지를 쓰는 것이 '금지된 행위'여서 엄마는 교화를 위해 출두해야 했을지도 모른다. 한 신도에 대한 글도 읽었는데, 사이언톨로지 교도들은 적절한 교육과 기강만 있으면 사람들의 생각을 읽을 수 있다고 들었다고 했다. 절 데리러 오세요. 레베카는 엄마를 향해 간절히 신호를 보냈다. 제발 절 데리러 오세요. 나중에 레베카는 생각했다. 엿 먹어.

그리고 더는 사이언톨로지에 대해 읽지 않고 목사의 아내로 사는 삶에 대한 책을 읽기 시작했다. 목사 사모는 교인이 방문할 때를 대비해서 벽장에 후르츠칵테일 통조림 하나는 언제나 상비해놓고 있어야 한다. 물론 누가 찾아오는 일은 대단히 드물었지만.

고등학교를 졸업하고 두 시간 떨어진 곳의 대학을 다니게 되어 다른 곳에서 살게 되었을 때, 레베카는 마침내 이런 행운이 찾아온 것이 믿어지지 않아 차에 치이거나 해서 전신마비라도 되어 평생 목사관에 살게 되지나 않을까 걱정했다. 하지만 막상 대학에 들어가고 나니 가끔 아버지가 보고 싶어서 집에 혼자 있을 아버지 생각을 하지 않으려 애써야 했다. 사람들이 엄마에 대해 말할 때면 레베카는 자기 엄마는 "돌아가셨다"고 말했는데, 그러면 사람들은 불편해했다. 이 말을 하고 나면 레베카가 이 일에 대해서는 더 말하는 게 견디기 힘들다는 듯 고개를 숙였기 때문이다. 레베카는 어떻게 보면 그것도 맞는 말이라고 생각했다. 엄마가 '죽었다'고는 하지 않았고, 자기가 아는 한 죽었다는 말은 사실이 아니었으니까. 엄마는 (다른 세계로) 돌아 (하늘 높이 비행기를 타고) 가셨고, 레베카는 엄마 생각을 많이 하다가, 그후엔 아예 엄마 생각을 하지 않는 단계를 거쳤고, 이런 단계들에 꽤 익숙해졌다. 레베카의 주변 사람들 가운데 도망간 엄마와 연락이 끊긴 사람은 그녀 자신뿐이었고, 상황을 감안하면 자신의 이런 태도는 분명 자연스러운 거라고 생각했다.

레베카는 이런 생각이 자연스럽지 않다는 걸 아버지의 장례식에서야 알게 되었다. 누가 뭐래도 적어도 장례식 도중에는 아니었다. 교회 창문을 통해 햇살이 한 줄기 들어와 나무로 된 신도석을 비껴가더니 카펫을 비스듬히 비추었고, 그런 햇살을 보자 레베카는 누군가를 갈망하게 되었다. 당시 레베카는 열아홉 살이었는데, 대학에서 남자들에 대해 몇 가지를 알게 되었다. 장례 예배를 인도하던 목사는 아버지의 친구였다. 두 분은 수십 년 전에 신학교를 같이 다녔는데, 설교대에서 축원하는 손길을 내밀고 있는 그를 보면서 레베카는 저 목회 가운 밑으로 목사에게 어떤 일을 해줄 수 있을까 생각하게 되었다. 목사가 나중에 참회 기도를 해야 할 일을.

"고인의 영혼은 지금 우리와 함께 있습니다." 목사가 말하자 레베카는 소름이 돋았다. 죽은 사람의 생각을 읽는다는 점쟁이가 생각나더니, 아버지가 제 눈 바로 뒤에서 레베카의 상상 속의 광경을, 당신의 친구에게 하는 짓을 보고 있는 것만 같았다.

그러자 엄마 생각이 났다. 엄마도 어쩌면 사람들의 생각을 읽는 법을 배웠을지도 모르고, 지금 이 순간 레베카의 생각을 읽고 있는지도 모른다. 레베카는 기도하듯 눈을 감았다. 엿 먹어. 레베카는 엄마에게 말했다. 죄송해요. 아버지에게도 말했다. 눈을 뜨고 교회 안의 사람들을 바라보았다. 모두 마른 장작처럼 활기가 없어 보였다. 레베카는 숲에서 종이를 조금 쌓아놓고 불을 붙이

는 상상을 했다. 레베카는 언제나 조그만 불꽃이 확 일어나는 게
좋았다.

　"그건 뭐야, 레베카?" 데이비드가 물었다. 그는 바닥에 앉아
텔레비전에 리모컨을 겨냥하고 광고가 나올 때마다 채널을 돌렸
다. 머리 위 창유리에 텔레비전 화면이 비쳐 일렁거리며 춤을 추
었다.
　"치과 보조." 레베카가 탁자 쪽 자리에 앉아 말했다. 레베카는
펜으로 구인광고에 동그라미를 쳤다. "경험자 우대지만 필요하
면 교육도 시킨대."
　"아, 레베카." 데이비드가 텔레비전을 보며 말했다. "치과? 입
속을 들여다본다구?"
　다른 방도가 없었다. 일자리는 레베카에게 늘 골칫거리였다.
레베카가 좋아했던 일은 어느 해 여름 '드림빔 아이스크림 머신'
에서 일했던 경험뿐이었다. 매니저는 매일 오후 두시면 벌써 술
이 곤드레만드레 취해 종업원들이 아이스크림을 먹고 싶은 만큼
실컷 먹게 내버려두었다. 그들은 찾아오는 아이들에게 커다란
콘에 아이스크림을 퍼주곤 아이들의 눈이 둥그레지는 걸 지켜보
았다. "갠찮아아." 매니저는 아이스크림 냉동고 사이를 누비며

말하곤 했다. "씨바, 가게가 쫄딱 망해도, 난 전혀 상관없어."

데이비드와 같이 살기 직전에 레베카는 큰 로펌에서 비서로 일했다. 어떤 변호사들은 전화로 레베카를 불러 커피를 가져오라고 시켰다. 여자 변호사들도 마찬가지였다. 내게 싫다고 말할 권리가 있을까, 레베카는 늘 생각했다. 하지만 상관없었다. 몇 주도 되지 않아 회사에서는 레베카에게 한 여자를 보내 일하는 속도가 너무 느리다고 통보했다.

"레베카, 이거 하나만 기억해." 데이비드가 다시 채널을 돌리며 말했다.

"이런 일에선 자신감이 열쇠야."

"알았어." 레베카가 대꾸했다. 동그라미가 페이지의 거의 절반을 차지하도록 치과 보조 구인광고에 계속 표시를 했다.

"날 잡으면 당신들이 행운이라는 태도로 가."

"알았어."

"물론 위협적이어선 안 되지."

"알았어."

"그리고 상냥하되 말을 많이 하면 안 돼." 데이비드가 리모컨을 겨냥하자 텔레비전이 꺼졌다. 거실 한편이 어두워졌다. "가엾은 우리 레베카." 데이비드가 일어서서 레베카에게 다가오며 말했다. 그러고는 팔로 레베카의 목을 감싸 안더니 장난스럽게 조였다. "이런 꼴 안 보게 그냥 초원에 데리고 나가서 총으로 쏴줘야 하는 건데."

데이비드는 항상 바로 곯아떨어졌지만 레베카는 깬 상태로 누워 있는 경우가 많았다. 그날 밤은 일어나서 부엌으로 갔다. 창 너머로 보이는 거리에 술집이 하나 있었다. 시끄러운 곳이어서 주차장에서 나는 소리가 다 들렸지만 레베카는 바가 거기 있는 게 좋았다. 잠이 안 오는 밤이면 다른 사람들도 깨어 있다는 게 좋았다. 가만히 서서 잡지 속 이야기에 나왔던, 점심시간에 사무실에 혼자 앉아 있을, 머리가 벗어지던 평범한 남자를 생각했다. 그리고 머릿속에서 들리던 아버지의 목소리를 생각했다. 아버지가 언젠가 했던 말이 생각났다. 세상에는 여자 옆에 누우면 개와 똑같아지는 남자들이 있다고 했다. 엄마가 떠나고 몇 년 후, 엄마를 찾아가 같이 살겠다고 선언했던 일이 생각났다. 안 돼, 아버지는 읽던 책에서 눈도 들지 않고 말했다. 엄마는 널 포기했어. 내가 법정에 갔거든. 나한테 '단독 친권sole custody'이 있어.

오랫동안, 레베카는 '단독sole'의 철자가 s, o, u, l(영혼)인 줄 알았다.

경찰차가 주차장에 들어서는 걸 지켜보았다. 경찰 두 명이 나왔고, 경광등이 계속 번쩍이며 경광등 양 끝이 유리창 너머로 비쳐들었다. 개수대와 메일락스 숟가락까지 푸른 빛이 어른거렸다. 싸움이 난 모양이었다. 밤이면 바에서 싸움이 나는 때가 많았다. 레베카는 창가에 서서 지켜보며 제 얼굴에 작은 미소가 번져가는 걸 느꼈다. 그 기분은 얼마나 달콤할까. 완벽한 기쁨의 그 순간은. 술에 취해 정당한 듯 몸을 불끈 일으키며 첫번째 주먹을 날릴 때의 그 기분은.

"만져봐." 데이비드가 근육을 불끈거리며 말했다. "진짜로."

레베카가 시리얼 그릇 위로 몸을 기울이며 그의 팔을 만져보았다. 얼어붙은 땅바닥 같았다. "대단하다." 레베카가 말했다. 정말 대단해. 데이비드는 일어서서 반질반질한 토스터에 비친 자신의 모습을 보았다. 군중 앞에서 근육을 과시하는 권투선수처럼 두 팔을 같이 들어올려 힘을 주었다. 그런 다음 옆으로 돌아서서 제 옆모습을 비춰보았다. 그리고 고개를 끄덕였다. "괜찮군." 데이비드가 말했다. "나쁘지 않아."

레베카의 아버지는 집 안에 거울을 한 개만 달게 해서, 유일한 거울은 화장실 안에 건 것뿐이었다. 양치질이나 세수를 할 때가 아니면 거울을 봐서는 안 되었다. 허영은 죄악이었다. "네 엄마가 그 이단 종교에서 도망 나와 다른 이단 종교에 들어갔단다." 캐서린 고모가 말했다. "세상에, 이렇게 사는 목사 집안은 없을 거다." 그런데 레베카는 그렇게 살았다. 고모가 그만하길 바랐다. 그냥 가버리고 그런 말 좀 그만하길 바랐다. "와서 우리랑 살래?" 고모가 이렇게 물었을 때 레베카는 고개를 저었다. '영혼의 양육권'에 대해 말하고 싶진 않았다. 게다가 캐서린 고모는 레베카의 수학 선생만큼이나 레베카를 불안하게 했다. 키터리지 선생은 가끔 수업 중에 레베카를 빤히 쳐다보았다. 한번은 복도에서 레베카에게 말했다. "뭐든 나한테 말하고 싶은 게 있으면 해도 된다."

레베카는 대답하지 않고 책만 끼고 수학 선생 곁을 지나갔다.

"자, 그럼. 난 나간다." 데이비드가 운동가방의 지퍼를 닫으며 말했다.

"치과 보조 자리 번호 적었어?"

"응." 레베카가 말했다.

"행운을 빌어, 레베카." 데이비드가 말했다. 그는 냉장고로 가서 주스를 종이팩째로 마셨다. 그다음엔 열쇠를 집어들고 레베카에게 작별 인사를 했다. "명심해." 그가 상기시켰다. "자신 있게 해. 말 너무 많이 하지 말고."

"응. 그럴게." 레베카가 고개를 끄덕이며 말했다. "안녕." 레베카는 더러운 시리얼 그릇을 마주하고 식탁에 앉자 말하고 싶은 충동이 솟구쳤다. 이런 충동은 아버지가 죽은 후에 생기더니 사라지지 않았다. 그건 정말로 몸의 욕구였다. 사람들이 담배를 끊듯·레베카는 그 욕구를 끊고 싶었다.

아버지에게는 규칙이 하나 있었다. 식사 중에는 말을 하면 안 되었다. 매일 저녁 사택 식당에는 둘뿐이었으니 생각해보면 이상한 규칙이었다. 아프거나 죽어가는 사람들을 심방하고 오면 저녁에는 피곤해서—작은 마을이었지만 아픈 사람은 언제나 있었고 죽어가는 사람도 꽤 자주 있었다—쉴 수 있게끔 조용하길 바랐기 때문이었는지도 모른다. 어쨌든, 두 사람은 저녁마다 그 자리에 앉았고, 들리는 소리라곤 포크와 나이프가 접시에 부딪는 소리나 물잔을 식탁에 내려놓는 소리뿐이었다. 그리고 두 사람이 음식을 우물거리는 나지막하고 너무나 사적인 소리. 때로 고개를 들었을 때 아버지 턱에 음식이 묻어 있으면 레베카는 음식을 삼키지 못하기도 했고 아버지에 대한 애정이 갑자기 샘솟기도 했다. 하지만 다른 때는, 특히 나이가 더 먹으면서 레베카는 아버지가 버터를 많이 쓰는 걸 보고 기뻐했다. 레베카는 버터가 아버지를 끝장낼 거라고 생각하며 아버지의 버터 사랑에 기대를 걸었다.

레베카는 이제 일어서서 시리얼 그릇을 씻었다. 그런 다음 싱크대를 닦고 의자를 정돈했다. 위에서 뜨거운 것이 찌르는 듯 느껴져 메일락스 병과 메일락스 숟가락을 들고 병을 흔드는데, 데이비드가 몸을 숙이며 말을 너무 많이 하지 말라던 모습이 떠오르면서 라지는 너무 크리라는 생각이 들었다.

"전혀 문제없어요." 여자는 말했다. "주문하신 상품이 벌써 배송되었는지 확인해볼게요." 손가락으로 긁어내는데도 숟가락에는 말라붙은 메일락스가 떨어지지 않고 남아 있다. 레베카는 숟가락을 조리대에 내려놓았다. "다른 분하고 통화될지도 모른다고 생각했어요." 레베카가 말했다. "와, 그런데 꽤 작은 회사인가봐요." 대답이 없었다. "아, 작아서 나쁘다는 건 아니구요." 레베카가 잡지에서 이야기가 담긴 두 페이지를 찢으며 말했다. 여전히 대답이 없자 레베카는 그제야 통화 대기 중이라는 사실을 깨달았다. 레베카는 종이에 불이 붙어 타오르는 걸 보았다. 마음속에서 불안한 스릴이 느껴졌다. 레베카는 손을 수도꼭지에 대고 기다렸지만, 불꽃은 잦아들었다.

"신경 쓰지 마세요." 수화기 너머로 여자가 돌아왔다. "벌써 배송이 되었다네요. 너무 크면 그냥 반송하세요. 그럼 저희가 미디엄 사이즈로 보낼게요. 그런데 머리 아픈 건 좀 어떠세요?"

"그걸 기억하세요?" 레베카가 물었다.

"아, 그럼요. 기억하죠." 여자가 말했다.

"오늘은 머리 안 아파요." 레베카가 대답했다. "하지만 문제가 있어요. 일자리를 구해야 해요."

"직장이 없으세요?" 여자가 예의 다정한 남부 사투리로 물었다.

"없어요, 구해야 해요."

"네, 그럼요. 직장은 중요하죠. 어떤 일을 찾으세요?"

"스트레스가 적은 일이요." 레베카가 대답했다. "제가 게으르거나 한 건 아니고요." 레베카가 말을 이었다. "음, 어쩌면 게으른지도 모르겠어요."

"그런 말씀 마세요." 여자가 말했다. "분명 그렇지 않을 거예요."

참으로 다정다감한 여인이었다. 레베카는 이야기에 나오는 남자에 대해 생각했다. 그 남자가 이런 여자를 만나야 하는데.

"감사합니다. 정말 친절하세요." 레베카가 말했다.

"자 그럼, 너무 크면 반송해주세요. 문제없어요." 여자가 안심시켰다. "전혀 문제가 안 됩니다."

레베카에게 제일 슬펐던 일은 아버지의 죽음이 아니었다. 엄마의 부재도 아니었다. 가장 슬펐던 일은 대학에서 사랑에 빠졌던 제이스 버크에게 차인 일이었다. 제이스는 피아노 연주자였는데, 아버지가 무슨 회의에 가고 없었을 때 레베카는 제이스를 크로스비에 데려와 묵게 했다. 제이스는 목사관을 둘러보고 말했다. "오, 여긴 좀 희한하다." 제이스는 레베카의 어두운 과거를 지우는 듯한 다정한 눈길로 그녀를 바라보았다. 나중에 둘이 '웨어하우스 바&그릴'에 갔는데 살짝 맛이 간 앤절라 오미라가 여전히 바에서 피아노를 쳤다. "와, 저 여자 잘하는데." 제이스가 말했다.

"우리 아버지가 저 아주머니한테 언제고 교회에 와서 피아노를 치게 해주었어. 저 사람은 피아노가 없거든." 레베카가 설명했다. "한 번도 피아노를 가져본 적이 없어."

"대단한데." 제이스가 나지막한 소리로 거듭 말하자, 레베카는 그때 아버지에 대한 기분 좋은 따스함을 느꼈다. 가련한 반술주정뱅이 앤절라의 (레베카는 결코 알지 못했던) 재능을 아버지가 알아본 것만 같았다. 떠나면서 제이스는 앤절라의 팁 그릇에 이십 달러짜리 지폐를 찔러 넣었다. 앤절라는 그들을 향해 키스를 보내며 그들이 나갈 때 〈Hello, Young Lovers〉를 연주했다.

제이스는 대학을 그만두고 나서 보스턴 전역의 바에서 피아노를 연주했다. 때로는 두터운 카펫과 가죽 의자가 있는 고급 바에서 연주하기도 했고, 때로는 제이스의 사진을 담은 포스터가 바 외부에 걸리기도 했다. 하지만 운이 나빠서 돈을 벌기 위해 스트립쇼 극장에서 전자오르간을 연주해야 할 때도 많았다.

레베카는 주말마다 그레이하운드를 타고 가, 포크와 나이프를 넣어두는 서랍에 바퀴벌레가 득실거리는 제이스의 더러운 아파트에서 그와 함께 머물렀다. 레베카는 일요일 저녁에 돌아와선 아버지에게 얼마나 공부를 열심히 했는지 말하곤 했다. 나중에, 데이비드와 살게 되었을 때 레베카는 이따금씩 제이스와 보냈던 주말들을 추억했다. 피부에 닿던 더러운 침대 시트, 제이스의 아파트에 있던 철제 의자의 감촉, 창틀에 때가 잔뜩 낀 열린 창가에서 그 의자에 알몸으로 앉아 잉글리시 머핀을 먹던 일. 욕실의 더러운 세면대 앞에 서 있으면 제이스가 뒤에서 역시 벗은 몸으로 안아주며 거울에 비친 자신들의 모습을 바라보던 일을 추억했다. 레베카의 머릿속에 아버지의 목소리는 없었다. 행실이 개 같은 남자들에 대한 생각은 없었다. 모든 게 너무 쉬웠다.

어느 밤, 욕조에 앉아 있는데 제이스가 금발머리 여자를 만났다고 말했다. 레베카는 손수건을 손에 들고 앉아 욕조 가장자리의 금이 간 누수방지 고무와 그 틈새로 끼어들어간 때를 노려보았다. 살다보면 이런 일이 일어나지, 제이스가 말했다.

그 주에 아버지가 전화를 했다. 지금도 레베카는 아버지의 심장에 무슨 문제가 있었는지 정확히 이해할 수 없었다. 아버지는 정확히 말하지 않았다. 의사가 할 수 있는 일이 없다고만 했다. "하지만 아빠, 의사들이 할 수 있는 일이 왜 없어요?" 레베카가 물었다. "온갖 심장수술이며 그런 게 많은데요."

"내 심장은 안 된대." 대답하는 아버지의 목소리에 두려움이 묻어 있었다. 그 두려움에 대해 레베카는 생각했다. 수십 년 동안 설교해온 것들을 아버지는 믿지 못하는 게 아닐까. 하지만 아버지의 목소리에서 두려움을 읽었어도, 레베카 자신 역시 두려웠어도, 레베카에게 최악의 일은 제이스와 금발 여자라는 걸 그녀는 알았다.

"어?" 데이비드가 말했다. "손수건이 왜 냉동실에 들어 있지?"

"면접에서 떨어졌어." 레베카가 말했다.

"떨어져?" 데이비드가 냉동실 문을 닫았다. "좀 놀라운데. 될 줄 알았어. 거기선 뭘 원하는데? 박사 학위?" 데이비드가 조리대에 있던 빵의 끝을 뜯어 스파게티 소스를 찍었다. "불쌍한 우리 레베카." 그가 말하며 고개를 저었다.

"전에 대장조영검사를 한 적이 있다는 얘길 해서 그런가봐." 레베카가 어깨를 으쓱하며 말했다. 레베카는 스파게티가 끓어 넘치지 않도록 불을 줄였다. "말을 많이 했어." 레베카가 인정했다. "너무 많이 했나봐."

데이비드는 식탁에 앉아 레베카를 건너다보았다. "그러니까 말을 많이 하는 건 좋은 생각이 아니라니까. 레베카, 아무도 자기한테 말해준 사람이 없었나본데, 사람들은 다른 사람의 대장 조영검사 따위에 대해 듣고 싶어하지 않거든."

레베카는 냉동고에서 손수건을 꺼냈다. 손수건을 길게 접어 눈에 대고 데이비드의 맞은편에 앉았다. "하지만 과거에 했다면," 레베카가 말했다. "별로 상관할 거 같지 않은데."

데이비드는 대꾸하지 않았다.

"물론 치과 의사는 해본 적 없는 거 같았어." 레베카가 덧붙였다.

"하." 데이비드의 반응이었다. "대체 어떻게 그 얘기가 나온 건데? 어떻게 그 주제가 나왔는지 그거나 좀 물어보자. 차라리 이에 대해서 말하는 게 더 말이 되지 않아?"

"이에 대해서는 이미 얘기를 다 했지." 레베카가 손수건을 눌렀다. "왜 내가 그 일을 원하는지 얘기하던 참이었어. 흰 옷을 입은 보조원들이 겁먹은 사람들한테 친절한 게 얼마나 중요한지."

"알았어, 알았다구." 데이비드의 말이었다. 레베카는 손수건을 떼고 한쪽 눈으로 그를 바라보았다. "내일은 일자리를 구할 수 있을 거야." 데이비드가 말했다.

그리고 실제로 그랬다. 오거스타에서 늘 인상을 찡그린 채 '부탁이에요'라고 말하는 법이 없는 뚱뚱한 남자를 위해 교통 보고서를 입력하는 일자리를 얻었다. 남자는 메인 주 안팎의 여러 도시의 교통 흐름을 조사해서 각 도시에서 경사로와 가로등 건설 지점을 정하는 데 참고할 수 있도록 돕는 기관의 장이었다. 레베카는 교통량을 연구하는 일을 하는 사람이 있다고는 생각지 못했기에 첫날은 재미있었지만 오후가 되자 더는 흥미롭지 않았고, 몇 주가 지나자 아무래도 이 일을 그만두게 되리라는 걸 알았다. 어느 오후, 타자를 치고 있는데 손이 떨리기 시작했다. 다른 손을 들자 그 손도 떨렸다. 제이스가 금발 여자에 대해 말하던 그날 그레이하운드에서 느꼈던 바로 그런 기분이었다. 그때 레베카는 거듭 뇌까렸다. "내 인생이 이럴 순 없어." 그런데 생각해보면 레베카는 거의 평생 언제나 같은 생각을 했다는 걸 깨달았다. "내 인생이 이럴 순 없어."

로비의 우편함에 갈색 봉투가 들어 있었다. 수취인은 레베카였다. 셔츠가 켄터키 주에서 메인 주까지 건너왔다. 레베카가 셔츠를 아파트까지 가지고 올라가 봉투 위쪽의 탭을 뜯는데 봉투 안의 회색 완충재가 테이블 위로 쏟아졌다. 여자의 말이 맞았다. 아주 예쁜 셔츠였다. 레베카는 셔츠를 소파에 펼쳐놓고 소매를 쿠션 위에 펼쳐 정돈한 다음 뒤로 물러나서 바라보았다. 데이비드가 입을 만한 옷은 아니었다. 데이비드는 평생 이런 옷은 입지 않을 것이다. 이 셔츠는 제이스에게 어울리는 것이었다.

"이런 일도 가끔 있어요." 여자가 명랑하게 말했다. "그냥 다시 보내주세요."

"그럴게요." 레베카가 말했다.

"풀이 죽은 것 같네요. 하지만 돈은 돌려받으실 거예요. 몇 주 걸리겠지만 환불 받으실 거예요."

"알겠습니다." 레베카가 다시 말했다.

"천만에요, 고객님. 전혀 문제없어요."

다음 날, 레베카는 병원에서 뭔가 훔칠 게 없나 주위를 둘러보았다. 잡지 말고는 별로 없었다. 마치 일부러 그렇게 해놓은 듯, 옷걸이마저도 고정된 것이었다. 하지만 창턱에 작은 유리 꽃병이 있었다. 바닥 쪽에 갈색 얼룩이 희미하게 남아 있는, 평범하고 밋밋한 꽃병이었다.

"들어오세요." 간호사가 말했다. 레베카는 간호사를 따라 복도를 지나 진료실로 들어갔다. 혈압을 재기 위해 소매를 걷어올렸다. "배는 어때요?" 간호사가 묻더니 차트를 흘끗 보았다.

"괜찮아요." 레베카가 말했다. "아니, 실은 안 괜찮아요. 메일락스가 효과가 없어요."

간호사가 레베카의 팔에서 혈압계의 접착포를 떼었다. "선생님한테 얘기하세요." 간호사가 말했다.

하지만 의사는 레베카에게 짜증이 나 있었다. 레베카는 즉시 알아챌 수 있었다. 의사는 흰 가운을 입은 가슴 위로 팔짱을 끼고 입술을 꼭 다물곤 눈도 깜빡이지 않고 레베카를 바라보았다.

"아직도 아파요." 레베카가 말했다. "그리고……"

"그리고 뭐요?"

원래는 손이 떨린다고도, 뭔가 심하게 잘못된 거 같다는 이야기도 할 셈이었다. "그리고 왜 아직도 아픈지가 궁금하더라구요." 레베카는 발을 내려다보았다.

"레베카, 내시경도 다 해보고, 혈액검사도 했어요. 아무 이상이 없다는 걸 받아들이셔야 합니다. 그냥 위가 좀 예민할 뿐이에요. 다른 사람들도 많이 그래요."

다시 대기실로 돌아온 레베카는 외투를 입고 창 가까이에 서서 밖을 내다보았다. 아래층 주차장에 관심이 있는 것처럼. 잠시, 머리도 아프지 않고 배도 아프지 않았다. 깨끗한 물처럼 맑은 스릴뿐, 레베카의 몸속에는 다른 어떤 것도 없었다. 마치 그녀의 라이터가 일으킨 순수한 불꽃이 된 것처럼. 가까이에서 한 남자가 잡지를 읽었고, 한 여자가 줄로 손톱을 다듬고 있었다.

레베카는 꽃병을 배낭에 집어넣고 병원을 나섰다.

　그날 밤, 그들은 바닥에 앉아 텔레비전에서 옛날 영화를 보았다. 창문 너머로 들여다본 사람이라면 여느 평범한 커플처럼 레베카가 소파에 기대앉아 있고, 데이비드가 탄산수 병을 들고 레베카 곁에 앉아 있는 모습을 보았을 것이다.

　"어릴 때 가게 같은 데서 물건 훔치는 거 한 번도 안 해봤는데." 레베카가 말했다.

　"난 해봤어." 데이비드가 영화에서 눈을 떼지 않고 말했다. "내가 일하던 드러그스토어에서 시계를 훔친 적이 있어. 그거 말고도 많은 걸 훔쳤지."

　"난 한 번도 해본 적 없는데, 들킬까봐." 레베카가 말했다. "잘못된 일이어서 안 한 게 아니고. 내 말은, 잘못된 일인 건 맞지만 내가 안 한 이유는 그 때문은 아니야."

　"난 엄마 생일 선물까지 훔쳤는데." 데이비드가 대꾸하더니 킬킬 웃었다. "무슨 액세서리였어."

　"애들은 대부분 한 번씩은 하는 것 같아." 레베카가 말했다. "내 생각에 말야, 모르긴 해도. 어릴 때 난 다른 애들 집에 가본 적이 없었고, 다른 애들도 우리집에 부르지 않았어." 데이비드는 아무 말 하지 않았다. "아버지가 보기에 안 좋다고 해서." 레베카가 설명했다. "목사의 자식들이 누구와 특별히 친한 표시를 내는 게 안 좋다고. 특히 그렇게 작은 마을에서는."

데이비드는 계속 텔레비전만 봤다. "그건 심했다." 그의 말이었다. "이것 좀 봐. 이 부분 진짜 굉장해. 남자가 보트의 프로펠러에 토막이 나거든."

레베카는 창 너머 어둠을 응시했다. "그러다가 9학년이 됐는데," 레베카가 다시 입을 열었다. "아버지가 교회에서 우리집 도우미 아줌마한테 드는 비용을 더는 지출하지 않는 게 좋겠다고 해서 그다음부턴 내가 요리를 했어. 나는 아빠한테 버터로 범벅을 한 특별식을 만들어줬지. 후우." 그녀의 말이었다.

데이비드가 괴성을 질렀다. "저기, 지금! 우웩!"

"법적으로 따지면 난 분명 범죄자일 거야."

"뭐라고, 레베카?" 데이비드가 말했다. 하지만 레베카는 다시 말하지 않았다. 데이비드가 레베카의 발을 토닥였다. "앞으로 우리 애들은 다르게 키우면 되잖아. 걱정 마."

레베카는 여전히 대꾸하지 않았다.

"굉장한 영화야." 데이비드가 레베카의 다리에 기대앉으며 말했다.

"이것 좀 봐. 이제 놈들이 저 고양이의 머리를 자른다니까."

바에 무슨 일이 생긴 모양이었다. 경찰차 세 대가 주차장에 서더니 경찰들이 안으로 들어가 있는 동안 경광등이 계속 번쩍였다. 레베카는 부엌 창문 곁에서 기다렸다. 팽팽 돌아가는 경광등 불빛이 레베카의 팔과 부엌 바닥에 비쳤다. 경찰 두 사람이 한 남자를 양쪽에서 붙들고 바에서 나왔다. 남자는 손을 뒤로 한 채였다. 경찰들이 남자를 경찰차 한 대에 몸을 대고 서게 한 다음, 경찰 하나가 남자에게 말했다. "피의자는 묵비권을 행사할 권리가 있다. 피의자의 모든 발언은 법정에서 불리하게 적용될 수 있다." 경찰의 목소리는 친절하지도 불친절하지도 않고 그냥 침착하고 명확했다. "피의자는 변호사를 선임할 권리가 있으며, 변호사를 선임할 형편이 되지 않으면 정부에 변호사 선임을 요구할 권리가 있다." 마치 시를 읊는 듯했다. 성경을 올바로 낭독하는 걸 들으면 시 같듯이.

다른 경찰이 술집에서 나오고, 그들이 금세 남자를 뒷좌석에 태우더니 경찰차 세 대가 모두 빠져나갔다. 경광등이 비쳐들지 않는 부엌은 어두웠지만 싱크대 구석에 있는 메일락스 숟가락은 알아볼 수 있었다. 하얀 약이 점점이 묻어 있었다. 오랫동안, 레베카는 어둠 속에서 부엌 식탁을 마주하고 앉아 있었다. 병원과,

병원으로 가는 버스를 그려보았다. 메이지 밀스에서는 밤에 다니는 버스가 없었다. 걸으면 거의 삼십 분은 걸릴 거라고 레베카는 생각했다. 언젠가 제이스가 그녀에게 말했다. 해결책을 생각해낼 수 없으면 생각을 지켜볼 게 아니라, 행동을 지켜봐야 한다고.

레베카는 개수대 밑에서 바비큐 라이터를 꺼내 배낭에 집어넣는 자신을 지켜보았다. 속옷 서랍에서 엄마로부터 온 오래된 엽서들을 조용히 꺼내는 자신을 지켜보았다. 부엌에서 엽서를 반으로 찢었다. 엽서를 찢을 때 레베카에게서 조용한 신음이 흘러나왔다. 그녀는 찢은 엽서를 배낭에 넣었다. 그러고는 데이비드를 위해 산 셔츠를 가방에 집어넣고, 그 광고가 들어 있던 잡지도 넣었다. 그리고 담배 라이터를 외투 주머니에 찔러 넣었다.

복도를 조심스럽게 걸어 내려오는데 머릿속에서 아까 들은 말이 되풀이되었다. 묵비권을 행사할 권리가 있다. 권리가 있다, 권리가 있다, 권리가 있다.

체포되어도 좋으리라. 그들이 그렇게 말해준다면.

강

그 전날, 올리브는 도서관 주차장에서 후진하다 그를 거의 들이받을 뻔했다. 그는 소리는 지르지 않았지만 다가오는 차를 물리치려 했는지, 혹은 그저 놀라서였는지 한 팔을 들어올렸다. 어쨌든, 올리브는 제때 브레이크를 밟았고, 잭 케니슨은 올리브를 보지 않고 그저 제 차로 다가갈 뿐이었다. 몇 미터 떨어진 곳에 세워놓은, 번쩍이는 작고 빨간 차였다.

재수 없는 영감탱이, 올리브는 생각했다. 그는 배가 불룩하고 키가 크고 등이 굽은 남자였는데, (올리브의 생각에는) 고개를 뻣뻣하게 내밀고 사람들을 쳐다보지 않는 태도에 어쩐지 오만한 데가 있었다. 그는 하버드를 나왔고—프린스턴인지 나부랭인지 올리브는 기억나지 않는 어떤 대학에서 가르치면서—뉴저지에 살았던 적이 있으며, 수년 전에 은퇴하여 아내와 함께 이곳 메인 주 크로스비의 조그만 들판 끝자락에 지은 집으로 이사해 왔다. 당시 올리브는 남편에게 말했다. "멍청하긴, 그 많은 돈을 들여서 바닷가도 아닌 데에다 집을 짓다니." 헨리도 같은 생각이 었다. 잭 케니슨이 하버드를 나왔다는 걸 올리브가 아는 까닭은 그가 모두에게 그리 떠들고 다닌다고 마리나 카페의 여종업원이 올리브에게 말해줬기 때문이었다.

"역겹군." 헨리가 정말로 혐오하며 말했었다. 그들은 케니슨 부부와 한 번도 말을 섞은 적이 없었다. 시내에서 그들을 지나치 거나 마리나에 아침을 먹으러 갔다가 그들을 본 적이 있을 뿐이 었다. 헨리는 언제나 "안녕하세요"라고 인사했고, 그러면 케니 슨 부인 역시 말했다. "안녕하세요?" 케니슨 부인은 금세 살짝 미소를 띠던, 체구가 작은 여자였다.

"남편이 본데없어서 여자가 평생 뒤치다꺼리하며 살았겠구 만." 올리브가 말하자 헨리가 고개를 끄덕였다. 헨리는 여름 휴 양철에 다니러 오는 철새족이나, 석양의 햇살을 받으며 여생을 마감하러 해안으로 살러 오는 은퇴족에 대해서는 늘 시선이 곱 지 않았다. 이런 사람들은 돈이 많은 편이었고, 거슬리게도 뭐든 자기들에게 당연한 권리가 있다고 생각하는 경우가 많았다. 예 를 들면, 한 남자는 차갑고 무관심하다며 이곳 토박이들을 비아

냥거리는 글을 지역신문에 실을 만큼 스스로 그럴 권리가 있다고 생각했다. 또 어떤 여자는 마리나에 있는 무디네 가게에서 남편에게 이런 말을 하기도 했다고 한다. "메인 주 사람들은 어째다 뚱뚱하고, 덜떨어져 보여?" 이 말을 전한 사람에 따르면 그 여자는 뉴욕 출신의 유태인이었으니, 그 점도 무시할 수 없었다. 지금도 뉴욕 출신 유태인한테 모욕당하느니 차라리 무슬림 가정의 이웃이 되는 게 낫다고 생각하는 사람들이 있었다. 잭 케니슨은 무슬림도 유태인도 아니었지만 토박이도 아니었고, 오만해 보였다.

케니슨 부부에게는 오리건에 사는 레즈비언 딸이 있는데, 그런 딸을 아버지는 용납하지 않는다는 말을 마리나 카페의 여종업원한테 듣자 헨리는 말했다. "오, 그건 잘못이야. 자식은 어찌됐든 받아들여야지."

물론 헨리는 이런 시험을 받은 적이 없었다. 크리스토퍼는 게이가 아니었으니까. 헨리는 아들의 이혼을 목격하도록 오래 살았다. 하지만 곧 심한 뇌졸중이 온 후로—올리브는 아들의 이혼이 헨리의 뇌졸중을 유발하지 않았다고는 결코 확신할 수 없었다—헨리는 거의 전신이 마비된 채 여생을 보냈고, 크리스토퍼가 재혼했을 때는 지각이 없었다. 그리고 크리스토퍼의 아기가 태어나기 전에 요양원에서 죽었다.

일 년 반이 지난 지금도 이런 생각이 올리브를 짓눌러 그녀는 진공포장된 커피 봉지 같은 기분을 느꼈다. 차 앞유리 너머로 새벽빛이 비쳐드는 동안 올리브는 몸을 앞으로 바짝 붙여 운전대를 꽉 잡았다. 그녀는 아직 어두울 때 집을 나섰고—자주 그랬다—가로수가 늘어선 구불구불한 도로를 타고 이십여 분 걸려 시내로 들어서는 동안 날이 밝아왔다. 매일 아침이 똑같았다. 오랫동안 운전을 하고 던킨 도너츠에 들르면, 그곳엔 올리브가 커피에 우유를 추가로 넣는 걸 좋아하는 줄 아는 필리핀계 여종업원이 있었다. 그런 다음 올리브는 신문과 고리 모양 도넛을 들고—올리브는 언제나 세 개를 주문했지만 여종업원은 늘 하나를 더 넣어주었다—차에 타서 신문을 읽었고, 도넛 약간을 뒷좌석의 개에게 주었다. 올리브는 여섯시면 강변을 걸어도 좋을 만큼 안전하다고 생각했다. 물론 포장 산책로에서 무슨 일이 있었다는 소식은 한 번도 들은 적이 없었다. 아침 여섯시에는 대개 노인들뿐이었고, 1마일 넘게 걷도록 아무도 마주치지 않는 경우도 많았다.

올리브는 자갈을 깐 주차장에 차를 댄 뒤 트렁크에서 운동화를 꺼내 신고 걷기 시작했다. 하루 중에서 최고의 시간이자, 유일하게 견딜 만한 시간이었다. 한쪽 방향으로 3마일, 돌아오면서 3마일. 유일한 걱정은 매일 운동을 해서 더 오래 살게 되면 어찌나 하는 거였다. 죽을 땐 제발 숨이 금세 끊어졌으면, 그녀는 생각했다. 사실 이런 생각을 하루에도 몇 번이나 했다.

올리브가 눈을 가늘게 떴다. 1마일 지점의 석조 벤치에서 멀지 않은 산책로 바닥에 사람이 웅크리고 있었다. 올리브는 걸음을 멈추었다. 노인이었는데—조심스럽게 다가가는데 그 정도는 알아볼 수 있었다—머리가 벗어지고 배가 불룩했다. 에그머니나. 올리브는 더 잰 걸음으로 걸었다. 잭 케니슨이 옆으로 누워 무릎을 구부리고, 거의 낮잠을 자려는 듯 누워 있었다. 올리브가 몸을 숙이니 그가 눈을 뜨고 있는 게 보였다. 그의 눈은 아주 파랬다.

"당신 죽었소?" 올리브가 큰 소리로 물었다.

그의 눈이 움직이며 올리브의 눈과 마주쳤다. "안 죽은 거 같소." 그가 말했다.

올리브는 그의 가슴과 엘엘빈 상표 재킷 아래로 비어져 나온 커다란 배를 내려다보았다. 주변에는 아무도 보이지 않았다. "칼 맞았소? 아니면 총?" 올리브가 그에게 더 가까이 몸을 숙였다.

"아니오." 그가 말하더니 덧붙였다. "내 기억으론 아니오."

"움직일 수 있어요?"

"모르겠소. 아직 시도를 안 해봐서." 하지만 그의 거대한 배는 천천히 오르락내리락했다.

"그럼 시도해봐요." 올리브가 운동화로 그의 운동화를 건드렸다. "이 발을 움직여보셔."

다리가 움직였다.

"잘했수." 올리브가 말했다. "팔도 움직여봐요."

남자의 팔이 천천히 배 위로 올라왔다.

"난 그 휴대전화인지 그게 없는데." 올리브가 말했다. "아들이 나한테 하나 사준다고 하고선 아직 안 사줬어요. 내 차로 가서 사람을 불러올게요."

"그러지 말아요." 잭 케니슨이 말했다. "날 혼자 두지 말아요."

올리브가 어정쩡하게 일어섰다. 차는 1마일도 더 떨어진 곳에 있었다. 그녀는 누워 있는 잭을 멀거니 바라보았다. 그의 파란 눈이 올리브를 지켜보고 있었다. "어떻게 된 거예요?" 그녀가 물었다.

"모르겠소."

"그럼 의사한테 가봐야지."

"알겠소."

"아, 그리고 난 올리브 키터리지예요. 우리가 서로 정식으로 만난 적은 없지요, 아마. 일어날 수 없다면 내가 가서 의사를 데려와야 할 거 같은데. 나도 의사는 싫어요. 하지만 그렇게 누워 있을 수는 없잖우." 올리브의 말이었다. "그러다 죽을 수도 있는데."

"상관없어요." 그가 말했다. 그의 눈에 작은 미소가 어렸다.

"뭐라구요?" 올리브가 그에게로 한참 몸을 숙이며 큰 소리로 물었다.

"죽어도 상관하지 않는다구요. 그냥 날 여기 버려두지만 말아요." 남자가 말했다.

올리브는 가까운 벤치에 앉았다. 강은 잔잔해서 움직이지 않는 것만 같았다. 올리브가 다시 잭에게 몸을 숙였다. "추워요?" 그녀가 물었다.

"아니, 안 추워요."

"날이 쌀쌀한데." 걷다가 멈추니 올리브는 추웠다. "아파요?"

"아니요."

"심장이 어떻게 된 거 같아요?"

"모르겠소." 그가 몸을 부스스 움직이기 시작했다. 올리브가 일어서서 한 손을 그의 팔 밑에 넣어봤지만 잭은 너무 무거워서 좀체 일으킬 수 없었다. 한참 씨름한 끝에, 잭이 가까스로 혼자서 몸을 일으키곤 벤치에 걸터앉았다.

"됐구려." 올리브가 그의 곁에 앉으며 말했다. "이러면 좀 낫지요. 누군가 전화기가 있는 사람이 올 때까지 기다립시다." 그러곤 올리브가 갑자기 덧붙였다. "나도 마찬가지예요. 죽어도 상관없어요. 실은 죽었으면 좋겠어요. 오래 걸리지만 않는다면."

그가 올리브를 향해 숱이 없는 머리를 돌리고 그 파란 눈으로 피로한 듯 올리브를 들여다보았다. "난 혼자 죽고 싶지 않아요."

"망할. 우린 늘 혼자예요. 혼자 태어나서, 혼자 죽지. 혼자 죽은들 뭐가 다르담? 우리 불쌍한 영감처럼 요양원에서 몇 년이나 시들어가지 않는다면야. 난 그게 겁나요." 올리브가 스웨터 자락을 만지작대다 손으로 꽉 움켜쥐었다. 올리브가 조심스럽게 고개를 돌려 그를 바라보았다. "안색은 괜찮아 보이는데. 무슨 일이었는지 도통 몰라요?"

잭 케니슨은 강을 바라보았다. "걷는 중이었어요. 벤치를 보니까 피로가 몰려오더군요. 요즘 잠을 잘 못 자요. 그래서 앉았는데 어지러운 거요. 머리를 다리 사이에 기댔는데, 그다음에 보니 내가 바닥에 누워 있고 웬 여자가 나한테 꽥꽥대는 거요. '당신 죽었소?' 하고."

올리브의 얼굴이 달아올랐다. "분명 죽은 건 아니군." 올리브가 말했다. "걸을 수 있겠어요?"

"조금만 더 있다가 해볼게요. 지금은 잠시 앉아 있고 싶어요."

올리브가 그를 홀깃 쳐다보았다. 그는 울고 있었다. 올리브는 시선을 다른 데로 돌렸는데 곁눈질로 보니 그가 주머니로 손을 뻗었고, 이내 코를 팽 푸는 소리가 들렸다. 경적 소리처럼 시끄럽게.

"아내가 12월에 죽었어요." 그가 말했다.

올리브는 강만 바라보았다. "그럼 댁도 지옥이겠구려." 그녀가 말했다.

"지옥이죠."

올리브는 병원 대기실에서 잡지를 읽으며 앉아 있었다. 한 시간 후, 간호사가 나와 말했다. "어르신이 너무 오래 기다리신다고 케니슨 씨가 걱정하시네요."

"아, 걱정 말라고 전해요. 나는 아주 편안하니까." 그건 사실이었다. 실은 이렇게 편안해본 것도 아주 오랜만이었다. 올리브는 종일 걸린다 해도 괘념치 않을 터였다. 시사 잡지를 읽고 있었는데, 그것도 꽤 오랜만이었다. 한 페이지는 대통령 얼굴이 꼴보기 싫어 얼른 넘겨버렸다. 미간이 좁은 눈하며, 튀어나온 턱, 얼굴만 봐도 울화가 치밀었다. 이 나라에서 일어나는 온갖 일을 보며 살아왔지만 지금처럼 엉망이었던 적은 없었다. 덜떨어진 인간 바로 여기 있네, 올리브는 무디네 가게에서 어떤 여자가 했다던 말을 떠올리며 생각했다. 대통령의 멍청한 작은 눈을 보면 알 수 있었다. 그런데 이 나라가 그를 뽑았지 않은가! 코카인중독에서 헤어난 예수쟁이를! 그러니 국민들은 지옥에 가도 마땅했고, 지옥에 갈 터였다. 걱정되는 것은 아들 크리스토퍼뿐이었다. 그리고 어린 손자. 손자가 살아갈 세상이 남아 있을지 확신할 수 없었다.

올리브는 잡지를 내려놓고 편안히 기대앉았다. 바깥문이 열리고 제인 홀턴이 걸어 들어와 올리브에게서 멀지 않은 곳에 자리를 잡고 앉았다. "아이구, 치마 예쁘네." 올리브는 제인 홀턴이 소심쟁이라 별 호감은 없었지만 그렇게 말했다.

"아 이거요, 오거스타에서 폐업 세일하는 가게에서 엄청 싸게 샀어요." 제인이 녹색 트위드 치마를 쓸어내리며 자랑했다.

"잘됐네." 올리브가 말했다. "좋은 물건 싼값에 건지는 거 안 좋아하는 여자 있나." 올리브가 잘 샀다는 듯 고개를 끄덕였다. "아주 좋아."

올리브는 잭 케니슨을 강변에 대놓은 그의 차까지 태워다주었고, 거기서부터는 그의 집까지 차로 따라갔다. 들판 가녘에 있는 그의 집 진입로에서 그가 말했다. "들어와서 점심 하겠소? 계란한 개하고 콩 통조림 하나는 있을 텐데."

"아니요." 올리브가 대꾸했다. "쉬어야 할 거 같은데요. 하루치 흥분으로는 그만큼이면 충분해요." 의사가 온갖 검사를 다 했지만 잘못된 것은 아무것도 발견하지 못했다. 스트레스성 피로. 그것이 일단 의사가 내린 진단이었다. "게다가 개가 아침 내내 차에 갇혀 있어서." 올리브가 덧붙였다.

"그래요, 그럼." 잭이 말했다. 그가 한 손을 들어 보였다. "정말 고마워요."

차로 돌아오는 길에 올리브는 허탈했다. 개가 칭얼거려 올리브가 그만하라고 하자, 개는 자신도 아침 일로 지쳤다는 듯 뒷좌석에 엎드렸다. 올리브는 친구 버니에게 전화를 걸어 잭 케니슨을 강변 산책로에서 발견했다고 말했다. "아이구, 불쌍한 사람 같으니." 버니가 말했다. 그녀의 남편은 아직 살아 있었고, 결혼생활 내내 버니를 미치게 만들었다. 딸을 어떻게 키워야 할 것인지에 대해 잔소리한다든지, 점심을 먹으러 나가서 야구 모자를 쓴 채 자리에 앉는다든지 등등 이 모든 것이 버니를 짜증나게 했다. 하지만 지금은 남편이 살아 있으니 복권에 당첨된 것만 같았다. 버니는 친구들이 남편을 잃고 공허함에 허우적대는 것을 봐와서 남편을 잃는다는 게 어떤 건지 알 수 있을 거라고 올리브는 생각했다. 사실, 올리브는 이따금 버니가 자신과 시간을 너무 많이 보내고 싶어하지는 않는다고 생각했다. 마치 과부 신세가 전염병이라도 되는 듯이. 하지만 버니는 올리브와 전화 통화는 했다.

"자기가 지나가다가 발견했으니 얼마나 다행이야." 버니가 말했다. "거기 그렇게 누워 있다고 생각해봐."

"다른 사람이었으면 그냥 지나쳐버렸을지도 몰라." 올리브가 덧붙였다. "괜찮은지 나중에 전화라도 한번 해봐야겠다."

"그래, 그렇게 해." 버니가 말했다.

다섯시, 올리브는 전화번호부에서 잭의 번호를 찾아보았다. 다이얼을 돌리다가 그만두었다. 일곱시, 올리브가 전화를 걸었다. "좀 괜찮아요?" 올리브가 먼저 누구라고 말도 하지 않고 다짜고짜 물었다.

"아, 올리브." 그가 말했다. "그런 거 같소. 고마워요."

"딸한테 전화했수?" 올리브가 물었다.

"아뇨." 그의 대답은 다소 어리둥절한 듯 들렸다.

"어디가 안 좋다면 따님이 알고 싶어할 텐데."

"딸을 괴롭힐 이유가 없소." 그가 말했다.

"뭐 그렇다면야." 올리브가 부엌을, 그 텅 빈 침묵을 둘러보았다. "안녕히 계시우." 올리브는 옆방으로 가서 트랜지스터라디오를 귀에 대고 누웠다.

일주일이 지났다. 올리브는 이른 아침 강변 산책에서, 그리고 잭 케니슨이 의사를 만나는 동안 대기실에 있던 시간이 잠시나마 사람 사는 기분을 느끼게 해주었다는 걸 깨달았다. 그리고 지금은 다시 사는 게 아니었다. 수수께끼였다. 헨리가 죽은 후, 올리브는 여러 가지를 시도해보았다. 포틀랜드의 미술관에서 안내인도 해봤지만 몇 달이 지나자 한곳에 네 시간이나 있어야 하는 것을 견디기 어렵다는 걸 깨달았다. 병원에서 자원봉사도 해봤지만 간호사들이 휭하니 스쳐 지나가는 가운데 분홍색 가운을 입고 죽은 꽃을 꽂꽂이하는 일을 견딜 수 없었다. 대학에서 회화 연습이 필요한 젊은 외국인들과 대화하는 자원봉사도 했다. 그 일이 그나마 제일 나았지만 그것만으로는 충분치 않았다.

매일 아침 강변에서 오락가락하는 사이, 다시 봄이 왔다. 어리석고 어리석은 봄이, 조그만 새순을 싹틔우면서. 그리고 해를 거듭할수록 정말 견딜 수 없는 것은 그런 봄이 오면 기쁘다는 점이었다. 물리적인 세상의 아름다움에 언젠가는 면역이 생기리라고는 생각지 않았고, 사실이 그랬다. 떠오르는 태양에 강물이 너무 반짝여서 올리브는 선글라스를 써야 했다.

산책로의 저 작은 모퉁이에 그 돌 벤치가 있다. 잭 케니슨이 올리브가 다가오는 걸 바라보며 앉아 있었다.

"안녕하세요." 올리브가 인사를 건넸다. "다시 해보시려구?"

"검사 결과가 모두 나왔어요." 잭이 말했다. 어깨를 으쓱하며. "잘못된 게 없대요. 그래서 흔히 말하듯 다시 말에 올라타는 거지요. 다시 시도해보려구요."

"존경스럽구려. 오는 길이에요, 가는 길이에요?" 가는 길 3마일, 그리고 돌아오는 길 3마일을 잭과 같이 걷는다고 생각만 해도 신경이 쓰였다.

"가는 길이요."

산보를 시작했을 때 주차장에서 그의 반짝이는 빨간 차를 알아보지 못했다.

"차로 왔어요?" 올리브가 물었다.

"그럼요, 물론이죠. 날아다니는 법은 아직 배우지 못해서."

잭은 짙은 색 안경을 쓰지 않고 있어서 그의 눈이 자신의 눈을 찾고 있는 걸 올리브는 알 수 있었다. 하지만 선글라스는 벗지 않았다.

"농담이었소." 그가 말했다.

"알아들었어요." 올리브가 대꾸했다. "훨훨 날아서 집으로 가슈. '아름다운 비행'을 해야지."

잭은 손바닥을 펴고 앉아 있는 벤치의 돌판을 만지작거렸다.

"좀 안 쉬어요?"

"아뇨, 난 그냥 계속 가요."

그가 고개를 주억거렸다. "그럽시다, 그럼. 즐겁게 산보하시오."

올리브가 그를 지나쳐 가려다가 등을 돌렸다. "그런데 지금 괜찮으시우? 피곤해서 앉은 거예요?"

"그냥 앉고 싶어서 앉은 거예요."

올리브는 머리 위로 한 손을 들어 보이곤 계속 앞으로 나아갔다. 그 이후 산책하는 동안 올리브는 해도, 강도, 아스팔트 산책로도, 움트는 새순도 알아채지 못했다. 올리브는 걷는 내내 부부 중 친절한 사람이었던 아내가 죽고 없는 잭 케니슨에 대해 생각했다. 지옥에 살고 있다고 그 자신도 말했지. 물론 그럴 터였다.

집으로 돌아온 후, 올리브는 잭에게 전화를 걸었다. "언제 점심이나 하러 가시려우?"

"나는 저녁이 더 좋은데요." 잭이 말했다. "저녁 약속이 있으면 종일 고대하게 되잖아요. 점심은 헤어지고 나면 아직 하루가 많이 남지만."

"그럽시다." 올리브는 해가 지면 바로 잠자리에 들기 때문에 음식점에서 저녁을 먹는 것은 그녀에게는 사실 자정을 훨씬 넘기도록 깨어 있는 것과 마찬가지라는 말은 하지 않았다.

"와, 잘됐네." 버니가 말했다. "올리브, 데이트잖아."

"왜 그런 바보 같은 소릴 하는 게야?" 올리브가 정말로 약이 올라 물었다. "그냥 외로운 두 사람이 저녁이나 하는 건데."

"그러니까." 버니가 말했다. "그래서 데이트지."

그 말이 자신을 짜증스럽게 한다는 자체가 올리브는 우스웠다. 게다가 이번엔 함께 쫑고 말할 사람, 즉 버니도 없었다. 그 말을 한 사람이 바로 버니였으니. 올리브는 뉴욕에 사는 아들에게 전화를 걸었다. 아기가 어떠냐고 물었다.

"잘 있어요." 크리스토퍼가 대답했다. "이제 걸어요."

"걷는다는 말 안 했잖아."

"그런데 걸어요."

갑자기 땀이 났다. 얼굴에, 겨드랑이에 식은땀이 나는 게 느껴졌다. 헨리가 간밤에 죽었다는 말을 들었을 때와 거의 같았다. 요양원에서는 아침이 되어서야 전화를 했다. 그리고 그녀와 헨리의 어린 혈육이 뉴욕이라는 저 머나먼 땅에서, 오래된 갈색 사암 주택의 어두운 거실에서 작은 발로 걸음마를 하고 있었다. 지난번 방문이 좋게 말해도 '순조롭지 않아서' 다시 오라고는 하지 않을 성싶었다. "크리스, 올 여름엔 잠시 이리 오면 어떠냐."

"어쩌면요. 두고 보죠. 너무 바쁘지만, 그럼요, 가고 싶어요.

두고 보자구요."

"걸은 지 얼마나 됐어?"

"지난주부터 걸었어요. 소파를 붙잡고 싱긋 웃더니 바로 걸음마를 하더라구요. 세 걸음이나 걷더니 넘어졌어요."

크리스토퍼의 목소리를 들으면 그 아기가 세상에서 처음으로 걸음마를 하는 아이인 것만 같았다.

"엄마는 어때요?" 올리브는 아들의 행복감에 마음이 녹었다.

"뭐, 똑같지. 그런데 너 잭 케니슨 기억하니?"

"아뇨."

"아, 덩치만 큰 허풍쟁이가 있는데 마누라가 지난 12월에 죽었어. 슬프지. 다음주에 같이 저녁을 먹기로 했는데 버니가 그걸 데이트라는구나. 그렇게 멍청한 소리가 어딨어. 솔직히 화가 치밀잖아."

"그 사람하고 저녁을 먹는다고요. 뭐 자원봉사쯤 된다고 생각하시면 되죠."

"그렇지." 올리브가 말했다. "바로 그거야."

이맘때면 밤이 길어졌다. 잭은 여섯시 반에 '페인티드 러더'에서 만나자고 했다. "그 시간에 바닷가라면 근사할 거요." 그가 말했다. 시간이 너무 늦어 부담스러웠지만 올리브는 그러자고 했다. 올리브는 평생 대부분 다섯시에 저녁을 먹었고, 잭은 다섯시에 저녁을 먹지 않는다는(아무래도 그런 것 같았다) 사실은 올리브가 잭에 대해 아무것도 알지 못하며, 별로 알고 싶지도 않은 사람이라는 점을 상기시켰다. 올리브는 처음부터 잭이 마음에 들지 않았으니 저녁을 먹자는 제안에 동의한 것부터가 바보짓이었다.

잭은 보드카와 토닉을 주문했고, 올리브는 그것도 마음에 들지 않았다. "난 물 줘요." 그녀는 여종업원에게 단호하게 말했고, 종업원은 고개를 끄덕이며 물러났다. 두 사람은 넷이 앉는 테이블에 대각선으로 서로 마주보고 앉아서, 둘 다 포구의 요트와 바닷가재잡이 배, 저녁 바람에 가볍게 흔들리는 부표를 볼 수 있었다. 커다란 털북숭이 팔을 술잔에 축 늘어뜨린 잭은 올리브에게 너무 가까이 앉은 듯 보였다. "헨리가 요양원에 오랫동안 있었다고 들었소, 올리브." 그가 새파란 눈으로 올리브를 바라보았다. "참 힘들었겠어요."

그래서 그들은 그런 이야기를 나누었고, 나쁘지 않았다. 둘 다 말을 하고 들어줄 말동무가 필요한 듯했고, 그렇게 했다. 그들은 상대방의 이야기를 들었다. 그리고 말했다. 그리고 좀더 들었다. 그는 하버드는 한 번도 입에 올리지 않았다. 앉아서 디카페인 커피를 마시는데 떠다니는 배 너머로 해가 뉘엿뉘엿 졌다.

그다음 주에는 강 근처의 작은 음식점에서 점심시간에 만났다. 낮이어서 그런지 바깥 풀밭에 봄 햇살이 가득했고, 창 너머 보이는 주차된 차들은 유리 파편 같은 밝은 햇살을 반사하고 있었다. 한낮이어선지 지난번처럼 근사하지는 않았다. 잭은 피곤해 보였지만 잘 다려진 셔츠는 비싸 보였다. 올리브는 오래된 커튼을 활용해 만든 조끼가 어쩐지 너무 크고 헐렁하게 느껴졌다. "안주인이 바느질을 했던가요?" 올리브가 물었다.

"바느질?" 마치 말뜻을 모른다는 듯 그가 물었다.

"바느질. 옷감으로 뭘 만드는 거요."

"오, 아니요."

그런데 올리브가 헨리와 같이 자기들 집을 직접 지었다고 하자 잭이 집을 보고 싶다고 했다. "좋아요." 올리브가 말했다. "뒤에 따라와요."

올리브는 백미러로 그의 빨간 차가 제 차를 따라오는 걸 지켜보았다. 잭은 주차를 형편없이 해서 어린 자작나무를 깔아뭉갤 뻔했다. 뒤에서 가파른 보도를 걸어오는 그의 발소리가 들렸다. 잭의 눈에 비칠 제 커다란 등이 상상되면서, 올리브는 고래가 된 듯한 기분이었다.

"집이 좋군요, 올리브." 그가 똑바로 서도 될 만큼 공간이 충분한데도 고개를 숙이며 말했다. 올리브는 유리창으로 옆마당이 내다보이는 '툭 튀어나온 방'을 보여주었다. 헨리에게 뇌졸중이 오기 전에 지은, 높은 천장에 해가 잘 드는 작은 서재도 보여주었다. 그가 책을 살펴보자 올리브는 마치 잭이 자신의 일기라도 훔쳐보는 것처럼 "그만해요"라고 말하고 싶었다.

"꼭 애 같아." 올리브가 버니에게 말했다. "아무거나 다 만져. 정말이지, 내 나무 갈매기 조각까지 집어들더니 뒤집어보곤 엉뚱한 자리에 갖다놓는 거야. 그다음엔 크리스토퍼가 어느 해 선물한 도자기 꽃병을 집어들곤 이번엔 그걸 또 뒤집어. 대체 뭘 찾는 거람, 가격?"

"아휴, 올리브. 잭한테 너무 가혹한 거 아니야?" 버니가 말했다.

그래서 올리브는 버니에게 잭에 대해 더는 말하지 않았다. 그 다음 주에 다시 저녁을 같이 먹었고, 그가 '잘 자'라고 인사하며 뺨에 키스한 것도, 포틀랜드로 음악회에 간 것도, 그리고 그날 밤 그가 올리브의 입술에 가볍게 키스를 한 것도! 아니, 이런 일들은 말할 만한 내용이 아니었다. 어느 누구와도 상관없는 일이었으니까. 그녀가 일흔넷의 나이에 잠을 못 이루고 누워서 포옹

하던 그의 팔을 생각하던 것도, 몇 년 동안이나 해본 적은 물론 상상한 적도 없던 일을 머릿속에 그려보는 것도 분명 누구와도 상관없는 일이었으니까.

동시에, 올리브는 머릿속으로 그를 비난했다. 혼자 있는 게 두려운 거야, 올리브는 생각했다. 약해빠져서 말이지. 남자들은 그러니까. 밥해주고 따라다니면서 치워줄 사람이 필요한 거야. 그렇다면 잭은 잘못 짚었다. 잭은 어머니 이야기를 자주 했고, 그것도 아주 열렬하게 했다. 그걸 보면 뭔가 잘못된 게 틀림없었다. 엄마가 필요하면 딴 데 가서 알아보라지.

닷새 동안 비가 왔다. 굵은 비가 세차게, 봄비라기엔 너무 많이 왔다. 차가운 가을비 같았고, 강변을 걸어야 직성이 풀리는 올리브도 아침에 굳이 나갈 이유가 없었다. 올리브는 우산을 들고 다니는 성미가 아니었다. 밖에서, 던킨 도너츠 밖에서 뒷좌석엔 개를 태우고 차에 앉아 기다려야 했다. 고약한 날들이었다. 잭 케니슨은 전화하지 않았고, 올리브도 전화하지 않았다. 구중중한 이야기를 들어줄 다른 사람을 찾은 게지, 올리브는 생각했다. 어떤 여자와 포틀랜드의 음악회에 앉아 있는 잭이 머리에 그려지자 그 인간 머리에 총이라도 쏠 수 있을 것만 같았다. 한 번더, 올리브는 자신의 죽음에 대해 생각했다. 제발 오래 걸리지만 마라. 뉴욕에 있는 크리스토퍼에게 전화를 걸었다. "어떻게 지내냐?" 올리브가 말했다. 아들이 전화하지 않아서 화가 났다.

"잘 지내요. 엄마는요?" 아들이 말했다.

"죽을 맛이지." 올리브가 대꾸했다. "앤하고 애들은?" 크리스토퍼는 애가 둘인 여자와 결혼했고, 지금은 크리스토퍼의 아이도 있었다.

"모두들 여전히 잘 걸어다니고?"

"여전히 잘 걸어다녀요. 정신없죠."

그때, 올리브는 아들이 미워 죽을 뻔했다. 자신의 삶도 정신없었던 때가 있었다. 어디 두고 봐, 올리브는 생각했다. 사람들은 모두 자기가 뭐든 다 안다고 생각하는데, 실은 개뿔도 모른다.

"데이트는 어땠어요?"

"뭔 데이트?" 올리브가 따졌다.

"엄마가 못 참아하는 그 영감하고요."

"원 참, 그건 데이트가 아냐."

"알았어요, 어땠는데요?"

"그냥 그렇지 뭐." 올리브가 말했다. "그 인간 얼뜨기야. 느이 아버지는 진즉에 알았지."

"아빠가 그 사람을 알았어요?" 크리스가 물었다. "그 얘긴 안 하셨잖아요."

"안다고 해서 진짜 알았던 게 아니라," 올리브가 응수했다.

"그냥 멀리서 보고 아는 정도로 알았다구. 얼뜨기인지 알 만큼만 알았다구."

"시어도어가 울어요. 가봐야겠어요." 크리스토퍼가 말했다.

그리고 그때, 마치 무지개처럼 잭 케니슨이 전화를 했다. "내일이면 날이 갠대요. 강변 산책로에서 만날까요?"

"안 될 거 없죠." 올리브가 말했다. "난 여섯시면 집을 나서는데."

아침에, 자갈이 깔린 강변 주차장으로 들어서는데, 잭 케니슨이 빨간 제 차에 기대서서 손은 주머니에 찌른 채 고개를 끄덕였다. 잭은 못 보던 윈드브레이커를 입고 있었다. 자기 눈 색깔과 같은 파란색이었다. 올리브는 트렁크에서 운동화를 꺼내 잭이 보는 앞에서 갈아 신어야 했는데, 그게 싫었다. 올리브는 헨리가 죽자마자 남자 신발 코너에서 운동화를 샀다. 볼이 넓고 베이지색이었는데, 운동화는 끈도 잘만 묶이고 잘만 '나갔다'. 올리브가 일어서는데 숨이 가빴다. "갑시다." 올리브가 말했다.

"나는 1마일 지점 벤치에서 쉬고 싶을지도 모르겠는데. 당신은 계속 걷고 싶어하는 거 아니까 하는 말이에요."

올리브가 그를 바라보았다. 그의 아내는 다섯 달 전에 죽었다. "댁이 쉬고 싶으면 언제든 쉬지 뭐." 올리브가 말했다.

강은 왼쪽에 있었는데 어떤 지점에서 넓어졌다. 작은 섬이 보였는데 섬의 관목 일부가 이미 밝디밝은 연둣빛이었다.

"내 조상들은 카누를 타고 노를 저어 이 강을 거슬러 올라왔다우." 올리브가 말했다.

잭은 대답하지 않았다.

"나는 내 손자들도 이 강에서 배를 탈 거라고 생각했는데. 하지만 내 손자는 뉴욕에서 자라고 있어요. 그게 세상 이치인가 봐. 하지만 가슴이 아프지. 우리 유전자가 민들레 홀씨처럼 그렇게 여기저기 흩어진다는 게." 올리브는 잭의 여유로운 산보에 발맞추기 위해 천천히 걸어야 했다. 목이 마른데 물을 마시지 않는 것처럼 힘들었다.

"당신은 적어도 흩어질 유전자라도 있지." 잭이 손을 여전히 주머니에 찔러 넣은 채 말했다. "나는 평생 손자도 하나 없을 텐데. 생긴다 해도 진짜는 아닐 테고."

"진짜는 아닐 테고? 그게 무슨 소리예요? 진짜가 아닌 손자라니?"

올리브가 예측했듯 대답하는 데 시간이 걸렸다. 올리브는 잭을 흘깃 보곤 안색이 별로 좋아 보이지 않는다고 생각했다. 얼굴에 뭔가 불쾌한 빛이 어리더니 그가 굽은 어깨 앞으로 머리를 쑥 내밀었다.

"딸아이가 대안적인 생활을 택했어요. 캘리포니아에서."

"그건 아직 캘리포니아가 전문이지. 대안적인 생활."

"그앤 여자하고 같이 살아요." 잭이 말했다. "다른 여자들이 남자랑 살듯이 여자랑 산단 말이오."

"그렇군요." 올리브가 말했다. 그늘에는 1마일 지점을 표시하는 화강석 벤치가 있었다. "앉겠수?"

잭이 앉았다. 올리브도 앉았다. 그들은 강을 건너다보았다. 노부부가 손을 잡고 걸으며 잭과 올리브 역시 커플이라도 되는 듯 두 사람에게 고개를 끄덕였다. 노부부가 귀에 들리지 않을 만큼 멀어지자 올리브가 물었다. "그러니까 딸이 그렇다는 게 맘에 안 든다는 거지요?"

"맘에 안 들어요. 전혀." 잭이 말했다. 그러고는 턱을 치켜들었다. "내가 덜떨어진 사람인지도 모르겠소."

"아니, 댁은 세련됐어요." 올리브가 대답하곤 한마디 덧붙였다. "하지만 내 생각엔 결과는 같은 것 같구려."

잭이 눈썹을 한껏 치켜뜨고 올리브를 말끄러미 바라보았다.

"난 전혀 세련되지 않았어요. 난 근본적으로 농민이에요. 그리고 농민에 대해 열정도 편견도 둘 다 강하고." 올리브가 말했다.

"그게 무슨 말이오?" 잭이 물었다.

올리브가 주머니에서 선글라스를 찾아 썼다.

잠시 후, 잭이 말했다. "솔직하게 말해봐요. 만일 당신 아들이 남자랑 자고 싶다고 한다면, 그리고 남자랑 정말로 자고, 남자랑 사랑에 빠져 남자랑 살고, 그 남자랑 자고 그 남자랑 가정을 꾸린다면, 그래도 정말 상관없을 거 같소?"

"상관하지 않을 거 같아요." 올리브가 반박했다. "내 온 마음을 다해 아들을 사랑할 거 같은데."

"감상적이긴. 당신은 실제로 당해보지 않아서 그게 어떤 기분인지 몰라요." 잭이 말했다.

올리브의 뺨이 달아올랐다. 한쪽 겨드랑이에서 따끔, 땀이 솟았다. "나도 많이 당해봤어요."

"뭘 당해봤는데요?"

"내 아들을 캘리포니아로 데려가서 버리고 달아난 불한당 같은 여자랑 아들이 결혼했다든가."

"통계적으로, 올리브, 그런 일은 언제나 일어나요. 확률이 50퍼센트나 되지."

"그래서요?" 그 말은 멍청하고 무감각한 반응처럼 들렸다. "그럼 자식이 게이가 될 확률은 얼마나 되는데?" 올리브가 물었다. 그녀의 발이 거대해 보였고, 다리 끝의 두 발이 두드러져 보였다. 올리브는 발을 벤치 밑으로 집어넣었다.

"통계는 변하죠. 연구마다 새로운 통계를 제시하니까. 하지만 자식의 50퍼센트가 게이가 되지 않는 것만은 분명해요."

"게이가 아닌지도 모르죠." 올리브가 말했다. "남자가 그냥 싫은 건지도."

잭 케니슨은 앞만 똑바로 바라보며 푸른 윈드브레이커 위로 팔짱을 꼈다. "말을 그렇게 함부로 해도 되는지 모르겠소, 올리브. 나는 당신 아들이 왜 불한당하고 결혼했는지 엉터리없는 이론을 제시하지 않았는데."

이 말을 이해하는 데 잠시 시간이 필요했다. "대단하군." 올리브가 말했다. "대단한 말이야." 올리브는 일어섰고, 그도 같이 일어서는지 보려고 기다리지 않았다. 하지만 그가 뒤에서 하는 말이 들리자 보조를 맞추기 위해 발걸음을 늦췄다. 올리브는 차가 있는 방향으로 걸음을 돌렸다.

"나는 당신이 스스로 농민이라고 한 말의 뜻을 아직 잘 모르겠소. 나는 이 나라에서 진정한 농촌은 찾을 수 없다고 생각하는데. 아마 '카우보이'라고 말하고 싶었던 게 아닌가 싶소만." 그를 흘깃 쳐다본 올리브는 그가 사람 좋은 웃음을 머금고 있어 놀랐다. "당신은 카우보이 같은 느낌인데." 그가 말했다.

"좋아요, 내가 카우보이라고 칩시다." 올리브가 말했다.

"그럼 공화당 지지자요?" 잠시 후 잭이 물었다.

"하느님 맙소사." 올리브가 걸음을 멈추고 선글라스 너머로 그를 바라보았다. "난 내가 등신이라곤 안 했는데. 댁은 그러니까 대통령이 카우보이니까 한 말이었우? 아니면 옛날에 카우보이 역할을 한 배우 대통령 말이우? 내 말 잘 들어요. 그 머저리 같은 전 코카인중독자는 한 번도 카우보이였던 적이 없어. 카우보이 모자는 실컷 쓸 수 있겠지만 그 인간은 부잣집 아들로 태어난 고약한 말썽꾼일 뿐이야. 생각만 해도 구역질이 난다구."

올리브는 정말로 흥분했고, 잠시 후에야 그가 시선을 돌리고 있으며 표정이 굳었다는 걸 알아볼 수 있었다. 마치 속으로는 뒤로 물러난 듯, 올리브의 말이 끝나기만 기다리는 듯.

"하." 올리브가 마침내 말했다. "설마 아니겠지."

"뭐가 아니라는 거요?"

"그 인간한테 투표했군."

잭 케니슨은 피곤해 보였다.

"당신, 그자를 뽑았어. 이 잘난 하버드 양반, 잘난 똑똑아. 그 구린 인간을 뽑았어."

그가 너털웃음을 웃었다. "하하, 세상에. 당신 정말로 농민의 열정과 편견이 있군."

"이젠 끝이야." 올리브가 말했다. 그녀는 이제 제 속도로 걸었다. 그리고 어깨 너머로 외쳤다. "난 적어도 동성애에 대한 편견은 없거든!"

"없지." 그가 외쳤다. "돈 있는 백인 남자에 대한 편견만 있지!"

젠장, 제대로 맞히셨어. 올리브는 생각했다.

올리브는 버니에게 전화했고, 버니는—도저히 믿을 수 없게도—깔깔 웃었다. "아이, 올리브. 그게 뭐가 중요해?"

"나라에 거짓말하는 인간을 뽑은 게 뭐가 중요하냐고? 버니, 세상이 온통 엉망이라구."

"그건 사실이지만." 버니가 말했다. "하지만 세상은 언제나 엉망이었어. 내 생각엔 자기가 책하고 있는 게 좋으면 그건 그냥 무시하는 게 좋을 거 같아."

"그 작자하고 있는 거 좋지 않아." 올리브는 이렇게 선언하고는 전화를 끊었다. 버니가 백치인 줄은 몰랐는데, 이럴 수가.

말을 할 수 없다는 건 괴로운 일이었다. 올리브는 날이 갈수록 이 점을 절절히 느꼈다. 그래서 크리스토퍼에게 전화했다. "그 작자, 공화당 지지자더라구." 그녀가 말했다.

"흠, 밥맛이네요." 크리스토퍼가 말했다. 그런 다음 말을 이었다. "손자가 궁금해서 전화하신 줄 알았더니."

"당연히 손자도 궁금하지. 난 네가 좀 전화해서 걔가 어떤지 얘기 좀 해줬으면 좋겠다." 아들과의 이 균열이 정확히 언제, 어떻게, 시작된 것인지 올리브는 알 수 없었다.

"제가 전화를 왜 안 해요." 그리고 긴 침묵. "하지만……"

"하지만 뭐?"

"흠, 엄마하고는 대화를 이어나가기가 힘들어요."

"그렇구나. 뭐든지 다 내 탓이야."

"아뇨, 뭐든지 다 남의 탓이죠. 제 말이 그 말이에요."

이 모든 것은 분명 아들의 정신과 의사의 책임이었다. 누가 이런 일을 예상할 수 있었을까? 올리브가 수화기에 대고 말했다. "난 아냐, 빨강 어미 닭이 말했습니다*."

"뭐라구요?"

올리브는 전화를 끊었다.

이 주가 흘렀다. 잭과 마주치지 않으려고, 그리고 몇 시간만 자면 잠이 깨서, 올리브는 여섯시보다 더 이른 시간에 강을 따라 걸었다. 봄은 싱그러웠고, 그건 거의 습격이었다. 솔잎 사이로 취란화가 봉오리를 터뜨렸고, 화강석 벤치 근처에는 보라색 제비꽃이 군데군데 피었다. 올리브는 이번에도 손을 잡고 있는 노부부를 지나쳤다. 그다음엔 걸음을 멈췄다. 며칠 동안이나 올리브는 침대에서 나오지 않았다. 그녀의 기억에 이런 일은 일찍이

---

* 밀을 재배, 수확, 제분하는 과정에서 농장의 동물들이 모두 '난 아냐'라고 말하며 돕지 않자, 혼자 수고한 빨강 어미 닭이 마지막에 '난 아냐'라고 말하며 밀로 만든 빵을 나누기를 거부한다는 민화의 내용을 가리킨다.

없었다. 올리브는 누워서 시간을 보내는 사람이 아니었다.

크리스토퍼도 전화하지 않았고, 버니도 전화하지 않았다. 잭 케니슨도 전화하지 않았다. 어느 밤, 올리브는 자정에 깼다. 그녀는 컴퓨터를 켜고, 전에 점심을 먹고 포틀랜드 음악회에 가던 당시에 받았던 잭의 이메일 주소를 입력했다.

"딸이 댁을 미워해요?" 올리브가 썼다.

아침에 온 답장은 한마디였다. "그래요."

올리브는 이틀을 기다렸다. 그리고 다시 썼다. "내 아들도 날 미워해요."

한 시간 후 답장이 왔다. "그래서 죽도록 괴롭소? 난 죽도록 괴로워요. 딸이 날 미워해서. 하지만 나도 그게 내 잘못이라는 건 알아요."

올리브는 당장 답장을 썼다. "나도 죽도록 괴로워요. 죽음보다 더. 분명 내 잘못일 텐데, 난 이해를 못하겠어요. 같은 일도 아이가 기억하는 것하고 내가 기억하는 게 달라요. 아들은 아서라는 정신과 의사를 만나는데, 내 생각엔 아서가 일을 이 지경으로 만들어놓은 것 같아요." 그리고 오랫동안 가만히 있다가 '보내기'를 누르곤 바로 다시 썼다. "추신. 하지만 분명 내 잘못이기도 할 거예요. 내가 절대로 사과를 하지 않는다고 헨리가 말한 적이 있는데, 어쩌면 헨리 말이 맞을 거예요." 올리브는 '보내기'를 눌렀다. 그러고는 또다시 썼다. "또 추신. 헨리 말이 맞아요."

회신은 없었다. 그리고 올리브는 좋아하는 남자아이가 다른 여자아이와 떠나버린 여학생 같은 기분이 들었다. 어쩌면 잭에게는 정말로 다른 여자아이, 아니면 여자가 있는지도 모른다. 늙은 여자가. 늙은 여자는 많다. 공화당 지지자도. 올리브는 작은, 툭 튀어나온 방에 누워 트랜지스터라디오를 귀에 대고 들었다. 그러다가 일어나 밖으로 나갔다. 개 목걸이에 줄을 매고 산책을 시키러 나갔다. 개를 풀어놨다간 무디네 고양이를 잡아먹을 수도 있었다. 전에 이런 일이 일어난 적이 있었다. 돌아오자, 해가 중천이었다. 하루 중에서 힘든 시간이었다. 해질녘이 더 나았다. 젊을 때는, 아직 앞날이 창창하던 그 시절에는 봄날의 저녁을 얼마나 좋아했던가. 자동응답기의 신호음을 들었을 때 올리브는 개에게 줄 과자를 찾아 벽장을 뒤지고 있었다. 버니나 크리스가 전화했으리라는 희망에 부풀다니 얼마나 어리석은가. 잭 케니슨의 목소리였다. "올리브. 집으로 올 수 있어요?"

올리브는 양치질을 하고, 개를 우리에 넣었다.

그의 반짝이는 빨간 차가 작은 진입로에 있었다. 문을 노크하자 대답이 없었다. 올리브가 문을 밀었다. "여보세요?"

"아, 올리브. 나 여기 있소. 안쪽에. 누워 있는데, 금방 갈게요."

"아니에요." 올리브가 높은 목소리로 말했다. "가만히 있어요. 내가 그리 찾아갈 테니." 올리브는 지하 손님방에 누워 있는 그를 찾았다. 그는 한 손을 머리 밑에 괴고 누워 있었다.

"와줘서 기뻐요." 그가 말했다.

"다시 안 좋은 거예요?"

그가 옅은 미소를 띠었다. "영혼이 안 좋을 뿐. 몸은 말짱해요."

올리브가 고개를 끄덕였다.

그가 다리를 옆으로 치웠다. 침대 옆자리를 손으로 톡톡 두드리며 말했다. "여기 앉아요. 난 돈 많은 공화당원일지는 몰라도, 혹시 속으로 은근히 기대할까봐 하는 말인데 그렇게 부자는 아니오. 어쨌든……" 그가 한숨을 쉬고 고개를 저었다. 창으로 들어오는 햇살에 그의 눈이 새파래졌다.

"어쨌든 올리브, 나한테는 아무 말이나 다 해도 좋아요. 아들을 시퍼렇게 멍이 들도록 때렸든 뭐든 비난하지 않을 테니. 안 그럴 거 같아요. 나도 딸을 정서적으로 구타했으니까. 딸한테 이년 동안 말을 안 했으니, 상상이 가요?"

"아들, 정말로 때렸어요." 올리브가 말했다. "애가 어릴 때 가끔 그랬어요. 그냥 엉덩이만 몇 대 때린 게 아니라 정말 때렸어요."

잭 케니슨이 한 번 고개를 끄덕였다.

올리브가 방으로 들어서서 핸드백을 바닥에 내려놓았다. 그는 똑바로 앉지 않고 그냥 침대에 누워 있었다. 해바라기 씨가 가득 든 자루처럼 배가 불룩 나온 늙은 남자일 뿐이었다. 올리브가 걸어 들어가는 동안, 잭의 푸른 눈이 그녀를 줄곧 응시했다. 방은 오후 햇살의 고요함으로 가득했다. 햇살은 창에서 들어와 흔들 의자를 가로지르고 벽지에 넓게 밝은 빛을 드리웠다. 마호가니 침대 손잡이가 빛났다. 베이 윈도우로 하늘의 푸른빛과 베이베리 덤불, 돌 벽이 보였다. 드러난 손목에 햇살을 느끼며 올리브가 일어서는데, 이 햇살의, 이 세상의 고요가 무시무시한 오한과 함께 그녀의 머리 위에 내려앉는 듯했다. 올리브가 그를 지켜보다가 시선을 돌렸다가 다시 그를 보았다. 그의 곁에 앉는다면 이 양지바른 세상의 거대한 외로움에 눈을 감는 일이 될 것이다.

"후우, 난 무서워요." 그가 조용히 말했다.

올리브는 이렇게 말할 뻔했다. "아, 그만해요. 난 겁먹은 사람은 싫어요." 헨리에게, 그리고 누구에게나 그렇게 말했을 터였다. 어쩌면 두려워하는 자신의 면모를 싫어하기 때문인지도 모른다. 갑자기 대기실에서 제인 홀턴을 만났던 기억이 떠올라, 그 평범한 짧은 대화 때문에 올리브는 침대로 갔다. 병원에서 잭은 올리브를 필요로 했고, 세상에는 올리브의 자리가 있었다. 이제 그의 푸른 눈이 올리브를 지켜보고 있었다. 조용히 그의 곁에 앉으면서, 잭의 눈빛에서 올리브는 두려움을, 손을 내미는 여린 마음을 보았다. 그리고 손을 펼쳐 그의 가슴에 대고 쿵쿵 뛰는 심장을 느껴보았다. 다른 모든 심장처럼 언젠가는 멎을 심장을. 그러나 그 '언젠가'는 지금 이 자리에 없었다. 햇살이 따스한 작은 방의 고요뿐. 그들은 이 자리에 있고, 그녀의 몸은, 늙고 뚱뚱하고 살갗이 축 처진 몸은 그의 몸을 처절히 원했다. 헨리가 죽기 전 몇 년 동안 자신이 이렇게 헨리를 사랑하지 못했다는 사실이 너무 슬퍼서 올리브는 눈을 감았다.

젊은 사람들은 모르지, 이 남자의 곁에 누우며, 그의 손을, 팔을 어깨에 느끼며 올리브는 생각했다. 오, 젊은 사람들은 정말로 모른다. 그들은 이 커다랗고 늙고 주름진 몸뚱이들이 젊고 탱탱한 그들의 몸만큼이나 사랑을 갈구한다는 것을, 다시 한번 내 차례가 돌아올 타르트 접시처럼 사랑을 경솔하게 내던져서는 안 된다는 것을 모른다. 아니, 사랑이 눈앞에 있다면 당신은 선택하거나, 하지 않거나 둘 중 하나다. 그녀의 타르트 접시는 헨리의 선량함으로 가득했고 그것이 부담스러워 올리브가 가끔 부스러기를 털어냈다면, 그건 그녀가 알아야 할 사실을 알지 못했기 때문이었다. 알지 못하는 새 하루하루를 낭비했다는 것을.

그렇기에, 지금 그녀 곁에 앉은 이 남자가 예전 같으면 올리브가 택하지 않을 사람이었다 한들, 무슨 상관이랴. 그도 필시 그녀를 택하지 않았을 텐데. 하지만 지금 둘은 이렇게 만났다. 올리브는 꼭 눌러 붙여놓은 스위스 치즈 두 조각을, 이 결합이 지닌 숭숭 난 구멍들을 그려보았다. 삶이 어떤 조각들을 가져갔는지를.

그녀는 눈을 감았다. 지친 그녀는 파도를 느꼈다. 감사의, 그리고 회한의 파도를. 그리고 머릿속에 그려보았다. 햇살 좋은 이 방을, 햇살이 어루만진 벽을, 바깥의 베이베리를. 그것이 그녀를 힘들게 했다. 세상이. 그러나 올리브는 아직 세상을 등지고 싶지 않았다.

『올리브 키터리지』
좀 색다른 어머니, 또는 어른을 위한
성장소설을 만나다

불황일수록 마음에 위안을 주는 문학을 찾는다고 한다. 그래
선지 전통적인 따스한 모성, 희생과 헌신의 어머니상을 그린 소
설이 인기다. 그러나 그 희생과 헌신을 뒤집어보면 곪아터진 상
처와 흉터가 있고, 여인이며 사람이기도 한 한 인간이 있고, 그
녀를 둘러싼 삐걱대는 가족이 있다.

그리고 여기, 좀 남다른 어머니 올리브 키터리지가 있다. 그러
나 올리브는 억울하다. 아무도, 언제나 버선발로 반갑게 맞아줄
것만 같은 푸근한 모습이라고는 부르지 않을 비전형적인 어머니
이고 아내이건만, 올리브 역시 방식은 좀 달랐을지 몰라도 자식
과 남편을 사랑했으며 남들 못지않은 상처와 흉터와 여린 가슴
을 품고 있기 때문이다.

국내에 처음 소개되는 작가 엘리자베스 스트라우트는 이런 독특한 인물 올리브 키터리지를 중심으로, 그녀를 둘러싼 메인 주의 바닷가 마을 크로스비의 주민들에 관한 이야기를 서로 연관된 열세 편의 단편에 담은 소설을 내놓았다. 그리고 2007년『로드』, 2008년『오스카 와오의 짧고 놀라운 삶』에 이어 2009년 4월, 퓰리처상 수상작으로『올리브 키터리지』가 선정되었다. '미국인 작가가 미국적 삶을 다룬' 작품에 주어지는 퓰리처상은 2009년, 미국의 대표적 얼굴 가운데 하나인 뉴잉글랜드 지역 주민들의 이야기에 주목했다.

2009 퓰리처상 심사위원들은『올리브 키터리지』를 "퉁명스럽고 허점이 많으면서도 매혹적인 인물 올리브가 있고, 독자의 정서에 진하게 호소하는 세련된 작품"이라고 평했고,『터키시 러버』의 작가 에스메랄다 산티아고는 소설의 형식에 대해 "한 인물을 택하여 그가 속한 커뮤니티를 통해 인물의 인생에 대해 이야기한다는 발상이 뛰어나다"고 말했다.

준비된 거장 엘리자베스 스트라우트

작가는 메인 주 포틀랜드에서 태어나 지난 이십오 년간 뉴욕에서 생활하고 있다. 스트라우트는 수년간 출판사에 원고를 보냈지만 거절당하고, 단편작가로서 얼마간의 성공을 거둔 후

1998년에 발표한 첫 장편 『에이미와 이저벨』로 여러 상을 받으며 주목받기 시작했다.

스트라우트는 단편 「작은 기쁨」을 집필하다가, 아들의 결혼식에서 사람들을 상대하느라 지쳐 '이제 손님들이 갈 때도 되었다'고 투덜거리는 거구의 여인에 대해 쓰면서 올리브를 주인공으로 하는 장편의 집필을 결심한다. 그러나 올리브는 너무나 강렬한 인물이어서 페이지마다 올리브를 만나기는 어쩐지 부담스러웠다. 그리하여 장편의 테두리 안에서 에피소드 형태로 탄생했다고.

대학에서 영문학과 희곡을 전공한 스트라우트는 작가의 열망을 품고(그리고 직장이 있어야 한다는 통념에 저항하여) 영국으로 간다. 그리고 일 년 동안 바에서 일하면서 글을 쓴다. 일 년 후 미국으로 돌아와서도 밤에는 칵테일 웨이트리스로 일하면서 낮에는 끊임없이 글을 썼지만 원고는 거절당하기 일쑤였다. 흥미롭게도, 작가로서 실패할 가능성을 두려워한 스트라우트가 택한 길은 로스쿨이었다. 스트라우트는 시러큐스 대학교에서 법학을 전공하고 변호사로 육 개월 동안 일했지만 적성에 맞지 않았고, 그 일은 끔찍한 경험이었을 뿐 아니라 해고의 쓰라린 경험까지 맛보게 했다.

그러나 스트라우트가 자의든 타의든 법조계에서 물러난 것은 독자들에게는 행운이 아니었을까. 작가가 되겠다면 포기하지 말며, 포기할 수 있다면 포기하되, 포기할 수 없다면 계속 글을 쓰고, 좋아하는 작가들의 작품을 필사하며 습작을 게을리 하지 말라는 스트라우트는 존 치버와 존 업다이크를 좋아하며, 육필 원고를 고집한다고 한다.

심장을 쿡쿡 찌르는 문장들

단편의 형식을 빌렸고, 일견 조용해 보이는 전형적인 미국 소도시의 이야기들을 다뤘다는 점에서 레이먼드 카버가 떠오르기도 하지만, 『올리브 키터리지』는 물론 다르다. 조용한 해안 마을의 가족 이야기라고 방심했다가는 단편마다 허를 찌르는 반전들을 만나게 될 것이다.

섬세하면서도 예리한 스트라우트의 문장 또한 언급하지 않을 수 없다. 늘 몸으로 체험하면서도 한 번도 표현해보지 않았던 일상과 감정을 콕 집어 글로 새겨놓은 작가의 문장들은 올리브와 크로스비 주민들에게 깊이 공감하게 만드는 원동력이다.

『올리브 키터리지』는 올리브와 헨리의 중년 즈음, 데니즈라는 사랑스러운 인물이 등장하고 사라지는 과정에서 빚어진 애틋한 감정과 부부의 위기로부터 시작하여(「약국」), 십대에서 칠순 노인에 이르는 크로스비의 여러 주민들의 이야기를 풀어낸다. 등장인물도 많지만, 그리 길지 않은 장편에 문장마다, 낱말마다 마법처럼 많은 이야기가 빼곡히 담겨 있다.

소설은 상냥하거나 심지어 공손하다고 말하기도 어려운 성격의 키 큰 수학 선생님 올리브와 주변 인물들의 이야기이다. 거식증으로 고통받는 소녀의 사랑과 실패, 소외의 이야기에서 우리는 모두의 굶주림을 본다(「굶주림」). 빈둥지증후군을 앓는 노인하면과 '얼굴에 외로움이 상처처럼 배어 있'는 다른 이들의 주린 영혼을 본다. 우리는 모두 사랑 없는 삶이 두렵고 그렇기에 굶주렸다. 그러나 새로운 사랑으로 영혼이 풍요로워진다 해도, 기력이 쇠한 노년의 사랑은 여전히 쓸쓸하다. 그리고 사랑에 빠진 노인은 묻는다. '젊은이들만이 사랑의 가혹함을 견딜 수 있는가.'

그리고 어느 날, 노인이 된 키터리지 부부는 전혀 예상치 못한 곳에서 가장 두렵고 당황스럽고 치욕스러운 순간을 맛보고, 혼란한 젊은이들의 광기 어린 좌절을 목도한다(「다른 길」). 그러나 노부부의 일생을 바꿔놓은 것은 임박한 죽음에 대한 위협보다는 남은 평생 '두 사람의 서로에 대한 관점을 바꿔놓은 그 말들'이 아니었을까. 이를테면 하나뿐인 아들이 노부부를 버리고 거의 의절하다시피 서부 해안으로 떠나버린 데 대해, 타인에게는 늘 사람 좋은 웃음으로 알려진 헨리 키터리지가 올리브의 가슴에 대못을 박았던 한마디 말처럼. "당신이 아이의 인생을 접수했기 때문이야."

서로를 멍들게 한 그 일이 있은 얼마 후, 헨리에게 별안간 뇌졸중이 찾아오고, 올리브는 요양원에 입원하게 된 헨리를 매일 찾아가지만 회한뿐이다. 그리고 어느 날 옷장 서랍에서 헨리의 어린 시절 사진들을 발견하고 생각한다(「튤립」).

헨리의 다른 사진은 키가 크고 마른 해군 시절의 모습이었다. 인생이 시작되기를 기다리는 어린 청년이었다. 당신은 짐승 같은 여자하고 결혼해서 그 여자를 사랑하게 될 거야, 올리브는 생각했다. 아들이 하나 생길 거고, 그애를 사랑하게 될 거야. 하얀 가운을 입고 키만 홀쭉한 당신은 약을 사러 온 동네 사람들한테 끝도 없이 친절할 거야. 당신은 눈이 멀고 벙어리가 되어 휠체어에서 생을 마감할 거야. 그게 당신 인생이 될 거야.

퉁명스럽고 애정을 표현할 줄 모르는 올리브는 옛 제자이자, 와병 중이던 남편을 잃고 장례식을 치르는 젊은 미망인 말린 보니를 도우러 말린의 집에 간다(「여행 바구니」). 그러나 실은 올리브가 간 이유는 '누군가의 깊은 슬픔을 보며 자신의 어두운 마음에 한 줄기 빛이 비쳐들기를 바라'기 때문이었다. 그러나 결국, 말린을 보며 올리브는 생각한다. 사랑하는 가족들에게 둘러싸인 친절하고 다정한 여인은 올리브에게는 다가갈 수 없는 사람이라는 것을. 그리고 이 감정이 가져오는 낙심을 깨닫는다. 말린이, 남편이 회복되면 떠나리라 꿈에 부풀어 마련했던 여행 바구니에 대해 듣게 된 올리브는 남의 일 같지가 않다. 이런 여행 바구니가 없는 이가 누구랴.

끝도 없이 잘난 며느리 수잔을 얻고 올리브는 몹시 약이 오르지만 그래도 아들 내외의 행복을 빌 뿐이다(「작은 기쁨」). 그러나 만물박사 며느리 수잔은 사랑하는 아들 크리스토퍼를 데리고 비행기를 타고도 한참이나 가야 하는 서부 해안으로 이사해버리더니 결혼 후 고작 일 년여 만에 크리스와 이혼한다. 모자 관계는 늘 쉽지 않았고, 젊을 때 우울증으로 자살까지 생각한 적이 있던 크리스는 이혼 후 올리브와 거의 연락을 끊는다. 그러다가 어머니인 올리브에게 알리지도 않고 아이가 둘인 여자 앤과 재혼을 하곤 뉴욕으로 이사하더니, 앤이 임신해서 입덧으로 힘들어한다며 올리브에게 와서 도와달라고 한다. 이 요청은 아들과

의 절연으로 몹시 괴로워하던 올리브에게는 희망의 서곡과도 같다(「불안」).

잘난 척이 심했던 수잔과는 달리 맹하지만 너무 착해 보이는 두번째 며느리 앤. 만삭의 배를 부둥켜안고 담배를 태우는 앤을 보며 올리브는 생각한다. 세상 모든 이들은 자신이 필요로 하는 걸 얻기 위해 얼마나 분투하는가. 대부분의 사람들은 점점 더 무서워지는 삶의 바다에서 나는 안전하다는 느낌을 얻기 위해 애쓴다. 그러나 사소한 일로(올리브는 자신이 '오라 숙모와 똑같은 늙은 할망구가 되어 있었다'고 느끼고 분노한다) 아들과 갈등을 빚는 올리브를 보면 그녀 역시 그런 안정감을 느끼지 못하는 것만 같다. 서로 빗나가기만 하는 아들과의 언쟁은 어쩐지 몹시 익숙하다. 크리스는 말한다. "전 엄마의 그 극도로 변덕스러운 기분에 대해 책임지지 않을 거예요!"

그리고 마지막 단편 「강」에서, 칠순의 올리브는 우연히 잭 케니슨을 알게 된다. 혼자 산보하다가 갑자기 쓰러진 잭은 자신을 우연히 발견한 올리브에게 부탁한다. "그냥 날 여기 버려두지만 말아요." "난 혼자 죽고 싶지 않아요." 재수 없는 공화당 지지자 영감과의 만남을 이어가면서 올리브는 연민과 질투, 증오 등 늙은 몸뚱이에 남아 있는 현란한 감정과 욕구와 싸우지만, 타협을 거부하지 않는다. 처음 만났을 때, 잭이 의사의 진료를 받는 동안 대기실에서 기다리면서 참으로 오랜만에 느꼈던 감정—세상에는 올리브의 자리가 있었다—을 포기하고 싶지 않기 때문이다.

개인적으로

물론 소설에는 중장년의 인물들뿐 아니라 다양한 연령대의 주인공들이 등장한다. 십대에서 칠십대까지 빠지는 연령대가 없을 정도인데(「병 속의 배」의 주인공인 위니는 열한 살, 그 언니 줄리는 이십대이며, 「밀물」의 케빈 코울슨, 「범죄자」의 레베카도 모두 젊은이다), 독자로서 내게 『올리브 키터리지』는 '어른을 위한 성장소설'이다. 올리브를 위시한 어른들이 성장하는 이야기로 읽었기 때문이라고 써보지만, 더 솔직하게는 그들의 모습에서 나 자신을 발견하고 뜨끔한 적이 많았기 때문이다. 그 모습들이란 별로 바람직하거나 대놓고 떠벌릴 장면들은 아니지만, 많은 이들이 공감하리라 믿기에 감히 말할 수 있다.

이 소설의 힘은 바로 그 점이다. 가슴을 후벼 파는 듯 예리하게 와닿는 문장으로 독자의 정서에 진하게 호소하는 것. 부모와 자식의 관계, 배우자와의 관계, 갈등과 상처와 애정, 어느 하나 내 일 같지 않은 장면이 없다. 예상치 않게 이따금 눈물이 배어나올 수도 있다는 점 미리 알려드린다. 어쩌면 책장을 덮을 때

'용서' '수용' '화해' 같은 낱말을 떠올리게 될지도 모르겠다.

풀리처상 수상 직후에 얼른 독자들에게 선보이고자 서둘러 번역했지만 더 높은 완성도를 위해 이제야 선보이게 되었다. 작품의 영화화가 결정되었다는데, 밉상인 것 같으면서도 사랑스러운 인물들이 어떻게 표현될지 자못 궁금하다.

단편 중 「불안」의 원제는 'Security'로 '안정감' 정도로 번역될 수 있으니 오히려 반대의 뜻이지만, 9·11로 야기된 '불안'으로 인해 공항의 '보안security' 검색을 강화하게 된 모습에 인물들이 느끼는 불안을 투영하여 상징화한 점에 착안하여 제목을 '불안'으로 정했다.

문체와 어투를 파악하는 데 오디오북이 큰 도움이 되었다. 올리브의 부루퉁한 목소리와 루이즈 라킨의 사이코 같은 으스스한 목소리를 끌어내는 데 특히 도움이 되었다. 끝으로, 언제나처럼 같이 책을 읽고 작품을 해석하는 데 도움을 주신 원어민 더크 폴 어르신Mr. Dirk Paul께 감사하며, 오랫동안 기다려주신 편집부에도 감사의 인사를 전한다.

책을 다 읽고 났을 때, 한 인터뷰에서 "일상적인 매일의 삶이 쉬운 것만은 아니라는 점, 그리고 존중할 만한 것이라는 점"을 독자들이 느끼길 바란다고 한 작가의 말이 오래도록 가슴에 남았다. 매일의 사소한 일상, 나는 그것이 소중하다고는 생각했지만 존중이라는 면에서는 생각해보지 못했다.

'허점' 면에서 닮은 점을 많이 발견하게 되는 좀 별난 어머니 올리브의 이야기는 어떻게 나이를 먹을 것인가 생각하게 해주었고, 노인의 절절한 외로움과 소외와 욕망에 대해 깨닫게 해주었다. 나는 어떤 엄마이고 딸이고 며느리인가, 어떤 아내로 늙을 것인가 생각하게 했다(그리고 조금 참회하게 했다). 오늘 어머니들에게 미뤄둔 전화를 한 통 걸어야 할지도 모르겠다.

가족과 관계와 인간에 경의를 표하며

2010년 4월
권상미

지은이 **엘리자베스 스트라우트**

1998년 첫 장편소설 『에이미와 이저벨』로 작품성과 대중성을 동시에 인정받았다. 2008년 출간한 『올리브 키터리지』로 퓰리처상을 수상했다. 이후 『버지스 형제』『내 이름은 루시 바턴』『무엇이든 가능하다』, 그리고 『올리브 키터리지』의 후속작인 『다시, 올리브』까지 꾸준히 작품 활동을 이어가며 많은 사랑을 받았다. 『내 이름은 루시 바턴』의 후속작인 『오, 윌리엄!』으로 부커상 최종후보에 올랐다. 2022년 '루시 바턴' 시리즈의 최신작인 『바닷가의 루시』를 출간했다.

옮긴이 **권상미**

한국외국어대학교와 동 대학교 통번역대학원을 졸업한 뒤 캐나다로 날아가 오타와 대학교에서 번역학 석사학위를 받았으며 박사과정을 수료했다. 현재 캐나다에 거주하며 영어와 스페인어 책을 번역하고 있다. 옮긴 책으로는 『오스카 와오의 짧고 놀라운 삶』『일요일의 카페』『사소한 것의 사랑』『드라운』『네가 있어준다면』 등이 있다.

문학동네 세계문학

올리브 키터리지

1판 1쇄 2010년 5월 6일 | 1판 27쇄 2024년 11월 14일

지은이 엘리자베스 스트라우트 | 옮긴이 권상미
기획·책임편집 이현자 | 편집 오영나 | 독자모니터 양은희
디자인 송윤형 이원경 | 저작권 박지영 형소진 최은진 오서영
마케팅 정민호 서지화 한민아 이민경 왕지경 정경주 김수인 김혜원 김하연 김예진
브랜딩 함유지 함근아 박민재 김희숙 이송이 박다솔 조다현 정승민 배진성
제작 강신은 김동욱 이순호 | 제작처 (주)상지사P&B

펴낸곳 (주)문학동네 | 펴낸이 김소영
출판등록 1993년 10월 22일 제2003-000045호
주소 10881 경기도 파주시 회동길 210
전자우편 editor@munhak.com | 대표전화 031) 955-8888 | 팩스 031) 955-8855
문의전화 031) 955-1927(마케팅) 031) 955-2685(편집)
문학동네카페 http://cafe.naver.com/mhdn
인스타그램 @munhakdongne | 트위터 @munhakdongne
북클럽문학동네 http://bookclubmunhak.com

ISBN 978-89-546-1115-2 03840

www.munhak.com

올리브 키터리지 _이 책에 쏟아진 찬사

『올리브 키터리지』는 세찬 바닷바람을 쏘인 듯 예리하지만 조용하게 정신이 번쩍 들게 한다. 그러면서도 마음을 울린다. 올리브는 상실과 인생에 대해, 그리고 심지어 예상치 못한 사랑에 대해 깨달음을 주는 독창적인 인물이다. **수전 스트레이트(소설가)**

엘리자베스 스트라우트는 글에 대한 나의 믿음을 되찾게 해주었다. 그것은 깊숙한 어둠까지 비추면서도 독자에게 산뜻하고 정제된 기쁨을 느끼게 하는 소설의 장점에 대한 믿음이다. 스트라우트는 우리의 진정한 보물이다. 세상에, 독서가 이렇게 즐거울 수 있다니! **리처드 바우시(소설가)**

엘리자베스 스트라우트는 우리가 성숙한 인간이라 부를 수 있는 이들의 화해와 소소한 즐거움에 관한 아름다운 글을 쓴다. 섬세하고 미묘하며, 우아하고 통찰력 넘치며, 깊은 감동을 주는 『올리브 키터리지』는 내가 소설을 읽을 때 갈망하는 바로 그 기쁨과 깊은 감정을 선사한다. **앤 패커(소설가)**

올해 최고의 책 중 하나. 이 소설은 여러 결이 살아 있는 음악이다. 스트라우트의 소설은 거장의 솜씨가 빛나는 깊이 있는 글이다. 올해 나온 소설집 중 한 권만 읽으려 한다면, 『올리브 키터리지』를 읽어라. **버펄로 뉴스**

메인 주 해안 마을 주민들의 평범한 인생에 대한 가슴 시리도록 절절한 이야기. 조용한 슬픔과 인간적인 교류가 눈부시게 교차한다. 읽기는 쉽고, 잊기는 어려운 소설. **퍼블리셔스 위클리**

감정을 이끌어내는 뛰어난 솜씨, 정감 가는 인물들, 그리고 가슴으로 공감할 수 있는 언어로 당신을 충만케 할, 놀라운 작품. **보스턴 글로브**

소설 전체를 관통하는 불행의 행간마다 작가가 조심스레 묻어둔 주제는 사랑과 포용이다. 올리브 키터리지와 그녀의 가족, 친구와 적들은 현실과 흡사한 이야기 속에서 손에 잡힐 듯 생생하게 살아 있다. **로키 마운틴 뉴스**

눈을 뗄 수 없게 만드는 소설. **탬파 트리뷴**

스트라우트는 문장을 요리하는 능력이 있다. 이 소설에는 각 장마다 삶에서 맞닥뜨리는 것들이 담겨 있다. 기쁨, 슬픔, 그리고 때로는 고통스러운 사랑을 향한 여정이 그것이다. **샬롯 옵저버**

올리브 키터리지, 혹은 그녀를 만들어낸 작가 엘리자베스 스트라우트의, 이 정교한 칼날 같은 작품을 놓치는 실수를 하지 마라. 스트라우트는 아름다운 문장을 새겨낸다. 『올리브 키터리지』를 읽으면서 우리는 어쩐지 뒤통수가 따갑고, 우리가 얼마나 안일하게 사물에 대해 제멋대로 추정하며 살아왔는지에 대해 눈뜨게 된다. 소금기 묻어나는 바닷가 작은 마을에서 깜짝 놀랄 만한 삶의 바람이 불어올 것이다. **플레인 딜러**

스트라우트는 메인 주의 아름다운 풍광에 대한 탁월한 묘사로 우리를 사로잡는다. 그러나 작가의 진정한 재능은 삶에 대한 세밀한 묘사에 있다. 스트라우트는 놓치기 쉬운 평범한 일상의 작은 면면을 잘 그려내고 있다. 그녀의 문체는 조가비의 안쪽처럼 깔끔하고 매끈하다. 하지만 조가비를 뒤집어 보라. 울퉁불퉁하고 다층적이며 까칠까칠한 이면이 보일 것이다. **오리거니언**

스트라우트는 노련한 붓질 몇 번으로 흥미진진한 그림을 그려내는 훌륭한 작가다. 책을 덮고 난 후에도 이 인물들이 오래도록 마음속에 남을 것이다. **프레데릭스버그 프리랜스 스타**

매우 인간적인 작품. 외로움과 상실이 매 페이지마다 배어 있음에도 불구하고, 스트라우트는 부드러운 유머와 자양분 넘치는 희망의 약을 함께 건넨다. **북리스트**

복합적이고 잔인하리만치 인간적인 열세 편의 이야기가 올리브를 축으로 회전한다. 깊은 공감을 자아내는, 기억에 남을 섬세한 작품. **오: 오프라 매거진**

소중히 간직한 사진처럼 기억 속에서 좀처럼 지워지지 않는 책. **시애틀 포스트 인텔리전서**